Un garde du corps inespéré

Captive du silence

CASSIE MILES

Un garde du corps inespéré

Traduction française de
CAROLE PAUWELS

BLACK ROSE

HARLEQUIN

Collection : BLACK ROSE

Titre original :
WITNESS ON THE RUN

HARPERCOLLINS FRANCE
83-85, boulevard Vincent-Auriol, 75646 PARIS CEDEX 13
Service Lectrices — Tél. : 01 45 82 47 47 - www.harlequin.fr
ISBN 978-2-2804-5737-8 — ISSN 1950-2753

Composé et édité par HarperCollins France. Achevé d'imprimer en juin 2021.
par CPI Black Print - Barcelone - Espagne
Dépôt légal : juillet 2021.

MIXTE
Papier issu de sources responsables
FSC® C159065

Pour limiter l'empreinte environnementale de ses livres, HarperCollins France s'engage à n'utiliser que du papier fabriqué à partir de bois provenant de forêts gérées durablement et de manière responsable.

1

La célébration du jour des morts déchaîna une parade de banderoles, fanfares, fantômes, squelettes et zombies qui déambulèrent toute la nuit à travers le Quartier français de La Nouvelle-Orléans. Certains transportaient des torches Tiki en bambou, d'autres étaient équipés de néons portables multicolores.

Postée sur le trottoir, au milieu de la foule, Alyssa Bailey observait. L'idée de danser dans la rue la mettait mal à l'aise. Elle avait remisé ses registres comptables et sa calculatrice trois ans plus tôt, quand elle avait été prise en charge par le WITSEC, dans le cadre du programme de protection des témoins. Toutefois, elle avait toujours l'âme de la placide comptable qui aime que tout soit parfaitement tiré au cordeau.

Cette année, elle s'était promis que tout serait différent.

Fini de rester en retrait.

Elle avait vingt-sept ans, et il était temps pour elle de sauter en marche dans le train de la vie, avant qu'il soit trop tard. Durant le jour des morts, le week-end suivant Halloween, le voile entre le monde réel et l'au-delà se réduisait. Les défunts réclamaient des rires, de la musique et des réjouissances, et Alyssa était déterminée à entrer dans l'ambiance.

Juste avant de partir travailler, elle avait reçu un appel

anonyme lui donnant rendez-vous à la parade. La voix était si brouillée qu'elle n'avait pas pu déterminer s'il s'agissait d'un homme ou d'une femme, mais elle s'attendait à retrouver un visage familier.

Rassemblant son courage, elle fit un pas dans la rue et se laissa porter par le rythme irrésistible des tambours et des crécelles. Des gens dans des costumes extravagants la bousculaient sans ménagement. La complainte des trompettes et des saxophones lui déchirait les tympans.

Elle se dit que c'était vraiment drôle et sympa, mais ne parvenait pas à y croire. Toutes ces couleurs, la lumière aveuglante des néons, ces confettis et serpentins qui volaient un peu partout lui donnaient l'impression d'être prise au cœur d'un kaléidoscope tapageur et virevoltant.

Un homme masqué, vêtu comme un pirate des années 1800, s'approcha d'elle et souleva son tricorne pour essuyer la sueur sur son front, avant de lui prendre les mains et de la faire tournoyer.

La musique changea de tempo, et le pirate l'entraîna dans une danse énergique, mi-valse, mi-polka, et cent pour cent ensorcelante - bien plus enthousiasmante que la poignée de rendez-vous amoureux qu'elle avait pu avoir en trois ans.

Il se pencha vers elle et murmura à son oreille :

— Parlez-moi de votre costume, belle demoiselle. Qui êtes-vous ?

Elle s'était bricolé une tenue déguenillée, composée d'un long bloomer blanc à ruchés, d'une blouse à encolure bateau et manches ballon dégageant les épaules, d'un corset de dentelle et d'une jupe déchirée tout autour de l'ourlet.

La tenue était censée faire honneur à sa mère, qui était née à Savannah. Même si, du plus loin qu'elle s'en souvînt, elles avaient toujours vécu à Chicago, sa mère était restée une belle du Sud. Cinq ans auparavant, cette dernière avait trouvé la mort dans un accident de la circulation. Un chauffard l'avait heurtée de plein fouet et avait pris la fuite.

Levant la tête, Alyssa observa le demi-masque argenté du pirate. Si elle ne discernait pas la couleur de ses yeux, sa bouche charnue et sensuelle était parfaitement visible. Et il avait une fossette très sexy au menton.

Elle reprit son souffle avant de répondre :

— Je suis censée être une Scarlett O'Hara zombie.

— Excellent choix, ma chère. Avec vos cheveux sombres et vos yeux verts, vous ressemblez beaucoup à la ravissante Vivien Leigh qui l'a incarnée.

C'était aussi ce que disait sa mère.

— Est-ce vous qui m'avez téléphoné ? demanda-t-elle. Avions-nous rendez-vous ici, pendant la parade ?

— Nous n'avions pas rendez-vous, et croyez bien que je le regrette.

Alyssa observa la chemise blanche et la veste de velours bordeaux à boutons dorés que portait l'inconnu.

— Ne seriez-vous pas un pirate célèbre ? Jean Lafitte, peut-être ?

L'homme ôta son tricorne et la salua en s'inclinant de façon théâtrale.

— Je suis le fantôme du capitaine Jean-Pierre Fournier, un illustre pirate des Caraïbes, qui se trouve aussi être un de mes ancêtres. Mon nom est Rafael Fournier.

— Eh bien, mon cher Rafael, vous me voyez ravie de faire votre connaissance, dit-elle d'une voix traînante en s'efforçant d'imiter l'accent du Sud.

N'étant pas habituée à flirter, elle se demandait si elle n'était pas vaguement ridicule.

— Enchanté, belle demoiselle. Je vous en prie, appelez-moi Rafe.

Il la fit à nouveau virevolter et la tint serrée contre lui.

Leur posture semblait étrangement intime au milieu

de cette foule sauvage. Ses seins partiellement exposés s'écrasaient contre son torse ferme, tandis que leurs cuisses se frôlaient. Il la guidait avec une telle dextérité qu'elle se sentait gracieuse, belle et lascive.

Avant qu'elle ait le temps de réaliser ce qui se passait, ils dansaient un tango.

Un tango ? Non, pas question !

Elle ne connaissait pas les pas, mais elle ne devait pas trop mal se débrouiller, puisque la foule s'écartait pour les laisser évoluer et les applaudissait au passage.

Lorsque la danse prit fin, son cavalier déposa un baiser sur son front.

— Merci, ma jolie.

Après l'avoir saluée d'un grand moulinet de bras, il disparut dans la foule, ce qui était un exploit pour un homme mesurant plus d'un mètre quatre-vingts, avec de larges épaules et des manches bouffantes.

Il l'avait embrassée et lui avait dit qu'elle était belle. Elle ?

Cette danse donna du courage à Alyssa, et elle décida que la vie devait être célébrée. Aussi, lorsqu'un zombie rieur plaça une bière dans sa main, elle but une grande rasade et se lança dans la parade avec enthousiasme, sautillant dans la rue, claquant des doigts et roulant des hanches.

Sa mère aurait adoré cette scène. Si elle avait été là, elle aurait dansé toute la nuit. Alyssa considérait que c'était son devoir de s'amuser à la place de sa mère, de danser avec des pirates et de chercher de mystérieux interlocuteurs qui lui laissaient des messages anonymes.

Au coin d'une rue, elle rencontra un type déguisé en Baron Samedi, le maître vaudou des morts, avec son chapeau haut de forme. Il soufflait des nuages de poussière crayeuse sur la foule, donnant à chacun un air de fantôme.

Tout autour d'elle, les gens riaient et se saluaient à la

cantonade, buvaient et dansaient. À La Nouvelle-Orléans, toutes les opportunités étaient bonnes pour faire la fête.

Contournant un trio portant des masques de squelette, à la posture étonnamment statique et compassée, elle rejoignit un groupe de danseuses du ventre avec des tambourins.

Un quatuor jouait *When the Saints Go Marching In* et, chantant avec un bruyant enthousiasme qui ne lui ressemblait pas, elle longea en dansant une rue majoritairement occupée par des boutiques de vaudou.

Des diseuses de bonne aventure se tenaient sur le seuil de leurs échoppes et haranguaient les touristes en leur faisant miroiter des tarifs qui défiaient toute concurrence. En échange d'une modeste obole, les personnes en deuil pouvaient avoir une conversation avec leurs proches passés dans l'au-delà.

Au lieu de considérer que cela relevait du charlatanisme, Alyssa imagina combien il serait merveilleux de pouvoir parler encore une fois avec sa mère.

Un éclat de rire puissant et rauque se fit soudain entendre par-dessus la musique.

Alyssa connaissait ce son. Un frisson courut entre ses omoplates, aussi rapide et angoissant qu'une araignée tricotant dans son dos.

Observant la foule sur le trottoir, elle distingua une femme qui ressemblait étonnamment à sa mère. Elle se tenait devant une des boutiques d'ésotérisme et riait à gorge déployée, ses longs cheveux couleur argent formant un halo de boucles autour de sa tête.

Était-ce possible ?

La voix au téléphone ne pouvait pas être celle de sa mère. Elle l'aurait reconnue. Et sa mère était morte. On ne peut plus morte. Alyssa avait identifié sa dépouille.

Elle regarda à nouveau.

La femme aux cheveux gris ressemblait tellement à sa mère.

S'agissait-il d'un fantôme ?

Alyssa quitta la farandole et courut vers l'endroit où elle avait vu la femme. Un joueur de trombone se mit en travers de sa route, puis ce fut le tour d'une danseuse de french cancan levant haut la jambe.

La musique enjouée fit soudain place à une marche funèbre glaçante, et une sensation de terreur s'empara d'Alyssa. La boutique devant laquelle la femme se tenait quelques instants plus tôt était fermée. Un rideau de fer était baissé devant la porte.

Frénétiquement, Alyssa demanda autour d'elle si quelqu'un l'avait vue. Personne ne savait rien. Et d'ailleurs, les gens s'en fichaient éperdument. L'esprit était à la fête, et le reste n'avait pas d'importance.

Mais Alyssa ne voulait pas renoncer. La ressemblance de cette femme avec sa mère était beaucoup trop étrange et troublante pour qu'elle l'ignore.

Obéissant à son instinct, elle emprunta une ruelle et déboucha dans une rue moins fréquentée. Elle traversa au carrefour et entra dans un parc où étaient exposées des statues en bronze représentant des légendes du jazz.

Tandis qu'elle observait attentivement les lieux, son regard fut attiré par une étendue de pelouse bordée de palmiers, à proximité de laquelle se tenaient trois hommes portant des masques de squelette. Reconnaissant le trio aperçu à la parade, elle se rappela avoir été interloquée par leur attitude sérieuse.

Que faisaient-ils là ? L'avaient-ils suivie ?

Le plus grand des trois s'adressa soudain à elle.

— Vous avez besoin d'aide ?

— Je cherche une femme. Elle a de longs cheveux gris bouclés.

— Ah oui, nous l'avons vue. Venez avec nous.

Les trois hommes l'encerclèrent. Elle était prise au piège et commençait à avoir peur.

— Non, oubliez ça, c'est sans importance. Je suis désolée de vous avoir dérangés.

Le premier qui s'était adressé à elle se pencha, menaçant.

— Vous allez nous suivre.

Depuis trois ans, elle vivait dans la crainte de ce moment. Les dangereux criminels contre qui elle avait témoigné chercheraient forcément à se venger, et elle savait que ce n'était qu'une question de temps avant qu'ils la retrouvent.

Elle pivota sur ses talons, essaya de s'enfuir…

Le meneur de la bande la saisit par le bras et la tira vers lui. Les deux autres refermèrent le cercle autour d'elle. L'un d'eux plaqua un chiffon sur sa bouche pour l'empêcher d'appeler à l'aide. Elle ne pouvait plus respirer. Une odeur douceâtre de chloroforme envahit ses narines. Elle entendit les hommes rire, dire à des passants inquiets qu'elle avait trop bu et qu'ils s'occupaient d'elle.

Elle se débattit, leur donna des coups de pied dans les jambes et fit des moulinets avec les bras. Elle agrippa l'un des masques de squelette, et il lui resta dans la main, la mettant face à des yeux noirs, une bouche tordue en une moue narquoise et une mâchoire comme taillée à coups de serpe.

Le visage était cruel. L'homme n'aurait aucune pitié.

Sa vision se brouilla. Elle commençait à perdre pied avec la réalité.

Dans un état second, elle aperçut vaguement un autre homme s'approcher et repousser l'un des squelettes. C'était un pirate. Il demanda aux hommes de la libérer. Elle essaya de lui dire qu'ils étaient dangereux, mais aucun son ne sortit de sa gorge. Le pirate haussa le ton. Elle eut l'impression qu'il avait un pistolet à impulsion électrique, mais elle n'en était pas sûre.

Lorsque le squelette lâcha son bras, elle tomba sur l'herbe et commença à ramper. Sa tête tournait. Son corps était engourdi.

Elle devait fuir. Cette pensée l'obsédait. L'un des squelettes lui donna un coup de pied. Elle sentit à peine la douleur.

Alyssa se releva en titubant et mobilisa toute sa concentration pour mettre un pied devant l'autre. Ses jambes étaient semblables à des élastiques, incapables de supporter son poids. Elle tomba à nouveau.

Peu après, elle sentit qu'on la balançait en travers d'une épaule et qu'on la transportait.

Elle essaya de gigoter pour se libérer, mais se rendit compte qu'elle ne pouvait pas bouger. Ses dernières forces l'abandonnèrent, elle resta inerte.

Elle était prisonnière.

Pourvu qu'elle ne souffre pas trop quand ils la tueraient…

On la jeta sur un siège de voiture. Quelqu'un lui attacha sa ceinture de sécurité.

S'obligeant à ouvrir les yeux, elle découvrit le flamboyant pirate.

Il lui avait porté secours.

Du fond du cœur, merci, capitaine Fournier.

2

Alyssa se réveilla en poussant un petit cri et ouvrit brusquement les paupières.

Où était-elle ?

Ça ressemblait à sa chambre.

Elle était étendue sur le dos, les bras bien droits le long du corps, sous son couvre-lit vintage en velours chenille. Une petite lampe à pied d'opaline et abat-jour frangé dessinait un doux cercle de lumière au-dessus de la table de chevet. Sur le plateau en marbre se trouvait sa boîte à musique, recelant une délicate ballerine - un cadeau de son père.

Il faisait encore nuit : aucune lumière ne filtrait sur les contours du store. Quelle heure pouvait-il être ?

Plissant les yeux dans la pénombre, elle essaya de lire les chiffres rouges de son radio-réveil posé sur la commode - elle l'avait délibérément placé hors de portée pour ne pas être tentée, le matin, de désactiver la sonnerie et de se rendormir - mais elle ne le voyait pas.

Comment était-elle rentrée chez elle ?

Elle se rappelait la parade. Elle avait dansé, puis elle avait vu le fantôme de sa mère, avant d'être attaquée par des squelettes.

Était-ce un cauchemar ? Ses pensées se désintégrèrent, et il n'y eut plus que du vide dans son esprit.

Cherchant à s'ancrer dans la réalité, elle tourna la tête et observa la boîte à musique. Il suffisait de soulever le couvercle pour que s'élèvent les notes aigrelettes de *La Chanson de Lara*, le titre musical associé au film *Le Docteur Jivago*. Lorsqu'elle avait intégré le programme de protection des témoins, elle n'avait pas eu le droit d'emporter de photos, mais elle avait refusé de se séparer de sa précieuse boîte à musique. Son père était parti depuis longtemps. Elle ne se souvenait plus de quoi il avait l'air et n'avait jamais su son nom. Mais il devait l'aimer pour lui offrir ce cadeau à l'occasion de son quatrième anniversaire - son véritable prénom étant Lara, elle croyait alors que la chanson avait été créée rien que pour elle.

Soudain, elle réalisa que son téléphone portable n'était pas sur la table de chevet. Pas plus que le chargeur, d'ailleurs. C'était curieux. Elle rechargeait toujours son téléphone la nuit.

L'autre objet sur la table de chevet, en dehors de la boîte à musique, était une coupelle en cristal taillé contenant un pot-pourri fait maison. Elle inspira à pleins poumons. Les senteurs familières d'orange, de cannelle et de vanille auraient dû la réconforter, mais au contraire son anxiété augmentait de minute en minute.

Sa chambre lui semblait curieusement étrangère.

Dans la pénombre, elle chercha à distinguer sur le mur qui faisait face à son lit la reproduction d'un tableau de Toulouse-Lautrec. Il représentait une danseuse de french cancan, et elle l'avait choisi elle-même.

Bien sûr qu'elle était à la maison, quelle drôle d'idée !

De la concentration. Voilà ce qu'il lui fallait.

La boîte à musique semblait différente, moins détériorée. Lorsqu'elle tendit le bras vers l'objet, elle vit un hématome en formation sur le haut de son bras et un bandage autour de son poignet.

En touchant le bandage, elle ressentit une douleur aiguë.

Ce n'était pas sa seule douleur. Dès qu'elle bougea un

peu, ses tempes se mirent à battre avec une régularité mécanique, tandis qu'un étau semblait lui broyer le crâne.

Ses côtes lui faisaient mal. Abaissant le couvre-lit, elle vit des bleus sur son abdomen et des bandes de gaze sur ses genoux. Elle ne portait rien d'autre que son soutien-gorge bandeau couleur chair et un string en dentelle bleue.

Elle s'assit dans le lit, le dos calé contre les oreillers, et souleva la boîte à musique. Cherchant du réconfort dans un objet familier, elle caressa du bout des doigts les contours usés de son talisman, souvenir d'un autre temps, d'une autre maison, d'une autre vie.

Elle souleva le couvercle, et la petite danseuse se mit à tournoyer sur les pointes, sur l'air de *Twinkle, Twinkle, Little Star.*

Ce n'était pas sa mélodie ! Pas sa boîte à musique !

La porte s'ouvrit brusquement, et un homme entra dans sa chambre.

Plus outragée qu'effrayée, elle demanda :

— Qui êtes-vous ? Que faites-vous chez moi ?

— Ne vous inquiétez pas. Vous allez comprendre dès que j'aurai allumé la lumière.

Le plafonnier dissipa les ombres. Le regard d'Alyssa glissa le long des murs. La fenêtre n'était pas à la bonne place. Ses meubles soigneusement chinés, dans l'esprit shabby chic, avaient été remplacés par des vieilleries sans charme.

Ce n'était pas sa maison !

— Où suis-je ?

Il fit un pas vers elle.

— Vous n'avez rien à craindre. Je vais vous expliquer.

— Restez où vous êtes. Ne faites pas un pas de plus.

Mais l'inconnu s'avança, en lui disant qu'elle était en sécurité.

Elle n'y crut pas un seul instant. Avec toute la force

dont elle était capable, elle lança la boîte à musique vers lui. L'objet s'écrasa contre le mur.

Même si la logique lui soufflait que ce n'était pas vraiment sa chambre, elle repoussa la couette, sauta du lit et ouvrit le tiroir de la table de chevet, où elle rangeait son Smith & Wesson.

Le tiroir était vide.

Elle attrapa la coupe remplie de feuilles séchées odorantes et recula le bras pour prendre de l'élan.

L'inconnu leva la main pour l'interrompre.

— Attendez !

Elle hésita.

— Pourquoi cette chambre ressemble-t-elle à la mienne ?

Il lui offrit un sourire désarmant.

— Posez cette coupe. Vous risquez de la casser et de mettre du verre partout sur le sol.

Alyssa réalisa l'absurdité de son intention. Un pot-pourri n'était pas vraiment une arme mortelle, et elle ne serait pas plus avancée une fois qu'il y aurait du verre brisé dans tous les recoins de la pièce.

— Où suis-je ?

— Ne vous inquiétez pas, répéta-t-il. Vous ne me reconnaissez pas ?

Son visage lui semblait familier. Et il était si séduisant qu'elle avait envie de croire qu'il ne lui voulait aucun mal. Mais elle n'était pas stupide. Elle devait à tout prix savoir qui il était et décider ensuite de l'attitude à adopter.

— C'est la dernière fois que je pose la question. Où suis-je, bon sang ?

Il lui indiqua une adresse.

— C'est à quelques kilomètres au nord-est du Quartier français, précisa-t-il.

— Comment suis-je arrivée ici ?

Un fragment de souvenir traversa son esprit. Elle se

rappelait avoir été emportée et déposée dans un SUV. L'homme qui l'avait sauvée de ses assaillants avait attaché sa ceinture de sécurité.

C'était l'homme qui se tenait à présent à l'autre bout de la pièce.

— Vous… vous êtes le pirate.

— Rafe Fournier.

Son salut théâtral faisait un peu moins d'effet maintenant qu'il avait troqué son costume de boucanier pour un jean et un T-shirt, tous deux noirs.

— À votre service, ma jolie.

Elle aurait dû le reconnaître plus tôt, avec ce léger accent caractéristique des descendants de colons français et son sourire ravageur.

— Vous n'auriez pas dû prendre parti, dit-elle. Ce n'est pas votre combat, et ces hommes sont dangereux.

— Ce sont des lâches. Tout homme qui porte la main sur une femme mérite de recevoir une bonne leçon.

Très galant mais pas vraiment malin. Il aurait pu être tué.

Lorsque Alyssa secoua la tête, sa douleur augmenta d'un cran, et elle regretta d'avoir ainsi bondi hors du lit. Tout son corps était engourdi et douloureux. L'intérieur de sa bouche était comme du coton.

Physiquement, elle se sentait misérable, mais son esprit commençait à trier les détails.

Fait n° 1 : Rafe était apparu comme par magie.

Fait n° 2 : Il en savait beaucoup sur elle.

Fait n° 3 : Il avait créé une réplique de sa chambre.

Hautement suspect !

— Vous me suiviez, n'est-ce pas ?

— Cette explication va demander un peu de temps. Vous feriez bien de vous recoucher.

Tandis qu'elle recouvrait ses esprits, elle réalisa qu'elle était presque nue. Attrapant le couvre-lit en chenille, elle s'en couvrit et drapa l'excédent de tissu sur son épaule, comme une toge.

— Pourquoi m'avez-vous retiré mes vêtements ?

— Veuillez accepter mes excuses. Je devais inspecter vos coupures et griffures et m'assurer que vous n'aviez pas besoin de soins médicaux.

L'explication était rationnelle, mais Alyssa n'en avait pas terminé avec lui.

— Où sont mes affaires ?

— Dans la penderie.

Il désigna une porte fermée.

— Tout est là, sauf votre téléphone, que j'ai mis à recharger dans la cuisine.

Bien décidée à récupérer ses vêtements et à quitter cette étrange réplique de sa chambre, elle tituba vers la penderie.

À mi-chemin, un vertige la saisit, et elle se rattrapa au dossier d'une chaise.

Lorsque Rafe fit mine d'avancer, elle dit d'un ton sec :

— Restez où vous êtes !

— Vous ne me faites pas confiance, déclara-t-il.

— Oh ! que non !

Son apparition miraculeuse tandis qu'on l'attaquait faisait peut-être partie d'un plan machiavélique. Elle n'avait jamais cru aux coïncidences.

— Vous êtes déshydratée.

Plusieurs petites bouteilles en plastique d'eau minérale étaient posées sur le plateau de la commode. Il en prit une et la jeta sur le lit.

— Buvez !

Prudemment, Alyssa souleva la bouteille. La capsule avait toujours sa protection, ce qui voulait dire qu'il n'avait pas corrompu le contenu.

Boire quelques gorgées ne devrait pas être dangereux…

Elle porta la bouteille à ses lèvres. Le liquide frais humidifia l'intérieur de sa bouche et coula dans sa gorge.

Après une seconde gorgée, elle se sentit un peu mieux.

— Ça fait du bien, reconnut-elle.

— Buvez davantage. L'eau diluera les derniers effets de la drogue qu'on vous a administrée. Si vous voulez, je peux vous donner quelque chose contre la douleur.

— Vous me croyez assez stupide pour accepter de mystérieux médicaments de quelqu'un que je viens juste de rencontrer ? Si ça se trouve, c'est vous qui m'avez droguée dès le départ.

— Vous vous rappelez l'avoir été ?

— Pas très bien.

Mais elle savait que Rafe n'était pas responsable.

Elle se souvenait d'un chiffon pressé sur sa bouche et d'une odeur doucereuse.

— Il y avait ces hommes avec des masques de squelette... Je ne me souviens pas comment j'ai eu tous ces bleus.

— Vous avez été attaquée, à trois contre une.

— Qui étaient-ils ? Qu'avez-vous vu d'autre ?

— Pas grand-chose. Je les ai fait déguerpir, je vous ai hissée dans ma voiture et je vous ai conduite ici.

Il croisa les bras sur son torse et appuya une épaule contre l'encadrement de la porte.

— À votre tour de parler. Dites-moi ce que vous vous rappelez.

Bien qu'elle lui soit reconnaissante de l'aide qu'il lui avait apportée, elle n'avait pas d'explication à lui fournir.

— Pourquoi voulez-vous le savoir ?

Il fit une petite moue et haussa les épaules.

— Si nous partageons les informations, nous pourrons comprendre qui sont ces hommes et pourquoi ils s'en sont pris à vous.

C'était logique. Si elle pouvait connaître l'identité de ses agresseurs, elle saurait quoi faire pour leur échapper.

Laisser l'enquête au WITSEC était tout aussi logique, mais les marshals ne seraient sans doute pas disposés à partager les détails avec elle. Rafe lui offrait une possibilité d'affronter la menace. Il n'y avait aucun mal à discuter avec lui.

— Que voulez-vous savoir ? Par où dois-je commencer ?

— Le commencement.

— J'ai quitté la brasserie où je travaille à 21 heures…

N'en dis pas trop.

À peine avait-elle ouvert la bouche que son esprit installait des barricades virtuelles.

Elle recula en titubant et s'accota au mur. Il y avait une fenêtre juste sur sa gauche. À travers les lames du store partiellement baissées, elle pouvait voir qu'ils se trouvaient au premier étage.

Il était peut-être temps de songer à s'enfuir…

— Vous vous sentez bien ?

Elle reprit sa narration.

— J'ai enfilé mon costume dans le vestiaire des employés. Au début, je n'étais pas certaine d'aller à la parade, mais j'ai reçu un appel de quelqu'un qui m'a dit qu'on s'y retrouverait.

— Qui était-ce ?

— C'était un appel masqué, mais j'ai pris ça pour le signe que je devais y aller et essayer de m'amuser.

— Vous n'avez pas reconnu la voix ?

— Non.

Ce coup de fil était peut-être un piège tendu par les squelettes. Mais comment ces types auraient-ils eu son numéro ?

Dans la rue en contrebas, elle entendit passer un tramway.

— Je ne sais même pas s'il s'agissait d'un homme ou d'une femme… Ça aurait pu être vous.

— Mais ce n'était pas moi.

— J'étais à peine arrivée à la parade que vous m'avez approchée. Pourquoi ?

— Je vous promets de tout vous dire. Mais avant j'ai besoin de savoir tout ce dont vous vous souvenez. Cela pourrait aider la police.

— Non ! Pas la police !

Dans des situations comme celle-ci, où sa couverture pouvait être compromise, le protocole exigeait qu'elle prévienne le WITSEC. Elle aurait déjà dû appeler, mais quelque chose la retenait. L'agression avait peut-être altéré ses perceptions. Elle ne savait pas à qui elle pouvait faire confiance.

Après avoir bu à nouveau un peu d'eau, elle scruta Rafe.

Quand elle avait été placée sous protection et interrogée par les marshals, elle s'était montrée plutôt douée pour fournir une description. De la même façon, elle se livra à une analyse de Rafe. Il devait mesurer un mètre quatre-vingt-huit ou quatre-vingt-dix et peser entre quatre-vingts et quatre-vingt-cinq kilos. Sa fossette au menton constituait un signe distinctif. En dehors de cela, il était plutôt beau, avec des cheveux bruns ondulés, des yeux gris, et un sourire à vous faire fondre.

Mais il ne s'agissait que de détails physiques, et ça ne l'aidait pas à décider s'il était ou non digne de confiance.

— Je me souviens de notre tango, dit-elle.

— Nous nous accordions à merveille.

— Quand vous avez disparu dans la foule, j'ai rejoint un groupe de danseuses du ventre avec des tambourins. J'ai chanté et dansé avec elles, tout en tapant dans mes mains.

— Vous avez une voix puissante. Pas mélodieuse à proprement parler, mais puissante.

— Vous m'avez entendue ? Vous me regardiez ?

— Je ne vous ai pas quittée des yeux.

Il donnait l'impression d'être un harceleur.

— Vous avez l'habitude de me suivre partout ?

— Je sais généralement où vous êtes. Vous avez un mode de vie assez routinier.

Les marshals du WITSEC l'avaient prévenue de ne pas être aussi prévisible. Elle était censée utiliser des itinéraires différents pour aller travailler et ne pas toujours faire ses courses au même endroit. Au début, elle avait suivi leurs règles. Mais, au bout d'un moment, elle avait établi son propre itinéraire pour faire face au danger. Il était peut-être temps de mettre son plan en application…

Elle termina l'eau et jeta la bouteille vide sur le lit.

— J'en voudrais bien une autre, s'il vous plaît. Et j'ai besoin de mon téléphone.

Si elle décidait d'en parler au WITSEC, sa vie à La Nouvelle-Orléans était terminée. L'idée de tout recommencer dans une autre ville ne lui disait rien, mais c'était leur accord. Elle faisait ce qu'ils lui disaient, et ils continuaient à assurer sa protection.

Mais ce soir un grain de sable s'était glissé dans les rouages…

Sans trop s'approcher, Rafe laissa tomber une autre bouteille sur le lit. Quand elle la prit, il lui tendit un flacon en verre dépourvu d'étiquette, contenant des comprimés blancs.

— L'opercule est intact, dit-il. Vous pouvez voir que je n'ai pas touché au contenu.

Soulagée, elle prit le flacon et, après avoir bataillé avec le couvercle sécurisé, fit tomber deux comprimés dans le creux de sa main et les avala avec une gorgée d'eau.

Bien qu'elle eût encore mal, elle se sentait un tout petit peu mieux que lorsqu'elle avait bondi hors du lit.

— Et mon téléphone ?

— Pendant combien de temps avez-vous accompagné les danseuses ?

— Sur environ cinq cents mètres. Puis nous sommes arrivées dans le secteur des boutiques vaudoues.

Et elle avait entendu rire sa mère.

— Il y avait une femme aux cheveux gris sur le trottoir. L'avez-vous vue ?

Il hocha la tête.

— Une femme séduisante parée de dizaines de colliers à la mode hippie.

— Elle ressemblait tellement à ma mère que j'ai eu envie de lui parler, même si je savais que ça ne pouvait pas être elle. Ma mère est morte, il y a cinq ans. Elle s'appelait Claudia.

— Je sais.

— Comment est-ce possible ?

— Je sais beaucoup de choses sur vous. Mais continuez votre histoire. Que s'est-il passé après ?

— J'ai couru dans la direction où je pensais que la femme pouvait être partie et je suis entrée dans le parc. C'est là que les trois hommes m'ont assaillie. J'aurais dû me méfier…

Elle soupira.

— Bref, quand ils ont voulu m'attraper, j'ai tiré sur l'un des masques, et il m'est resté dans la main.

— Vous avez vu son visage ?

— Oui.

— Vous l'avez reconnu ?

— Non.

Mais elle avait déjà vu cette mâchoire taillée à coups de serpe. Et ces yeux vides, sans âme, la hanteraient longtemps.

— De quelle couleur étaient ses cheveux ?

— Je ne sais pas.

Il semblait à Alyssa qu'elle devait conserver certains détails pour elle.

— Je veux que vous regardiez des portraits-robots.

Bien que Rafe n'eût pas fait un geste, il était soudain passé du pirate désinvolte au professionnel affûté.

— Vous faites penser à un flic.

— Bien vu, ma chère. Autrefois, je faisais partie du FBI.

— Et maintenant ?

— Je suis détective privé. Il y a quinze jours, on m'a engagé pour garder un œil sur vous.

Elle s'assit sur le bord du matelas et but à nouveau une gorgée d'eau.

— Qui vous a engagé ?

— Je ne peux pas vous donner de nom, mais je peux vous assurer que mon client ne vous veut aucun mal.

Alyssa aurait aimé pouvoir croire ce grand et bel homme aux yeux gris, mais la vie lui avait appris à ne pas accorder aussi facilement sa confiance. Le prix de la naïveté était cruel, et elle en savait quelque chose.

Elle choisit un autre angle pour attaquer la question de l'identité de ce client.

— Est-ce que ce mystérieux client vous a demandé de décorer cette pièce pour qu'elle ressemble à ma chambre ?

— Il pensait que cela vous aiderait à vous sentir plus à l'aise.

— Quelle drôle d'idée ! Je ne suis pas une enfant qui a besoin de ses jouets préférés. D'ailleurs, la boîte à musique ne joue pas la bonne mélodie.

— C'est noté, dit-il avec un hochement de tête. Mon client voulait simplement que vous vous sentiez comme chez vous.

— Quelle importance ? Je n'ai pas l'intention de rester ici.

La colère explosa en elle.

— Vous ne pensiez quand même pas que vous pourriez me séquestrer dans cette maison ?

— Pas du tout.

Une pensée angoissante vint à Alyssa.

— Comment savez-vous à quoi ressemble ma chambre ? Vous vous êtes faufilé chez moi ?

— J'évite de transgresser la loi chaque fois que c'est possible.

— Vous avez pris des photos ?

— Des photos ont été prises, répondit-il d'un ton énigmatique.

Et, s'il n'était pas entré dans la maison, comment avait-il pris les photos ? Avait-il utilisé un drone ? Avait-il fait des acrobaties dans les arbres ?

— Vous m'avez espionnée. Comme un voyeur de la pire espèce !

Rafe protesta.

— J'ai veillé à respecter votre intimité.

Comment pourrait-elle le croire ? À la première occasion, il lui avait ôté ses vêtements. Son excuse de vouloir soigner ses blessures avait du sens, mais cela n'en était pas moins une forme d'agression.

— Vous dites avoir été engagé il y a deux semaines.

— Seize jours, pour être précis.

— Et vous me surveillez depuis tout ce temps ? Vous savez comment j'appelle ça ? Du voyeurisme. Vous êtes un pervers.

— Je ne vous surveille pas. Je vous protège.

— Pourquoi ?

Il haussa les épaules.

— C'est mon travail de veiller à ce qu'il ne vous arrive rien.

Si c'était vrai, il ne devrait émettre aucune objection à l'idée de contacter les bureaux du WITSEC.

Soudain vaincue par la fatigue, Alyssa se cala contre les oreillers et remonta le couvre-lit sur elle.

— Et si je vous disais que j'ai envie de partir… vous me laisseriez franchir la porte ?

— Bien sûr. Mais vous devriez peut-être prendre un moment, pendant que l'agression est encore fraîche dans votre mémoire, pour essayer de savoir qui vous en veut. Qui était l'homme derrière le masque de squelette ?

— Pourquoi devrais-je vous le dire ?

— Nous sommes dans la même équipe. Je peux vous aider. J'ai appris des techniques au FBI pour stimuler votre mémoire.

Sa voix était douce et enjôleuse, tellement charmeuse…

— Nous pouvons essayer quelques techniques de concentration très simples.

— Laissez-moi tranquille.

— Détendez-vous. Fermez les yeux.

Même si Alyssa n'avait aucune envie de coopérer, ses paupières se fermèrent toutes seules. Il lui arrivait de pratiquer la méditation, et elle était douée pour contrôler sa respiration.

Tandis que Rafe continuait à parler d'une voix caressante, elle se concentra, et le visage de son agresseur ne tarda pas à lui apparaître.

Ignorant la peur qu'elle ressentait, elle attendit que ses traits deviennent parfaitement clairs.

Avec ses cheveux sable et ses yeux noirs, il avait une apparence quelconque, à l'exception de sa mâchoire. Sa bouche était charnue, et il avait de grandes dents. Des dents de cheval.

Elle le connaissait.

Aucun nom ou titre ne lui venait, mais elle l'avait vu dans les bureaux du WITSEC. L'homme qui se cachait derrière le masque de squelette était un US marshal.

Son corps se crispa sous la couverture. Son subconscient l'avait protégée. C'était pour cette raison qu'elle n'avait pas appelé le WITSEC.

Elle ne pouvait pas faire confiance aux marshals.

Rafe l'encouragea.

— Vous venez de comprendre quelque chose. Dites-moi de quoi il s'agit.

Si elle était franche avec lui, elle doutait qu'il la laisse partir. Elle ne devait faire confiance à personne. Sa seule façon de sortir d'ici, c'était la fuite.

Elle bâilla ostensiblement.

— J'ai besoin de dormir. Vous devriez partir.

— Nous avons encore à discuter de beaucoup de choses.

— Pas maintenant… trop fatiguée. S'il vous plaît, éteignez la lumière et fermez la porte.

Elle entendit le clic de l'interrupteur, et l'obscurité s'abattit sur la pièce.

— Dormez bien, dit-il dans un murmure chargé d'une étrange intimité.

La porte se ferma, et elle se retrouva seule dans la chambre.

3

D'un pas délibérément pesant, Rafe emprunta le couloir menant à la salle de bains. Il savait qu'Alyssa tendait l'oreille, guettant le moment où il se serait éloigné pour filer en catimini.

Il aurait préféré qu'elle se repose et accepte d'avoir avec lui une conversation raisonnable, mais il savait qu'elle ne lui faisait pas confiance.

Quoi qu'il dise ou qu'il fasse, rien ne pourrait la faire changer d'avis.

Au fil des deux semaines précédentes, tandis qu'il observait Alyssa, il s'était fait une assez bonne idée de ce à quoi il devait s'attendre de sa part.

Son comportement doux et timide n'était pas une mise en scène, mais cette jolie jeune femme pouvait aussi faire preuve d'un entêtement impressionnant. Quand elle le voulait, elle pouvait être aussi inamovible qu'un bloc de granit. Une fois qu'elle avait pris la décision de faire quelque chose, elle allait jusqu'au bout.

Si Alyssa parvenait à disparaître, elle serait difficile à retrouver, d'autant qu'elle se méfiait déjà de lui.

Mais peut-être quelqu'un d'autre parviendrait-il à convaincre Alyssa de coopérer. Une femme pourrait sans doute la rassurer et lui prouver qu'il était de son côté…

Dans la cuisine de la petite maison, Rafe passa un appel

à une informatrice secrète avec qui il travaillait depuis des années. Sheila Marie connaissait tout le monde à La Nouvelle-Orléans, et elle était au courant de toutes les rumeurs. Ses relations s'étendaient du palais de justice aux repaires vaudous nichés dans les bayous, en passant par les fêtes sauvages dans le Quartier français.

Son indic répondit après deux sonneries.

— Ça va, beau gosse ? Pourquoi tu m'appelles ?

La complainte langoureuse d'un saxophone s'élevait en arrière-plan.

— J'ai une mission pour toi.

— Je t'écoute.

— Je cherche quelqu'un qui se trouvait à la parade, près de la boutique de grigris de Jolene. C'est une femme grande et mince, avec de longs cheveux gris frisés. Elle a dans les soixante ans.

— La prime jeunesse ! s'exclama Sheila Marie. Je vais me renseigner.

— Et si j'ai besoin de toi plus tard dans la nuit ?

— Je suis au bar de Becca, sur Canal Street. Tu siffles, et je rapplique.

— Je t'adore.

— Je parie que tu dis ça à toutes les femmes.

— Seulement à toi, ma toute belle.

Rafe mit fin à la communication et, à pas de loup, retourna à la porte de la chambre. Là, appuyé contre le mur, il écouta…

Alyssa n'avait pas tout à fait tort de le traiter de voyeur. Une grande partie de son travail, en tant que détective privé, et même comme agent du FBI, consistait à rôder dans l'ombre, à se dissimuler derrière de fausses identités et à mentir. La différence entre lui et un pervers tenait dans le fait que ça ne l'excitait pas d'espionner les autres.

Il voulait dire la vérité à Alyssa, mais le moment était

mal choisi. Et il n'était pas tout à fait sûr de pouvoir lui faire confiance.

En enquêtant sur son passé, il avait découvert des manipulations financières potentiellement douteuses. Il savait qu'elle avait au moins un faux passeport. Et elle possédait deux coffres dans deux banques différentes.

Ce soir, elle n'avait pas vraiment menti, mais elle était restée délibérément évasive. Sa réticence à appeler le WITSEC était encore plus suspecte. Ça aurait dû être son premier geste après avoir repris connaissance. Naturellement, si elle avait insisté pour passer cet appel, sa mission à lui en aurait été compliquée. Mais Alyssa n'avait jamais mentionné le programme de protection des témoins.

Peut-être pensait-elle que les marshals ne pouvaient pas assurer sa sécurité…

Étant donné ce qui s'était passé ce soir, il ne pouvait le lui reprocher. Ces hommes masqués s'étaient montrés quelque peu maladroits dans leur approche, mais ils savaient où elle se trouvait. L'un d'eux pouvait avoir passé cet appel anonyme pour l'encourager à venir à la parade.

Derrière la porte fermée, il entendit grincer les ressorts du sommier.

Elle était pieds nus, et ses mouvements étaient à peine plus perceptibles qu'un soupir, mais il sut précisément à quel moment elle actionna la poignée et ouvrit la porte de la penderie.

Il ne l'avait pas laissée désarmée concernant l'habillement. Outre qu'il avait suspendu à un cintre sa guenille dans le style Scarlett O'Hara, il avait ajouté un de ses propres T-shirts et un short de sport qui seraient assurément beaucoup trop grands pour elle.

Dans la poche de son pantalon bouffant à ruchés, il avait trouvé un mince portefeuille avec quelques billets, un permis de conduire et une carte de crédit. Il y avait aussi un porte-clés avec quatre clés.

Bien qu'il eût laissé ces objets en sa possession, il avait tout inspecté minutieusement, jusqu'à ce qu'il soit sûr qu'il n'y avait aucun système de traçage. La seule chose qu'il avait prise, c'était son téléphone portable, dont il avait désactivé la géolocalisation.

Lorsqu'il l'avait conduite ici, il s'était assuré qu'ils n'étaient pas suivis. Les mesures mises en place étaient similaires à celles utilisées pour les résidences sécurisées du FBI : alarmes, caméras et capteurs. Si elle ouvrait une porte ou une fenêtre sans autorisation, il serait alerté par une alarme silencieuse. Le système n'était pas relié à la police. Rafe ne tenait pas à partager ses secrets avec les autorités ou qui que ce soit d'autre. Même pas avec l'homme qui l'avait engagé.

Il y eut une série de bruits mats dans la chambre, et il l'entendit jurer entre ses dents. S'habiller dans le noir ne devait pas être si compliqué, à moins qu'elle n'ait décidé d'enfiler le corset à l'ancienne, ce qui était inutilement compliqué et absolument pas nécessaire pour une femme comme elle.

Alyssa n'avait pas besoin de resserrer sa taille. Ses courbes naturelles, ses muscles fermes et ses longues jambes étaient spectaculaires, vraiment magnifiques.

Son travail de commis de brasserie avait rendu ses mains calleuses, mais la peau de ses bras et de ses jambes avait la douceur du satin. Voir des bleus sur sa cage thoracique avait rendu Rafe furieux.

Il y avait quelque chose de profondément choquant à malmener une si délicate créature. Même s'il n'avait pas été payé comme garde du corps, son instinct l'aurait poussé à la protéger.

La première étape consisterait à identifier ses agresseurs. Tandis que, les paupières fermées, elle reposait sur le lit dans un état méditatif, il l'avait vue serrer les poings et froncer les sourcils. D'après lui, c'était le signe qu'un souvenir lui était revenu.

Le squelette qu'elle avait démasqué pouvait être quelqu'un qu'elle avait connu à Chicago. Malheureusement, elle n'avait pas choisi de partager cette information, ne voulant donner aucun nom.

Elle ne lui faisait pas confiance.

Quand il avait parlé de portraits-robots, elle avait réagi de la même façon. Pas de police, avait-elle dit. Pourquoi ce refus ? Il n'avait pas envie de croire qu'Alyssa était complice de son ancien patron, mais elle était une comptable expérimentée, capable de dissimuler son implication dans le blanchiment d'argent et la fraude.

Ses capacités comptables inquiétaient justement Davis James, l'homme qui avait engagé Rafe. Le client avait tout particulièrement insisté sur son intérêt personnel pour Alyssa et sur sa crainte qu'elle puisse être en danger. Mais Rafe avait flairé une embrouille, et il avait demandé à Chance Gregory - un génie de l'informatique qui travaillait occasionnellement pour le FBI - de se renseigner sur son client. L'homme s'appelait en réalité Viktor Davidoff, possédait six casses automobiles dans la région de Chicago, sous l'enseigne Diamond Jim's, et on le soupçonnait d'être à la tête d'un trafic international de voitures de luxe.

Lorsque Davidoff l'avait engagé, il avait refusé de révéler comment il avait appris qu'Alyssa se trouvait à La Nouvelle-Orléans. Qui avait divulgué cette information vitale ? Qui d'autre connaissait sa localisation ? Quel lien l'informateur avait-il avec les hommes aux masques de squelette ?

Provenant de la chambre, il entendit le raclement de la fenêtre à guillotine qu'on relevait centimètre par centimètre. Aussitôt, le système d'alarme connecté à son téléphone portable lui envoya un message d'alerte.

Profitant du fait qu'il faudrait quelques minutes à Alyssa pour ôter la moustiquaire fixée à l'extérieur et se glisser dehors, Rafe longea le couloir vers la cuisine et sortit par la porte de service. Sa moto se trouvait dans le garage derrière la maison. Un instant, il envisagea de suivre Alyssa à pied mais décida de ne pas le faire. À moto, il aurait une plus grande marge de manœuvre et pourrait continuer à la suivre si elle décidait de prendre un taxi.

Prenant position sous le passage couvert le long de la maison, il la regarda traverser la pelouse, tituber sur une fissure dans le trottoir et se cacher derrière un des platanes bordant la rue, jusqu'à ce qu'il n'y ait plus aucune lumière de phares.

Il imagina son cœur qui battait à tout rompre, son regard qui sondait nerveusement la nuit, guettant les squelettes et le guettant, lui. Sa tenue était un peu burlesque : sur son bloomer orné de dentelles, elle avait enfilé un de ses T-shirts à lui - noir et extra-large, avec une fleur de lys dorée, symbole de l'équipe des Saints. Pour compléter le tout, elle portait des chaussures de danse noires, avec un petit talon de deux centimètres et une bride sur le cou-de-pied.

La prendre en chasse et la reconduire à la maison était l'une des options, mais il savait qu'Alyssa ne se laisserait pas facilement contraindre.

En la convainquant de lui faire confiance, il pourrait veiller à ce qu'elle soit en sécurité. Et, de plus, il était curieux. Une personne logique et organisée comme Alyssa ne mettrait pas de côté le WITSEC pour s'enfuir dans la nuit si elle n'avait pas un plan.

S'il la suivait, il découvrirait peut-être ce qu'elle mijotait...

Lorsqu'elle se fut suffisamment éloignée, il démarra sa moto et s'engagea dans la rue. À deux pâtés de maisons de là se trouvait l'arrêt du tramway qui roulait toute la nuit durant les week-ends. Il était à peine 1 heure du matin, ce qui était relativement tôt pour un samedi. Même dans son étrange tenue, elle passerait inaperçue dans la foule de zombies et de fantômes qui faisaient la fête en ce jour de célébration des morts.

Prenant soin de ne pas se faire remarquer, il trouva un endroit où se garer. Il coupa le moteur, garda son casque et l'observa tandis qu'elle attendait le tram. Si elle voulait rentrer à son domicile, elle se trouvait du mauvais côté de la rue. Mais Alyssa ne faisait pas d'erreur d'inattention, ce qui signifiait qu'elle avait prévu de retourner au Quartier français.

C'était curieux. Soit elle regagnait la brasserie où elle travaillait, soit elle avait là-bas des amis qui pourraient lui offrir l'hospitalité… En fait, les possibilités étaient nombreuses.

Pendant seize jours, il était parvenu à la surveiller sans attirer son attention. À présent, elle le connaissait et pouvait le repérer dans la foule. La surveillance serait dix fois plus compliquée.

Il sortit son téléphone de sa poche pour organiser un rendez-vous avec Sheila Marie. Il avait besoin de renfort.

En attendant, il allait continuer à jouer les rôdeurs.

4

Tandis qu'elle attendait le tramway, Alyssa se tenait en retrait sur le trottoir, là où un buisson débordant d'une clôture en fer forgé lui offrait un endroit où se cacher.

Elle avait mal partout. Depuis sa tête jusqu'à sa cage thoracique, en passant par la paume de ses mains et les estafilades sur ses genoux, elle vibrait de douleur et de tension.

Il aurait sans doute été agréable de prendre un autre antalgique et de se rendormir, mais elle n'avait pas le choix.

Elle devait fuir. Le temps n'était pas à la paresse. Elle devait échapper au danger qui l'avait retrouvée à La Nouvelle-Orléans.

Bien que la nuit fût douce, son front était moite, et elle accueillit avec soulagement la brise légère qui s'enroulait autour de ses jambes comme un voile déchiré. La brume limitait son champ de vision et lui donnait l'espoir, peut-être illusoire, d'être invisible.

À l'exception d'un grincement de fenêtre, sa fuite avait été silencieuse. Mais ça ne voulait pas dire que Rafe n'avait pas deviné ce qu'elle mijotait.

Elle aurait aimé savoir qui l'avait engagé. Son refus de lui dire le nom de son client l'inquiétait. Elle redoutait qu'il ne travaille pour quelqu'un qui la haïssait, quelqu'un contre qui elle aurait témoigné.

Rafe avait combattu les hommes aux masques de squelette, donc il n'était pas de mèche avec eux. Mais il avait reconnu être un ancien du FBI, et elle ne devait pas négliger le fait que des agents fédéraux comme les US marshals pouvaient être ses ennemis.

Pourquoi ? Le monde entier s'était-il retourné contre elle ?

Souffreteuse et peut-être en pleine crise de paranoïa, elle avait l'impression que sa vie était un champ de ruines.

Seules quelques voitures passaient sous la lumière des réverbères. Elle ne voyait pas Rafe. Encore qu'elle n'eût guère confiance dans ses capacités d'observation. Durant tout le temps où il l'avait surveillée, elle n'avait rien remarqué du tout. Ou il était vraiment doué pour se dissimuler, ou elle était inattentive.

Le claquement du tram la prévint de son approche, et elle s'avança pour que le conducteur puisse la voir et s'arrêter.

Quand elle était arrivée ici pour la première fois, elle avait mémorisé les différentes lignes du tramway. Dans un kilomètre, elle changerait pour la ligne de Canal Street, ce qui la rapprocherait de sa destination. Après avoir grandi dans une grande ville, elle préférait utiliser les transports en commun plutôt que de perdre du temps et de l'énergie à chercher un endroit où garer sa voiture. Et elle adorait les tramways de La Nouvelle-Orléans. Celui-ci, peint en rouge vif, avec des encadrements de fenêtre et de porte jaunes, et un toit blanc, était particulièrement pittoresque.

Elle monta dedans et prit place sur un des bancs en acajou. Heureusement, si Rafe lui avait pris son téléphone, il lui avait laissé son portefeuille, ce qui lui permit de payer le billet.

Il n'y avait que cinq autres personnes dans la rame : un jeune couple, une hôtesse de l'air en uniforme, et deux serveuses vêtues d'une tenue aux couleurs rose et blanc d'un glacier. Le couple se dévorait des yeux, et les femmes ne ressemblaient pas à de dangereuses criminelles.

Détends-toi, mais ne baisse pas ta garde, se dit-elle pour s'encourager.

Assise du côté de la fenêtre, elle mit la main devant son visage au cas où Rafe serait dehors à la surveiller.

Il n'y avait pour le moment aucun signe de lui.

Elle ne savait vraiment pas quoi penser du grand et bel homme qui s'était présenté comme un pirate.

Du côté des points positifs, il l'avait aidée à échapper à ses agresseurs. Et elle lui en serait éternellement reconnaissante. Puis il lui avait ôté ses vêtements pour soigner ses blessures.

Un plus ou un moins ?

Administrer les premiers soins comptait comme étant positif. Déshabiller une femme inconsciente… n'était pas bien.

Elle décida de laisser cette question de côté.

Le point vraiment négatif chez Rafe, celui qui comptait, était évident : il avait passé deux semaines à l'espionner. Et pourtant, s'il montait à cet instant dans le tram et prenait place à côté d'elle, elle ne savait pas si elle hurlerait à mort ou si elle se blottirait dans ses bras.

Si seulement la vie pouvait fonctionner davantage en noir et blanc, avec les bonnes personnes qui porteraient une auréole et les mauvaises des cornes du diable !

Certains des criminels contre lesquels elle avait témoigné étaient l'incarnation du mal. Capable d'une violence inouïe, c'étaient des monstres qui n'exprimaient aucun remords. Peut-être étaient-ils incapables d'éprouver de l'empathie…

Rafe n'était pas comme ça, Dieu merci. Mais pouvait-il quand même travailler pour eux ? L'argent parlait une langue universelle.

Engager un détective privé semblait trop subtil pour ces malfrats. Si ses ennemis de Chicago la retrouvaient, ils emploieraient sûrement des moyens plus radicaux : balle en plein cœur, ou gorge tranchée… ou quelque chose de plus cruel encore.

À cette pensée, elle sentit un frisson la traverser. Elle ne pouvait pas faire confiance au WITSEC. Plus maintenant. Sa survie dépendait de sa capacité à se défendre toute seule.

Durant les trois ans qu'elle venait de passer à La Nouvelle-Orléans, elle avait préparé différents itinéraires, en utilisant de nouvelles identités et des moyens de transport variés.

Chez elle, elle avait quatre jeux de plaques d'immatriculation différentes pour sa voiture, deux valises toutes prêtes, des espèces et tous les documents nécessaires pour recommencer une nouvelle vie ailleurs.

Malheureusement, il lui était impossible de retourner chez elle. Le type du WITSEC qu'elle avait reconnu savait où elle habitait, et aussi où elle travaillait. Ça voulait dire qu'elle ne pourrait pas récupérer le sac d'évacuation d'urgence qu'elle avait caché dans le vestiaire des employés. Dommage ! Il y avait dedans trois téléphones à carte prépayée et une nouvelle carte d'identité.

Alyssa descendit à l'arrêt de Canal Street et se mêla à la foule rassemblée devant une taverne. À proximité du Quartier français, il y avait plus de monde, certains portant des déguisements et des masques ; en fait, quantité de gens à l'apparence plus étrange que la sienne. Et pourtant, dans son T-shirt extra-large, elle se sentait bizarre, embarrassée et inquiète.

Et si les types qui avaient essayé de l'enlever la retrouvaient ?

Les dix minutes de marche nécessaires au changement de ligne lui parurent une éternité. Elle monta à bord et se tint sur ses gardes jusqu'à ce que le tramway démarre.

Le coude à la fenêtre, dissimulant son visage à ceux qui auraient pu la voir depuis la rue, elle observait entre ses doigts les palmiers échevelés qui bordaient les trottoirs quand une femme s'assit à côté d'elle. Elle lui lança un bref regard, notant sa tenue rasta et ses dreadlocks, et se perdit de nouveau dans la contemplation du paysage qui défilait.

— Il est tard, dit la femme. Je parie que vous avez faim.

— En fait… oui, répondit Alyssa en réalisant que la douleur qu'elle ressentait au creux de l'estomac n'était pas due uniquement aux coups qu'elle avait reçus. Je vais m'arrêter au Café du Monde.

— Ils font les meilleurs beignets de tout le pays.

La femme rit de bon cœur, exposant deux dents en or.

— Vous savez quoi faire, comment prendre soin de vous. C'est bien. Rafe avait raison. Vous êtes une fille intelligente.

Rafe ?

Alyssa fixa la femme assise à côté d'elle, qui pouvait tout aussi bien avoir quarante ans que soixante-dix ans. Des mèches grises s'entremêlaient à ses dreadlocks, et elle avait des poches violacées sous les yeux. Avec sa longue jupe de gitane couverte de broderies, son T-shirt tie and die vert et jaune et ses bijoux en abondance, elle semblait venir tout droit d'une boutique de vaudou.

— Excusez-moi, vous avez bien dit Rafe ?

— Quel bel homme, vous ne trouvez pas, mon chou ?

Alyssa eut une impression de déjà-vu. Sa rencontre avec cette femme ressemblait à celle qu'elle avait faite avec le pirate qui l'avait invitée à danser. Et, après ce qu'elle avait vécu - la vision du fantôme de sa mère et son réveil dans une chambre qui ressemblait à la sienne mais qui ne l'était pas –, se faire approcher encore une fois par une personne bizarre aurait dû la terroriser. Mais ce fut la colère qui prit le dessus.

Il n'était pas question qu'elle joue au chat et à la souris avec cette femme.

Elle voulait des réponses, et tout de suite.

— Comment vous appelez-vous ?

— Sheila Marie.

— Pourquoi Rafe vous a-t-il envoyée ?

— Quelle importance ? De toute façon, vous ne lui faites pas confiance.

— Pas le moins du monde.

— C'est bien.

Les lèvres charnues de Sheila Marie dessinèrent une petite moue approbatrice.

— C'est dangereux de faire confiance à un homme, quel qu'il soit. Rafe, descendant du grand pirate Jean-Pierre Fournier, est mieux que les autres. C'est une bonne personne, mais il reste un homme. Vous voyez ce que je veux dire, mon chou ? Ils ne peuvent pas s'en empêcher, leur cerveau se met à marcher de travers avec les femmes. Et c'est pour ça qu'il m'a envoyée.

— Parce qu'il croit que je vais faire confiance à une inconnue ? Une personne qui n'a aucune référence, qui plus est ?

— Des références ? Vous pensez que je devrais avoir une carte de visite ? Peut-être un diplôme ?

— Je veux savoir ce que vous faites.

Était-elle voyante, médium, guérisseuse vaudoue avec une douzaine de formules magiques dans les poches ?

— Si vous aviez une carte de visite, que dirait-elle ?

— Pour l'essentiel, je suis quelqu'un qui aide. Je suis douée pour retrouver les personnes disparues. Le pirate a dit que vous recherchiez une femme aux cheveux gris.

Alyssa sentit son estomac se nouer et eut soudain du mal à respirer.

Quand sa mère était morte, elle avait essayé d'entrer en contact avec l'au-delà et avait dépensé des centaines de dollars chez une diseuse de bonne aventure qui l'avait menée en bateau.

Ça ne l'empêchait pas de continuer à s'accrocher à l'espoir

qu'il était possible d'entrer en contact avec les défunts. Sheila Marie pouvait-elle établir ce lien ? Avait-elle des réponses ?

— Vous l'avez trouvée ?

— Pas encore. Ça ne fait que quelques heures.

Lorsqu'elle se leva, ses nombreux bracelets et colliers s'entrechoquèrent mélodieusement.

— Venez. C'est notre arrêt.

Le Café du Monde était juste au coin de la rue Saint-Pierre.

— Comment avez-vous su où j'étais ?

— Allons, venez ! Dépêchez-vous !

Alyssa descendit du tram et marcha bras dessus bras dessous avec sa nouvelle amie vers le Café du Monde - un salon de thé ouvert vingt-quatre heures sur vingt-quatre, et qui était toujours très fréquenté en dépit du fait qu'on n'y servait pas d'alcool.

Elle repéra Rafe sur le bord du trottoir, un sachet blanc à la main. Avec sa veste en cuir marron et son jean, il était presque aussi spectaculaire qu'en tenue de pirate. Bizarrement, il semblait plus grand.

Après qu'il eut accueilli Sheila Marie avec un baiser sur chaque joue, il lui tendit le sachet de beignets et se tourna vers Alyssa.

— Il faut qu'on se parle.

Elle planta fermement les pieds au sol, déterminée à ne pas bouger avant d'avoir eu une explication.

— Comment saviez-vous que je rejoindrais ce quartier ?

— Les rois du secret, commenta Sheila Marie en gloussant. Vous vous êtes bien trouvés, tous les deux.

— Tu peux rester dans les parages un moment ? demanda Rafe.

— Je vais même faire mieux que ça. Je vais vous escorter. Suivez-moi.

Elle entra dans le salon de thé, où elle salua plusieurs

personnes comme s'il s'agissait d'amis perdus de vue depuis longtemps.

Lorsque Rafe lui prit le bras, Alyssa résista. Ce n'était pas l'évasion qu'elle avait planifiée. Elle avait soigneusement conçu chaque détail et elle ne laisserait pas un pirate borné se mettre en travers de sa route.

— Comment saviez-vous que je viendrais ici ? demanda-t-elle d'un ton impatient.

— Venez avec moi, et je vous le dirai.

À contrecœur, elle se laissa entraîner à la suite de Sheila Marie.

— Je vous écoute.

— La semaine dernière, quand je vous surveillais, je vous ai vue venir ici. Vous avez acheté des beignets et vous avez bu une tasse de café à la chicorée. Puis vous avez marché quelques centaines de mètres, jusqu'à un vieil entrepôt en brique, avec un panneau publicitaire sur le mur pour les produits alimentaires Zatarain's. Vous êtes délibérément passée devant, puis vous êtes revenue et vous êtes entrée dans le bureau, où vous avez payé quelque chose en espèces.

Pourquoi ne l'avait-elle pas remarqué ? Si elle avait pris le temps de déguster un café en terrasse, c'était pour observer les lieux et s'assurer qu'elle n'était pas suivie.

— Je dois être aveugle, marmonna-t-elle.

Rafe ne releva pas.

— Après votre départ, j'ai vérifié avec l'employé. Vous louez un local de stockage dans ce bâtiment. Ne vous inquiétez pas, je n'y suis pas entré.

Il la poussa en avant.

— Arrêtez de traîner les pieds. Nous devons faire vite.

— Pourquoi ?

— Dès que je vous ai vue attendre le tramway, j'ai su

où vous alliez. J'ai aussitôt prévenu Sheila Marie, qui se trouvait assez près pour vous intercepter.

D'un ton sévère, il ajouta :

— Si j'ai pu deviner vos plans, d'autres ont pu le faire aussi.

5

Rafe vit une lueur de peur passer dans les yeux verts d'Alyssa et sut que son avertissement avait eu l'effet escompté.

Elle était toujours en colère, ça ne faisait aucun doute, mais elle était aussi effrayée, et à juste titre.

Si quelqu'un la cherchait, il avait pu suivre les mêmes indices qui l'avaient conduit à Canal Street.

Le regard d'Alyssa fouillait sans relâche le Café du Monde, à la recherche des possibles dangers rôdant autour des tables majoritairement vides, au-dessus desquelles dansaient au gré de la brise des guirlandes lumineuses. Avec le T-shirt des Saints, qui lui tombait aux genoux, ses cheveux emmêlés et les restes de son maquillage de zombie sur le visage, elle semblait misérable et perdue, et n'avait pas du tout l'air à sa place dans ce chaleureux et odorant salon de thé.

Sa voix se cassa lorsqu'elle prit la parole.

— Vous avez vu quelqu'un ?

— Pas pour le moment.

— Ils pourraient être n'importe où, murmura-t-elle.

Sheila Marie tendit à Alyssa un gobelet en carton rempli de café à la chicorée et s'adressa à Rafe.

— Tu ferais bien de trouver un endroit où la petite pourra se reposer et se remplumer un peu. On dirait un oisillon prêt à tomber du nid.

— Aidez-moi, supplia Alyssa. Vous devez me parler de la femme aux cheveux gris. On aurait dit ma mère. Et, quand elle a ri, j'ai vraiment eu l'impression d'entendre maman.

— Allons, allons, ne vous agitez pas comme ça, mon chou.

Sheila Marie passa un bras autour des épaules d'Alyssa, tout en tenant de l'autre main son propre café.

— Ça fait plusieurs années maintenant que votre maman a quitté ce monde.

Rafe ne se rappelait pas s'il avait mentionné ce détail à Sheila Marie, mais il avait dû dire quelque chose. À moins que son indicatrice n'ait vraiment des dons de voyance comme elle l'affirmait... Sa voix était gentille mais ferme.

— Vous allez m'écouter, ma petite fille, et faire ce que je vous dis.

— Mais, je...

— Redressez-vous.

Sheila Marie déposa un baiser sur le front d'Alyssa.

— Venez, maintenant.

Sheila Marie les guida à travers la cuisine, où un personnel réduit travaillait à un rythme nonchalant. D'un œil indifférent, ils les regardèrent traverser la pièce et sortir par la porte de service.

Rafe n'avait pas réussi à faire bouger Alyssa, mais Sheila Marie avait pris le contrôle de la situation. En lui demandant de lui prêter main-forte, il avait eu une idée de génie. D'instinct, Alyssa semblait faire confiance à son aînée, alors qu'elle ne l'aurait jamais laissé prendre la tête des opérations.

Dommage pour lui.

C'était dans des moments comme celui-ci que son travail au FBI lui manquait. Là, personne ne contestait ses ordres. Ses subordonnés s'exécutaient, voilà tout. Et Alyssa ferait bien d'en faire autant. Il ne fallait pas attendre de lui qu'il se livre à une danse du ventre à chaque fois qu'il faudrait prendre une décision.

Après avoir quitté le salon de thé, ils empruntèrent un réseau de petites rues, avant de s'arrêter sous un porche.

— Rappelez-vous que vous êtes en danger, dit-il.

— Je sais.

— Des hommes masqués ont essayé de vous enlever.

Elle soupira.

— Je sais.

— Vous ne pouvez pas sauter par la fenêtre de ma résidence sécurisée et vous enfuir. C'est dangereux.

— Je n'ai pas confiance en vous.

Dans le halo projeté par les réverbères, il vit Alyssa froncer les sourcils.

— Ce n'est pas votre problème, Rafe, c'est le mien. Et je peux me débrouiller toute seule. J'ai des projets. J'ai pris des arrangements.

— De quoi vous plaignez-vous, mon chou ? demanda Sheila Marie. Vous avez un grand et beau gaillard qui se propose de vous aider. Laissez-le s'occuper des méchants.

Entre ses dents, Rafe marmonna :

— Je ne suis pas le seul à vouloir la protéger.

Sheila Marie eut l'air intéressée.

— Raconte-moi ça.

Mordant dans son beignet, elle projeta un petit nuage de sucre glace autour d'elle.

— WITSEC, répondit Rafe.

Puis il reporta son attention sur Alyssa.

— Pourquoi ne les avez-vous pas appelés ?

— Je n'ai pas envie de vous le dire.

— Et moi, je n'ai pas envie de jouer au chat et à la souris.

— Je ne vous le dirai pas.

Quelle tête de mule ! Comment avait-elle survécu jusqu'à maintenant ? Tout le monde n'avait pas la chance d'intégrer le programme de protection des témoins. Son refus de profiter d'un système efficace et bien rodé devait être justifié par autre chose que de l'obstination.

Il regarda de l'autre côté de la rue. L'entrepôt délabré où il l'avait vue entrer se trouvait à deux cents mètres à peine.

— Donnez-moi votre clé et dites-moi ce que vous voulez prendre dans votre espace de stockage.

— J'irai moi-même.

C'était exactement le genre de situation qu'il voulait éviter.

Rafe n'avait pas envie de perdre du temps à faire la liste de toutes les raisons pour lesquelles Alyssa ne devait pas agir seule. À commencer par le fait évident qu'elle n'était pas armée. Si elle était prise en embuscade dans l'immeuble, il lui faudrait des renforts. Un guetteur dans la rue serait grandement utile.

— Sheila Marie, je voudrais que tu retournes au salon de thé et que tu surveilles tous les gens à l'allure suspecte.

Comme un fait exprès, deux princesses zombies promenant un dogue allemand noir et blanc traversaient la rue en minaudant et en gloussant. La moitié de la ville avait l'air bizarre, mais il faisait confiance à son indic pour reconnaître le vrai danger quand il se présentait.

Quand il se pencha pour prendre son Glock 43 glissé dans son holster de cheville, Alyssa demanda :

— Qu'est-ce que c'est que ça ?

— Un pistolet.

— Je le vois bien. Mais je ne pensais pas que vous étiez le genre d'homme à être armé.

— Je suis un ancien du FBI.

— Il me semble que vous aviez utilisé un pistolet à impulsion électrique sur les trois squelettes.

— J'adapte le choix de l'arme à la situation.

Il la fixa des yeux, essayant de la convaincre silencieusement de ne pas le suivre dans l'entrepôt.

— Vous devriez rester avec Sheila Marie, finit-il par suggérer.

Ses boucles dansèrent autour de son visage tandis qu'elle secouait la tête.

— Je vous propose un compromis. Je n'y vais pas toute seule. Vous pouvez m'accompagner.

Il attendit qu'une camionnette de livraison soit passée pour traverser la rue avec Alyssa.

En dépit d'une légère claudication, elle se déplaçait de façon athlétique. Dès qu'il l'avait vue, il avait su qu'elle était en bonne santé et faisait tout pour le rester, une partie de sa routine consistant en des exercices physiques. Il avait adoré la regarder faire du sport, mais il se garderait de le lui dire. Après tout, elle l'avait déjà qualifié de pervers…

Alyssa composa sur le digicode extérieur le code d'accès à l'entrepôt, et Rafe la suivit à l'intérieur.

Un silence inquiétant planait. Une odeur de moisi flottait dans l'air, et on entendait courir des rats. Une faible lueur filtrait par d'étroites fenêtres en hauteur, mais il faisait trop sombre pour voir autre chose que des angles et des ombres.

Il sortit une fine torche de sa poche. Le faisceau lumineux éclaira un sol en béton dessinant un labyrinthe entre des rangées de boxes, de coffres et d'unités de stockage.

A priori, ils étaient seuls, mais Rafe ne voulait prendre aucun risque.

— N'allumez pas, murmura-t-il.

— Je suppose que vous n'avez pas d'autre torche ?

— Désolé, mais non.

— Quelle quantité je peux prendre ?

— Seulement ce que vous pourrez transporter.

Il se demandait ce qu'elle pouvait bien avoir stocké dans cet endroit. Quel genre de choses considérait-elle comme nécessaires à sa survie ?

— Vous savez, dit-elle, ce serait plus simple si j'avais la torche. C'est moi qui sais où nous allons.

Il n'y avait pas à argumenter. Il lui tendit la Maglite.

— Je suis juste derrière vous.

Elle partit d'un pas décidé, longeant un mur de coffres-forts encastrés, avant de bifurquer soudainement sur la droite.

Ils se retrouvèrent bientôt devant un monte-charge, avec une porte en lattes de bois articulées, qui s'enroulait comme celle d'un garage. Alyssa la souleva et entra dans la cabine.

— Venez. Mon box est au premier étage.

Rafe détestait l'idée de se retrouver coincé dans le vieil élévateur brinquebalant, mais il ne voulait pas perdre de temps à argumenter. Même si la plate-forme, destinée à déplacer des objets volumineux, était vaste, il se sentait oppressé. Sous sa veste en cuir pourtant légère, il transpirait.

Lorsque Alyssa abaissa la porte roulante et appuya sur le bouton de l'étage, la machine gargouilla comme dix alligators en proie à une indigestion.

— C'est beaucoup trop bruyant, dit-il en regrettant de ne pas y avoir pensé plus tôt. Si une embuscade est déjà sur place, ils sauront exactement où nous sommes.

— Vous avez raison. J'aurais dû y penser.

L'étage de l'entrepôt était encore plus sombre et inquiétant que le rez-de-chaussée. De rares vasistas de toiture dispensaient une maigre lumière sur des portes en métal rouillé, dont les numéros peints en noir au pochoir s'écaillaient.

Alyssa s'arrêta devant le numéro 224 et tendit la torche à Rafe. Puis elle plongea la main sous le T-shirt géant pour récupérer son porte-clés. Il braqua le faisceau lumineux sur la serrure pour qu'elle puisse y introduire la clé.

— C'est un cinq par cinq, dit-elle. Je pensais que je n'avais pas besoin de plus.

La première chose que Rafe vit quand elle ouvrit la porte fut un rutilant vélo à dix vitesses, qui semblait n'avoir jamais servi. Elle actionna un interrupteur, et une ampoule nue s'alluma. Il découvrit alors des piles de cartons et du matériel de camping tout neuf. Il y avait une tente, un sac de couchage, un réchaud, une lanterne, des sachets de nourriture lyophilisée et différents outils.

Rafe souleva une petite hache.

— Vous avez fait beaucoup de camping ?

— Pas depuis mon enfance, quand je rendais visite à mes grands-parents en Géorgie.

— Comment avez-vous choisi cet équipement, et pourquoi ?

— J'ai pensé que ce serait une bonne idée de me cacher dans les bois. Je suis donc allée dans un magasin de sport et j'ai demandé au vendeur de me fournir tout l'équipement dont je pourrais avoir besoin pour survivre pendant un mois.

Rafe songea que le vendeur devait travailler à la commission pour avoir vendu autant de matériel. Il avait dû voir venir la Yankee naïve qui ne connaissait rien à la campagne et se faire un malin plaisir de l'escroquer.

— Je suppose que vous avez également acheté une arme ?

— Deux. Mais je ne les garde pas ici.

Elle contourna les cartons et attrapa les larges sangles d'un gigantesque sac à dos. Dès qu'elle put y accéder, elle fouilla à l'intérieur et en sortit une boîte d'antalgiques puissants.

Tandis qu'elle ouvrait une bouteille d'eau, le portable de Rafe bipa, annonçant un SMS. Très peu de personnes avaient son numéro, qui était par ailleurs crypté pour qu'on ne puisse pas le tracer.

Il s'écarta et consulta l'écran. Le message venait de Davidoff à Chicago. Il était bref.

Alyssa a disparu. Que savez-vous ?

Rafe ne répondit pas. Le message le contrariait. Alyssa avait été agressée quelques heures plus tôt, et Davidoff savait déjà qu'elle avait disparu. Où prenait-il ses informations ? Était-elle surveillée par quelqu'un d'autre ? Si c'était le cas, Davidoff aurait dû l'en informer. Non que Rafe se fût attendu à une quelconque éthique de la part d'un patron du crime. Davidoff n'avait rien d'un boy-scout.

Comme il tournait la tête, il vit Alyssa ôter le T-shirt des Saints et enfiler un polo beige. Elle avait déjà remplacé son bloomer par un jean. Elle compléta sa tenue par une paire de tennis. Avec un blouson en jean, sa tenue fut complète. Passe-partout et confortable, elle lui permettrait de se fondre dans n'importe quelle foule.

Il ne s'expliquait pas pourquoi il préférait la tenue de Scarlett zombie, mais c'était le cas.

— Qui était-ce au téléphone ? demanda-t-elle.

— C'était juste un message.

Si elle avait été plus aimable avec lui, il n'aurait pas hésité à partager l'information.

— Nous devrions y aller, dit-elle. Il y a un hôtel où vous pourrez me déposer.

Il n'en était pas question.

Elle pensait peut-être qu'un hôtel local était sûr, mais il en doutait et il n'allait pas l'abandonner à ceux qui étaient sur ses traces. Quand ils auraient quitté l'entrepôt, il la reconduirait à la résidence sécurisée.

Sur ce sujet, il refusait d'entendre la moindre objection. La sécurité d'Alyssa était sa priorité. Soit elle venait avec lui, soit elle se rapprochait du WITSEC.

Elle hissa son sac à dos, qui était presque aussi grand qu'elle, sur ses épaules, prit la torche et marcha jusqu'à la fenêtre, par laquelle filtrait un rayon de lune. L'étroit vantail vertical mesurait environ un mètre vingt, et il pouvait s'entrebâiller pour apporter un semblant de ventilation.

Alyssa regarda à travers la vitre sale.

— Oh ! non !

— Qu'y a-t-il ?

Rafe se rapprocha.

— Un problème ?

— Il y a un homme, de l'autre côté de la rue. Je le reconnais.

Rafe jeta un coup d'œil à l'extérieur.

La silhouette d'un homme, de taille et de corpulence moyennes, était nettement visible. Bien que vêtu de noir, le type n'était pas doué pour se fondre dans le décor. Il se tenait tout bonnement sur le bord du trottoir, le visage éclairé par le réverbère.

— Comment le connaissez-vous ?

— C'est à lui que j'ai arraché le masque de squelette. J'ai compris après coup que je l'avais déjà vu, mais c'est seulement maintenant que je me rappelle son nom.

— Qui est-ce ?

— Hugh Woodbridge.

Le téléphone de Rafe bipa à nouveau. Le message venait de Sheila Marie.

Trois hommes sont en train d'arriver. Sortez vite.

Par la fenêtre, Rafe vit deux hommes rejoindre Woodbridge.

— Pour quelle raison le connaissez-vous ?

La voix d'Alyssa n'était qu'un murmure étranglé.

— Je l'ai vu dans les bureaux du WITSEC.

Ça expliquait pourquoi elle ne pouvait pas demander d'aide aux fédéraux de la protection des témoins. Elle avait été trahie.

— Woodbridge est un US marshal ?

— J'en ai bien peur.

Mauvaise nouvelle pour elle… pour tous les deux.

6

Alyssa regarda Woodbridge et ses acolytes traverser la rue au pas de charge et se diriger vers l'entrepôt. Ils étaient à nouveau à ses trousses.

Elle fonctionnait à l'adrénaline depuis qu'elle avait repris connaissance, et son énergie était presque épuisée. Son sac à dos semblait peser une tonne. Sa vision était brouillée. Ses ecchymoses la brûlaient.

S'enfuir de cet entrepôt sans l'aide de Rafe était pratiquement impossible. À ce stade, elle devait lui faire confiance.

Elle rejeta la tête en arrière pour le regarder dans les yeux.

— Vous avez un plan ?

Il lui prit la torche et la remplaça par son Glock 43.

— Ne tirez que si je vous dis de le faire.

Il n'avait pas d'inquiétude à avoir. Elle n'avait jamais tiré sur un être vivant et doutait de pouvoir commencer maintenant.

— La sécurité est mise ?

— Ne touchez pas la détente, et tout ira bien.

Elle le suivit dans l'espace de stockage, où il utilisa la lampe pour fouiller dans ses affaires, jusqu'à ce qu'il trouve un rouleau de corde bleue et des espèces de crochets métalliques.

— Vous pourrez envoyer un message de remerciements

au vendeur qui vous a fourni ce matériel. Je doute que vous ayez eu en tête de faire de l'escalade.

— De l'escalade ?

— Cette corde et ces mousquetons. Ça va nous être très utile.

Avant qu'elle ait eu le temps d'ouvrir la bouche pour poser une question, elle entendit du vacarme au rez-de-chaussée. Une porte qu'on ouvrait brutalement, des martèlements de bottes… Ils étaient entrés dans l'entrepôt.

C'était le moment d'agir, et Rafe n'hésita pas. Il semblait à l'aise en donnant des ordres, ce qui était après tout normal pour un agent du FBI… ou pour un pirate. Trop nerveuse pour réfléchir, elle capitula, prête à faire tout ce qu'il dirait.

Il s'arrêta devant une fenêtre à battant qu'il parvint à ouvrir. Une brise s'engouffra dans le bâtiment. À quelques centaines de mètres du fleuve, l'air était chargé d'humidité.

— Retirez votre sac, dit Rafe.

— Je vais devoir l'abandonner ? Il y a des choses dedans dont j'ai vraiment besoin.

— Nous allons le prendre, mais vous ne pouvez pas porter un tel poids.

Dès qu'elle eut fait glisser les sangles de ses épaules, elle se sentit mieux, pas tellement plus forte mais plus légère.

Elle regarda Rafe utiliser les mousquetons pour fixer la corde autour d'un pilier à proximité de la fenêtre.

Quand ce fut fait, il noua une boucle en bout de corde.

Elle s'étonna.

— Que faites-vous ?

— Une sorte d'étrier. Passez votre pied dedans, je vais vous faire descendre.

— C'est haut. Je pourrais me casser une jambe.

— C'est la raison pour laquelle je vais vous faire descendre, expliqua-t-il patiemment. Laissez-moi vous aider à monter sur l'appui de fenêtre.

L'ouverture était suffisante pour qu'elle y passe.

Elle entendit le bruit du monte-charge qui descendait. Woodbridge se rapprochait. Sans perdre une seconde de plus, elle glissa un pied dans la boucle.

— Et maintenant ?

— Faites peser votre poids sur le pied qui se trouve dans la boucle et glissez-vous hors de la fenêtre. Tenez-vous bien à la corde, et je vais vous faire descendre graduellement.

Baissant les yeux, Alyssa observa l'étroit passage entre les bâtiments. La hauteur lui semblait vertigineuse. Cette fenêtre donnait du seul côté qui n'était pas exposé au public. À l'opposé se trouvait une cour pavée, tandis que le quai de chargement était situé à l'arrière et l'accès principal côté rue.

Elle avait beau se convaincre qu'elle n'avait pas d'autre choix, ses mains tremblaient. Ses ecchymoses lui faisaient mal. Elle était tellement faible ! Comment pourrait-elle enjamber la fenêtre et descendre le long d'une façade comme une araignée ?

— Je ne peux pas, dit-elle. Vous avez une autre solution ?

— Nous n'avons plus le temps.

Woodbridge et ses hommes s'interpellaient les uns les autres tandis qu'ils exploraient le rez-de-chaussée.

Rafe avait à nouveau raison. Le temps n'était ni à l'hésitation ni à la peur.

Alyssa enjamba l'appui de fenêtre, se servit de la boucle pour supporter son poids et s'agrippa de toutes ses forces à la corde bleue.

Lentement, Rafe la fit descendre, tout en l'encourageant.

— Bien. Continuez comme ça. Vous y êtes presque.

Alyssa baissa les yeux. Le sol n'était plus très loin. Elle hésita tandis qu'il la faisait descendre de quelques centimètres encore, puis libéra sa jambe et sauta souplement sur les pavés.

Elle avait réussi.

Reprenant son souffle, elle regarda la corde remonter le long de la façade en serpentant. Rafe se pencha par la fenêtre et lui jeta son sac, puis il enjamba l'appui de fenêtre et descendit en rappel.

Remarquant qu'il portait des gants noirs, elle admira son aisance, ses mouvements habiles, presque gracieux.

— Nous y sommes arrivés, dit-il.

— Oui, nous l'avons fait.

Pour la première fois, elle pensait à eux comme à une équipe. Ce n'était plus chacun pour soi. Il l'avait secourue et protégée. Serait-il finalement la seule personne au monde en qui elle pourrait avoir confiance ?

Il prit son sac à dos et le hissa sur ses épaules.

— Venez.

On entendait des cris pas la fenêtre. Woodbridge et ses hommes n'étaient plus très loin.

Elle n'avait pas le temps de poser des questions ni d'élaborer des stratégies. Impossible de prendre la situation en main de manière raisonnée comme elle l'aimait.

Tout ce qu'elle pouvait faire, c'était courir derrière Rafe. D'habitude, elle était rapide et agile, mettant un point d'honneur à rester en bonne forme physique en se rendant à la salle de sport deux fois par semaine et en courant tous les jours. Mais là, elle trébuchait à chaque pas tant elle était épuisée.

Lorsqu'ils débouchèrent dans la rue, à quelques centaines de mètres du Café du Monde, Rafe lui prit le bras et la guida le long du trottoir. Il s'arrêta à côté d'une moto, prit un casque dans le top-case et le lui tendit.

— Mettez ça.

Ce n'était pas son moyen de transport préféré, mais elle n'allait pas argumenter. Ils devaient quitter les lieux le plus vite possible.

Il attacha son sac sur le support à bagages et l'aida à

s'asseoir sur la selle. Avant de prendre place à son tour, il s'enquit d'un ton inquiet :

— Vous avez assez de force pour vous tenir ?

— Oui, ça va aller.

Même si elle acceptait de le laisser prendre le contrôle des opérations, elle ne voulait pas qu'il la prenne pour une mauviette.

— De toute façon, je n'ai pas le choix. Demander de l'aide à la police est sans garantie avec un US marshal à mes trousses.

— Vous savez ce que ces types vous veulent ?

— Ça doit être une vengeance. Mon témoignage a envoyé un type en prison à perpétuité, et trois autres ont écopé de peines assez longues.

— Mais pourquoi un marshal de La Nouvelle-Orléans se préoccuperait-il du sort de criminels de Chicago ?

Rompant le contact visuel avec lui, Alyssa jeta un coup d'œil par-dessus l'épaule de Rafe.

— Nous devrions y aller.

— S'ils veulent votre mort, pourquoi ne pas avoir engagé un sniper pour vous abattre dans la rue ?

— Ils ne veulent pas d'une mort facile. Ils veulent que je souffre. C'est la seule logique que j'ai trouvée.

Elle refusait de penser aux autres possibilités et dangers inconnus qui la poursuivaient depuis que le FBI était venu sonner à sa porte pour demander qu'elle les renseigne sur les activités de prêteur sur gages de son ancien patron, Max Horowitz.

— Il est possible, dit Rafe, que vous possédiez quelque chose qu'ils veulent.

— Ce n'est pas votre problème.

Le moment de confiance était passé. Elle avait retrouvé son attitude normale, qui consistait à se montrer suspicieuse.

— Je voudrais que vous me déposiez à l'hôtel. L'adresse est…

— Je suis toujours responsable des opérations, trésor. Vous irez où je le dis.

Il mit son casque et enfourcha sa moto.

— Accrochez-vous.

Alyssa enroula les bras autour du torse de Rafe. Son corps musclé irradiait une chaleur réconfortante.

Il démarra la moto, et le moteur rugit, lui provoquant des frissons à travers tout le corps. Elle s'agrippa plus fermement, collée à son large dos, la joue sur le cuir souple de sa veste.

Même si elle était parfaitement capable de prendre soin d'elle, il lui fallait admettre qu'elle appréciait la compagnie de Rafe.

Après plusieurs tours et détours dans les rues de la ville, il s'engagea dans une allée et se gara sous un auvent longeant une maison… La maison même dont elle s'était échappée quelques heures auparavant.

— Nous sommes de retour ici ?

Il descendit de moto et ôta son casque.

— Je vous ai dit que je travaillais pour le FBI. Vous vous souvenez ?

Elle hocha la tête.

— Je sais comment mettre en place une résidence sécurisée. Il vous faut une surveillance, des armes et de la discrétion. Je peux vous apporter tout cela.

— Et votre client ? Il doit connaître l'adresse.

— Laissez-moi m'occuper de lui.

Lorsqu'elle descendit de moto, les jambes d'Alyssa la portaient à peine. Trop fatiguée pour réfléchir, elle décida d'attendre le lendemain matin pour poser des questions. Pour le moment, tout ce qu'elle voulait, c'était dormir.

Après avoir aidé Alyssa à se coucher et avoir activé tous les systèmes de sécurité qui transformaient cette petite maison tout ordinaire en forteresse numérique, Rafe s'assit à la table de la cuisine et prit son téléphone.

Il avait dit à Alyssa qu'il allait s'occuper de son client, et il était temps de tenir sa promesse.

La conversation serait difficile. Rafe avait été engagé par Davidoff pour protéger Alyssa, mais cela ne voulait pas dire pour autant que le criminel de Chicago avait de bonnes intentions. Ce dernier avait en effet la réputation d'être d'un abord aimable et sympathique tout en étant sans pitié.

Pourquoi Davidoff s'intéressait-il autant à cette jeune femme ? Il avait envoyé quatre SMS, chacun plus impatient que le précédent, allant d'une première demande polie à un ordre. Le dernier reçu à 3 h 17 du matin disait :

Où êtes-vous. Appelez-moi immédiatement.

Il était à présent 3 h 34. Rafe composa le numéro que Davidoff lui avait donné.

— Qu'est-ce qui vous a pris autant de temps ? s'écria le criminel.

— Un autre engagement.

— Une femme, c'est ça ? Vous avez ignoré mes messages parce que vous preniez du bon temps ?

— J'étais en effet avec une femme, ce soir. Mais nous célébrions les morts, et je voulais entrer en contact avec mon ancêtre pirate.

— Vos croyances vaudoues et votre vie sexuelle ne m'intéressent pas. Parlez-moi d'Alyssa.

Bien que Rafe n'eût jamais rencontré physiquement Viktor Davidoff, alias Davis James, alias Diamond Jim, propriétaire de six casses automobiles à Chicago, il avait minutieusement enquêté avant d'accepter la mission. Les photos le montraient comme un homme lourdement charpenté, avec un cou de taureau. Sa tête était rasée, et il arborait une barbe noire soigneusement taillée. Même s'il portait des costumes luxueux, il avait des mains de travailleur manuel, avec des doigts épais capables de vous étrangler sans effort.

Si Rafe voulait apprendre quoi que ce soit de son client, il devait poser les bonnes questions et éviter de trop en dire de son côté.

— À quel moment Alyssa aurait disparu, d'après vous ?

— Après son service au restaurant, elle n'est pas rentrée chez elle.

— Elle avait peut-être rendez-vous avec un homme.

Davidoff grommela.

— Vous l'avez surveillée pendant des jours. Est-ce qu'elle a un petit ami ?

— Ce soir, toute la ville est en fête. Elle a pu faire une rencontre occasionnelle.

— Mouais…

— Qui vous a dit qu'elle n'était pas chez elle ? Vous avez quelqu'un d'autre qui surveille sa maison ?

— Ça aurait dû être vous !

Davidoff avait proféré son accusation comme s'il tirait une balle.

— Je vous paye une petite fortune pour garder un œil sur elle. Et ne commencez pas à me parler de vos prétendues dépenses.

Décorer la chambre selon les indications de ce client avait été coûteux mais, plutôt que d'argumenter, Rafe préféra se concentrer sur Davidoff.

— Avez-vous engagé quelqu'un d'autre pour qu'il s'occupe de vos affaires à La Nouvelle-Orléans ?

— Et pourquoi je ferais ça ? Je ne suis pas Crésus.

— Qui vous a dit qu'Alyssa avait disparu ?

— Ça ne vous regarde pas, mais il s'agit de l'agent du FBI qui m'a conseillé de vous engager.

— Jessop ?

— Je n'ai jamais dit son nom.

— Mais j'ai raison.

Dès que Davidoff avait pris contact avec lui, Rafe avait demandé à son génie de l'informatique de faire une recherche, et Chance Gregory avait trouvé un lien.

— Votre contact au FBI est Darren Jessop, n'est-ce pas ?

— Je n'ai pas à me justifier, bon sang ! Vous travaillez pour moi. C'est compris, le Français ?

— Parfaitement.

— Je veux savoir où elle est, nom d'un chien.

Rafe décida de lâcher du lest.

— Elle passe la nuit dans un endroit sûr. Je peux vous garantir qu'il ne lui arrivera rien. Demain à midi, je vous enverrai une photo d'elle.

— Bien.

Le soulagement de Davidoff paraissait sincère.

— Elle semble importante pour vous. Pourquoi ?

— Disons que j'ai bien connu sa mère.

Davidoff n'était certainement pas du genre sentimental. Il devait y avoir une autre raison pour qu'il s'intéresse à Alyssa…

— Quand elle travaillait chez Max Horowitz, le prêteur sur gages, elle manipulait d'importantes sommes d'argent. C'est de ça qu'il est question ?

— J'en ai terminé, le Français. Envoyez-moi sa photo demain.

L'homme laissa passer un silence.

— Il est peut-être temps que je vienne à La Nouvelle-Orléans. Alyssa sera heureuse de me voir.

— Elle vous connaît ?

— Nous nous sommes déjà rencontrés.

Il eut un ricanement sinistre.
— On peut dire que je suis l'homme de sa vie.
— Comment cela ?
— Disons que, sans moi, elle ne serait pas née.
Davidoff était le père d'Alyssa ?

7

Le lendemain matin, Rafe se réveilla en pensant à Davidoff. S'il était vraiment le père d'Alyssa, il avait une bonne raison d'engager un garde du corps pour veiller sur elle. Mais ce sous-entendu était difficile à croire.

D'après les recherches qu'il avait effectuées, le nom du père ne figurait pas sur l'acte de naissance. Aucun homme n'avait revendiqué sa paternité, ni à Chicago ni à Savannah, où Alyssa avait vécu avec sa mère pendant quelques années.

La nuit dernière, avant de s'endormir, Alyssa lui avait un peu parlé de sa famille. Son père était sorti de sa vie quand elle avait quatre ou cinq ans. Elle n'avait jamais su son nom. Sa mère lui avait dit qu'il était mort, et elle n'avait jamais eu de raison de penser le contraire.

Assis sur le bord de son lit, Rafe s'étira et bâilla.

Les premières lueurs du jour filtraient à travers les stores. Il était à peine 7 heures, ce qui était tôt pour lui et pour tous les oiseaux de nuit de La Nouvelle-Orléans. Mais il devrait se contenter de trois heures et demie de sommeil, dans la mesure où Alyssa était une lève-tôt.

Si Davidoff était son père, pourquoi ne s'était-il pas manifesté plus tôt ?

Après le décès de sa mère, il ne restait pas d'autre famille à Alyssa. Parce qu'elle avait été témoin d'un meurtre, elle avait failli être tuée, et on avait dû la placer sous protection.

Quel genre de père abandonnerait sa fille dans une période où elle avait désespérément besoin d'aide ?

Diamond Jim était un homme puissant et dangereux. Peut-être pensait-il agir pour le bien d'Alyssa en gardant ses distances avec elle ? Si ses ennemis ignoraient son existence, ils ne pourraient pas s'en prendre à elle.

Si c'était la véritable explication, Davidoff pouvait être considéré comme bienveillant et chevaleresque, mais ces qualificatifs lui correspondaient bien mal. Selon Rafe, Davidoff était plutôt intéressé par le trésor de guerre de Max Horowitz - une mystérieuse somme d'argent détournée des comptes du prêteur sur gages.

Quand l'agent spécial Jessop l'avait mis en relation avec Davidoff, il avait précisé qu'Alyssa n'était pas seulement ravissante, mais qu'elle pourrait bien avoir accès à une cagnotte considérable.

La meilleure façon d'en savoir plus serait d'interroger Jessop, mais Rafe hésitait à le faire, ayant quelques réserves envers les fédéraux.

Hier, Jessop avait signalé à Davidoff qu'Alyssa avait disparu. Avait-il aussi dévoilé l'endroit où le WITSEC l'avait relocalisée ?

Tout cela était très suspect.

L'agent Jessop pouvait être de mèche avec les US marshals. Mieux valait laisser le FBI dans l'ignorance.

Sans allumer la lumière, Rafe sortit du lit. S'il avait été seul, il n'aurait pas pris la peine de s'habiller. Mais Alyssa était là. Il enfila donc un caleçon de sport en coton gris et se dirigea pieds nus vers la cuisine.

Après avoir mis la cafetière en marche, il vérifia son système de surveillance et constata avec soulagement que tout était normal. Puis il se dirigea vers la seule salle de bains de la maison.

La porte était verrouillée, et il entendait de l'eau couler

à l'intérieur. Alyssa était passée la première, mais ça ne devrait pas être un problème. Il savait pour l'avoir observée, qu'elle ne passait pas plus de quinze minutes sous la douche, shampooing compris.

De retour à la cuisine, il se versa une tasse de café. Son cerveau fonctionnerait mieux une fois qu'il aurait eu sa dose de caféine. Peut-être pourrait-il alors comprendre qui en voulait à Alyssa et pour quelle raison…

Ce matin, elle serait peut-être plus encline à partager des informations. Ne lui avait-il pas sauvé la vie, hier soir ? Sans doute avait-elle changé d'opinion à son sujet.

La veille, à l'entrepôt, elle avait fini par baisser sa garde et lui faire confiance. Il avait besoin que cette attitude perdure. Lui tenir lieu de garde du corps était déjà assez difficile sans qu'il ait à s'inquiéter du risque qu'elle file à l'anglaise.

Il réfléchit posément à ses projets pour la journée.

Si elle acceptait de coopérer, il pourrait la laisser à la maison, où la sécurité était maximale.

Mais il ne pouvait pas être sûr à cent pour cent que personne ne pourrait deviner qu'elle se cachait ici. Si ses poursuivants la retrouvaient, elle n'avait pas les techniques pour se défendre.

Donc, il devait l'emmener quand il quitterait la maison.

Sirotant son café, il laissa vagabonder ses pensées.

Aujourd'hui, il devait s'entretenir avec Chance, le génie de l'informatique, pour découvrir de nouvelles informations sur Davidoff et sur Horowitz, l'ancien employeur d'Alyssa.

Naturellement, il aurait aussi une conversation avec Sheila Marie pour apprendre les nouveaux ragots de la rue.

En attendant, il avait besoin de prendre une douche.

Tandis qu'il longeait le couloir exigu de cette maison de style *shotgun* - si typique de la région avec sa structure rectangulaire étroite - il vit Alyssa venir à sa rencontre, drapée dans une serviette de plage orange et jaune.

Ses cheveux étaient encore humides de la douche. La lumière du plafond jetait un halo doré sur ses épaules nues. Elle avait les joues rosies et les yeux brillants.

— Bonjour, Rafe.

— Bonjour, ma chère, répondit-il, toujours fidèle à ses manières très vieille France.

Le regard d'Alyssa se posa sur son torse nu.

— Je ne pensais pas en voir autant de vous.

Sa détermination à faire preuve d'autorité disparut. Il avait suffi d'un sourire pour le désarmer.

— J'ai fait du café.

— Parfait. Je m'habille et je vous rejoins à la cuisine.

Tandis qu'il se plaquait contre le mur pour lui permettre de passer, elle ajouta :

— Nous devons dresser un plan d'attaque. Comme on est samedi, je ne peux pas accéder à mon coffre-fort à la banque, mais j'ai d'autres choses à faire avant de quitter la ville.

— Ce n'est pas prudent de quitter La Nouvelle-Orléans sans avoir de point de chute infaillible.

— Ce serait pire de rester. Et je sais quoi faire. J'ai simplement besoin que vous me laissiez utiliser votre ordinateur.

Au lieu d'objecter, il se rua vers la salle de bains, encore embuée de vapeur. Après une douche rapide, il se lava les dents et enfila un pantalon cargo et un T-shirt.

Bien qu'il n'ait pas perdu de temps, Alyssa le prit de vitesse et, quand il entra dans la cuisine, il la vit qui fouillait dans un placard en hauteur, hissée sur la pointe des pieds. Son T-shirt vert d'eau était légèrement remonté, révélant la peau nue de sa taille.

— Je cherchais les corn flakes, dit-elle. Pourquoi les rangez-vous aussi haut ?

— Je préfère le porridge au gruau d'avoine. Écartez-vous, je vais préparer le petit déjeuner.

Il prit une boîte métallique sur une étagère et commença tandis qu'Alyssa prenait place à la petite table carrée en formica.

Elle but une gorgée de café.

— Je peux peut-être vous aider ? proposa-t-elle.

— Non, merci, ça ira.

Sans mesurer, il versa du lait et de l'eau dans une casserole qu'il fit chauffer.

Le porridge au petit déjeuner était une tradition depuis son enfance, quand Nana Lucille préparait presque tous les repas pour sa grande famille. Ses parents étaient tous les deux professeurs à Tulane, et ses trois sœurs étaient plus âgées que lui et déjà occupées par leurs propres vies. Nana Lucille lui avait appris à cuisiner, et il avait adoré ces moments passés en cuisine, où l'air embaumait les épices cajun, le faisant saliver à l'idée des bons plats qu'il allait goûter.

La cuisine était un endroit apaisant, propice à la discussion.

— Je sais dans les grandes lignes comment vous avez été intégrée au programme de protection des témoins, mais ça me serait utile d'entendre les détails de votre bouche.

Elle grommela.

— Je vous ai déjà raconté cette histoire. Vous êtes sûr de vouloir l'entendre encore ?

— Nous devons déterminer qui vous en veut et pourquoi. Alors, oui, j'aimerais bien que vous me disiez comment vous vous êtes retrouvée dans un tel pétrin.

Rafe jeta le gruau d'avoine dans la casserole, mélangea la mixture, couvrit la casserole et baissa la flamme.

— Par quoi voulez-vous que je commence ?

— Votre ancien patron.

— Max Horowitz ?

— Comment une gentille fille comme vous s'est-elle retrouvée à travailler pour un homme comme lui ?

— Par le biais de ma mère. Max venait souvent dans la bijouterie où elle travaillait. Elle l'a convaincu de m'engager dans sa boutique, ce qui était une nette amélioration après la pizzeria où je travaillais avant.

Rafe mit une poêle à chauffer sur le gaz pour cuire le bacon.

— Que se passait-il d'autre dans votre vie à cette époque-là ?

— Cela remonte à dix ans, juste après le départ de tante Charlotte et sa mort dans un incendie. Elle manquait beaucoup à maman, qui passait une grande partie de son temps à pleurer. Elle ne m'ignorait pas délibérément, mais je me sentais isolée.

Rafe jeta un coup d'œil par-dessus son épaule et vit qu'elle avait pris le mug avec des marguerites, qu'il n'utilisait jamais.

— Votre mère savait-elle qu'Horowitz était un receleur ?

— Vous insinuez qu'elle ne prenait pas bien soin de moi ?

— À vous de me le dire, trésor.

— Quand elle était de bonne humeur, elle était formidable : belle, drôle et talentueuse. Le week-end, elle chantait avec un orchestre et elle faisait aussi partie de la chorale de l'église.

Alyssa passa les doigts dans sa chevelure encore humide et la secoua.

— Maman m'a élevée toute seule. On manquait d'argent. Nous n'étions pas vraiment dans la misère, mais je pense que, certaines fois, elle a dû commettre de petits délits. Nous n'en parlions jamais, mais je suis certaine qu'elle n'a jamais fait de mal à personne et qu'elle n'a toujours pensé qu'à mon bien.

Elle était maintenant sur la défensive, employant un ton cassant.

De toute évidence, Alyssa aimait sa mère et elle ne permettrait aucune allusion négative, même si celles-ci étaient fondées.

En effet, il y avait de quoi s'interroger sur la façon dont sa mère était morte, renversée par un chauffard qui avait pris la fuite. Cela pouvait très bien être un acte délibéré, qu'il s'agisse d'une vengeance personnelle ou de l'exécution d'un contrat.

— Et donc, vous avez pris un emploi de bureau bien tranquille chez un prêteur sur gages ?

— J'ai sauté dessus. Et Max était un vieux monsieur adorable.

D'après la rumeur, ce gentil papy, avec sa moustache blanche, avait poignardé un voleur avec une épée déguisée en parapluie.

— Parlez-moi de votre travail.

— Le bureau se trouvait à l'étage, dans le Near West Side, qui est un quartier tout à fait correct. Max a affirmé à ma mère que ce n'était pas dangereux, et il a tout fait pour qu'il ne m'arrive rien. La porte entre la boutique et l'escalier menant à mon bureau était toujours verrouillée. Il n'y a eu que quatre tentatives de vol au cours des cinq ans où j'y ai travaillé.

— Que quatre ?

Il mélangea le porridge et déposa les tranches de bacon dans la poêle.

— Ces boutiques sont une cible de choix pour les voleurs. Beaucoup d'argent en espèces y circule. Max avait un coffre-fort.

Alyssa quitta la table et le rejoignit à côté de la gazinière.

— Je surveille le porridge. Occupez-vous du bacon.

Il hésita à faire frire une andouillette en plus, mais décida d'aller au plus simple. L'impressionner avec le petit déjeuner ne faisait pas partie de ses priorités. Il voulait simplement qu'Alyssa se détende et lui raconte toute la vérité. Mais il ne voulait pas non plus qu'elle gâche la nourriture.

— Vous avez déjà préparé du porridge ?

— Je vous rappelle que je suis commis de cuisine dans une brasserie.

Rafe se demandait comment elle avait pu accepter cet emploi. À la mort de sa mère, Alyssa s'était retrouvée avec des ressources substantielles, en plus d'un très gros chèque de l'assurance décès. Elle n'avait pas besoin de travailler.

— Ça vous plaît ?

— Pas autant que je l'aurais cru. La nourriture à La Nouvelle-Orléans est tellement exotique : gumbo, jambalaya, crabe farci… Apprendre à cuisiner ces plats n'est pas facile, et j'ai connu quelques désastres.

Rafe aimait sa curiosité et son intérêt pour sa ville natale. Tant de choses lui plaisaient chez Alyssa.

— Vous avez parlé de vols. C'est à cause de cela que vous êtes devenue témoin assisté ?

— Non, c'est arrivé plus tard, et ça n'a pas eu lieu à la boutique.

Elle tourna le gruau à l'aide d'une cuillère en bois.

— Je rajoute du beurre ?

— Si vous voulez.

— Tout a meilleur goût avec du beurre.

— Vous parlez comme une vraie fille de la Louisiane.

— Rappelez-vous que j'étais déguisée en Scarlett O'Hara quand nous nous sommes rencontrés. Je ne suis pas une belle du Sud, mais ma mère est née et a grandi à Savannah. Et j'ai passé suffisamment de temps là-bas pour comprendre leurs habitudes. Sans parler des quelques années que je viens de passer à La Nouvelle-Orléans. J'aime cette ville et je serai triste de la quitter.

— Nous pouvons peut-être trouver un moyen pour que vous restiez.

Alyssa secoua la tête.

— Il vaut mieux que je m'en aille et que je recommence une nouvelle vie ailleurs.

— Et s'ils vous retrouvent ?

— Je continuerai à me déplacer.

Alyssa ajouta du poivre et une pincée de piment de Cayenne au gruau.

— J'aime la nourriture fondante et épicée, précisa-t-elle.

Exactement son goût en matière de femme, songea Rafe. Mais ce n'était pas un sujet qu'il aborderait avec elle, même sur le ton de la plaisanterie.

— Parlez-moi encore de votre travail chez Horowitz.

— Max faisait tout pour me faciliter les choses. Au début, il me remettait des documents indiquant combien d'articles étaient rentrés et combien il les avait payés, et j'enregistrais la transaction à l'aide d'un logiciel comptable. Au bout de deux mois, il m'a chargée de répertorier la marchandise plus volumineuse qui était livrée directement à l'entrepôt et d'en noter la valeur. Ensuite, je me suis occupée des achats d'antiquités et d'œuvres d'art. J'allais chez les clients faire les estimations et rédiger les fiches de dépôt. Maman m'accompagnait quelquefois, en tant qu'experte en joaillerie.

— Je suppose que les dépenses de la boutique étaient notées également.

— Il y avait différents dossiers. Tout était informatisé, mais Max aimait travailler à l'ancienne, avec des registres comptables comme ceux qu'il utilisait quand il avait commencé le métier.

— Comment procédiez-vous ?

— Je transcrivais à la main les chiffres de l'ordinateur, sur de grands registres. Certains étaient reliés, en cuir, d'autres étaient plus simples. Max les conservait sur des étagères derrière son antique bureau en acajou. Il y en avait du sol au plafond.

Rafe coupa la flamme sous la poêle où le bacon présentait l'aspect croustillant qu'il aimait.

— Vous voulez dire qu'il y avait deux jeux d'écritures comptables ?

— En fait, il y en avait trois. J'avais l'habitude de prendre les documents informatiques en photo avec mon téléphone, avant de les retranscrire, parce que je n'avais pas assez de place sur mon bureau pour étaler les registres.

Avant même que Rafe ait eu le temps de faire un commentaire, elle enchaîna :

— Ne vous emballez pas. Le FBI a tout épluché, et ils ont conclu que Max ne fraudait pas.

Cependant, ce système compliqué était sujet à caution et offrait de nombreuses opportunités de déguiser des sommes et d'enterrer des paiements.

Confier sa comptabilité à une jeune fille de dix-sept ans, sans qualification ni expérience, semblait quelque peu risqué, à moins qu'il n'ait justement tablé sur sa naïveté… Mais, avec le temps, Alyssa avait bien dû finir par avoir des doutes.

Horowitz Pawn & Exchange était une entreprise multimillionnaire. Le vieil homme à la moustache blanche faisait peut-être des transactions tout à fait classiques au comptoir, mais il achetait et revendait aussi des diamants bruts et des bijoux à la provenance incertaine. C'était en outre un receleur en cheville avec de nombreux criminels, dont il blanchissait aussi probablement l'argent. Le fait que le FBI n'ait rien trouvé ne signifiait pas que Horowitz n'avait rien à se reprocher. Quand Alyssa avait été appelée à témoigner, il avait disparu, et on n'avait plus entendu parler de lui depuis.

Tandis qu'Alyssa saupoudrait le gruau de cheddar râpé, Rafe prépara des œufs brouillés, puis il prit place à table en face d'elle.

— J'aimerais bien aller chez moi, dit-elle après avoir bu une gorgée de café.

— C'est une plaisanterie ?

En tout cas, ça ne le faisait pas rire.

— Je sais que ça va être compliqué, mais je n'ai pas envie de perdre tout ce que je possède.

Peut-être cachait-elle quelque chose d'important chez elle…

— Quoi en particulier ? Des bijoux, peut-être ?

— Vous me croyez assez stupide pour laisser des objets de valeur derrière moi ?

— Mais non, vous êtes trop intelligente.

Il observa son expression tandis qu'il continuait :

— Vous avez peut-être caché quelque chose sous une lame de parquet, ou dans le compartiment secret d'un bureau, ou dans la partie congélateur de votre réfrigérateur.

— J'ai peut-être essayé ce genre de choses quand j'avais douze ans…

Tout en soutenant son regard et en affichant un air innocent, elle plongea sa cuillère dans le porridge et grommela de satisfaction.

— S'il y a quelque chose que ma mère m'a enseigné, c'est de garder mes trésors en sécurité. Quand j'étais petite, elle cachait une broche en diamant, et je devais la retrouver.

— Et maintenant que vous êtes grande ?

— Eh bien, vous avez vu mon espace de stockage. Je vous ai aussi parlé d'un coffre à la banque. J'ai également un casier à la salle de sport et à mon travail.

Les yeux verts d'Alyssa brillaient tellement qu'il en fut distrait. Il avait hâte que cesse ce petit jeu du chat et de la souris. Ils étaient du même côté. Plus il en saurait, mieux il pourrait la protéger.

— Vous ne pouvez pas retourner chez vous. Ils peuvent

surveiller la maison ou l'avoir piégée. Votre voiture a probablement été équipée d'un système de traçage.

— Ça vous intéressera peut-être de savoir que j'ai une autre voiture. Elle est dans un garage privé, le plein fait, le coffre chargé et prête à prendre la route.

— Elle est enregistrée à votre nom ?

Elle mordit dans un morceau de bacon, de ses dents blanches et aiguisées, et mâcha lentement.

— En fait, Alyssa Bailey est un pseudonyme. C'est le nom que j'utilise dans la vie de tous les jours, mais j'ai quatre autres identités, deux avec des passeports, et toutes avec des cartes de crédit.

Elle semblait changer de nom comme d'autres changeaient de vêtements.

— Vous aviez déjà tous ces documents à Chicago ?

— Je n'avais qu'un seul nom d'emprunt. J'ai ajouté les autres durant mes trois ans passés à La Nouvelle-Orléans.

À l'écouter, se procurer de fausses identités était un jeu d'enfant. Comment avait-elle fait ? Quelque chose disait à Rafe que Max Horowitz ne lui avait pas seulement appris des rudiments de procédures comptables.

— J'aimerais bien voir ces papiers.

— Ce n'est pas une bonne idée.

Elle tapota sa serviette en papier sur ses lèvres pleines.

— Nous pourrions peut-être prendre ma seconde voiture, ou passer à la salle de sport pour vider mon casier.

— On verra.

Il n'avait aucune intention de la laisser prendre les choses en main et l'entraîner dans ses stratégies potentiellement répréhensibles et dangereuses.

Une fois le petit déjeuner terminé, Rafe donna son téléphone à Alyssa pour qu'elle puisse vérifier ses messages.

Il la regarda dérouler la liste des SMS et des messages

vocaux d'un air désinvolte. Elle n'avait pas du tout l'air de chercher un contact de la part d'un quelconque complice.

— Vous attendez un appel ?

Elle haussa les épaules.

— J'ai un message vocal non identifié. Je l'écoute ?

— Allez-y.

La voix était basse et rauque, et pouvait appartenir à une femme comme à un homme. Le message était bref :

« Dimanche matin, office de 9 heures à l'église Hope and Peace, dans le Ninth Ward. Soyez là. »

Alyssa écouta à nouveau le message.

— C'est la même personne qui m'a appelée la nuit dernière, j'en suis sûre.

— Mais vous ne reconnaissez pas la voix ?

— Elle a quelque chose de familier, mais non.

— Préparez-vous. Nous allons à l'église.

Alyssa se leva d'un bond.

— Donnez-moi huit minutes.

La plupart des femmes mettraient plus de temps pour se maquiller et se coiffer, mais Alyssa était un petit caméléon futé, et il était certain qu'elle ferait des miracles.

Dans sa chambre, Rafe enfila un costume bleu nuit et une chemise blanche, en prenant soin de se munir d'un holster d'épaule sous sa veste. Puis il passa la main sur joue. Il n'avait pas le temps de se raser, mais il n'était pas trop hirsute.

— Prête ? demanda-t-il en se recoiffant avec les doigts.

— Presque.

Il sortit dans le couloir et tomba nez à nez avec une blonde aux longs cheveux bouclés. Par curiosité, il consulta sa montre. Huit minutes s'étaient écoulées.

— Comment connaissiez-vous le timing ?

— Je me suis entraînée à me changer.

Elle portait d'immenses lunettes de soleil noires, une

minijupe blanche, un débardeur rose profondément décolleté et des sandales compensées.

Ses lèvres maquillées en rose fuchsia dessinèrent une petite moue sexy, avant qu'elle demande d'une voix suave :

— Alors, beau gosse, qu'est-ce que vous en pensez ?

— Subtil.

Alyssa Bailey, l'ancienne comptable de Chicago, s'était transformée en femme fatale. Les lunettes cachaient le vert de ses yeux. Ses vêtements sexy constituaient une distraction. Tous les témoins se concentreraient sur sa longue crinière.

Rafe avait des années d'expérience en mission d'infiltration et ne pouvait qu'approuver ce déguisement.

Alyssa avait réussi l'exploit de disparaître, tout en étant visible à l'excès.

8

Recroquevillée sur le siège passager de l'imposant SUV noir, Alyssa se sentait nerveuse.

Le soleil matinal encore noyé de brume jetait un voile mystérieux sur les rues du Quartier français. La parade de la nuit avait laissé des traces. Mélangés aux ordures et aux fleurs fanées surnageaient de scintillants souvenirs.

La Nouvelle-Orléans était comme une femme qui avait passé la nuit dans les affres de la passion, et qui se réveillait comblée le lendemain.

Alyssa enviait l'indolence sensuelle de La Nouvelle-Orléans. Elle-même s'autorisait rarement à se détendre et ne baissait quasiment jamais sa garde.

Derrière ses lunettes de soleil, elle fronça les sourcils. Elle devait se rappeler de ne faire confiance à personne, et surtout pas à Rafe, en dépit du fait qu'il lui prêtait secours.

Avec son costume bleu nuit et sa chemise blanche, il était élégant mais pas inoffensif. Son regard acéré allait de droite à gauche et inversement, à l'affût du moindre danger.

Et Alyssa n'avait pas manqué de remarquer qu'il portait une arme sous sa veste.

— Comment je suis ? demanda-t-elle, pour rompre un silence qui devenait pesant.

— Bien.

C'était tout à fait le genre de réponses que faisaient les

hommes pour éviter une dispute. Mais ça ne l'aidait pas beaucoup.

— Pendant mon enfance à Savannah, notre pasteur était super dramatique, et il y avait beaucoup d'applaudissements et de chants. Maman était soliste dans la chorale, et elle chantait vraiment bien.

Elle grimaça.

— Malheureusement, je n'ai pas hérité de son talent.

— Je m'en suis rendu compte quand je vous ai entendue chanter à la parade.

— Est-ce que Hope and Peace Church est le genre d'endroits où je me sentirai à l'aise avec mes lunettes et ma perruque ?

— Je n'en sais rien, ma chère. Je n'y suis jamais allé.

Le lieu et l'appel anonyme l'inquiétaient.

— Qui croyez-vous que le mystérieux interlocuteur veuille rencontrer à l'église ?

Rafe haussa les épaules.

— Le message a été laissé sur votre téléphone. Et je suppose que l'endroit doit avoir une signification pour vous. Quand vous pensez à une église, quelle est la première chose qui vous vient à l'esprit ?

— Ce n'est pas un mauvais endroit pour un rendez-vous. Je ne pense pas qu'ils m'attaqueront dans une église.

— Vous avez peur ?

Ce n'était pas quelque chose qu'elle avait envie d'admettre.

— Vous alliez à l'église quand vous étiez petit ? demanda-t-elle.

— Ma famille est catholique. Nana Lucille m'emmenait à la cathédrale Saint-Louis.

Fondée au XVIIIe siècle, à l'époque de la Louisiane française, et se dressant sur Jackson Square, la cathédrale était une incroyable construction où se mêlaient les styles Renaissance, néogothique et colonial espagnol. Avec ses trois clochers, sa voûte immense soutenue par d'impressionnantes colonnes, ses vitraux et ses statues, Saint-Louis était un des symboles forts de la Louisiane.

Songeant à cela, Alyssa se rappela que Rafe était issu d'une vieille famille. Peut-être avait-il grandi dans une vaste maison coloniale à pilastres qui ressemblait à Tara, l'inoubliable plantation de Scarlett O'Hara.

— Avez-vous encore de la famille en ville ? demanda-t-elle.

— Plus maintenant.

Elle pressentait une histoire intéressante à propos du clan Fournier, mais ne voulait pas en savoir trop, ni devenir trop proche de Rafe. Il avait du charme, un sourire engageant et de magnifiques yeux gris. Mais elle n'osait pas lui faire confiance.

Pas avant d'avoir compris ce qu'il voulait vraiment. Pas avant de savoir qui était son mystérieux client.

Les rues étaient pour la plupart désertes, tandis qu'ils roulaient vers le pont traversant le Mississippi.

— Parlez-moi de vous, trésor. Vous n'avez jamais terminé votre histoire sur la raison qui a fait que vous vous retrouviez dans le programme de protection des témoins.

— Je me suis arrêtée où ?

— Vous avez expliqué en quoi consistait votre travail.

— Ah oui ! Je voulais faire de vraies études de comptabilité, avoir un diplôme, et Max a proposé de payer mes études, si je m'engageais à travailler pour lui au moins quatre ans après l'obtention de mon diplôme.

— L'offre était alléchante.

Alyssa hocha la tête.

— C'était vraiment quelqu'un de gentil. Je me suis peut-être doutée qu'il faisait du recel, mais bon…

— Il s'agit quand même de biens volés.

— Ne me faites pas la morale ! Max avait du cœur. Je l'ai vu donner 2 000 dollars à une veuve qui devait gager la médaille militaire Purple Heart de son mari. Plus tard dans la journée, il s'est arrangé pour que la médaille lui soit retournée.

— Il est possible d'avoir du cœur et d'être aussi un criminel.

— Vraiment ?

— J'en sais quelque chose. Mes ancêtres étaient des pirates.

Alyssa laissa passer un silence, avant de reprendre :

— Ces types du FBI sont tellement arrogants. Ils n'arrêtaient pas de me demander si j'avais pu faire une erreur. Évidemment que c'était possible. C'est humain de se tromper. Mais ils parlaient d'une somme complètement folle. Sept millions de dollars.

Rafe freina, se rangea le long de la route, ôta ses lunettes de soleil et fixa Alyssa.

— Répétez.

Elle le fit et ajouta :

— Je n'aurais jamais dû vous le dire.

— Au contraire. C'est un mobile puissant. Ça donne sept millions de raisons pour expliquer que ces types soient sur vos talons et vous veuillent vivante. Ils pensent que vous savez où est l'argent.

— Ils se trompent.

— Ils peuvent aussi en vouloir à votre patron. Savez-vous où il se trouve ?

— Même si je le savais, je ne vous le dirais pas.

Il marmonna quelques mots en français, qu'elle reconnut comme étant des jurons. Puis il se réinséra dans la circulation.

— Vous rappelez-vous le nom des agents qui vous ont interrogée sur l'argent ?

— J'en ai rencontré un certain nombre à Chicago. Trop pour retenir tous les noms.

— Et ici ? Avez-vous rencontré Darren Jessop ?

— Grand, musclé, cheveux blond clair, yeux bleus très pâles, le type scandinave. Vous pensez qu'il est de mèche avec Woodbridge ?

Rafe garda les yeux fixés sur le pare-brise, tandis qu'ils traversaient le pont au-dessus d'Industrial Canal, une voie d'eau qui reliait le Mississippi au lac Pontchartrain et séparait le quartier Est du reste de la ville.

— Finissez votre histoire. Mieux vaut que je sache tout.

Les eaux sombres du fleuve s'étiraient à perte de vue. Tant de secrets roulaient sous sa surface en apparence placide, s'accordant à l'état d'esprit d'Alyssa.

Rafe donnait l'impression qu'il en savait plus qu'elle, et donc qu'il avait un avantage.

Il fallait qu'ils soient sur un pied d'égalité.

— Je vous ai parlé de l'argent, maintenant c'est à votre tour. Pourquoi vous intéressez-vous à Darren Jessop ?

— Il connaît mon client, le type qui m'a engagé pour vous protéger.

Rafe lui lança un regard.

— J'espère parler à Jessop aujourd'hui.

— En personne ?

— Ou au téléphone.

Il hocha les épaules avec une nonchalance typiquement cajun.

— Revenons à votre histoire. Vous prétendez que votre travail n'était pas dangereux. Pourtant, vous avez été témoin d'un meurtre.

— Pas dans la boutique. Mon bureau était totalement privé et protégé. Je ne traitais pas avec les gens qui venaient gager ou vendre leurs biens au comptoir et je ne me chargeais pas de la marchandise. D'autres personnes s'occupaient du stockage et veillaient à ce que tout soit à sa place.

— Quelle était la procédure ?

— Beaucoup d'articles étaient conservés dans la réserve,

surtout quand Max pensait que la personne n'allait pas tarder à venir récupérer ce qu'elle avait gagé. Mais les objets de plus grande valeur étaient remisés dans un entrepôt à Bedford Park.

Le quartier n'était pas défavorisé, mais il n'avait pas non plus le prestige de Fulton River District, à proximité du centre-ville de Chicago. L'entrepôt en brique rouge comptait deux étages, et l'intérieur était baigné de lumière grâce à ses grandes baies en ogive, qui n'étaient pas sans évoquer une cathédrale. La température et l'humidité y étaient soigneusement contrôlées pour préserver les œuvres d'art et la marqueterie des meubles anciens.

Rattrapée par les souvenirs, Alyssa frissonna. La climatisation du SUV semblait glaciale. Elle n'avait pas envie de parler de ça.

Ils quittèrent le pont, et Rafe prit la direction de l'est.

— Nous arrivons bientôt ?

— Il vous reste assez de temps pour finir votre histoire. Dites-moi ce qui s'est passé à l'entrepôt.

— J'y allais rarement. En cinq ans, j'ai dû m'y rendre seule une quinzaine de fois. Ce jour-là, je vérifiais les chiffres des registres par rapport aux fiches d'inventaire et j'ai découvert une disparité.

— De quel ordre ?

— Dans les 20 000 dollars. C'était énorme, et je me disais qu'il devait y avoir une erreur. À ce moment-là, je prenais des cours du soir, tout en travaillant à plein temps, et j'étais épuisée. J'espérais qu'il ne s'agissait pas d'une erreur de ma part, mais plutôt que de la marchandise avait dû être rangée au mauvais endroit dans l'entrepôt. Max n'était pas en ville, et je me suis dit que je pouvais régler le problème avant son retour.

Alors que le souvenir se faisait plus vivace, elle se tut.

Si elle était tranquillement restée dans son bureau, rien de tout cela ne serait arrivé.

— Racontez-moi comment ça s'est passé, insista Rafe.

— Lorsque je suis arrivée à l'entrepôt, j'aurais dû comprendre tout de suite que quelque chose n'allait pas. Frankie Leone, le responsable du stock, n'était pas là.

Elle soupira.

— Sur le moment, je me suis réjouie de pouvoir me faufiler sans être vue.

— Vous avez bien dit, Frankie Leone ?

Alyssa hocha la tête.

— Vous le connaissez ?

— Continuez votre histoire. Vous étiez ravie de pouvoir vous faufiler sans être vue, parce que vous espériez corriger cette disparité sans que personne ne s'en rende compte.

Elle aurait bien aimé qu'il arrête de dire « disparité. » C'était son choix de vocabulaire, et elle s'en voulait de vouloir paraître détachée, d'essayer de transformer une erreur de 20 000 dollars en quelque chose de beaucoup moins stupide.

— J'ai fait une grosse bêtise, d'accord ? s'exclama-t-elle avec agacement. Si je n'étais pas allée à l'entrepôt, Ray McGill et son frère auraient évacué le cadavre et s'en seraient sortis, ni vu ni connu. Mais j'ai tout vu.

— Ce n'est pas votre faute, ma belle.

— Alors, pourquoi est-ce que je me sens aussi coupable ?

— C'est un immense entrepôt, n'est-ce pas ? Qu'y avait-il d'autre, à part des œuvres d'art et des antiquités ?

— Des motos et des voitures anciennes. Un jour, j'y ai même vu un hors-bord.

— Vous connaissez Diamond Jim ?

— Tout le monde le connaît. Je lui ai acheté une Honda d'occasion.

— Et ? Vous êtes en relation ?

Alyssa secoua la tête.

— Il est beaucoup trop important pour travailler avec une boutique de prêteur sur gages. Mais je lui ai serré la main une fois, à une vente de charité. Quand je l'ai appelé pour acheter une voiture, il a dit à son vendeur que j'étais une cliente spéciale.

— Reprenez votre histoire, s'il vous plaît.

— Je me dirigeais vers la zone où étaient stockés les fourrures, les robes de haute couture et les bijoux. J'ai composé le code, ouvert la porte, et je suis entrée dans la pièce ventilée. C'est là que j'ai entendu les coups de feu.

Et elle avait cru que son cœur s'arrêtait.

Elle ne voulait pas croire que les bruits étouffés, comme un bouchon de champagne qui sautait, étaient vraiment des coups de feu. Finalement, elle était allée à la porte pour regarder dans le couloir.

— Un homme titubait dans ma direction. Sa chemise était couverte de sang. J'ai reconnu Frankie Leone. Avant qu'il s'effondre dans mes bras, j'ai vu Ray McGill tirer sur lui encore une fois. J'ai tiré Frankie dans la pièce et poussé la porte, qui s'est verrouillée automatiquement.

— Et vous vous êtes retrouvée coincée à l'intérieur avec un homme en train de mourir.

— Il y avait tellement de sang. Je voyais qu'il souffrait beaucoup. Heureusement, il a très vite perdu connaissance. J'ai appelé les secours, mais la connexion était mauvaise, et ça a coupé très vite. J'ai prié pour que quelqu'un vienne, mais je n'en étais pas sûre.

Revivant ces images, elle frissonna.

— La police a mis une heure pour arriver. Entre-temps, Frankie est mort dans mes bras.

Elle avait dû raconter cette histoire des dizaines de fois aux forces de police, au FBI… et c'était toujours aussi difficile.

À sa grande surprise, Rafe tendit le bras au-dessus de la console pour lui prendre la main, qu'il pressa gentiment.

Il ne dit rien, mais le contact physique l'apaisa. La chaleur de sa paume dilua le frisson qui avait enveloppé tout son corps.

Quand elle tourna les yeux vers lui, elle put voir qu'il avait vécu un traumatisme similaire. Ils n'avaient pas besoin de mots pour communiquer. Être confrontée à une mort violente l'avait changée pour toujours, et elle était certaine qu'il ressentait la même chose.

Rafe se gara bientôt le long du trottoir et coupa le moteur.

— Nous sommes arrivés ? demanda-t-elle.

Il hocha la tête.

Elle était tellement absorbée par son histoire qu'elle n'avait pas prêté attention à son environnement.

Le quartier de Ninth Ward avait été dévasté par l'ouragan Katrina, et une partie du secteur ressemblait encore à une zone de guerre. D'autres rues, comme celle-ci, avaient été reconstruites et replantées. La chaussée en elle-même avait encore besoin de réparations, mais les maisons qui s'alignaient de part et d'autre étaient flambant neuves, arborant des couleurs vives. Alyssa remarqua un surprenant bâtiment de plain-pied, dont la façade s'ornait de rayures violettes et jaunes.

L'église occupait une vaste parcelle de terrain et possédait un parking, mais Rafe avait choisi de l'ignorer. Fraîchement reconstruite, elle était toute simple, avec un campanile blanc sur un côté. Le bâtiment principal était percé de fenêtres hautes et étroites, dotées de volets anti-ouragan gris. Sur le côté, on apercevait un jardin et une cour bordée par un long préau.

L'entrée de l'église se trouvait en haut d'un vaste perron et se faisait par une double porte cintrée. Deux femmes en robe d'été discutaient dehors.

Alyssa fit appel à tout son courage.

— Je suis prête.

— Au moindre signe de danger, nous partons, la prévint Rafe. C'est compris ?

— Oui.

Il fit le tour de la voiture et lui ouvrit la portière, comme un gentleman. Elle lui prit le bras tandis qu'ils marchaient sur le trottoir, dont le goudron semblait fraîchement étalé.

Même s'il ne se dégageait rien de menaçant de l'église Hope and Peace, Alyssa sentit un frisson courir le long de sa colonne vertébrale.

— Nous sommes peut-être en train de nous jeter dans la gueule du loup.

Rafe ne le nia pas, alors qu'ils entraient dans l'église où s'élevaient les dernières notes d'*If I Can Dream.*

Ils s'installèrent le plus près possible de la porte et observèrent les fidèles qui prenaient place dans un joyeux brouhaha.

Le pasteur, un grand et bel homme en costume croisé anthracite, allait et venait derrière son pupitre, débordant d'énergie et d'enthousiasme. Son phrasé était dynamique, rythmé, presque musical, rappelant à Alyssa les prédicateurs qui officiaient dans la petite église que fréquentait sa famille à Savannah.

En fait, Hope and Peace Church ressemblait à l'église de son enfance, avec une congrégation diversifiée et une décoration toute simple, faite de grands bouquets de fleurs aux tons vifs et de bougies colorées plutôt que de statues et d'ornements religieux. Cependant, elle fut surprise quand le pasteur fit allusion à l'église de Savannah, en présentant à tous une soliste issue de cette communauté, dont le nom lui était inconnu.

L'organiste joua les premières notes, et une femme se

détacha des autres membres de la chorale, avançant les mains jointes devant la poitrine.

Elle était grande, et ses cheveux gris étaient enroulés en chignon.

Médusée, Alyssa ouvrit de grands yeux.

Cette femme aurait pu être sa mère, Claudia. Elle avait le même front haut, les mêmes yeux en amande.

Lorsqu'elle commença à chanter *Amazing Grace*, elle avait le même timbre de soprano que Claudia. Sa voix emplit bientôt le sanctuaire et la nef, et flotta par la porte ouverte jusqu'à la rue.

Cette chanson ferait toujours partie des souvenirs les plus chers à Alyssa.

Elle ferma les yeux et imagina que sa mère était toujours là, joyeuse et enthousiaste, croquant la vie à belles dents.

Mais c'était un mensonge.

Sa mère était morte. Elle l'avait vue dans son cercueil. Elle avait pleuré devant sa tombe.

Cette femme aux cheveux gris devait être celle qui lui avait téléphoné par deux fois.

Mais ce n'était pas tout.

Cette femme était présumée morte depuis dix ans, bien que son corps n'ait jamais été retrouvé.

Aussi surprenant que cela puisse être, pour le meilleur ou pour le pire, cette personne à la fois tant aimée et tant détestée était sa tante, Charlotte.

9

Le choc de voir sa tante laissa Alyssa complètement tétanisée, aussi rigide et immobile qu'une statue de sel.

Ce n'était pas possible. Charlotte était morte.

Elle était si tendue que, lorsque Rafe toucha son épaule, elle sursauta, s'écartant de lui comme un lapin effrayé pour aller se réfugier dans le renfoncement de la porte.

Rafe se rapprocha et murmura :

— Vous voulez partir ?

— Pas avant de lui avoir parlé.

Elle devait absolument comprendre ce qui s'était passé dix ans auparavant, et pourquoi Charlotte revenait maintenant.

— Qui est-ce ?

Elle fut surprise qu'il ne l'ait pas deviné.

— Ma tante Charlotte.

— Celle qui est morte ?

Alyssa hocha la tête.

Quand Charlotte avait disparu, Claudia avait été dévastée, et Alyssa en avait été profondément marquée. Même au bout de dix ans, l'absence de sa tante se faisait cruellement sentir.

Un sanglot monta dans sa gorge, mais ce n'était pas le moment de se faire remarquer. Elle pressa une main sur sa bouche et contint sa douleur.

Rafe lui prit l'autre main.

— Venez avec moi.

— J'ai peur.

— Il faut lui parler. Savoir pourquoi elle est ici, ce qu'elle veut…

Il lui serra légèrement la main.

— Ce doit être important. Pourquoi serait-elle revenue d'entre les morts, sinon ?

La présence de Rafe lui donnait du courage. Avec lui, elle pouvait avancer.

Elle devait savoir pourquoi Charlotte était là, et à quel jeu elle jouait.

Frappant des mains en cadence, les fidèles chantaient à présent *Wade in the Water* avec un enthousiasme si communicatif qu'Alyssa se surprit à fredonner, tandis que Rafe la guidait vers le bas-côté éclairé par des fenêtres. Lorsqu'elle était petite, elle se tenait fièrement au premier rang et chantait de tout son cœur, dans son alto imparfait, tandis que sa mère et sa tante l'encadraient et chantaient comme des anges.

Quand ils approchèrent du transept, Charlotte leur fit un petit signe et disparut dans le passage matérialisé par deux pilastres en bois. Rafe et Alyssa lui emboîtèrent le pas. Le couloir était vide, et une porte était ouverte au fond.

Avant d'entrer, Rafe inspecta le couloir. Le pan de sa veste était repoussé en arrière, et il avait la main sur la crosse de son arme. Ils devaient être vigilants. La communauté en apparence innocente pouvait abriter trois serpents en son sein, Woodbridge et ses comparses. Charlotte était-elle de mèche avec eux ? Hésiterait-elle avant de pousser sa nièce sous un bus ?

D'une certaine façon, Alyssa était heureuse que sa tante soit en vie. Ainsi, elle n'était plus seule au monde. Elle avait de nouveau une famille.

Mais elle était furieuse aussi. Charlotte avait décidé de partir. Mettre sa mort en scène était déjà terrible, mais elle avait fait pire en choisissant de rester éloignée de sa sœur et de sa nièce. Alyssa aurait pourtant bien eu besoin de son soutien après le décès de sa mère.

D'un pas décidé, elle se dirigea vers la porte.

— Finissons-en.

— Je passe devant, dit Rafe en dégainant son pistolet.

Elle le suivit dans une petite pièce blanche, qui servait à la fois de réserve et de vestiaires. Les toges de chorale gospel aux couleurs orange brûlé et bordeaux étaient suspendues à un portant. Des étagères et des armoires métalliques occupaient les murs.

Dos à un grand miroir, Charlotte les attendait. Mesurant plus d'un mètre quatre-vingts avec ses talons vertigineux, elle était svelte et remarquable avec sa robe noire sans manches et son lourd collier en or.

Sa bouche généreuse s'étira en un sourire, et elle ouvrit grands les bras.

— Viens m'embrasser, ma nièce chérie.

— Non.

— Pourquoi.

— Je ne peux ni pardonner ni oublier. Pas sans une explication.

Elle était blessée et en colère, et n'importe qui l'aurait compris.

— La dernière fois que je t'ai vue, j'avais seize ans, et tu étais brune.

Quelques mèches blanches se détachaient du chignon de Charlotte, encerclant son visage.

Elle agita l'index sous le nez d'Alyssa.

— Au moins, je n'essaye pas d'être une princesse.

— Moi non plus.

Sa tante et elle jouaient beaucoup à la princesse quand elle était petite. Charlotte était douée pour les déguisements et les belles histoires. La vraie vie n'était absolument pas son truc.

— Tu te souviens ?

La voix de Charlotte contenait une note primesautière.

— Nous devions terrasser le dragon.

— Je ne suis pas habillée comme ça par jeu. Je porte un déguisement parce que quelqu'un a essayé de m'enlever.

La rancœur bouillonnait en elle.

— Je suppose que tu le sais.

— Et pourquoi le saurais-je ?

— Tu m'as appelée pour me dire d'aller à la parade ? J'ai raison ? C'était bien toi ?

— Et quand bien même ?

— Durant la parade, tu m'as désignée, et j'ai été agressée. Ou alors ce serait une coïncidence ?

Alyssa n'osait pas enlever ses lunettes de soleil, de peur qu'on ne voie ses larmes.

— Pour qui travailles-tu, Charlotte ? J'espère qu'ils te payent assez pour que ça en vaille la peine. Quel est le tarif pour trahir sa famille ?

— Tu me déçois, Lara.

— Je n'utilise plus ce prénom.

— Après ce que tu as vécu avec le WITSEC, je pensais que tu comprendrais les problèmes qui ont émaillé ma vie. Je devais me cacher, changer en permanence de lieu de résidence. Heureusement, j'avais assez d'argent pour m'en sortir. Et ma carrière de chanteuse marchait bien.

— Si vous chantiez en public, alors vous ne vous cachiez pas vraiment, remarqua Rafe.

— Dans les grandes villes, il y a des pianos-bars par dizaines, et il est facile de s'y produire quelques soirées durant. Et, quand je sympathise avec un orchestre, je peux aussi animer des mariages et des réceptions. Si je n'avais pas été obligée de faire profil bas, j'aurais pu devenir une star.

Alyssa ricana.

— Mais bien sûr ! Et moi j'aurais pu devenir une princesse.

— Ne sois pas méprisante ! J'ai fait ce que je devais faire pour survivre. Parfois, si on veut voir un nouveau jour se lever, il vaut mieux fuir que de rester pour se battre.

— Et où as-tu trouvé cette jolie formule ? Dans un biscuit chinois porte-bonheur ?

Rafe se plaça entre les deux femmes, usant de son charme naturel pour apaiser les tensions.

— Je sais que votre prénom est Charlotte, dit-il après s'être présenté. Quel est votre nom de famille ?

— Vous avez le choix. Vous voulez mon nom de jeune fille ? Le nom de mes trois maris ? Ou l'un de mes pseudonymes ?

— Je vois. Votre vie est compliquée, et vous avez besoin de parler avec votre nièce. Mais ce n'est pas le bon moment. L'église n'est peut-être pas un endroit sûr pour elle.

Les paupières de Charlotte s'étrécirent sur ses yeux verts.

— Je ne ferais jamais rien qui puisse mettre Alyssa en danger.

— Pourquoi êtes-vous ici ? demanda Rafe.

— Dans cette église, vous voulez dire ? Je connais le pasteur et je l'ai appelé en arrivant en ville. Il m'a invitée à faire un solo. Je ne suis pas payée, mais je ne décline jamais une occasion de chanter.

— Non, je voulais dire, ici, à La Nouvelle-Orléans.

— Pour prendre contact avec Lara, ou Alyssa, puisque c'est son prénom maintenant. Je pensais la voir à la parade.

Elle se tourna vers sa nièce.

— Nous nous sommes ratées.

— Ton numéro était masqué. Pourquoi tu ne t'es pas identifiée ?

Charlotte leva les yeux au ciel comme une adolescente agacée.

— Je pensais que ce serait mieux de nous voir en personne la première fois. Si je t'avais annoncé ça au téléphone, ça t'aurait fait un choc.

— Tu pensais que ce serait mieux de surgir comme un diable de sa boîte ?

— Le sarcasme n'a rien de gracieux chez une femme.

— La stupidité non plus.

Alyssa n'avait pas envie d'être méchante, mais ça avait été plus fort qu'elle.

— Que pensais-tu qu'il se passerait une fois que je t'aurais vue dans la rue ?

— Que tu me prendrais dans tes bras ?

— J'ai cru que tu étais le fantôme de maman. Tu m'as fait une peur bleue.

Alyssa secoua la tête.

— Mais ça suffit avec les devinettes. Dis-moi simplement la vérité. Tu travailles pour Woodbridge ?

— Qui est-ce ?

Elle ouvrit de grands yeux, en une expression qui aurait pu passer pour innocente si cette femme avait été capable de sincérité.

— Je n'ai jamais entendu ce nom.

— Qui voulait que tu ailles à La Nouvelle-Orléans pour me retrouver ?

— Je ne peux pas te le dire.

— J'admire ta capacité à survivre, Charlotte. Et, pour ce qui est du chant, tu es incroyable. Mais il y a autre chose dans la vie que le talent et l'argent. Tu m'as fait du mal et tu as fait du mal à maman.

Alyssa pivota sur ses talons et fit deux grandes enjambées vers la porte. Elle sentait le regard de sa tante lui transpercer le dos, mais elle ne regarda pas en arrière.

— Et moi ? Ma douleur ? Ça n'a pas été facile de partir. Oui, j'ai menti, mais j'en ai payé le prix. Ma vie a été un enfer.

Alyssa s'immobilisa, la main sur la poignée de la porte.

— Pourquoi as-tu fait ça ?

— Si j'étais restée à Chicago, ils m'auraient tuée et ils s'en seraient probablement pris à Claudia et à toi. C'était ma faute. J'ai trahi Frankie Leone.

Alyssa se retourna brusquement. Frankie Leone était l'homme qui était mort dans ses bras.

Elle jeta un coup d'œil à Rafe et vit qu'il avait fait le lien.

Alyssa s'éclaircit la gorge.

— Continue.

— Je sortais avec Frankie. Je pensais qu'il trempait dans des affaires louches avec la famille McGill, ces mêmes types qui sont à mes trousses aujourd'hui. Dans son appartement, j'ai trouvé une grosse somme d'argent et des marchandises qu'il gardait pour eux. J'ai tout pris et j'ai filé.

— Comment as-tu fait pour disparaître ?

— J'avais quelques amis bien placés.

Elle se tordit les mains en un geste qu'une tragédienne n'aurait pas renié.

— Ils m'ont aidée à simuler ma mort dans cet incendie. L'un d'eux a organisé mon transport et m'a ouvert un compte pour couvrir mes frais au quotidien.

Enfin, les choses se décantaient, songea Alyssa.

— Qui est-ce ?

— Il m'a fait promettre de ne jamais le dire, surtout à toi.

Alyssa ne voyait pas pourquoi le bienfaiteur de sa tante aurait voulu la tenir à l'écart. Avant qu'elle se retrouve malencontreusement témoin d'un meurtre, elle n'était qu'une comptable sans histoire.

Rafe intervint :

— C'est votre bienfaiteur qui vous a envoyée sur les traces de votre nièce ?

— Oui.

— Qu'attend-il d'elle ?

— Une information. Une importante somme d'argent a disparu, et il pense qu'Alyssa sait quelque chose à ce sujet.

Charlotte exhala un soupir dramatique.

— Écoutez, je suis absolument certaine qu'il ne lui veut aucun mal. C'est quelqu'un de bien. Une bonne personne.

Comme si Charlotte était capable de juger le caractère des gens !

Alyssa ne croyait pas à cette histoire. Si cette « bonne personne » n'avait rien à cacher, pourquoi ne l'appelait-elle pas, tout simplement ?

— Tu peux dire à ton prétendu ami que je ne sais rien à propos des sept millions qui ont disparu, ce que j'ai dit au FBI et au WITSEC.

— On pourra se revoir ?

— À une époque, j'aurais fait n'importe quoi pour être avec toi. Mais je n'ai plus besoin de toi aujourd'hui. Je suis totalement indépendante. J'ai appris à me débrouiller toute seule.

— Je pensais la même chose. J'étais aussi fière que toi. Mais c'était avant de passer dix ans à aller de place en place, en jetant toujours un regard par-dessus mon épaule. Je ne pouvais pas me faire d'amis, ni m'enraciner.

À nouveau, elle soupira à fendre l'âme.

— Il y a eu des moments, je t'assure, où j'aurais échangé mon talent et mon argent pour être normale - juste une femme normale qui aurait pu tomber amoureuse. Quand on est en cavale, on ne peut faire confiance à personne. Et, sans confiance, on ne peut pas bâtir une relation.

Tour à tour, elle regarda Rafe et Alyssa.

— Je t'envie, ma chérie. Je ne pourrai jamais avoir ce que Rafe et toi avez.

— Quoi ? Rafe et moi ? Nous ne sommes pas un couple !

Un sourire mystérieux aux lèvres, Charlotte hocha la tête d'un air entendu.

— Je vois bien comment vous vous regardez.

Avant qu'Alyssa ait eu le temps de faire une autre objection, Rafe se mêla à la conversation.

— J'ai deux questions, Charlotte. D'abord, connaissez-vous Diamond Jim ?

— Évidemment. Tout le monde le connaît.

— Faisait-il partie de vos amis ?

Charlotte haussa les épaules.

— Il est bien trop occupé à gérer ses affaires pour avoir des amis.

— Et Darren Jessop ?

— L'agent spécial Jessop est un ami. Quand je suis arrivée à La Nouvelle-Orléans, il m'a trouvé un endroit où loger.

— Il sait que vous êtes ici ?

— Je n'en suis pas certaine.

— Je prendrai ça pour un oui, décréta Rafe. Et, dans ce cas, nous devons nous dire adieu.

— Attendez ! s'écria Charlotte.

Elle s'avança et glissa quelque chose dans la main de sa nièce.

— C'est mon numéro de téléphone.

Les doigts crispés autour du bout de papier, Alyssa ne dit pas un mot et se laissa entraîner hors de la pièce.

Rafe la fit sortir par une porte qui donnait sur le jardin, où les fidèles buvaient du café et dégustaient des muffins et des cookies faits maison.

C'était une scène charmante et normale, par un agréable dimanche matin, qui contrastait avec le tumulte d'émotions faisant rage en elle.

Pressant le pas, ils s'éloignèrent de la foule et regagnèrent la voiture.

Tandis que Rafe démarrait, Alyssa renversa la tête contre le dossier et prit une profonde inspiration pour se calmer.

— Quelqu'un nous suit ?

— Tout est possible.

— Dès que Charlotte a mentionné l'agent Jessop, vous avez filé comme une flèche. Vous pensez qu'il est ici ?

— Absolument. Jessop est en contact avec Charlotte depuis qu'elle est arrivée en ville, et il fait partie du FBI. Ça veut dire qu'il la surveille et trace ses déplacements.

Alyssa comprit qu'il parlait d'expérience.

— C'est ce que vous faisiez quand vous étiez agent fédéral ?

— Procédure standard.

— C'est ce que vous avez fait avec moi.

Pendant deux semaines, il lui avait collé aux basques, et elle n'avait rien remarqué. Rafe était intelligent, talentueux... Elle ne devrait pas faire confiance à ce pirate. Et pourtant...

— Jessop est un fédéral aussi.

— Correct.

— Pourquoi pensez-vous qu'il est dangereux ?

— Je ne sais pas, mais ça pourrait être pour la même raison que celle qui anime le marshal Woodbridge.

— L'argent ?

— Possible.

Quand il s'agissait de la laisser dans l'ignorance, il était aussi machiavélique que Charlotte. Ils jouaient leur partie et la laissaient avec la désagréable impression d'être prise pour une idiote.

Alyssa ôta ses lunettes de soleil, prit un mouchoir en papier dans son sac et affronta son apparence dans le miroir du pare-soleil.

Ses larmes avaient fait couler l'eye-liner et le mascara.

— J'aurais dû comprendre plus tôt qu'il s'agissait de Charlotte, au lieu de la prendre bêtement pour un fantôme. Mais je la croyais morte. Comment aurais-je pu deviner que ma tante était en cavale ?

Rafe s'arrêta à un feu rouge et tourna la tête vers Alyssa.

— Elle n'est pas très différente de vous. Vous ne cessez de disparaître, en utilisant des faux noms et des déguisements.

Sa comparaison était incontestable. Tout comme Charlotte, elle avait prévu de quitter La Nouvelle-Orléans et de s'installer ailleurs, sous une nouvelle identité. Elle recommencerait à zéro et trouverait un moyen de survivre, en se débrouillant toute seule et en ne faisant confiance à personne.

Pendant des années, ces principes avaient régi sa vie, mais jamais elle ne s'était sentie aussi seule.

L'exemple de Charlotte était finalement un repoussoir, et Alyssa n'avait pas envie de finir comme elle.

10

Tout en surveillant régulièrement son rétroviseur central pour s'assurer qu'ils n'étaient pas suivis, Rafe roulait vers le nord-est, sans avoir de destination précise en tête.

Les similitudes entre Alyssa et sa tante ne lui avaient pas échappé. Même s'il soupçonnait que Charlotte avait toujours été à la frontière de la criminalité, tandis qu'Alyssa semblait avoir une vision claire du bien et du mal, elles étaient toutes deux foncièrement indépendantes, têtues et déterminées à se débrouiller toutes seules.

Bien sûr, son jugement était affecté par la sympathie qu'il éprouvait pour Alyssa.

Plus que sa beauté, il appréciait son intelligence et son esprit positif et conquérant.

Elle pouvait réfléchir vite, ce qui était parfois une bonne chose, et parfois une malédiction. Son instinct de prendre en chasse l'inconnue aux cheveux gris avait failli se solder par son enlèvement.

De même, son indépendance n'était pas sans danger. Elle ne faisait confiance à personne et elle avait dû essuyer de rudes désillusions pour bâtir une forteresse aussi solide autour de son cœur.

De l'abandon par son père à la débâcle actuelle avec Charlotte, Alyssa n'avait cessé d'être dupée et rejetée. Personne ne l'épaulait. Même sa mère n'était plus là. Et

Max Horowitz, son généreux employeur qui l'avait aidée à faire des études, avait disparu.

Rafe ne s'attendait pas à ce qu'elle lui fasse confiance, mais il devait faire en sorte qu'il ne lui arrive rien. Non seulement c'était le travail pour lequel il avait été engagé, mais il se souciait d'elle.

La vraie question était de savoir s'il devait la confier au FBI. Ils avaient plus de ressources que lui pour la protéger… s'ils n'avaient pas été corrompus comme Woodbridge.

Après avoir roulé quelques kilomètres de plus sans but, Rafe fut persuadé qu'ils étaient suivis.

Et il avait une idée assez précise de l'identité du conducteur de la berline bronze aux vitres teintées.

Il donna un brusque coup de volant et tourna à gauche sans signaler son changement de direction. La berline coupa précipitamment la circulation pour le suivre.

Cramponnée à la poignée de la portière, Alyssa poussa un petit cri.

— Qu'est-ce que vous faites ?

— J'essaye de semer un poursuivant.

Mais utiliser les techniques de conduite défensive pour distancer Jessop semblait futile. Ils avaient tous les deux reçu le même entraînement. Chacun pouvait anticiper les réactions de l'autre.

Les meilleurs atouts pour s'échapper étaient la chance, les aléas de la circulation et les compétences que Rafe avait acquises lorsqu'il avait effectué une mission d'infiltration sous l'identité d'un pilote de course.

— C'est Jessop ? demanda Alyssa.

— Probablement.

— Mais ce n'est pas une mauvaise chose. Ce matin, vous disiez que vous vouliez lui parler. Qu'est-ce qui vous a fait changer d'avis ?

— C'est difficile à dire.

Durant les quelques mois où Rafe avait fait partie de l'antenne du FBI à La Nouvelle-Orléans, il était en mission d'infiltration et sans contact avec les autres agents. Il ne connaissait pas bien Jessop et ne voulait pas braquer Alyssa contre lui, au cas où il serait nécessaire de la placer sous la protection du FBI.

Elle se contorsionna pour regarder à l'arrière du SUV.

— Il nous suit toujours ?

— Je ne le vois pas, mais il pourrait être derrière le camion.

— Vous m'avez interrogée à propos de Jessop et Davidoff, et vous avez fait de même avec Charlotte. Il y a donc un lien entre les deux hommes, ou je me trompe ?

— Il y en a un, en effet.

— Je suppose que Jessop, un agent du FBI qui vous connaît, vous a mis en relation avec Diamond Jim. Donc, Davidoff est votre client.

— Maintenant que vous avez résolu ce mystère, j'ai autre chose…

— Je n'ai rien résolu du tout. Je veux savoir pourquoi Davidoff vous a engagé. Il est probablement motivé par les sept millions de dollars, mais ça n'explique pas pourquoi il voulait un décor qui ressemble à ma chambre.

— Je vous l'expliquerai plus tard. Il y a plus urgent pour le moment. Jessop est toujours là.

— Quelle voiture ?

— La Lexus couleur bronze.

— Comment le savez-vous ? Je ne parviens pas à voir le conducteur à travers le pare-brise fumé.

— Une intuition. Je ne vois pas qui d'autre aurait pu nous suivre depuis l'église.

Alyssa soupira.

— Il y a tellement de personnes malintentionnées.

— Tant que vous me ferez confiance, tout ira bien.

Il s'attendait à ce qu'elle lui serve la même rengaine sur sa capacité à se débrouiller toute seule, aussi fut-il surpris quand elle posa la main sur son avant-bras.

— La confiance, c'est important.

— Je suis bien d'accord.

— Si vous vous arrêtez et le laissez nous rejoindre, il risque de m'emmener et de me mettre en détention.

— Je sais.

Et il n'y avait personne à l'antenne locale en qui Rafe avait confiance.

— Je ne veux pas retourner à la maison et m'y cacher.

Une fois de plus, Rafe était d'accord avec son analyse de la situation. Il ne pouvait pas la laisser toute seule à la maison, mais il ne pouvait pas non plus lui faire rencontrer Jessop.

— Je connais un endroit où vous pourrez assister à la conversation, tout en étant protégée.

— Et quel est cet endroit magique ?

— Le cimetière Saint-Louis n° 3, le long d'Esplanade Avenue.

Au fil des années, Rafe avait utilisé le cimetière pour donner rendez-vous à ses informateurs. Sa famille y avait un mausolée, et il connaissait les lieux par cœur.

Alyssa lui lança un regard sceptique.

— Vous trouvez que c'est un endroit sûr ?

Rafe comprit qu'un simple « faites-moi confiance » ne suffirait pas.

— Laissez-moi vous expliquer rapidement l'histoire du cimetière et de ma famille.

— S'il vous plaît.

— Le cimetière n° 3 a ouvert en 1854, et le mausolée des Fournier a été bâti deux ans après. Mon ancêtre pirate, Jean-Pierre, est mort en 1812, laissant sa famille avec de l'argent mais sans respectabilité, et sa femme s'est vu interdire de l'inhumer religieusement. Quand le cimetière n° 3 a été créé, les Fournier étaient alors solidement établis dans la bonne société, et une de mes tantes a voulu, en guise de revanche, bâtir un mausolée immense et luxueux.

— Vos racines remontent à loin.

— Oui. Nous ne sommes plus beaucoup dans ce cas.

— Je ne sais toujours pas pourquoi vous voulez rencontrer Jessop au cimetière.

— Tout le monde à La Nouvelle-Orléans sait où est situé le mausolée des Fournier. Les parois sont en marbre décoloré par le soleil. Au-dessus de l'entrée se trouve un fronton soutenu par deux colonnes, avec une sculpture de bateau à voiles arborant un pavillon à tête de mort et fémurs croisés, connu sous le nom de Jolly Roger. Sur le toit figurent une croix ainsi qu'une statue d'ange ailé avec une épée posée sur un dôme.

— J'ai compris. C'est facile à trouver.

— En outre, j'ai un accès VIP, qui me permet de circuler en voiture dans les allées. Et, plus important encore, j'ai la clé du mausolée.

— En quoi est-ce si important ?

— Pendant que je parlerai avec Jessop, vous serez tranquillement à l'intérieur.

— Avec des morts ?

La voix d'Alyssa était montée dans les aigus.

— Je ne crois pas, non.

— Ne vous inquiétez pas, ma chère. Les morts de la famille Fournier sont très bien élevés.

— Regardez-moi bien, Rafe. Je ne plaisante pas.

Elle croisa les bras sur sa taille et s'enfonça dans le siège, affichant un air buté.

Rafe ne s'attendait pas à ce qu'Alyssa - une comptable pragmatique qui prévoyait tout jusque dans les moindres détails - soit superstitieuse.

Mais il comptait sur ses facultés d'adaptation.

Sans discuter davantage, il utilisa son kit mains libres pour appeler Jessop.

Dès que le fédéral décrocha, Rafe lui ordonna :

— Arrête de me suivre.

— Pourquoi ça m'intéresserait de te suivre ?

— Dans trois cents mètres, je vais m'engager sur le pont. Si tu me suis avec ta Lexus bronze, il n'y aura pas de rencontre. Si tu fais ce que je dis, j'organiserai une brève conversation.

— Qui est la fille blonde avec qui tu es sorti de l'église ? Je sais qu'Alyssa est brune, mais elle a pu mettre une perruque.

— Ne me suis pas.

Tandis que Rafe mettait fin à l'appel, Alyssa ôta sa perruque et passa les doigts dans sa chevelure brun acajou.

— Eh bien, mon déguisement de *baby doll* est plutôt raté.

— Il vous a bien servi, dit Rafe en s'engageant sur le pont. Regardez derrière. Vous voyez la Lexus ?

Quand elle détacha sa ceinture de sécurité et se pencha pour regarder entre les sièges, le bras d'Alyssa lui frôla l'épaule, et il sentit comme une décharge électrique. Sa folle de tante avait été étrangement intuitive quand elle avait prédit une relation entre eux. Il ne visait pas le long terme, mais il avait envie de mieux la connaître.

— Je ne vois pas Jessop, dit-elle.

— Avec un peu de chance, il a déjà arrêté de nous suivre.

De l'autre côté du pont, Rafe gara son SUV dans une rue latérale et appela de nouveau Jessop.

L'agent fédéral répondit aussitôt et commença à parler, proférant des ordres et des menaces. Il en fallait plus pour impressionner Rafe. Ils avaient reçu le même entraînement aux interrogatoires et aux techniques d'intimidation.

Il l'interrompit d'un ton autoritaire.

— Retrouve-moi à midi au cimetière n° 3, devant le mausolée des Fournier.

— Ça ne me laisse pas assez de temps.

— C'est ta seule chance, mon vieux.

Rafe mit fin à l'appel et se tourna vers Alyssa.

— Vous avez eu une bonne idée de prendre votre sac à dos.

— J'aime être bien préparée.

Elle entrouvrit sa portière.

— Je parie que vous voulez que j'aille à l'arrière et que j'enfile une tenue plus discrète.

— S'il vous plaît.

Dès qu'elle fut montée à l'arrière du SUV, Rafe prit la direction d'Esplanade Avenue. Situé entre le lac Pontchartrain et le bayou Saint-Jean, le cimetière n° 3 avait été fortement inondé lors de l'ouragan Katrina.

Jetant un coup d'œil au rétroviseur central, il aperçut brièvement son soutien-gorge en dentelle blanche, avant qu'elle enfile un T-shirt bleu ciel et un short.

La nuit dernière, quand il avait dû lui ôter ses vêtements, il en avait vu beaucoup plus. Mais elle était inconsciente. Cette image volée était plus excitante. Même son short kaki semblait sexy.

Il détacha le regard du rétroviseur et se concentra sur la suite. Il avait promis à Davidoff qu'il lui enverrait une photo d'Alyssa avant midi, de façon à lui prouver qu'elle était vivante et en bonne santé.

Davidoff demeurait une énigme. Son inquiétude pour Alyssa, le fait qu'il l'ait engagé pour la protéger, son insistance à décorer la chambre comme la sienne pour qu'elle se sente à l'aise… Tout cela ressemblait aux agissements de quelqu'un qui tenait à elle - ceux d'un père qui était sorti de sa vie mais qui continuait à l'aimer ?

Charlotte aurait probablement pu fournir une explication, mais elle avait préféré garder ses secrets.

— Je suis prête.

Alyssa passa la tête entre les deux sièges.

— Il m'a fallu un million de lingettes pour ôter le maquillage outrancier de mon visage, mais je suis toute propre.

— J'aime quand vous n'êtes pas maquillée.

Elle lui caressa la joue.

— Et j'aime votre look de baroudeur. Nous y sommes ?

— Dans une minute.

— Je me cache ?

— Ça ne peut pas faire de mal.

Il avait choisi le trajet le plus rapide et il doutait que Jessop ait pu arriver avant lui. Mais il était possible que l'agent du FBI travaille avec quelqu'un d'autre.

Tenir Alyssa à l'écart des fédéraux, de sa folle de tante et de Davidoff était crucial. Si personne ne savait où elle était, on ne pourrait pas lui faire du mal.

11

Accroupie derrière le siège avant, Alyssa essayait de retrouver l'équilibre émotionnel et la détermination qu'elle avait perdus quand elle s'était retrouvée face à face avec sa tante.

Tout était allé de travers. Son projet de quitter la ville semblait moins positif et plus futile.

Quelles étaient ses perspectives ?

Elle ne pouvait pas rester ici et attendre que Jessop ou Woodbridge, ou n'importe qui d'autre, vienne l'enlever.

Il lui fallait un autre plan, et ça signifiait qu'elle devait collecter plus d'informations, en espérant que quelque chose de logique en ressortirait.

La rencontre avec l'agent Jessop semblait un bon début, mais elle n'était pas emballée par l'idée de se cacher dans un tombeau.

— Nous y sommes, annonça Rafe. Entrons dans la Cité des morts.

— Vous n'êtes pas obligé d'employer un ton aussi guilleret.

Elle releva la tête juste assez pour regarder par la vitre, tandis que la voiture franchissait l'entrée. Le long des grilles, les bouquets de la parade de la veille avaient été déposés pour le souvenir. Les fleurs commençaient déjà à pourrir, dégageant une forte odeur qui pénétrait dans l'habitacle.

— Pourquoi les fleurs sont-elles dehors et pas sur les tombes ?

— Autrefois, les cimetières restaient ouverts pendant les célébrations, mais il y a eu trop de dégradations. Surtout au cimetière n° 1, où est enterrée Marie Laveau, la reine du vaudou.

Alyssa se coucha au sol et tira son sac à dos au-dessus de son visage, pendant que le gardien au portail vérifiait l'identité de Rafe et lui faisait signe d'avancer.

Dès qu'ils se furent engagés dans l'allée, elle se redressa pour observer les rangées de caveaux construits au-dessus du sol, en raison de l'aspect marécageux du terrain qui ne permettait pas d'excavations.

Des gens déambulaient dans les allées. Il n'y avait pas vraiment foule, mais la fréquentation était importante pour un dimanche matin de novembre.

— Comment Jessop va-t-il trouver votre caveau de famille dans ce labyrinthe ?

— Comme je vous l'ai dit, il sort vraiment du lot.

Il gara la voiture.

— Voilà !

Alyssa se redressa.

— C'est vraiment spectaculaire. Qui est l'ange au sommet ?

— Nana Lucille me disait que c'est l'archange Rafael, mon protecteur. Mais j'ai toujours pensé que c'était saint Pierre, qui a plus à voir avec les marins.

Sur le mur face à la porte, Alyssa remarqua des rangées de plaques métalliques avec des noms. Il devait y en avoir plus de trente.

— À quoi correspondent tous ces noms ?

— Ce sont les gens qui sont enterrés ici.

— Quoi ?

— Essayez de ne pas y penser, ma belle.

Il lui prit le bras et la guida vers un tulipier.

— Restez là et ayez l'air naturelle. Je vais prendre votre photo pour l'envoyer à Davidoff. Ne regardez pas l'objectif.

— Pourquoi ?

— Davidoff n'a pas besoin de savoir que nous nous connaissons. Je vais recadrer la photo pour qu'aucune tombe ne soit visible, ce qui empêchera de pouvoir situer le lieu.

Alyssa posa une main sur une branche basse et regarda au loin, en s'efforçant de sourire légèrement.

— C'est fait. La photo est prise. Maintenant, venez avec moi. Il est temps de se cacher.

— La seule raison pour laquelle j'accepte de suivre votre plan, c'est parce que Jessop a peut-être des informations et que j'ai besoin de comprendre ce qui se passe. Et j'ai aussi des questions à vous poser concernant, pour commencer, la décoration de la chambre.

— C'est bien naturel.

— J'espère que vous me prenez au sérieux. Promettez-moi de tout me dire à propos de Davidoff.

— Je dois jurer, la main sur le cœur ?

— Si vous voulez que je vous fasse confiance, vous devez me dire la vérité.

— Je pourrais exiger la même chose.

Rafe inséra la grosse clé à l'ancienne dans la serrure et poussa la porte. Alyssa aurait pu jurer avoir entendu un grincement lugubre.

— C'est vraiment nécessaire ? Je pourrais aussi bien me cacher à l'arrière de la voiture.

— Vous serez davantage en sécurité ici. Derrière ces murs de marbre, personne ne peut vous atteindre.

Alyssa chercha son souffle, en essayant de ne pas penser à tous les films d'horreur qu'elle avait vus.

— Comment je ferai pour sortir ?

— Vous aurez ceci.

Il lui tendit la clé et vit que le Jolly Roger était également représenté sur l'embase.

— Ce n'est pas l'originale, mais elle fonctionne très bien.

Plongeant la main dans sa poche, Rafe en exhuma le téléphone d'Alyssa.

— Vous pouvez le reprendre. J'ai remplacé certains logiciels et j'ai ajouté un cryptage pour le rendre intraçable. Ne l'allumez que si vous en avez vraiment besoin.

Soulagée, elle glissa le téléphone dans l'une des poches du sac à dos qu'elle avait sorti de la voiture. Même si elle n'était pas du genre à passer tout son temps sur les réseaux sociaux, elle se sentait démunie sans son téléphone.

— Merci.

Il la poussa dans le mausolée et alluma trois bougies votives.

La lumière vacillante projetait des ombres fantomatiques sur les murs où la poussière de plus d'un siècle s'était accumulée. Un petit vitrail à l'arrière représentait un bateau à voiles naviguant en haute mer.

— Il fait chaud là-dedans, gémit-elle.

— Quand le soleil tape, c'est comme un four. Mais vous n'y resterez pas longtemps.

Il se dirigea vers la porte.

— Je vais la laisser légèrement entrebâillée. Si vous voyez Jessop approcher, ou si vous avez la moindre inquiétude, poussez-la et tournez la clé dans la serrure.

Lorsque Rafe franchit le seuil du mausolée, le cœur d'Alyssa s'accéléra.

Elle ne voulait pas rester ici toute seule.

S'accrochant à sa dignité, elle essaya de se convaincre qu'il n'y avait aucune raison d'avoir peur. Ce n'étaient que de la pierre, du marbre, du verre teinté et… des ossements.

La porte se referma, mais pas tout à fait. Un rai de lumière perçait l'obscurité.

Le dos plaqué contre la paroi, elle jeta un œil dans le cimetière et vit Rafe appuyé contre le pare-chocs avant de sa voiture.

L'angle de vision était trop étroit pour être d'une quelconque utilité, mais elle entendait des gens parler. Si elle restait là sans se faire remarquer, elle pourrait entendre la conversation entre Rafe et Jessop.

Combien de temps cela allait-il durer ? Chaque minute semblait une heure.

Elle essaya de compter et de prendre de lentes et calmes respirations, mais l'air humide et lourd l'oppressait. Des dizaines de personnes endeuillées étaient entrées ici pour faire leurs adieux à des proches. Elle se demanda si Rafe serait enterré ici.

S'écartant de son poste d'observation, elle se mit à faire les cent pas.

Bon sang, ce qu'il faisait chaud !

Elle enleva son blouson en jean, agita la main devant son visage et s'essuya le front.

Lorsqu'elle regarda à nouveau par l'entrebâillement, elle vit Jessop serrer la main de Rafe. Ils faisaient la même taille, mais l'agent spécial était puissamment charpenté. Il portait une chemise ample au-dessus de son jean, pour dissimuler son holster à la ceinture.

Ôtant ses lunettes de soleil, il demanda :

— Où est-elle ?

— Quelque part en sécurité. Ne t'avise plus jamais de me suivre, mon vieux.

— Pourquoi ? Qu'est-ce que tu vas faire ?

— Une poursuite à grande vitesse ne se terminerait pas bien pour toi.

Jessop ricana.

— J'ai appris que tu avais piloté des voitures de course en Floride.

— Peut-être… Parle-moi de tes liens avec Charlotte.

— C'est un sacré personnage, hein ? Ne te laisse pas tromper par ses cheveux gris. C'est une femme terriblement sexy.

Alyssa essayait tant bien que mal de respirer par l'entrebâillement de la porte. Le tombeau semblait absorber toute son énergie. Sans faire de bruit, elle tomba à genoux, essayant de conserver un peu de forces.

Jessop et Rafe parlaient des moyens employés pour prendre contact avec Charlotte et la faire venir à La Nouvelle-Orléans. Le but était qu'elle se rapproche d'Alyssa et l'incite à se confier.

Alyssa trouvait ce plan stupide. Quiconque la connaissait savait qu'elle se tenait toujours sur ses gardes et mettait beaucoup de temps à accorder sa confiance. Et voir sa tante, prétendument morte, réapparaître après toutes ces années ne ferait que renforcer sa détermination à garder le silence - non qu'elle sût quoi que ce soit, d'ailleurs.

Elle entendit Rafe demander :

— Tu penses que Charlotte a quelque chose à voir avec cet argent ?

— Non. Si elle avait des millions, elle aurait un style de vie extravagant. Alyssa, c'est une autre histoire.

— En tant qu'agent fédéral, tu seras obligé de remettre cet argent au gouvernement.

— Ne t'inquiète pas pour moi. J'aurai droit à ma part.

Rafe posa alors la question la plus importante.

— Qu'est-ce que Davidoff et toi attendez d'Alyssa ? Que sait-elle, d'après vous ?

Jessop regarda autour de lui, comme pour vérifier que personne d'autre ne les écoutait.

— J'ai lu les rapports des dizaines de fois et je me suis fait expliquer par les experts-comptables du bureau fédéral le système de double-entrée qu'ils utilisaient. Elle t'en a parlé ?

— Continue.

Alyssa appréciait que Rafe ne laisse rien paraître. Jessop ne semblait pas méchant, mais il était avide d'argent.

Qu'aurait-elle dû savoir, d'après lui ?

— La raison pour laquelle tout le monde veut parler à Alyssa est simple, dit Jessop. Et ça n'a rien à voir avec la comptabilité. Le vieux Horowitz ne trafiquait pas, et son activité de receleur était insignifiante. Il s'agissait plus de services rendus que de crime organisé.

Alyssa fut soulagée d'apprendre que son ancien employeur n'était pas un criminel. Elle l'avait bien jugé. C'était une bonne personne.

— Je perds patience, dit Rafe. Qui siphonnait des millions en cash ?

— Tu es bien placé pour le deviner. Tu te souviens de ce qui s'est passé en Floride, quand ta couverture a été éventée par la famille Leone ? Ça a quand même sacrément nui à ta carrière.

— Là n'est pas la question. Abrège.

— Eh bien, c'est pour ça que j'ai pensé à toi quand Davidoff a eu besoin d'un garde du corps. Tu avais une raison d'en vouloir aux Leone, et Frankie Leone, le responsable de l'entrepôt Horowitz, était impliqué dans le détournement d'argent.

Un petit cri de surprise involontaire franchit les lèvres d'Alyssa.

Elle aurait dû le deviner. Frankie était impliqué dans toutes les grosses transactions. Il se chargeait de l'inventaire.

— Quel est le rapport avec Alyssa ? demanda Rafe.

— Elle a tenu un homme mourant dans ses bras. Avant de rendre son dernier souffle, il a pu lui confier ses secrets.

Mais ce n'était pas le cas !

Alyssa lutta pour contenir un sanglot.

Si Jessop entendait quoi que ce soit, il se précipiterait vers le mausolée, lui passerait les menottes et l'emmènerait en détention, comme son statut d'agent fédéral lui en donnait le pouvoir.

Elle poussa la porte et tourna la clé dans la serrure.

La seule preuve de son innocence était sa parole.

Pourquoi la croirait-on ?

Sans avoir commis de faute, elle serait condamnée.

Désespérée, elle se laissa tomber par terre et se mit à pleurer.

12

Après avoir confirmé par SMS un rendez-vous avec Chance Gregory, Rafe regarda Jessop s'éloigner dans l'allée, en direction de la grille d'entrée.

La démarche athlétique et la position des épaules trahissaient la confiance en lui de l'agent fédéral. Avec son sourire avenant, son regard bleu angélique et ses cheveux blonds, Jessop n'avait pas l'air d'un mauvais type ni d'un traître. Mais Rafe ne le considérait pas comme un allié.

Les motivations de Jessop étaient aussi tordues que les racines des arbres dans les marais à mangrove. Il aimait son métier, mais se laissait facilement acheter. La preuve en était qu'il s'était librement associé à Davidoff, un criminel avéré. Et, s'il n'avait probablement pas l'intention de faire du mal à Alyssa, il n'hésiterait pas à la sacrifier pour servir ses intérêts.

Avec toutes ces contradictions et complications, rien n'était certain. Rafe ne savait plus ce qu'il devait croire, mais il devait admettre que Jessop avait raison à propos d'une chose : une des raisons pour lesquelles il avait accepté de travailler pour Davidoff tenait à la possibilité de découvrir un lien avec la famille Leone.

Avant qu'Alyssa lui raconte comment Frankie avait été tué sous ses yeux, il ignorait à quel point elle était impliquée avec la famille. Il avait passé presque un an en mission d'infiltration chez eux et n'avait jamais entendu son nom, ni celui de Max Horowitz. Son enquête avait tourné court, le laissant avec trop de questions sans réponses.

La famille Leone n'était pas un sujet dont il avait envie de discuter avec Alyssa, mais il ne pouvait pas l'éviter.

Étant donné qu'elle avait écouté sa conversation avec Jessop, elle demanderait des explications, et il devrait bien s'y plier, même si l'histoire lui donnait le mauvais rôle.

Dès que Jessop fut hors de vue, Rafe monta les marches du mausolée des Fournier, avec une nonchalance étudiée pour ne pas attirer l'attention des promeneurs.

Il actionna la poignée et découvrit que la porte était verrouillée. À un moment de la conversation, Alyssa avait décidé de s'enfermer. Quelque chose avait dû l'effrayer.

Il l'appela.

— Alyssa ? Vous pouvez ouvrir, maintenant. Il est parti.

Il n'entendit pas un bruit.

S'il s'était retrouvé enfermé dans cet espace humide et confiné, il serait devenu fou.

Alyssa était forte, mais elle avait connu des situations difficiles ces derniers jours, aussi bien physiquement que sur le plan émotionnel.

S'était-elle évanouie ? Avait-elle un problème ?

Il agrippa la poignée et la secoua. Le vieux bois bougea et grinça, mais la porte resta fermée. Il aurait dû garder la clé.

— Alyssa ! Vous devez ouvrir, maintenant.

Normalement, elle ne pouvait pas être blessée. Le temps qu'elle avait passé dans le monument était inférieur à quinze minutes. Ce n'était pas assez long pour suffoquer. Le niveau d'oxygène était suffisant pour garder les bougies votives allumées. Elle était seule. Rien ne pouvait lui faire du mal.

Malgré ce raisonnement parfaitement logique, Rafe commençait à avoir peur. Alyssa semblait tellement nerveuse quand il l'avait laissée à l'intérieur.

Indifférent aux autres personnes qui se trouvaient dans le cimetière, il tambourina à la porte.

Lorsqu'il entendit le cliquètement métallique de la serrure, un immense soulagement l'envahit.

Quand la porte s'ouvrit, il découvrit Alyssa livide et le front couvert de sueur.

— Frankie ne m'a rien dit, ânonna-t-elle, le souffle court. Il s'est d'abord évanoui. J'ai essayé d'endiguer le flot de sang, mais je n'ai rien pu faire pour lui et… il est mort.

— Ne vous inquiétez pas, ma belle.

Elle avait l'air tellement misérable qu'il ne put s'empêcher de la prendre brièvement dans ses bras pour la réconforter. Puis il la guida dehors au soleil et la fit s'asseoir sur les marches.

— Tout ira bien.

— Vous ne comprenez pas ?

Les prunelles vertes d'Alyssa fouillaient son visage.

— Je n'ai rien à dire à Jessop ni aux autres. Je ne sais pas ce qu'est devenu l'argent, mais ils ne me croiront pas. Et ils ne vont pas cesser de me traquer, jusqu'à…

— Je ne les laisserai pas vous faire de mal.

Rafe prit la clé qu'elle tenait toujours entre ses doigts crispés et retourna fermer la porte du mausolée.

— Vous ne pourrez pas les arrêter. Ils pensent que je leur cache quelque chose. Mais, quand ils découvriront que Frankie ne m'a rien dit, je ne leur serai plus d'aucune utilité.

Rafe ne la contredit pas. Si ces chasseurs de trésor avaient été des types raisonnables, il aurait peut-être pu les convaincre d'abandonner. Mais l'appât du gain les avait transformés en prédateurs.

— Il nous faut un plan. D'abord, il faut partir d'ici. Vous pouvez marcher jusqu'à la voiture ?

Elle se releva, chercha du regard l'emplacement où était garé le SUV et hocha la tête.

— J'y arriverai. Je vous demande juste de mettre la climatisation à fond.

Quelques minutes après qu'ils eurent quitté le cimetière, la voix d'Alyssa monta de la banquette arrière, où elle s'était recroquevillée pour ne pas attirer l'attention.

— Où allons-nous ?

— Chez un de mes amis, Chance Gregory. C'est un génie de l'informatique. Il peut nous procurer tous les renseignements dont nous avons besoin.

— Où habite-t-il ?

— Vous serez surprise, trésor.

Même si Chance vivait avec sa mère, il n'était pas le geek caricatural qui s'enfermait dans un sordide garage en sous-sol, et se nourrissait de hamburgers et de bières. La description qui lui convenait le mieux était celle d'un vieux gentleman du Sud. Sa famille possédait une plantation le long de Mississippi River Road, avec une immense maison coloniale dans le style *Autant en emporte le vent*.

— En parlant de surprise, dit Alyssa en passant la tête entre les deux sièges avant. Vous n'auriez pas quelque chose à me dire au sujet de Frankie Leone ?

— Qu'avez-vous entendu, exactement ?

— Jessop a dit que vous aviez accepté la proposition de travail de Davidoff, parce qu'il pourrait y avoir un lien avec la famille Leone en Floride. Comment se fait-il que vous les connaissiez ?

— Ça s'est fait par le biais d'une mission d'infiltration.

Luttant contre sa réticence à parler de cette période de sa vie, il commença à expliquer :

— Avant de revenir m'installer à La Nouvelle-Orléans, j'enquêtais sur un vaste trafic en Floride. Même si j'étais proche de plusieurs personnes dans la famille, je n'ai jamais rencontré Frankie et je ne savais rien de ses occupations à Chicago.

— C'est vrai ? Vous ne connaissiez pas l'identité de la victime du crime qui m'a valu d'être placée sous protection ?

— Je savais simplement que vous aviez été témoin d'un meurtre et que la victime était le gardien de l'entrepôt Horowitz.

Le scepticisme d'Alyssa le frustrait. Ne lui ferait-elle donc jamais confiance ?

— Vous aimiez travailler en infiltration ?

— Ça peut être très difficile, surtout quand ça dure longtemps.

— Vous devez savoir bien mentir, alors.

— Je suppose.

Il essaya d'esquiver le cours malheureux qu'avait pris la conversation.

— C'était mon travail.

— Vous avez mené des gens en bateau pendant des mois.

Rafe s'arrêta à un feu et tourna la tête. Ils étaient proches, presque nez à nez, et il fut momentanément captivé par les paillettes d'or dans ses yeux verts.

Il prit une respiration et retrouva son calme.

— Il y a un temps pour le mensonge et un temps pour la vérité. Je sais faire la différence, croyez-moi. Je suis totalement sincère avec vous. Vous pouvez me demander n'importe quoi.

— Je le ferai.

Elle se recula pour s'asseoir sur la banquette.

— Quel personnage étiez-vous en Floride ?

— Je me faisais passer pour un pilote de course.

Ses capacités de pilotage étaient loin d'atteindre un niveau professionnel, mais il avait bien travaillé son rôle. La famille Leone le considérait comme un Français excentrique qui avait participé à plusieurs grands prix en Europe.

— Parlez-moi des Leone. Quel genre de trafics faisaient-ils ?

— Ils possédaient une compagnie de transport routier tout à fait légale, mais leurs camions transportaient parfois de la marchandise volée, principalement du matériel électronique. Ils étaient considérés comme du menu fretin et n'intéressaient pas le FBI.

— Je ne comprends pas. Pourquoi vous êtes-vous infiltré, alors ?

— Nous avons été informés que les Leone se diversifiaient dans le trafic d'armes et de drogue.

Rafe tourna brusquement à gauche. Son but était d'éviter d'être suivi jusqu'à ce qu'il ait quitté les limites de la ville. Chez son ami, il pourrait changer de voiture.

— Jessop vous a donné de nouvelles informations ?

— Depuis le début, le FBI est persuadé que Frankie a fait disparaître les sept millions.

— C'est de la folie ! Je vous assure que la boutique ne dégageait pas assez de bénéfices pour que Max ne se rende pas compte d'un tel trou dans les comptes.

— Réfléchissez, ma belle. Les détournements d'argent ont eu lieu sur une très longue période. Cela avait déjà commencé, il y a dix ans, lorsque Frankie sortait avec votre tante. Et Horowitz était connu pour stocker des objets de grande valeur dans son entrepôt. Davidoff est passé par son entremise pour certaines de ses voitures, dont une Rolls-Royce vintage d'une valeur de 300 000 dollars.

Le silence retomba dans l'habitacle, et Rafe imagina qu'Alyssa se remémorait les articles de luxe entreposés à Chicago. Au fil des années, il n'avait pas dû être difficile pour Frankie de subtiliser des bijoux, des œuvres d'art… D'autant que certains de ces objets avaient été volés auparavant et faisaient l'objet d'un recel.

— Je ne peux pas y croire, murmura Alyssa. Max était très pointilleux sur son inventaire. Il s'en serait rendu compte.

— Pas si Frankie était assez malin pour remplacer les objets volés par des copies. Il était responsable de l'entrepôt et avait accès à tout. Et il n'y avait pas trace des transports, puisqu'il utilisait les camions de l'entreprise familiale pour les expéditions.

— Si c'est vrai, Frankie était beaucoup plus intelligent que je ne le pensais.

Alyssa resta pensive quelques secondes.

— Quelle erreur a-t-il bien pu commettre pour se faire tuer ? demanda-t-elle finalement.

— Je pense qu'il est devenu trop gourmand.

L'avidité semblait être la raison sous-jacente de tout ce qui était arrivé.

— Frankie a dévié du plan. Au lieu de confier la marchandise à sa famille, il a commencé à monter sa propre affaire à Chicago.

— Un double jeu. Il volait Max et doublait sa famille pour se bâtir une fortune privée. Puis il s'est fait tuer par Ray McGill. J'avoue que je ne vois pas comment cette pièce s'emboîte dans le puzzle.

— Le FBI connaissait depuis longtemps les liens entre les McGill et les Leone. Ce sont des criminels, mais aussi des hommes d'affaires.

La laissant réfléchir au plan machiavélique de Frankie, Rafe vérifia une dernière fois son rétroviseur central et, décidant qu'ils n'étaient pas suivis, prit la direction de Mississippi River Road.

En d'autres circonstances, il aurait aimé effectuer ce voyage avec Alyssa, lui faisant découvrir les aspects les plus raffinés de la vie à La Nouvelle-Orléans.

Tout ne se résumait pas au jazz, au carnaval et aux parades dans les rues. La ville était l'une des plus anciennes du pays. Les traditions puisaient loin leurs racines.

— À propos des Leone, dit soudain Alyssa, Jessop a

laissé entendre que votre mission avait détruit votre carrière. J'aimerais entendre toute l'histoire.

Rafe avait espéré éviter ce souvenir douloureux.

— Mes erreurs ne sont pas pertinentes.

— Je veux connaître la vérité.

Elle soupira.

— Je veux pouvoir vous faire confiance, Rafe.

Et il voulait la même chose.

— Après plusieurs mois avec la famille, j'ai obtenu une place dans leur organisation comme chauffeur de l'extrême.

— Pour des braquages de banque ?

— Non, mais il y avait certaines rencontres dont il fallait pouvoir s'extraire le plus vite possible. Le FBI était informé, et ils ont fait ce qu'il fallait. Parfois il y avait des arrestations, d'autres non. Petit à petit, j'ai sympathisé avec plusieurs membres de la famille, en particulier avec une jeune mère, Deedee, que son mari battait.

Il se rappelait cette mince jeune femme avec ses longs cheveux noirs et son regard triste. Elle semblait plus âgée que ses vingt-deux ans, sauf quand elle jouait avec ses jumeaux.

Cette petite parenthèse de bonheur l'avait touché, et il avait pris l'habitude d'échanger quelques mots avec elle. Un jour, elle lui avait confié qu'elle était à nouveau enceinte et terrifiée à l'idée de la colère de son mari quand il l'apprendrait.

— Ma mission était un échec, dit-il. Je n'avais découvert aucun trafic d'armes ou de drogue. Les Leone semblaient être de petits escrocs, et rien d'autre. Je voulais que mon passage chez eux serve à quelque chose…

— Vous avez voulu aider Deedee.

— Je l'ai mise en relation avec des gens qui pouvaient l'aider à échapper à son mari et à se construire une nouvelle vie avec ses enfants.

Avec un soupir, il se passa la main dans les cheveux.

— J'aurais dû rester avec elle, au lieu de la laisser seule avec des inconnus.

— Je comprends, affirma Alyssa. Mais vous n'avez pas à vous sentir coupable de quoi que ce soit. Vous pensiez que vous agissiez pour son bien.

Il aurait dû le savoir.

Après le temps passé en Floride, il aurait dû comprendre que la loyauté de Deedee envers son mari était plus importante que sa propre sécurité.

— Elle est retournée chez son bourreau, dit-il d'une voix crispée.

Dès qu'il l'avait su, Rafe s'était précipité chez le Leone. Il était arrivé trop tard.

— Il l'a tuée.

13

Assise à l'arrière du SUV, Alyssa ne pouvait pas voir le visage de Rafe, mais elle percevait l'intense douleur dans sa voix.

— Qu'est-il arrivé aux enfants ?

— Ils ont été placés dans une bonne famille, et ça semble fonctionner. La famille d'accueil envisage de les adopter. Je verse de l'argent chaque mois pour participer aux frais.

— On dirait que vous faites tout votre possible pour les aider.

— L'argent ne suffit pas. Ces enfants ont perdu leur maman. Je ferai toujours en sorte que personne ne leur fasse jamais de mal, en particulier leur père, qui est incarcéré pour quelques années.

Il secoua les épaules, comme pour évacuer ce souvenir.

— Voilà mon histoire, ma belle. Vous en savez assez ?

Même si elle comprenait combien cela avait dû être dur pour lui d'évoquer ce drame, Alyssa avait d'autres questions.

— Jessop a dit que les Leone avaient nui à votre carrière. Vous avez été renvoyé ?

— Au contraire. Le FBI était prêt à fermer les yeux sur le meurtre de Deedee et voulait que je continue ma mission. Mais ce n'était pas possible. Je voulais que justice soit faite. Et j'avais besoin de revenir en Louisiane, là où sont mes racines, pour faire le point sur ma vie.

— Et vous êtes devenu détective privé ?

— Pour le moment, ça marche bien. Je suis mon propre patron. Je n'ai pas à obéir à des ordres qui heurtent mon éthique et je peux mettre à profit l'entraînement spécial que j'ai reçu.

— Je pense que quelque chose d'autre vous anime. Vous n'êtes pas un pirate mais un héros. Vous aimez aider les gens, faire ce qui est juste.

Il haussa les épaules.

— J'aime pouvoir choisir quel job accepter ou refuser.

— Pourquoi m'avez-vous choisie ?

Il eut une grimace moqueuse.

— De temps en temps, ça m'arrive de faire des erreurs.

Sa petite plaisanterie détourna la conversation des sujets inconfortables d'honneur et de noblesse de cœur.

Alyssa était ravie que Rafe ne se prenne pas trop au sérieux. C'était un type bien, mais elle n'osait pas le lui dire. Pas tout de suite, en tout cas.

Il serait facile maintenant de lui faire confiance… mais ce serait tellement risqué.

En regardant par la fenêtre, elle vit que le paysage avait changé. Ils avaient laissé la ville derrière eux et roulaient vers le nord sur une route à quatre voies peu fréquentée.

— Où sommes-nous ?

— River Road.

Rafe désigna sa droite.

— Là-bas, il y a la digue, et derrière se trouve le Mississippi. La route était autrefois célèbre pour ses plantations tout autour.

Les édifices qu'ils dépassaient étaient beaucoup plus quelconques : stations-service, vieilles boutiques et maisons sans charme.

Entre les chênes et les tulipiers qui bordaient la route, Alyssa aperçut la silhouette fantôme d'une maison de maîtres délabrée.

— Qu'est-il arrivé aux plantations ? Elles ont été détruites par l'ouragan ?

— Rien d'aussi dramatique. Les maisons ont vieilli, elles demandaient beaucoup d'entretien et elles ont été abandonnées.

À un croisement, il tourna à gauche et traversa une toute petite ville.

— Nous allons rester sur les chemins de traverse, dit-il, de façon que personne ne nous remarque.

— Il n'y a pas beaucoup de circulation. Nous le verrions si nous étions suivis.

— Je pensais plutôt à des drones.

Alyssa comprit que sa connaissance des techniques de surveillance et de traçage était bien supérieure à la sienne.

Quand elle avait planifié sa fuite, elle avait essayé de prévoir chaque détail et toutes les contingences imaginables, mais elle n'avait jamais pensé aux drones. Si Rafe n'avait pas été là, elle n'aurait probablement pas survécu à la première attaque de Woodbridge et de son équipe de squelettes.

Ils roulaient à présent sur une route à deux voies, qui suivait les méandres d'un cours d'eau bordé d'une végétation retournée à l'état sauvage.

Des arbres tortueux, aux branches évoquant les doigts déformés d'une sorcière, pendaient de longs rubans de mousse espagnole.

La proximité avec le fleuve épaississait l'air d'une humidité presque palpable.

— Votre génie de l'informatique vit dans le coin ?

— Chance Gregory est un de mes plus vieux amis. Nous étions à la même université. La propriété de sa famille se trouve au bout de ce champ.

Au loin, Alyssa découvrit une demeure imposante, avec une façade blanche et des persiennes laquées de noir. Sa partie centrale, précédée par un porche que soutenaient quatre colonnes, s'élevait sur deux étages. De part et d'autre s'étiraient deux ailes d'un seul étage, parachevées par un toit plat que cernait une rambarde à balustres.

Une immense étendue de gazon, entretenu comme celui d'un golf, recouvrait la colline qui montait en pente douce vers la majestueuse entrée.

Entre les chênes immenses qui bordaient l'allée, des massifs de fleurs d'automne parfaitement entretenus apportaient une chaleureuse note de couleur.

— Je suis impressionnée, dit-elle.

— Et encore, vous n'avez pas vu les écuries à l'arrière. Chance élève des pur-sang.

Alyssa aurait aimé porter une tenue plus élégante. Son short kaki et son T-shirt semblaient trop décontractés pour l'endroit.

À Chicago, les gens ne faisaient pas attention à leur choix de vêtements, mais sa mère lui avait appris qu'on vous prenait au sérieux quand vous étiez habillé pour la circonstance.

— Je dois avoir l'air d'un épouvantail.

Elle trouva un poudrier compact dans son sac à dos, appliqua un peu de poudre sur son visage pour atténuer la brillance provoquée par la chaleur et se recoiffa.

Rafe s'engagea dans l'allée et contourna la maison pour se garer derrière.

Près des garages, un homme élancé, en pantalon beige et chemise en denim bleu ciel, les attendait. Il fit signe à Rafe de se garer dans le dernier box.

Alyssa enfila son blouson, qui portait encore l'odeur de moisi du mausolée, descendit de voiture et s'agrippa au bras de Rafe.

Penché à son oreille, il murmura :

— Inutile de vous inquiéter, trésor. Vous êtes superbe.

Chance accueillit Alyssa avec un baiser sur chaque joue. Il avait les cheveux châtain clair, les yeux très bleus, et portait une eau de toilette aux notes hespéridées.

Une fois les présentations faites, Chance commenta :

— Je n'y croyais pas, mais mon vieux pote de guerre avait raison. Vous êtes le sosie de Scarlett O'Hara.

Alyssa baissa les yeux, gênée.

— Je ne sais pas quoi dire.

— Venez, allons à l'intérieur. Ma mère est à l'église, mais il reste du jambalaya et du pain de maïs d'hier.

— Je serai ravie d'y goûter.

— J'apprécie ton hospitalité, mais nous avons du travail, rappela Rafe à son ami.

— J'ai pris de l'avance sur toi, collègue.

Chance les guida vers l'entrée de service de la maison.

— J'ai déjà mis mon nez dans les affaires de Diamond Jim et de la famille Leone. Tu veux commencer par quoi ?

— Davidoff.

Ils entrèrent dans une belle et vaste cuisine campagnarde. Chance y était visiblement à l'aise, mettant le plat de riz épicé et d'andouillette à mijoter sur une gazinière à l'ancienne et réchauffant au four le pain de maïs, tandis qu'il discutait avec eux.

— Viktor Davidoff est connu sous les pseudonymes de Davis James ou Diamond Jim, mais sa véritable identité est un secret bien mal gardé. Il n'a aucun lien familial à Chicago, mais il est en cheville avec la mafia russe de New York.

— Tu es sûr qu'il n'a pas de famille ?

— Qu'est-ce qui t'arrive, collègue ? D'habitude, tu ne remets pas en question mon travail. Tu sais que je ne me trompe jamais.

Rafe ricana.

— Il ne faut jamais dire jamais.

— Je suis curieuse, dit Alyssa. Pourquoi appelez-vous Rafe « collègue » ? Vous avez travaillé ensemble ?

— C'est comme ça qu'on appelle un ami, dans le Sud, expliqua Rafe.

— Rafe est mon collègue, et vous êtes sa « blonde. »

Alyssa n'eut pas besoin de se faire expliquer, cette fois. Elle savait que cela signifiait « petite amie. »

Ce qu'elle comprenait moins, c'était que tout le monde semblait penser qu'elle était en couple avec Rafe.

Était-ce une conspiration ?

— Je ne suis la « blonde » de personne.

Chance prit un pichet de limonade dans le réfrigérateur et le tendit à Alyssa.

— Vous voulez bien déposer ça dans la salle à manger ? Pendant ce temps, je vais préparer une salade de fruits frais.

Alyssa franchit l'ouverture en arche de la cuisine et entra directement dans une ravissante pièce dotée de hauts plafonds à caissons et de portes-fenêtres cintrées ouvrant à la française.

Fascinée, elle détailla le long buffet destiné à recevoir la vaisselle, surmonté de chandeliers en argent ; le coffre pour les nappes ; le vaisselier avec ses verres en cristal taillé, et ses services à thé et à café en délicate porcelaine.

Son regard se posa ensuite sur la table en acajou flanquée de douze chaises garnies de velours or. Au-dessus, l'imposant lustre en laiton, équipé d'innombrables ampoules, n'était pas allumé. La lumière naturelle suffisait.

Au bout de la table, Chance avait déposé sur des sets en lin beige trois assiettes accompagnées de couverts en argent et de verres en cristal. Les serviettes de table vieux rose accompagnaient à merveille les tons orange fané, mauve et bordeaux du bouquet central, composé de dahlias.

Alyssa commençait à comprendre ce que Rafe voulait

dire en décrivant son « collègue » comme un gentleman. Chance ne s'entourait que de luxe et de raffinement.

Au cours du repas, elle se détendit encore un peu plus. Le jambalaya était délicieux, épicé juste ce qu'il fallait, et le pain de maïs fondait dans la bouche, tandis que la salade de fruits apportait une appréciable note rafraîchissante.

— Voulez-vous autre chose ? demanda Chance.

— Non, merci. C'était parfait.

— Eh bien, je crains de devoir maintenant aborder les sujets qui fâchent.

— Nous t'écoutons, dit Rafe.

— J'ai découvert que Davidoff avait pris possession de trois voitures de collection, d'une valeur de 250 000 dollars chacune. Or, l'une d'elles a disparu. Une Lamborghini V12.

— Et Frankie aurait fait le coup ? demanda Rafe.

— Il semblerait. Après des années à subtiliser en toute discrétion des objets déposés chez Horowitz, Frankie Leone a eu les yeux plus gros que le ventre.

— Comment savez-vous tout cela ? demanda Alyssa.

— Je sais où et comment chercher.

Chance plongea la main dans la poche de sa chemise et en sortit une clé USB, qu'il tendit à Rafe.

— Tous les détails sont là, et je pense que vous serez d'accord avec ma conclusion. Au moment du vol, Davidoff s'était associé avec les Leone de Floride, qui n'ont pas beaucoup apprécié que leur cousin Frankie les ait grugés pendant des années.

— À hauteur de sept millions de dollars, conclut Rafe.

— Comment Frankie a-t-il pu monter cette opération ? demanda Alyssa, tout en sirotant sa limonade. Ça demande des contacts, un réseau…

— Son atout, c'était que personne ne faisait attention à lui, expliqua Chance. En apparence, ce n'était qu'un simple responsable d'entrepôt. Il ne menait pas une vie extravagante, n'achetait pas de beaux vêtements, possédait une vieille voiture… La seule fois où il a eu des ennuis remonte à une dizaine d'années.

— À cause de ma tante, Charlotte, devina Alyssa.

— Elle pourrait avoir des problèmes, dit Chance.

— Vous voulez dire qu'elle est en danger ?

Alyssa aurait voulu ne pas s'en soucier, mais ça la touchait. Charlotte était la seule famille qui lui restait au monde.

Chance la regarda droit dans les yeux.

— Votre tante court beaucoup moins de risques que vous. Rafe m'a dit que vous étiez une femme prévoyante. Je ne peux que vous suggérer d'utiliser vos talents d'organisatrice pour quitter la ville et faire profil bas.

Demain, quand elle aurait récupéré les objets indispensables qui se trouvaient dans son coffre à la banque, elle quitterait La Nouvelle-Orléans.

— Est-ce que je peux faire quelque chose pour Charlotte ? Elle travaille avec l'agent Jessop du FBI. Que risque-t-elle, exactement ?

— Je vais être franc. Si Frankie s'en est sorti, il y a dix ans, c'est parce qu'il lui a fait porter le chapeau. C'est pour cela qu'elle a dû feindre sa mort. Ils étaient tous à ses trousses : les Leone, d'autres criminels, et même Horowitz.

Pas son ancien patron !

De toutes les personnes qu'elle connaissait, il était le seul en qui elle avait confiance. Il lui avait permis de faire des études. Il l'avait aidée après la mort de sa mère… Si quelqu'un pouvait la sortir de ce pétrin, c'était bien lui.

— Vous êtes certain que Max Horowitz en voulait à ma tante ?

— Je le suis. Et je ne me trompe jamais.

14

Au volant d'une Mercedes C63 AMG, Rafe se prenait presque pour le pilote de Grand Prix pour lequel il s'était fait passer en Floride. Dotée d'un V8 4 litres bi-turbo, la voiture était un bonheur à conduire.

Son premier choix aurait été la Porsche Panamera rouge de Chance, mais Alyssa lui avait fait remarquer que la voiture attirerait trop l'attention. Et il est vrai que les lignes élancées de la Mercedes gris métallisé ne la différenciaient pas trop des autres véhicules sur la route.

Mais elle était différente. Oh ! combien ! Conduire un modèle aussi puissant et performant lui procurait des sensations incroyables.

— Vous roulez trop vite, remarqua Alyssa d'un ton de maîtresse d'école. Ce serait bête de se faire arrêter par une patrouille.

Aucune voiture de police ne pourrait rattraper cette voiture qui, d'après Chance, passait de zéro à cent en moins de quatre secondes, mais elle avait raison. Mieux valait éviter d'attirer l'attention.

À contrecœur, il releva le pied de l'accélérateur.

— Je ne me rendais pas compte. Le système de suspension est tellement efficace qu'on ne sent pas les aspérités de la route.

— C'est vrai qu'elle est très confortable, admit Alyssa.

Il caressa le volant et dit en français « magnifique ».

Pendant un moment, ils roulèrent en silence.

Ils avaient partagé un bon repas, le voyage était agréable, et un lien commençait à se créer entre eux.

— J'aime bien Chance, dit Alyssa. Il est différent des geeks que j'ai rencontrés jusqu'à présent.

— Il est un peu spécial, mais il ne m'a jamais laissé tomber.

— En tout cas, il avait raison de dire qu'il nous faut un plan.

— D'abord, vous devez prendre une grande décision : rester à La Nouvelle-Orléans ou partir en cavale.

— Partir en cavale ? Ça fait tellement criminel en fuite ! Il me semble que je n'ai jamais pensé à rester ici. Mon plan était de fuir, et j'ai pris des dispositions concernant les transports, les routes à emprunter… Je n'ai jamais possédé grand-chose, mais j'ai hérité d'un peu d'argent à la mort de maman et d'une petite fortune grâce à l'assurance décès de Charlotte.

Elle fit une pause le temps de se mordiller la lèvre et s'interrogea à voix haute :

— Maintenant que je sais qu'elle est en vie, je me demande si je ne devrais pas rembourser la compagnie d'assurances.

— Vous changez de sujet.

— Ça engendre une autre question. Si je décide de rester, dois-je prendre contact avec les forces de l'ordre ? Le FBI et les marshals étant éliminés, il ne reste que la police de La Nouvelle-Orléans.

— Je connais quelques flics locaux à qui on peut faire confiance.

— Même quand des millions de dollars sont en jeu ?

Il savait que la tentation de la trahir serait grande, même pour le plus intègre des policiers. Et il n'avait pas envie de la remettre aux soins d'un système qui avait déjà démontré sa corruption.

— Vous placer vous-même sous la protection de la police signifie que vous allez tout devoir reprendre à zéro. Vous savez comment ça marche : ils posent les questions, vous répondez, et on ne vous informe jamais de la progression de l'affaire.

— Non, merci ! décréta Alyssa avec impatience. Cela fait trois ans que j'ai intégré le programme de protection des témoins, et rien n'a été résolu.

— Alors, vous savez ce qui reste à faire : enquêter par nous-mêmes.

Elle esquissa un sourire.

— Ça me convient parfaitement.

Rafe fut quelque peu déstabilisé par sa confiance en elle. Leur chance d'être plus malins que les fédéraux et la police locale était mince.

Sans parler de Davidoff, des McGill et des Leone.

Beaucoup de gens très motivés essayaient de résoudre cette énigme. Qu'est-ce qui pouvait faire croire à Alyssa qu'elle réussirait là où ils avaient échoué ?

— La décision vous appartient, dit-il.

— Exactement.

— Par quoi commençons-nous ?

— Charlotte. Même si j'ai des raisons de lui en vouloir, elle est la dernière famille qui me reste. Chance pense qu'elle est en danger. Au minimum, nous devons la prévenir.

— Sans compter qu'elle pourrait nous mettre sur la piste des millions manquants. Après tout, elle était la petite amie de Frankie.

— Je sais qu'il n'était pas assez intelligent pour monter cette opération tout seul. Elle a dû l'aider.

La voix d'Alyssa vibrait d'enthousiasme.

— Elle a probablement partagé les noms de ses contacts

avec Jessop et le FBI, ce qui signifie que Davidoff a les mêmes informations.

— Vous avez son numéro de téléphone. Appelez-la.

D'un ton piteux, elle répondit :

— J'ai déjà essayé. Je l'ai appelée de la maison de Chance. Elle n'a pas répondu, alors je lui ai envoyé un SMS.

Rafe ne pouvait pas voir ses yeux derrière les lunettes de soleil, mais il sentait qu'elle était tout à la fois surexcitée et tendue.

— J'aimerais pouvoir vous dire de ne pas vous inquiéter pour Charlotte. Il est vrai qu'elle pourrait être en danger, mais gardez à l'esprit qu'elle a des ressources.

— Qu'est-ce que cela signifie ?

— Cette femme est revenue d'entre les morts. Elle s'est cachée pendant dix ans, tout en continuant à chanter en public. Je ne sais pas si elle est de votre côté, ou si elle travaille pour quelqu'un d'autre. Votre tante est un électron libre.

Alyssa manifesta son approbation par un hochement de tête.

— Elle aurait adoré Chance. Un bel environnement, de bonnes manières et du charme, c'est ce qu'elle préfère. Je regrette de ne pas avoir pu admirer ses pur-sang.

— Nous retournerons le voir.

Il ricana.

— Je n'ai pas le choix, de toute façon. Mon « collègue » va vouloir récupérer sa voiture. En attendant, je propose de prendre contact avec Sheila Marie. Si quelqu'un peut retrouver Charlotte, c'est bien elle.

Il sortit son téléphone de sa poche et le tendit à Alyssa.

— J'ai pris une photo à l'église. Envoyez-la-lui. Et précisez qu'elle a l'habitude de chanter dans les cafés-concerts.

Ils approchaient de la ville, et Rafe avait besoin de se tenir en alerte, afin de repérer les personnes qui pourraient les chercher.

Du coin de l'œil, il la vit taper rapidement un SMS et attendre la réponse. Son téléphone était sa bouée de sauvetage, contenant des informations sur la sécurité de la maison et de nombreux contacts. Il ne pouvait s'empêcher de redouter qu'elle navigue entre ses différentes applications et ses dossiers, et qu'elle découvre quelque chose qu'il ne voulait pas qu'elle voie.

Il avait beau lui avoir répété quantité de fois de lui faire confiance, il ne pouvait se défaire de tous ses soupçons.

En revanche, il la croyait quand elle affirmait que Frankie Leone ne lui avait confié aucun secret avant de mourir, contrairement à Jessop et Woodbridge.

Par ailleurs, sa surprise et sa colère avaient été réelles quand elle avait été confrontée à sa tante, ce qui voulait dire qu'elles n'étaient pas de mèche.

Ses réserves portaient sur ses talents de comptable et sa connaissance en interne du fonctionnement de la boutique de prêt sur gages. Après Horowitz, elle était celle qui connaissait le mieux les lieux.

À chaque fois que le nom du vieil homme était prononcé, elle s'illuminait. Ses sentiments pour lui n'étaient pas ceux d'une employée pour son patron. Voyait-elle en lui le père qu'elle n'avait pas eu ?

Alyssa se tourna vers lui.

— Sheila Marie vient de répondre. C'est d'accord. Vous avez aussi un SMS de Davidoff. Je ne l'ai pas lu, mais je pense qu'il veut que vous l'appeliez.

C'était exactement le genre d'informations qu'il ne voulait pas partager. Davidoff était un sujet qu'il ne voulait pas explorer en détail.

Il remit son téléphone dans sa poche.

— Je verrai ça plus tard. Pour le moment, nous retournons à la résidence sécurisée.

Au lieu de la conduite nerveuse qu'il avait adoptée

quand il savait que Jessop les suivait, il roulait posément, s'adaptant au rythme de la circulation…

En ce dimanche après-midi ensoleillé, après une folle parade la nuit précédente, La Nouvelle-Orléans était paresseuse. Les touristes déambulaient sans hâte dans le Quartier français, un gobelet de café ou de soda à la main. De la musique s'échappait de tous les petits clubs de jazz.

— Je voudrais commencer à enquêter dès ce soir, dit soudain Alyssa, interrompant les pensées de Rafe.

— Pourquoi pas ?

— Que proposez-vous ?

— Eh bien, je sais que vous avez été interrogée des dizaines de fois, mais pas par moi.

— Vous pensez que vous pourrez trouver quelque chose qu'ils ont manqué ?

— On ne risque rien à essayer.

— Très bien. Demandez-moi n'importe quoi. Je suis un livre ouvert.

— Commençons à parler de Horowitz.

Le livre se referma aussitôt.

Alors qu'elle exigeait de lui qu'il lui dise toute la vérité, Alyssa se mettait en retrait.

Elle avait un secret, et son ancien patron en faisait partie.

Lorsqu'ils arrivèrent à la résidence sécurisée, Alyssa déclara qu'elle était fatiguée et qu'elle voulait faire une sieste.

Si la journée n'avait pas été particulièrement exigeante sur le plan physique, elle avait subi plusieurs chocs, entre la rencontre avec sa tante prétendument morte et son enfermement, aussi court fût-il, dans une tombe.

Dans la chambre qui était censée être une réplique de la sienne, elle ôta ses chaussures, enleva son blouson et s'étendit sur le couvre-lit en chenille, qui ressemblait à celui qu'elle avait acheté quelque temps plus tôt.

Finalement, ça lui faisait du bien d'être entourée par ses affaires - qui n'étaient pas vraiment les siennes.

Malgré la tension qu'elle ressentait, elle finit par se détendre.

Un doux soleil filtrait par les lames du store et dessinait des rais de lumière sur la reproduction d'un tableau de Toulouse-Lautrec accroché en face du lit.

Tandis qu'elle réfléchissait à un plan d'action, il devint vite évident qu'une visite à la banque s'imposait.

Mais une autre préoccupation occupait son esprit.

Dans la voiture, elle avait réussi à éviter les questions de Rafe à propos de Max Horowitz, mais elle ne savait pas combien de temps elle pourrait reculer le moment de lui dire la vérité.

Son ancien patron avait disparu après le meurtre, et tout le monde - les fédéraux comme les criminels - s'était donné pour mission de le retrouver.

Max était la personne la plus susceptible de savoir où était l'argent. Après tout, il possédait la boutique et l'entrepôt, et s'occupait des marchandises. Sa connaissance du stock était encyclopédique.

Comment des millions auraient-ils pu disparaître sans qu'il le sache et y consente ?

Une fois de plus, elle se répéta que Max était un homme honnête. Elle lui faisait confiance. Elle croyait en lui et savait qu'il ne ferait jamais rien d'illégal.

Quand il avait quitté la ville, il lui avait dit qu'elle n'était pas seule, qu'il serait toujours là si elle avait besoin de lui. Puis il lui avait donné un numéro de téléphone qu'elle avait mémorisé.

Si elle l'appelait, il saurait qu'elle avait besoin d'aide. Mais elle ne pouvait le faire que dans le pire des scénarios - il fallait quelque chose de plus grave que d'être poursuivie par les fédéraux ou Woodbridge, ou d'être sur la liste des ennemis de Davidoff.

Il fallait vraiment que ce soit une question de vie ou de mort.

Rafe frappa à la porte, l'arrachant à ses pensées.

— Vous êtes décente ?

— Je suis habillée.

Il entra avec un plateau sur lequel étaient posés deux grands verres de thé glacé et un sachet de chips épicées Zapp's.

— Le thé est sucré.

— C'est comme ça que je l'aime.

Fidèle à ses habitudes du Sud, sa mère avait toujours eu la main lourde sur le sucre, et Alyssa avait pris goût aux saveurs douces.

— Merci, Rafe. Mais je me dois de vous poser la question : vous essayez de me soudoyer ?

— Vous m'insultez.

Il posa le plateau sur la commode, lui tendit un verre de thé et prit l'autre.

— Des chips ?

Elle hocha la tête, et il lui lança le sachet.

— Il n'y a rien de meilleur que le mélange des épices et du thé. Comment saviez-vous que j'aimais ce goût en particulier ?

— Vous oubliez que je vous ai observée pendant deux semaines.

Au début, l'idée qu'il l'ait espionnée la mettait mal à l'aise, mais elle n'y prêtait plus attention maintenant. Au contraire, elle voyait comme un compliment qu'il ait retenu tous ces petits détails à son sujet.

— Qu'avez-vous appris d'autre sur moi ?

— Vous aimez courir le matin et faire de la musculation

à la salle de sport. Mais je ne vous ai jamais vue aller à la piscine.

— J'ai horreur de l'eau.

— Je l'avais deviné.

— Et vous ? Vous faites du sport ?

— Bien sûr.

La conversation commençait à ressembler à des entrées en matière pour faire connaissance dans un bar, ce qui était un peu bizarre car ils avaient dépassé ce stade.

— Vous en savez beaucoup plus sur moi que je n'en sais sur vous. De ce fait, j'imagine que je n'ai pas besoin de vous dire mon signe astrologique.

— Bélier.

— Et vous savez que je ne suis pas douée en travaux manuels, à part pour faire des pots-pourris. Je vous ai déjà parlé des endroits où j'ai vécu et des choses importantes qui se sont produites dans ma vie…

Elle marqua une brève hésitation.

— Si je n'avais pas peur que vous vous moquiez de moi, je dirais que nous sommes en train de devenir amis.

Il leva un sourcil.

— Je crois que vous allez aimer la direction que ça va prendre.

Le pouls d'Alyssa s'accéléra.

Il l'avait embrassée quelques minutes après avoir fait sa connaissance, mais ce n'était qu'un baiser poli sur le front.

Si elle déchiffrait bien ses intentions, ils étaient partis pour quelque chose de plus sérieux.

— C'est vous qui tenez le volant, Rafe. Où voulez-vous m'emmener ?

15

Alyssa avait envoyé la balle dans le camp de Rafe.

À lui d'agir, maintenant.

Elle aurait bien aimé qu'il l'embrasse.

Son cœur battait à tout rompre, et elle avait du mal à respirer.

Chaque seconde qui s'écoulait ressemblait à une heure, et elle se prépara à l'idée qu'il rejette ses avances, même si elle savait qu'il y avait de l'attirance entre eux. Elle l'avait senti quand ils se touchaient accidentellement, quand il l'appelait « ma belle », quand il lui lançait des regards à la dérobée.

Il la trouvait jolie et, sans fausse modestie, elle savait qu'elle l'était. Mais d'autres choses entraient en ligne de compte, comme le besoin de la protéger, la tentation que représentaient les millions disparus - auxquels ils devaient penser - et surtout la confiance.

Elle n'avait pas été complètement honnête avec lui.

Le savait-il ? L'avait-il senti ?

Il tendit la main et lui prit son verre, qu'il alla déposer avec le sien sur la commode.

Quand il se rapprocha du lit et s'assit à côté d'elle, son pouls s'emballa.

Gentiment, il lui prit la main et dit :

— Je veux que vous me fassiez confiance.

Avait-il lu dans ses pensées ? Étaient-ils sur la même longueur d'onde ?

Pourvu qu'il ne lui parle pas de Max Horowitz.

Elle sentit que ses lèvres tremblaient.

— J'ai quelque chose à vous dire. Ça risque d'être difficile à entendre.

Était-il marié ? Il n'avait parlé ni d'une épouse ni d'une petite amie. Sheila Marie n'y avait pas fait allusion, pas plus que Chance.

Mais c'était peut-être le grand secret de Rafe.

Elle retira brusquement sa main de la sienne.

— Il y a une autre femme ?

Son expression de surprise aurait été comique si Alyssa n'avait pas été aussi contrariée.

Il marmonna quelques mots en français, avant de revenir à l'anglais.

— Je ne suis pas un homme parfait. Pendant des années, j'ai vécu en infiltration, j'ai menti... Mais je n'ai jamais trahi une femme que j'aimais. Si j'étais marié ou en couple, je vous l'aurais dit tout de suite. Je peux vous assurer qu'il n'y a personne d'autre.

— Alors, quel est ce secret si terrible à entendre ?

— J'ai parlé au téléphone avec Davidoff.

Cinq minutes plus tôt, ces mots l'auraient emplie de crainte, mais plus maintenant. Ce n'était rien comparé à l'idée que Rafe puisse être marié.

— Quel est le problème avec Diamond Jim ?

— Il veut vous rencontrer.

— Quoi ?

Elle agita les mains, repoussant cette éventualité.

— Il n'en est pas question. C'est un criminel.

— Je ne crois pas qu'il vous veuille du mal.

— Parce qu'il vous a engagé comme garde du corps ? Ce n'est pas une raison.

Elle recula sur le lit et, le dos calé contre le mur, remonta les genoux sous son menton.

— Vous avez oublié Jessop. Davidoff veut l'argent.

Elle secoua la tête d'un air dégoûté.

— Je ne sais pas exactement quel jeu il joue, mais je ne veux pas en faire partie.

— Il m'a révélé un secret qui explique beaucoup de choses. J'ai promis de ne pas le répéter, mais je trouve injuste de dissimuler cette information. Vous devez tout savoir avant de prendre votre décision.

Ce suspense était intolérable.

— Mais qu'attendez-vous pour le dire ? Parlez !

— Viktor Davidoff prétend être votre père.

Alyssa resta sans voix.

Toute sa vie elle avait imaginé mille choses à propos de l'identité de son père, priant pour qu'il soit un prince et redoutant qu'il soit un monstre.

Sa mère lui avait dit qu'il avait passé du temps avec elle quand elle était petite. Qu'il la prenait dans ses bras, lui chantait des berceuses, lui racontait des histoires… mais elle ne s'en souvenait pas.

Il n'y avait pas de photos, pas de cartes, pas le moindre mot.

Elle avait un vague souvenir de ses quatre ans, quand il lui avait offert la boîte à musique, et croyait se rappeler qu'il lui avait dit qu'elle serait toujours sa petite fille et qu'il s'occuperait toujours d'elle.

Si Davidoff était cet homme, il n'avait pas tenu parole.

— Pourquoi ne me l'a-t-il pas dit ?

— Pour ne pas vous mettre en danger, votre mère et vous. Quand il s'est installé à Chicago, on disait que c'était pour échapper à la mafia russe de New York.

— J'ai entendu ces rumeurs, mais je n'y ai jamais prêté attention.

Elle secoua de nouveau la tête.

— Il n'a pas été mon père pendant vingt-sept ans. Pourquoi le serait-il maintenant ?

— Je ne sais pas.

Au fond de son esprit une petite étincelle d'espoir s'alluma.

Était-ce possible ?

Avoir un père changerait l'essence même de son identité.

S'il était vraiment son père, Davidoff ne pouvait pas être un monstre. Sa mère ne serait jamais tombée amoureuse de lui si ça avait été le cas.

Si elle apprenait à le connaître, peut-être finirait-elle par l'accepter…

Et puis, elle se souvint.

Aussi vite qu'il s'était allumé, l'espoir s'éteignit.

Elle regarda la table de chevet, où la lampe à abat-jour frangé côtoyait la coupe de pot-pourri.

— Où est ma boîte à musique ?

Rafe se dirigea vers la commode et ouvrit le tiroir.

— Après que vous l'avez lancée contre le mur, je me suis dit que vous n'en vouliez plus.

— Donnez-moi ce truc.

Dès qu'elle tint la boîte entre ses mains, elle sut que c'était un faux. Le bois n'était pas aussi lisse que l'original, et la patine était plus claire.

— Mon père m'a donné une boîte à musique pour mes quatre ans. Pas celle-ci mais une autre. Avant de dormir, je caressais le bois contre ma joue, puis je soulevais le couvercle et j'écoutais la musique. C'était *La Chanson de Lara*, le titre musical associé au film *Le Docteur Jivago*.

Elle souleva le couvercle, et on entendit *Twinkle, Twinkle Little Star*.

— Davidoff n'a jamais parlé de la mélodie, dit Rafe. Votre vrai père ne m'aurait pas laissé faire cette erreur. Il m'aurait donné des instructions précises.

Le tour qu'avait voulu lui jouer Davidoff était d'une rare cruauté.

Il avait joué sur les besoins émotionnels d'une orpheline.

— C'est vraiment un salaud !

— Son affirmation était bizarre, et pourtant on pouvait y trouver une certaine logique. Il m'a engagé pour vous protéger, et c'est ce qu'aurait fait un père. Quand il parlait de vous, il semblait sincèrement concerné par votre bien-être. Et Lara est un prénom russe. Davidoff aurait pu le choisir pour sa fille.

— Ma mère l'a choisi pour le film, et parce qu'elle trouvait ça joli. En outre, Davidoff n'est pas le seul Russe que je connais. Beaucoup de gens viennent de cette région du monde, comme Max Horowitz. Et un des frères McGill est marié à une Russe.

Alyssa avait de plus en plus de mal à contenir sa colère.

— Pourquoi parlons-nous de ça ? Je ne suis pas la fille de Davidoff. Il n'est pas question que je le rencontre !

— Je vais trouver un moyen de nous débarrasser de lui.

— Je me demande bien pourquoi il a inventé ce mensonge. Qu'espérait-il gagner ?

— Votre confiance.

— Je ne la lui accorderai jamais !

— Y a-t-il quelqu'un à qui vous faites confiance ?

Elle aurait pu citer des amis à qui elle confiait ses clés pour qu'ils arrosent ses plantes quand elle n'était pas chez elle, mais ce n'était pas vraiment ce qu'il demandait. Il voulait savoir si elle avait confiance en lui.

Il lui avait déjà prouvé plusieurs fois sa loyauté. Et, maintenant qu'il lui avait parlé de la manipulation de Davidoff, il semblait avoir abattu toutes ses cartes. Il n'y avait plus rien à cacher.

Elle pouvait lui poser des milliers de questions, mais la confiance était un sentiment, pas une comptabilité.

— J'ai confiance en vous, Rafe.

Il traversa la pièce pour aller à la fenêtre et ferma complètement les stores. La chambre s'obscurcit, et il alluma la lampe sur la table de chevet. Le halo, tamisé par l'abat-jour frangé, était intime et apaisant.

La première chose qu'il ôta fut son holster d'épaule, qu'il déposa sur le dossier de la chaise à côté du petit bureau. Puis il lui tendit la main, comme s'il voulait l'inviter à danser.

Et elle était tellement prête pour ce tango…

Quand elle lui prit les doigts, il l'attira à lui. Son bras l'encercla, et il posa la main au creux de son dos.

Alyssa sentit un picotement courir sous sa peau.

Penché à son oreille, il murmura :

— Moi aussi, je vous fais confiance, ma belle.

Elle ne le méritait pas. Elle lui cachait encore un secret. Mais elle n'était pas encore prête à parler de Max Horowitz.

Ce pour quoi elle était tout à fait prête, en revanche, c'était cette danse spéciale avec lui. Elle en rêvait depuis le moment où il s'était présenté à elle dans un déguisement de pirate à la parade.

Elle lui caressa la joue, redessina sa lèvre inférieure du bout du pouce, s'attarda sur sa fossette au menton…

Quand les lèvres de Rafe se posèrent enfin sur les siennes avec une vibrante exigence, elle se laissa sombrer avec délice dans un flot de sensations éblouissantes.

Elle s'imaginait qu'il serait un amant passionné - après tout, il avait des origines françaises - et, si ce baiser était une quelconque indication, elle ne serait pas déçue…

Plus tard, tandis que déclinaient les derniers soubresauts de leurs corps, Alyssa posa la tête sur l'épaule de Rafe.

— Ça va ? demanda-t-il en repoussant doucement une mèche de cheveux sur son front.

— Très, très bien. Et toi ?

Il lui dit quelques mots en français.

— Traduction ?

— C'est un poème. Je compare ta bouche à un bouton de rose, et le goût de tes seins à celui du champagne.

— Je suis flattée.

Il se cala contre l'oreiller et observa le plafond.

— Dans des moments comme celui-ci, ça me désole d'aborder des sujets désagréables, mais nous avons une enquête à faire avancer. Chance m'a donné une clé USB avec des informations comptables. J'y ai jeté un œil, mais ça ne veut rien dire pour moi. Tu y comprendras peut-être quelque chose.

— Je peux comparer les chiffres de Chance avec la copie des comptes et de l'inventaire des derniers mois qui ont précédé la mort de Frankie.

— Tu les as ?

Elle hocha la tête.

— Il y a une clé USB dans mon coffre à la banque. J'ai remis l'original aux fédéraux, mais ça m'a paru plus prudent de garder une copie. J'ai étudié la liste, mais je n'ai rien remarqué qui sortait de l'ordinaire.

— Demain, nous comparerons les documents.

— Et ce soir ? Qu'allons-nous faire, ce soir ?

Du bout des doigts, il traça le contour de ses lèvres, se pencha et murmura à son oreille :

— J'ai envie de mener une enquête approfondie sur chaque centimètre de ton corps.

Le projet n'était pas pour déplaire à Alyssa.

16

Ils restèrent dans la chambre jusqu'au coucher du soleil. Rafe aurait pu passer davantage de temps étendu à côté d'Alyssa. Il entrelaça les doigts aux siens et les porta à ses lèvres. Elle était si adorable et délicate.

Son appréhension avait disparu, effacée par une compatibilité sexuelle qui l'avait surpris. Qui aurait cru qu'il connaîtrait avec elle un tel éblouissement des sens ? Un vertige d'une intensité encore jamais éprouvée avec aucune autre femme ?

Oui, elle manquait d'expérience, mais elle était enthousiaste et énergique. Elle ne retenait rien. Avec elle, il avait l'impression d'avoir inventé la sexualité.

Blottie dans le creux de son bras, elle releva la tête et lui adressa un sourire comblé.

— J'ai faim. Que faisons-nous pour dîner ?

— J'aimerais que nous puissions sortir. Il y a des restaurants incroyables à La Nouvelle-Orléans, mais nous ne pouvons pas prendre le risque d'être vus.

— Dans ce cas, nous allons devoir cuisiner.

Rafe se leva et s'étira, les bras au-dessus de la tête.

— Viens avec moi à la cuisine.

— Oh ! « collègue », tu n'as pas l'intention de cuisiner en tenue d'Adam ?

Il lui lança un regard par-dessus son épaule.

— Il n'y a pas de raison de porter des vêtements.

— J'en vois plusieurs, comme des éclaboussures de gras sur les parties les plus délicates de mon anatomie. Et nous sommes toujours en danger. Nous devons être prêts à fuir dans la seconde.

— Tu as toujours une longueur d'avance.

— Raison pour laquelle je suis encore en vie. On se retrouve dans la cuisine.

Rafe se rua dans sa chambre, où il enfila un jean, un polo noir et des chaussures de sport. Il fixa même son holster à sa ceinture. Une douche aurait été agréable… surtout avec Alyssa, mais il n'avait pas le temps.

Dans la cuisine, il sortit deux steaks du réfrigérateur et jeta deux poignées de riz brun dans le cuiseur. Puis il fit une marinade pour la viande et prépara une salade de tomate et concombre.

Enfin, il installa son ordinateur portable sur la table et chargea la clé USB que Chance lui avait donnée.

Alyssa semblait prendre son temps pour le rejoindre. Lorsqu'elle franchit enfin la porte, elle portait un short noir et un chemisier corail, et ses cheveux étaient humides.

Il déposa un baiser sur son front et respira l'odeur de pêche de son shampooing.

— Tu as pris une douche, dit-il. J'aurais été heureux de t'y rejoindre.

— Je ne suis pas surprise.

Elle lui caressa la mâchoire.

— J'aime bien quand tu ne te rases pas.

Rafe ne put résister à l'envie de l'embrasser.

L'attirant contre lui, il découvrit qu'elle ne s'était pas embarrassée d'un soutien-gorge.

Bien que tenté de tout envoyer valser sur la table et de lui faire l'amour, il se raisonna.

— Je t'ai déjà dit combien tu es belle ?

Elle parut gênée.

— Tu n'es pas obligé de me faire des compliments tout le temps.

— Ce n'est pas une obligation, mais un plaisir. Malheureusement, nous avons d'autres obligations. L'ordinateur est là.

Elle s'assit devant l'écran, où apparaissaient des séries de chiffres.

— Ce sont les informations de Chance ?

— Prêtes et n'attendant plus que toi.

Tandis qu'elle faisait défiler les pages, Rafe termina de préparer le repas.

Il n'était pas un grand cuisinier, mais il estimait qu'il ne s'était pas trop mal débrouillé. De plus, il aimait prendre soin d'elle.

— Je n'arrive pas à croire que Chance ait eu accès à toutes ces données, dit-elle pendant que Rafe dressait la table. Il a trouvé non seulement toute la comptabilité de l'entrepôt et de la boutique, mais aussi de la correspondance personnelle et des statistiques du FBI.

— Prête pour les steaks ? demanda Rafe.

Elle hocha la tête et changea de place.

— Il y a même le rapport du psychologue qui m'a évaluée, ajouta-t-elle tandis qu'il la servait. Devine ce qu'il dit sur moi.

Rafe sortit une bouteille de chardonnay bien frais du réfrigérateur et la posa sur la table.

— Dis-moi.

— Il dit que j'ai un syndrome d'abandon, car mon père a disparu quand j'étais petite. Il trouve que je suis anxieuse et tendue, et que je pourrais avoir des tendances dépressives.

Elle leva les yeux au ciel.

— Évidemment que j'étais bouleversée ! Un homme était

mort dans mes bras, et je venais d'intégrer le programme de protection des témoins.

Elle soupira.

— Il aurait quand même pu remarquer que j'étais forte, courageuse et résiliente.

— Et sexy, ajouta Rafe avec un clin d'œil.

— Cela va sans dire.

Elle attaqua son repas avec son enthousiasme habituel.

— Je me demande une chose, commença-t-elle.

Elle s'interrompit pour boire une gorgée de chardonnay.

— Chance a obtenu certaines informations en piratant des systèmes informatiques. Y a-t-il une base de données dans laquelle il ne puisse pas entrer ?

— Je ne lui ai jamais connu d'échec.

— C'est perturbant.

Elle désigna l'ordinateur et la cuisine en général.

— Nous sommes protégés par ton système de sécurité et des pare-feu informatiques, mais il doit bien y avoir d'autres personnes, aussi talentueuses et malignes que Chance, pour trouver la faille.

— Aucun risque. Chance s'est occupé de tout, et il m'a assuré que le système était absolument invulnérable.

— Toute forteresse a ses points faibles. Il suffit d'une erreur humaine.

— C'est pourquoi nous ne devons pas en faire.

Rafe avait envie de croire que c'était possible, mais il savait que la perfection n'existait pas. Tôt ou tard, ils pourraient se montrer négligents.

Le repas terminé, ils s'installèrent dans le petit salon en façade et burent une tasse de camomille en établissant des plans pour le lendemain.

Rafe aurait préféré un autre verre de vin, mais il avait besoin de rester en alerte.

Leur premier arrêt serait pour la banque, où il récupérerait la clé USB d'Alyssa, pour comparer ses données avec les informations fournies par Chance.

— Ensuite, nous devrions aller récupérer ma deuxième voiture. La clé se trouve aussi à la banque. Il y a plein de choses dans son coffre : un ordinateur, des espèces et des cartes de crédit à différents noms, des vêtements…

Rafe approuva son sens de l'anticipation.

— Ça nous sera utile. Avec l'arrivée de Davidoff à La Nouvelle-Orléans, la ville va devenir encore plus dangereuse.

Alyssa but une gorgée de tisane et se passa la langue sur les lèvres.

— Avant de partir, je veux savoir ce que sont devenus les sept millions. Trouver l'argent est la seule façon pour que je sois vraiment en sécurité.

Elle semblait ignorer les menaces des familles des hommes que son témoignage avait envoyés en prison, mais Rafe ne le dit pas.

Un problème à la fois suffisait amplement.

En outre, ses chances de survie s'étaient grandement améliorées maintenant qu'il était avec elle.

Son téléphone sonna. Sur l'écran s'affichait l'identifiant attribué à Sheila Marie.

Rafe grommela, conscient que son informatrice l'appelait parce qu'elle avait de nouveaux éléments et qu'ils allaient devoir s'arracher à la torpeur de leur nid douillet.

Il mit le haut-parleur.

— Salut. J'ai retrouvé Charlotte. Elle est au Corner Oak Tavern, sur Bourbon Street.

En arrière-plan, on entendait la complainte blues d'un saxophone.

— Elle est sur scène, en ce moment ?

— Pas du tout. Elle est affalée sur une banquette et elle boit. Elle a l'air triste.

— J'arrive dans dix minutes. Garde un œil sur elle en attendant et préviens-moi si elle s'en va.

— Ça marche, boss.

— Il y a un endroit où tu pourrais mettre Alyssa en sécurité ?

— Pas de problème. J'ai des dizaines de planques.

Rafe la croyait sur parole. Sheila Marie connaissait la ville comme sa poche.

— Merci. À tout de suite.

Alyssa était déjà debout.

— J'ai besoin d'un déguisement ?

— Fais simple.

Il la regarda se précipiter dans le couloir menant à sa chambre.

Ce n'était peut-être pas une bonne idée qu'elle l'accompagne, mais il n'avait pas le choix. Elle ne pouvait pas rester ici toute seule.

Quelques minutes plus tard, Alyssa rejoignait Rafe dans la voiture. Son déguisement était minimaliste : pas de maquillage et les cheveux plaqués en arrière sous une casquette de base-ball où était imprimé « Mardi gras » en lettres pourpre, vert et or. Quant à lui, il portait uniquement un coupe-vent bleu marine sur son polo noir et son jean. Ils n'avaient pas le temps pour quelque chose de plus élaboré.

— Merci, dit-elle en attachant sa ceinture.

— Pourquoi, ma belle ?

— De bien vouloir rencontrer Charlotte. Je ne devrais pas m'inquiéter pour elle, mais je ne peux pas m'en empêcher.

Elle soupira.

— Nous devons la mettre à l'abri, c'est-à-dire loin de La Nouvelle-Orléans.

Les raisons qu'avait Rafe de voir Charlotte n'étaient pas complètement altruistes.

Elle avait participé aux magouilles de Frankie et détenait probablement des informations qui pourraient leur être utiles. En tout cas, quelqu'un l'avait considérée comme étant suffisamment utile pour payer ses factures pendant dix ans.

En approchant de Corner Oak Tavern, Rafe repéra Sheila Marie qui attendait sous un réverbère. Quelques touristes se promenaient encore en ce dimanche soir, mais il n'y avait pas foule. Il se gara le long du trottoir.

Son informatrice préférée s'installa à l'arrière de la voiture.

Avec ses longues nattes agrémentées de perles et de rubans, sa blouse turquoise brodée de fils d'argent et son ample jupe paysanne jaune, elle était une explosion de couleurs.

La première chose qu'elle fit, en montant dans la Mercedes, fut de passer ses doigts - aux ongles vernis en alternance de bleu et de jaune - sur le cuir gris.

— Sympa, la bagnole, commenta-t-elle.

— Elle appartient à Chance.

— Le petit veinard.

— Et Charlotte ? Tu l'as laissée sans surveillance ?

— T'inquiète. Le barman l'a à l'œil. C'est un ami. En cas de problème, il m'appellera.

Sheila Marie pointa la main vers le pare-brise.

— File tout droit jusqu'au prochain carrefour et tourne à gauche. On va rendre visite à la boutique vaudoue de Jolene.

Rafe connaissait l'endroit.

— C'est là que tu m'attendras, expliqua-t-il à Alyssa.

— Vous pourrez même faire une consultation si vous voulez, dit Sheila Marie. Jolene prédit l'avenir. Et, croyez-moi, elle est douée.

Alyssa haussa les épaules.

— Je ne sais pas trop. La voyante que j'ai consultée à

Chicago après la mort de ma mère était un charlatan, et je ne sais pas si j'ai encore envie de croire à tout ça.

— Vous verrez bien. Ça ne coûte rien d'essayer.

Le reste du trajet se fit en silence.

Avant de descendre de la voiture, Alyssa se pencha vers Rafe et déposa un baiser sur ses lèvres.

— Prends bien soin de Charlotte.

— Compte sur moi.

Il n'avait qu'une hâte : faire quitter la ville à cette femme.

De retour au Corner Oak Tavern, il se gara sur un emplacement réservé aux livraisons et entra dans la salle mal éclairée. Un quatuor jouait une triste mélopée. Une femme en robe moulante à paillettes et rouge à lèvres écarlate susurrait des paroles d'amour déçu et d'abandon.

Charlotte aurait dû être sur scène. Elle avait une plus jolie voix et davantage de présence. Mais elle était assise parmi le public, toute seule à une table pour deux, devant un cocktail au rhum.

Quand il tira la chaise pour s'asseoir en face d'elle, il eut droit à un regard assassin et sut que la conversation n'allait pas être amicale.

— Il y a dix ans, vous sortiez avec Frankie Leone, dit-il en entrant directement dans le vif du sujet. Vous avez monté ensemble un trafic de marchandises volées dans l'entrepôt de Max Horowitz.

— Qui vous envoie ? marmonna-t-elle, les yeux rivés sur son verre, qu'elle avait entouré de ses mains. Jessop ou ma fouineuse de nièce ?

— Quelqu'un d'autre pourrait vous rechercher.

Elle releva la tête et le fixa.

Cette fois il avait son attention.

D'une voix tremblante, elle demanda :

— De quoi parlez-vous ?

Bien qu'il fût tenté de lui dire que Davidoff était en route pour La Nouvelle-Orléans, Rafe ne voulait pas divulguer trop d'informations sans avoir quelque chose en retour.

Il désigna la scène.

— Je pensais vous entendre chanter.

— Ce n'est pas mon répertoire.

— Ça pourrait. Vous avez du talent.

— C'est gentil, mais le talent ne vous mène pas loin.

Rafe ajouta l'amertume à la longue liste de ses traits de caractère négatifs, incluant le mensonge, la tromperie et le vol.

— Et surtout, ça ne paye pas les factures, ajouta-t-elle. C'est pour ça que j'attends Jessop. Il a une demi-heure de retard.

Baissant les yeux vers son cocktail, elle marmonna :

— Il sait où je suis hébergée. Je ne comprends pas pourquoi il a voulu me retrouver ici.

Rafe avait sa petite idée.

— Il voulait avoir le champ libre pour fouiller votre chambre.

— Vous n'êtes pas aussi bête que vous en avez l'air.

— Vous non plus. Vous n'avez rien laissé de compromettant. Quand on est en cavale depuis dix ans, on sait anticiper. Votre nièce fonctionne de la même façon. Elle voulait que je vienne ici pour vous prévenir.

— De quoi ?

— Vous devez d'abord me donner quelque chose. Je suis certain que Frankie n'était pas assez malin pour monter une opération d'une telle envergure.

— C'est vrai. Il était drôle, sexy, et fou de moi, mais ce n'était pas un génie. C'est moi qui ai tout imaginé. Je peux vous donner le nom de mes contacts, mais ça ne vous servira pas à grand-chose.

— Pourquoi ?

— Ça remonte à dix ans. La liste est obsolète.

Malheureusement, elle avait raison.

— Tout ce que vous pourrez dire me sera utile.

— Faites marcher votre cervelle, beau gosse. Il n'y a qu'un seul nom qui peut vous intéresser. Une seule personne qui peut tout expliquer : Max Horowitz. Il savait tout ce qui se passait dans sa boutique et dans son entrepôt. Je ne serais pas surprise qu'il se soit associé avec Frankie après mon départ.

Cette idée avait déjà traversé l'esprit de Rafe.

Horowitz avait quelque chose à cacher. Sinon, pourquoi aurait-il quitté la ville après le meurtre ?

Rafe repoussa sa chaise.

— Allons à votre hôtel.

— Pourquoi ?

— Davidoff est en route pour La Nouvelle-Orléans, et vous avez besoin de protection. Jessop pourra vous aider, et moi aussi.

Cette annonce fit sortir Charlotte de sa torpeur. Elle se leva, prit son grand sac fourre-tout - qui devait sans doute contenir l'essentiel à sa vie –, et ils quittèrent la taverne.

En chemin, Rafe ne se donna pas la peine de faire la conversation.

Tout en marchant, il inspectait la foule, à la recherche d'une personne menaçante qui se serait glissée parmi les touristes et les piliers de bar. Il ne repéra qu'un pickpocket et un ivrogne qui hurlait sur les passants.

L'hôtel était petit mais charmant, situé à deux cents mètres en retrait de la rue principale. Plutôt que de se faire piéger dans le vieil ascenseur brinquebalant, il préféra emprunter l'escalier jusqu'au deuxième étage.

Sur le palier, il conseilla à Charlotte de rester en retrait.

— Quelle chambre ?

Elle désigna une porte entrebâillée.

Rafe sortit son arme du holster.

En entrant dans la chambre, il actionna l'interrupteur.

Tout était sens dessus dessous : chaises renversées, tiroirs ouverts, vêtements éparpillés au sol…

Dans la salle de bains, il trouva Jessop étendu sur le carrelage, dans une flaque de sang.

Rafe s'accroupit à côté de lui et chercha un pouls.

Jessop tourna la tête et gémit.

17

— La mort approche. Elle porte une épée et caracole sur un cheval blanc.

Jolene, la propriétaire du Dragon's Blood Voodoo Emporium, agita la carte de tarot sous le nez d'Alyssa.

Sheila Marie lui tapota la main.

— Ne vous inquiétez pas, mon chou. Cette carte n'est pas toujours mauvaise.

— Vraiment ? La mort ne serait donc pas une catastrophe ?

— La carte de la mort peut signifier la fin de quelque chose et un nouveau départ.

— Exact, dit Jolene.

Ses gestes étaient rapides, virevoltants, faisant s'entrechoquer ses nombreux bracelets.

Alyssa ne croyait pas vraiment au vaudou ni à la magie, mais elle trouvait la pratique intéressante. Et puis, cette séance lui évitait de penser à ce qui se passait entre Rafe et Charlotte.

— Je peux vous acheter un collier porte-bonheur ? demanda-t-elle. Je crois que j'en ai bien besoin.

— Parlons d'abord de votre avenir, décréta Jolene en se levant. Enlevez votre casquette.

— Pourquoi ?

— Faites ce que je vous dis, fillette.

Alyssa obéit et vérifia l'heure sur son téléphone. Rafe était parti depuis dix-huit minutes. Elle estimait à dix minutes le temps de trajet aller-retour entre Corner Oak Tavern et ici. Cela voulait donc dire qu'il parlait depuis huit minutes environ avec Charlotte.

Allait-il revenir ici avec elle ? Réussirait-il à la convaincre qu'elle était en danger ?

Jolene vint se placer derrière Alyssa et glissa les doigts dans ses cheveux, lui massant le crâne.

— Libérez votre esprit, susurra-t-elle. Cessez de vous inquiéter. Oubliez toutes vos contrariétés…

Jolene retourna s'asseoir et prit les deux mains d'Alyssa dans les siennes.

— Je vois un homme…

Sheila Marie intervint :

— Grand, brun, et beau garçon, je parie.

— Pas du tout !

Jolene lui lança un regard agacé.

— Il n'est pas grand. Il a un gentil sourire… Je vois une moustache. C'est un homme gentil et fort. Il a beaucoup de secrets.

Alyssa songea à Max Horowitz. Lorsqu'elle avait appris l'arrivée prochaine de Davidoff, elle s'était dit qu'il était temps de passer cet appel d'urgence à son ancien patron.

— Est-ce qu'il va m'aider ?

— Il ferait tout pour vous. Il mourrait pour vous.

Ce n'était pas ce qu'elle voulait entendre. En aucun cas elle ne voulait faire courir de risque à Max.

— Si je l'appelle, que se passera-t-il.

— Je ne connais pas la réponse.

Jolene lâcha ses mains et se recula contre le dossier de sa chaise.

— Ce n'est pas juste ! protesta Alyssa. J'ai besoin de réponses.

— Je ne suis pas un charlatan.

Offusquée, Jolene se leva avec brusquerie.

— Je suis une prophétesse. Je me connecte au passé et à l'avenir. Je peux vous donner des conseils, mon enfant, mais il y a trop d'incertitudes pour que je fasse une prédiction juste.

— Eh bien, conseillez-moi. Dois-je prendre contact avec cet homme ?

— La décision vous appartient.

— Bon, ça suffit maintenant ! intervint Sheila Marie. Parle-lui du beau Français.

— En ce qui le concerne, elle n'a pas besoin de mes conseils. Ils sont déjà liés. Main dans la main, et cœur contre cœur.

Alyssa glissa un coup d'œil vers le rideau en bambou qui séparait cette petite pièce de la boutique. Rafe devrait arriver d'une minute à l'autre.

En attendant, elle acheta une amulette représentant un dragon et se mit à l'écart pour appeler Max Horowitz.

À la troisième sonnerie, le répondeur se déclencha. Elle choisit ses mots avec soin, ne voulant pas trop en dévoiler.

Vous m'avez dit de vous appeler si j'en avais besoin, et c'est le cas. Tout le monde croit que je sais où l'argent est caché, mais c'est faux. Vous me manquez. Je voudrais que tout ça soit terminé. Ma vie était si tranquille avant, et je veux la retrouver. S'il vous plaît, prenez contact avec moi. Je suis à La Nouvelle-Orléans. À bientôt.

Avant de ranger son téléphone, elle vérifia de nouveau l'heure.

Cela faisait maintenant quarante-deux minutes que Rafe était parti.

Rafe administra les premiers soins à Jessop. La blessure à la tête était impressionnante mais superficielle. Il n'y avait pas de lacérations profondes, et il n'avait reçu aucune autre blessure par balle ou à l'arme blanche. Cependant, il avait besoin d'être pris en charge médicalement.

Par-dessus son épaule, il cria à Charlotte :

— Appelez les secours.

— Je ne peux pas. C'est ma chambre, et les flics penseront que c'est moi qui ai fait ça.

Il doutait que quiconque la soupçonne d'avoir frappé à la tête un agent du FBI bien entraîné et en bonne forme physique. Charlotte était grande, mais elle n'avait pas les muscles pour ça.

— Faites ce que je dis.

— On ne peut pas le déplacer ?

— Il est inconscient et en mauvais état. Si on le déplace, son état pourrait empirer.

Pourquoi prenait-il la peine d'essayer de la convaincre de parler ?

Il sortit son téléphone de sa poche et composa le 911.

— Rafe, non ! Vous ne comprenez pas. Je ne veux pas aller en prison.

— Nous allons attendre l'ambulance, et je vous ferai quitter discrètement l'hôtel.

— Mais la chambre est à mon nom.

— Je suppose qu'il s'agit d'une fausse identité. Vous n'aurez qu'à en changer.

Lorsque le régulateur répondit, il récita :

— Nous avons un 10-999. Officier blessé. Assistance immédiate requise. Envoyez une ambulance à cette adresse. Deuxième étage.

Au lieu de rester en ligne, comme demandé, il coupa la communication et s'adressa à Charlotte.

— Apportez-moi un oreiller.

Cette fois, Charlotte obtempéra sans rien dire.

Jessop gémissait à nouveau. Rafe se pencha vers lui.

— Qui t'a fait ça ? Donne-moi un nom.

Tandis que Rafe glissait l'oreiller sous sa tête, Jessop battit des paupières.

Il l'encouragea.

— Parle-moi. Qui t'a frappé ?

Jessop ouvrit la bouche, mais aucun son ne franchit le seuil de ses lèvres.

Charlotte se pencha au-dessus de l'épaule de Rafe.

— Il va s'en sortir ?

C'était la première fois qu'elle montrait un peu d'empathie.

— Je l'espère.

Au loin, on entendait déjà la sirène d'une ambulance.

— Avez-vous une idée de qui pourrait avoir fait ça ? demanda Rafe.

Charlotte haussa les épaules.

— Peut-être Davidoff.

— Pourquoi s'en prendrait-il à Jessop ? Il veut quelque chose de vous ?

— Faites-moi quitter La Nouvelle-Orléans, et je vous le dirai.

Rafe n'avait pas vraiment le choix. Plus il s'attarderait ici, plus Alyssa demeurerait sans protection.

— Écoutez-moi, Charlotte. Quand les secouristes vont arriver, restez en dehors du passage. Ils vont devoir emprunter l'escalier pour transporter Jessop. L'ascenseur est trop étroit. En attendant, dépêchez-vous de rassembler quelques affaires.

Il envoya un SMS similaire à Alyssa.

Tiens-toi prête à partir.

Quelques minutes plus tard, ils entendirent les secouristes monter les marches avec leur équipement.

Tandis que Charlotte disparaissait dans la penderie, Rafe leur indiqua la salle de bains.

— C’est un agent fédéral. Vérifiez son portefeuille, vous y trouverez son accréditation.

Puis il s’écarta pour les laisser travailler, s’estimant heureux que l’ambulance soit arrivée avant la police.

Charlotte le rejoignit. Elle avait mis ces quelques minutes à profit pour échanger sa robe contre un total look noir : pantalon, T-shirt, veste et mocassins, et elle avait un petit sac à dos sur les épaules.

De son côté, il était ravi de porter un coupe-vent de couleur sombre pour masquer les taches de sang et se fondre plus facilement dans la foule.

— Vous devez faire tout ce que je vous dis, la prévint-il. Absolument tout.

Il fut surpris de la voir acquiescer aussitôt. Alyssa n’aurait pas accepté qu’il prenne le contrôle des opérations sans argumenter. Peut-être sa tante avait-elle quelque chose à lui apprendre, après tout.

Sans échanger un mot, ils quittèrent la chambre d’hôtel et s’engouffrèrent dans l’ascenseur.

Au lieu de descendre, Rafe appuya sur le bouton du quatrième étage, où ils émergèrent dans un couloir désert.

Jusque-là, tout allait bien.

Il fit signe à Charlotte de le suivre et avança en restant plaqué contre le mur.

Tout au bout du couloir se trouvait une porte ouvrant sur une issue de secours.

Rafe s’engagea le premier sur la plate-forme métallique et descendit prudemment les barreaux de l’échelle, tout en observant le chaos en contrebas.

Deux ambulances et quatre voitures de police bloquaient la circulation.

Des passants curieux s’amassaient sur le trottoir et discutaient.

Un seul homme se tenait à l'écart et se désintéressait de ce que faisait la police.

Contrairement aux autres, il observait l'immeuble.

Bien que Rafe ne l'ait vu qu'une seule fois, il n'eut aucun mal à reconnaître Woodbridge.

18

Alyssa faisait nerveusement les cent pas dans la boutique de vaudou.

Quelques instants plus tôt, elle avait reçu un SMS de Rafe, la prévenant que Woodbridge et ses hommes étaient dans les parages.

Du bout des doigts, elle effleura l'amulette qui pendait à son cou et forma le vœu qu'il n'arrive rien à Rafe.

Lui demander de rencontrer sa tante avait peut-être été une erreur, mais elle ne pouvait ignorer les signes de danger qui visaient Charlotte telles des dagues acérées.

Assise dehors sur rebord de la vitrine, Sheila Marie guettait l'arrivée de Rafe. La tombée de la nuit n'atténuait pas les vives couleurs de ses vêtements. Un djembé entre les genoux, elle jouait un air au rythme envoûtant. De temps en temps, elle renvoyait les touristes vers d'autres boutiques en leur disant que c'était fermé.

Jolene passa la tête entre les lamelles du rideau de bambou, en affichant un grand sourire qui semblait cacher un piège.

— Je peux vous présenter mon plus cher compagnon ?

— D'accord, répondit Alyssa à contrecœur.

Les bras largement écartés, les mains dessinant des gestes gracieux, Jolene s'avança dans la boutique et tourna lentement sur elle-même pour faire admirer le compagnon en question : un serpent de trois mètres de long, avec de grandes taches marron cerclées de noir sur fond jaune pâle et une marque en pointe de flèche sur la tête.

Alyssa n'avait aucun problème avec les serpents. Une de ses amies à Chicago en possédait plusieurs.

— Un python birman, dit-elle. Je peux le toucher ?

— Elle en serait ravie. Dominique est une femelle. C'est un être sacré, une créature magique qui possède une grande sagesse.

Alyssa caressa la peau douce, qui avait pris la température du corps de Jolene, et admira la puissance de l'animal tandis qu'il s'enroulait autour des bras de sa propriétaire.

— Les serpents sont importants dans le vaudou ?

— Je ne l'utilise pas autant que je le voudrais. Mais elle est très utile pour faire fuir les personnes malintentionnées. Beaucoup de gens ont peur des serpents.

— C'est une question de goûts.

Son djembé à la main, Sheila Marie entra précipitamment dans la boutique.

— J'ai vu la Mercedes au bout de la rue. Rafe arrive. Il va passer par la ruelle derrière la boutique. Allez l'attendre, Alyssa.

— Cachez-vous d'abord dans le placard et attendez que je vous donne le signal, dit Jolene.

— Vous avez d'autres amis comme Dominique, dans votre placard ?

— Juste sa nourriture. Des rats en cage.

— D'accord…

Alyssa passa de l'autre côté du rideau en bambou, mais ne se précipita pas pour entrer dans le placard plein de rats. À la place, elle risqua un coup d'œil vers la boutique.

Sheila Marie avait repris sa place devant la vitrine et frappait en rythme sur son djembé. Jolene chantait et dansait avec son serpent. Bientôt, d'autres musiciens se joignirent à Sheila Marie.

Dans la foule des badauds, Alyssa repéra Woodbridge.

Tandis qu'elle reculait vers la porte de service, Rafe entra, suivi de Charlotte.

Alyssa remarqua à peine sa tante. Rafe était le centre de son monde.

Elle se précipita dans ses bras.

Il était là. Il était sain et sauf. Tout irait bien. Elle avait envie d'un long baiser langoureux, mais ce n'était pas le moment.

— À quoi rime toute cette effervescence devant la boutique ? demanda-t-il.

— La danse vaudoue du serpent sacré.

— Vous avez fichu une sacrée pagaille, tous les deux, marmonna Charlotte. Tout allait bien pour moi, avant que je vienne à La Nouvelle-Orléans. J'étais vraiment bien mieux toute seule.

Malheureusement, le sentiment d'antipathie était mutuel. Alyssa aurait adoré construire une relation aimante avec le seul membre de sa famille qui lui restait, mais Charlotte n'était plus la tante rigolote et imaginative qui jouait avec elle quand elle était petite. La femme aux cheveux gris qu'elle était devenue était froide, amère et fausse.

— Ce n'est pas nous qui t'avons fait venir, répliqua sèchement Alyssa.

Puis elle s'adressa à Rafe.

— J'ai vu Woodbridge devant la boutique.

Elle lui prit la main et l'attira vers le placard.

— Jolene a dit d'attendre là-dedans. Et c'est valable pour toi aussi, Charlotte.

— De mieux en mieux, marmonna sa tante.

Alyssa ouvrit la porte.

— Au fait, il y a une cage pleine de rats, à l'intérieur. Ne crie pas. Sauf si tu veux mourir.

Charlotte haussa les épaules avec dédain.

— Ce n'est pas mon genre de crier.

Rafe les poussa dans le réduit, y entra à son tour et tira la porte sur eux, sans la fermer complètement.

Ils pouvaient encore entendre les bruits de la rue. La voix de Jolene dominait le brouhaha des chants et de la musique.

— La mort arrive, disait-elle d'un ton lugubre. Elle est sur nous tous. Sentez sa présence glaciale. Accueillez-la. Le serpent vous apportera la vérité.

Un homme cria :

— Écartez ce truc de moi.

— La mort est tout près de vous.

— Je ne plaisante pas. Je vais tuer ce serpent.

— Et vous brûlerez dans les flammes de l'enfer pour l'éternité.

Jolene harangua la foule.

— Regardez ! Regardez, braves gens. Il a du sang sur ses chaussures. C'est un assassin !

— Fermez-la, vieille folle !

— Inutile de fuir, cria Jolene. La justice divine s'abattra sur vous !

Dans le placard, Alyssa leva les yeux vers Rafe. Il y avait juste assez de lumière pour qu'elle puisse voir sa fossette au menton. Il avait la tête baissée, et elle savait qu'il la regardait.

— Tu crois qu'elle parlait à Woodbridge ?

— Je ne serais pas surpris de découvrir qu'il a en effet du sang sur ses chaussures.

— Qui est mort ?

— Jessop a été frappé à la tête. Nous avons appelé les secours, et j'espère qu'il va s'en sortir.

— Et tu soupçonnes Woodbridge ?

Pour elle, Jessop était dans le camp des « méchants », avec Davidoff et Charlotte. Mais il était possible aussi qu'il travaille pour quelqu'un d'autre. Jouer double jeu semblait être la procédure habituelle, mais cela n'expliquait pas l'agression.

— Pourquoi Woodbridge aurait-il pris le risque de s'attaquer à un fédéral ?

— Ne sois pas stupide, dit Charlotte en grommelant. Ils veulent tous l'argent. Tant que tu ne leur auras pas dit où il est, ils continueront à te pourchasser.

— Je ne sais rien de rien, mais je ne suis pas stupide pour autant.

— Je dirais plutôt naïve, rétorqua Charlotte. Tu veux bien changer de place avec moi ? La cage des rats est juste sous mon nez. Ça empeste.

Alyssa ignora les jérémiades de sa tante.

— Tu es aussi mauvaise qu'eux. Tu espérais que je me confierais à toi. Mais ce n'est pas de chance : je ne mens pas. Je n'ai pas de secret.

— Moi, j'en ai un. Si tu m'aides à trouver l'argent, je te donnerai le nom de tous les contacts que Frankie et moi avions.

— Ça remonte à dix ans, remarqua Rafe. La moitié doit être en prison, et les autres sont morts.

— Il a raison, dit Alyssa. Tu n'as pas grand-chose en guise de monnaie d'échange. Pour qui travailles-tu, Charlotte ? C'est Davidoff ?

— Aucun risque ! Ce salaud est allé trop loin, et je ne lui pardonnerai jamais. Il est pourri jusqu'à la moelle.

Alyssa se demanda ce que Davidoff avait pu faire pour excéder sa tante à ce point.

— Admettons que j'accepte de travailler avec toi, déclara-t-elle. Par quoi voudrais-tu commencer ?

— Eh bien, c'est évident. Nous devons avoir une discussion avec ton vieil ami Max Horowitz.

— Il a disparu. Qu'est-ce qui te fait croire que je sais où il est ?

— Tu étais très proche de lui.

Et Alyssa ne voulait pas le trahir. Elle ne voulait même pas parler à Rafe de l'appel téléphonique qu'elle avait passé une heure plus tôt.

— Je ne sais pas où il se cache.

Ça, au moins, c'était vrai.

— Et je ne peux imaginer une seule raison pour laquelle il se serait volé lui-même.

— Je vais te donner une information gratuite, dit Charlotte. Il y a un faussaire à Chicago qui sait quelque chose sur un meurtre. Je suis au courant depuis deux mois, mais je ne pouvais pas aller voir la police. Toi, tu peux.

Pour Alyssa, c'était du charabia.

— Je n'ai rien compris. Explique-moi.

— Plus tard. Il faut que je file. Salut, mon chou.

— Attendez, lâcha Rafe. Nous devions partir ensemble tous les trois. Nous pouvons vous déposer à l'aéroport.

— Changement de programme.

Charlotte les bouscula pour sortir et mima un frisson.

— Pouah ! Cet endroit empeste. Et tous ces trucs bizarres dans des jarres me fichent la trouille.

Tandis qu'elle regardait sa tante franchir la porte de l'arrière-boutique, elle se demanda si elle la reverrait un jour.

Soudain, il lui revint une image d'un été à Chicago. Elle devait avoir neuf ou dix ans. Sa mère et Charlotte venaient de terminer une partie de tennis, et elles étaient habillées en blanc. Alyssa avait eu l'impression de voir des anges.

Enfin seule avec Rafe, elle se blottit dans son étreinte. Aussitôt, il referma les bras autour d'elle. Sa chaleur la réconfortait. Le battement régulier de son cœur l'apaisait.

Il déposa un tendre baiser sur son front, qui n'avait rien de torride, mais il n'en fallut pas plus pour réveiller sa sensualité.

Maintenant qu'elle savait à quoi ressemblait l'amour

dans ses bras, elle ne pouvait pas revenir au temps où ils étaient simplement amis.

Ils étaient amants. Elle connaissait les secrets de son corps, et vice versa.

Tirant avantage de ce savoir, elle se hissa sur la pointe des pieds et taquina des lèvres une zone sensible de son cou, juste à côté de la carotide, lui arrachant un soupir.

— Une question, ma belle. Que faisons-nous encore dans ce placard ?

— Jolene a dit que nous devions y rester jusqu'à ce qu'elle nous donne le signal. Mais j'ai l'impression qu'elle nous a oubliés. Que proposes-tu ?

— Que nous sortions immédiatement de là, que nous montions dans la voiture et que nous retournions à la résidence sécurisée.

— Il y a un truc qui m'inquiète, quand même. Comment Woodbridge savait-il que nous étions ici ? Il t'a suivi ?

— C'est possible. Après avoir découvert Jessop, nous avons dû attendre les secours et nous n'avons pas eu le temps d'organiser une sortie discrète. Nous sommes descendus pas l'échelle à incendie, et il a pu nous voir.

Alyssa commençait à connaître Rafe suffisamment bien pour lire entre les lignes.

— Une autre théorie ?

— Je pense que Charlotte est équipée d'un système de traçage, soit volontairement, soit à son insu. Au début, je croyais que Jessop l'espionnait. Mais il peut s'agir de Woodbridge.

— C'est trop compliqué pour moi. Au fait, comment savais-tu qu'il fallait passer par la ruelle ?

— Sheila Marie et moi échangions des SMS.

— Elle est formidable. Et j'adore Jolene. Quel personnage ! Est-ce qu'elle t'a déjà fait des prédictions ?

— Quand j'ai quitté le FBI, elle m'a promis un long voyage sur l'eau et beaucoup d'argent. Et toi ?

Alyssa hésita, ne voulant pas lui révéler son lien privilégié avec Max Horowitz.

— Elle a parlé d'un bel homme, grand et brun.

— Mais c'est moi ! dit-il en riant.

Ils furent interrompus par un bruit qui ressemblait à une porte qui s'ouvrait. Charlotte avait-elle oublié de la claquer en partant pour qu'elle se verrouille ?

— Tu as entendu ? demanda-t-elle dans un murmure.

Rafe jeta un coup d'œil dans l'entrebâillement de la porte et recula aussitôt en la refermant sur eux.

— C'est Woodbridge. Il a une arme.

Et le placard était la cachette la plus évidente.

Après avoir jeté un coup d'œil d'ensemble à la pièce, Woodbridge ouvrirait sûrement la porte.

Ils étaient faits comme des rats.

Soudain, il vint une idée à Alyssa.

Woodbridge avait peur des serpents. Peut-être les rats auraient-ils le même effet sur lui.

Elle prit la cage sur l'étagère et passa devant Rafe.

— Laisse-moi faire. Il va avoir la peur de sa vie.

— Tu veux libérer les rats ?

— Oui.

— Si nous étions dans un dessin animé, je serais d'accord avec ton plan.

Son pistolet dans une main et son téléphone dans l'autre, il regarda à travers une fente dans le bois.

— Reste derrière moi.

Le cœur d'Alyssa battait à tout rompre. Lorsque Woodbridge ouvrirait la porte, Rafe serait obligé de tirer. Si Woodbridge avait le temps de riposter, ça se terminerait dans un bain de sang.

— Qu'est-ce qu'il fait ? murmura-t-elle.

— Il fouine. Il touche des trucs. Il soupèse les bijoux et les pierres. Et il n'arrête pas de vérifier un boîtier électronique et de regarder du côté de la boutique.

— Le système de traçage de Charlotte ?

— Je suppose.

— Venez voir par ici ! cria Sheila Marie.

Elle avait dû charger à travers le rideau de bambou.

— Regardez, mes amis. Le criminel est là. Il est en train de voler nos bijoux sacrés avec ses mains pleines de sang.

Jolene se joignit à elle.

— Le serpent sacré voit tout. Son poison va ronger ses doigts, et il mourra.

Alyssa apprécia le sens du drame de Jolene, même si elle savait que les pythons birmans n'étaient pas venimeux.

À n'en pas douter, Jolene paradait dans la pièce avec Dominique, levant le serpent femelle au-dessus de sa tête.

Il y eut un hurlement, puis une porte claqua.

— C'était Woodbridge, dit Rafe. Il s'est enfui.

— Le diable est parti, annonça Jolene. Venez devant avec moi, mes amis. Nous allons parler de l'avenir et du passé.

La foule suivit ses instructions, et un silence relatif se fit dans l'arrière-boutique.

Alyssa regarda Rafe et s'exclama :

— Quel rebondissement ! Ces deux femmes sont pleines de ressources.

— À qui le dis-tu ! Je ne sais jamais à quoi m'attendre quand je viens ici.

Sheila Marie ouvrit la porte.

— Vous allez bien ?

— Comment avez-vous su que nous avions besoin d'aide ? demanda Alyssa.

— La magie de mon téléphone. Ce n'est pas aussi exotique que le vaudou, mais plus efficace. Votre homme m'a envoyé un SMS.

Elle tapota le bras de Rafe et attira Alyssa hors du placard.

— Mais… que faites-vous avec ces rats ?

— Je pensais les lâcher sur Woodbridge pour le faire fuir.

Elle se tourna et replaça la cage sur l'étagère.

— Je préfère votre méthode. Vous lui avez fichu une peur bleue.

— Il ne risque pas de revenir montrer sa vilaine face par ici.

Rafe lui donna une accolade en la remerciant chaleureusement, et ils quittèrent la boutique sans tarder.

Dans la ruelle, Alyssa le suivait comme une ombre.

— Nous sommes presque arrivés à la voiture. Je me suis garé dans la rue.

Elle avait hâte de s'asseoir dans les confortables fauteuils en cuir de la luxueuse voiture et de regagner la résidence sécurisée.

Quelques jours auparavant, elle avait risqué sa vie en essayant d'échapper à Rafe. Maintenant, elle considérait cette maison comme son foyer. Pourquoi avaient-ils quitté ce petit nid douillet ? Ah oui, c'était pour prévenir sa tante que Davidoff était sur ses traces.

C'était naturellement une démarche juste et sage, même si Charlotte ne semblait pas beaucoup s'en préoccuper et les avait abandonnés sans se soucier de ce qui pourrait leur arriver.

Ils tournèrent à l'angle de la ruelle.

Rafe fit deux pas et s'arrêta net.

Alyssa s'inquiéta.

— Que se passe-t-il ?

Il désigna un emplacement vide entre deux véhicules.

— Charlotte a volé la Mercedes.

19

Fou de rage, Rafe fixait la place vide où aurait dû se trouver la voiture de Chance.

Il n'y avait pas de mots pour exprimer ce qu'il ressentait.

Il avait fait confiance à cette femme. Il lui avait évité de se faire arrêter par la police de La Nouvelle-Orléans, et c'était ainsi qu'elle le remerciait ?

Il prit le bras d'Alyssa et l'attira dans une ruelle toute proche, où ils se dissimulèrent dans un renfoncement.

Rafe était tellement oppressé qu'il avait du mal à respirer. Il inspira une grande bouffée d'air chargé d'humidité. Les poubelles du restaurant de fruits de mer empestaient les oignons et les entrailles de poissons.

Il avait dû se tromper d'emplacement.

Il fouilla les poches de son coupe-vent et de son jean, cherchant la clé de la Mercedes.

Il trouva ses propres clés, son couteau suisse, un chargeur supplémentaire pour son Glock, son portefeuille et son téléphone, mais la clé de la voiture de Chance avait disparu.

Charlotte avait dû la subtiliser quand ils étaient enfermés dans le placard. Il ignorait qu'elle avait des talents de pick-pocket, mais n'en était pas surpris.

— Je suppose qu'il nous faut un nouveau plan, dit Alyssa.

Il trouva sa mine un peu trop réjouie pour la circonstance.

— Nous pourrions prendre le tram et rentrer à la maison.

Cette solution ne lui plaisait pas du tout. Coincés dans un tramway, ils seraient trop vulnérables, à la merci de Woodbridge ou d'autres.

— Pas de tramway, lâcha-t-il d'un ton qui n'admettait aucune objection.

— Nous pouvons peut-être passer la nuit dans la boutique vaudoue, suggéra Alyssa.

Les yeux de la jeune femme étincelaient. Son attitude était déterminée. Malgré les menaces et trahisons constantes, elle gardait espoir. Il doutait qu'elle se considère comme courageuse, mais c'était pourtant le cas.

Il devait trouver quelque chose pour les sortir de là…

— J'ai une autre proposition, dit-il finalement. Où est garée ta voiture de secours ?

— Près des docks. Dans un parking couvert.

— Tu as la clé ?

— Dans mon sac à dos. J'ai aussi la carte magnétique pour entrer dans le parking et en sortir.

Elle joignit les mains de ravissement.

— Je suis tellement contente d'y aller. Je vais pouvoir me changer avec les vêtements qui se trouvent dans le coffre.

Elle lui adressa un sourire qui illumina la ruelle sordide.

— Je sais quels tramways prendre et où changer de correspondance pour y aller d'ici.

N'avait-il pas déjà dit qu'il n'allait pas sauter dans un tram, comme un gamin se rendant à l'école ?

— Nous prendrons un taxi. Avec tous les hôtels qu'il y a dans le coin, ce ne sera pas difficile d'en trouver un.

Main dans la main, ils avancèrent jusqu'au bout de la ruelle.

Avant qu'ils s'avancent dans la rue éclairée par des réverbères, Alyssa rabattit sa casquette sur son front. Rafe fit de même avec la capuche de son coupe-vent et rentra les épaules pour paraître moins grand.

Tandis qu'ils se mêlaient à la foule, à présent clairsemée, Rafe observait attentivement les gens qu'ils croisaient. Dans cette zone touristique, la plupart des piétons étaient des couples ou des petits groupes de visiteurs.

Dans les rues étroites du Quartier français, la circulation était réduite, se limitant principalement à des taxis et des scooters.

L'absence de véhicules convenait très bien à Rafe. Avec les néons des enseignes et la lumière des réverbères qui se reflétaient sur les pare-brise, il était difficile de voir l'intérieur des voitures.

Alyssa lui donna un petit coup d'épaule.

— Souris. Tu es censé être un touriste heureux.

Immédiatement, il afficha un grand sourire.

— Tu crois que nous devrions faire semblant d'être des amoureux ?

— Faire semblant ?

Elle passa un bras autour de son cou et l'attira vers elle pour l'embrasser.

— C'était convaincant ?

— C'est un bon début.

Même s'il adorait les sensations qui lui venaient quand elle plaquait son corps contre le sien, Rafe maintint sa surveillance.

Il remarqua soudain deux hommes au coin d'une rue, qui ne traversèrent pas quand le feu passa du rouge au vert pour les piétons. L'un parlait au téléphone. L'autre portait des lunettes de soleil.

Tranquillement, il guida Alyssa entre les étals d'un magasin de souvenirs : cartes postales, foulards, T-shirts…

— Regarde discrètement les deux hommes au coin de la rue.

— Je les avais remarqués. Des lunettes de soleil en pleine nuit, c'est le plus mauvais déguisement que j'aie jamais vu.

Elle fit mine d'examiner un collier de perles de toutes les couleurs.

— Ils restent là-bas, sans bouger, ajouta-t-elle.

— On devrait faire demi-tour, suggéra Rafe.

Ils n'eurent pas à attendre pour profiter d'une diversion. Un quatuor de cuivres, dont un tuba, marchait sur le trottoir, s'arrêtant ici et là pour pousser quelques notes.

C'était ça, La Nouvelle-Orléans !

Rafe lui prit la main, et ils retournèrent sur leurs pas, avant de se diriger vers Bourbon Street, où ils n'eurent aucune difficulté à héler un taxi noir et blanc.

Alyssa manifesta sa surprise quand il dit au chauffeur de les conduire à l'aéroport Louis Armstrong.

— Pourquoi l'aéroport ? Tu penses que Charlotte a l'intention de prendre l'avion ?

Il était toujours trop en colère pour se retrouver face à face avec cette femme.

— Je veux échapper à la foule du Quartier français. Sur la route, nous pourrons voir plus facilement si nous sommes suivis. J'envisage de changer de taxi au moins deux fois avant d'aller à ton parking.

Rafe visualisa dans son esprit le plan de la ville, assemblant les districts comme des pièces de puzzle.

En plus des rues résidentielles et des zones dédiées aux affaires et au commerce, il y avait des monuments historiques et des immeubles du gouvernement. Dans cet assemblage de formes composites trouvaient leur place des restaurants, des galeries d'art et un incroyable choix de styles musicaux, du jazz aux chants guerrier samoan.

Les visiteurs disposaient d'un grand choix d'activités, et les gens qui vivaient là avaient tout.

Il regardait par la vitre les rues défiler autour de lui et se sentait gonflé de fierté et de tendresse.

Sa ville.

Il n'avait plus envie de la quitter. D'une façon ou d'une autre, il devait convaincre Alyssa de rester ici. Avec lui.

Peu avant l'aéroport, il dit au chauffeur qu'il avait changé d'avis et le dirigea vers le quartier de Tulane, où il avait grandi, puis demanda à se rendre dans un hôtel Marriott sur Canal Street.

Quiconque les suivrait n'y comprendrait plus rien. Le chauffeur, en tout cas, le traita de cinglé.

La sonnerie du téléphone d'Alyssa le tira de ses pensées. Il la vit fouiller dans son sac et consulter l'écran.

— Appel masqué, annonça-t-elle. Je parie que c'est Charlotte.

— Mets le haut-parleur.

Alyssa hocha la tête et obtempéra.

— Qui est-ce ?

— Je dois vous expliquer quelque chose, dit Charlotte.

— Si tu as l'intention de t'excuser pour le vol de la voiture, laisse tomber. C'était vraiment nul ! En plus, elle n'est même pas à nous.

— Je vais m'arranger pour qu'elle vous soit restituée.

Rafe n'en croyait pas un mot. Heureusement, Chance était le genre de type à avoir installé des alertes électroniques dans sa voiture. En quelques clics sur son ordinateur, il saurait précisément où elle était.

— Tu es à l'aéroport ? demanda Alyssa. Nous pouvons venir te chercher.

Lentement, Rafe secoua la tête de droite à gauche. Plus de faveurs pour tante Charlotte.

— Écoute-moi. Tu te souviens que je t'ai parlé d'un faussaire qui détenait une preuve ?

— Évidemment.

— C'est à cause de cette preuve que je voulais te retrouver à La Nouvelle-Orléans. Je dois commencer par te dire que ce type n'est pas un très bon faussaire, mais c'est en revanche un formidable tatoueur.

— Comment le sais-tu ?

— Il m'a tatoué un papillon sur le cœur et des ailes d'ange dans le dos. Il a aussi une excellente réputation comme peintre automobile.

Malgré lui, Rafe se sentit pris dans l'histoire. Même s'il était en colère contre la tante d'Alyssa, il admirait son habileté à tisser un réseau de bobards. Elle aurait fait un bon agent infiltré.

— Cet artiste, reprit Charlotte, a récupéré un éclat de peinture après avoir effectué des travaux de restauration sur une BMW accidentée. À l'époque, mon ami travaillait dans un atelier de pièces détachées, où ils démontaient des voitures volées. Bref, l'avant était complètement enfoncé. Son conducteur avait renversé quelqu'un, avant de prendre la fuite.

Comme l'accident où sa mère avait trouvé la mort.

Le visage d'Alyssa devint livide. Son bras se tétanisa, et elle laissa échapper son téléphone sur la banquette du taxi.

— Que savez-vous d'autre ? demanda Rafe.

— Au fait, je suis vraiment désolée de vous avoir volé la voiture.

Il n'en croyait pas un mot.

— Parlez-moi de cet éclat de peinture.

— Je peux faire mieux que ça. Est-ce qu'Alyssa va bien ?

— Elle est en état de choc.

— Je suis contente que vous soyez avec elle. Elle a besoin de soutien.

Il n'allait pas se laisser amadouer par l'inquiétude feinte de Charlotte.

— Quand votre ami tatoueur a-t-il récupéré l'éclat de peinture ?

Ça correspondait à l'époque de la mort de Claudia.

— Où l'a-t-il trouvé ?

— L'atelier appartient à Diamond Jim. Je ne sais pas qui conduisait, mais Davidoff a des informations qu'il n'a jamais partagées avec la police.

En soi, un éclat de peinture, même de la couleur exacte de la voiture impliquée dans le délit de fuite, n'était pas une preuve.

— J'ai besoin de plus d'informations.

— Vous voulez un scoop ? Alyssa a l'éclat de peinture. Il est dans un sachet en plastique, dans son sac à dos. C'est pour ça que j'appelle. Je ne voulais pas qu'elle le jette accidentellement.

Rafe avait le sentiment que Charlotte ne disait toujours pas tout.

— Pourquoi pensez-vous que ça pourrait constituer une preuve ?

— J'ai oublié le point le plus important.

Non sans frustration, Rafe imagina son sourire narquois. Elle jouait avec ses nerfs.

— Il y a du sang sur cet éclat de peinture. Il suffit d'un test ADN pour connaître l'identité de la victime. Ça ne doit pas être compliqué pour quelqu'un qui a des relations dans la police.

Et établir le lien entre l'atelier de Davidoff et la victime d'un accident de la circulation cinq ans auparavant…

— Vous savez quoi ? Je vais peut-être vous pardonner, finalement.

— Je ne suis pas une mauvaise personne, contrairement à ce que vous pensez. Serrez ma nièce dans vos bras pour moi et dites-lui que je l'embrasse fort.

Elle fit des bruits de baisers et coupa la communication.

Rafe attira Alyssa contre lui et la berça doucement, tout en demandant au chauffeur de se rendre dans le quartier de Tremé, haut lieu de la culture afro-américaine et créole, connu pour ses clubs de jazz et ses cottages colorés entourant l'église Saint-Augustin.

Le détour suivant les mena dans le quartier de Gentilly, délimité d'un côté par le lac Pontchartrain, et de l'autre par le bayou Saint-Jean.

La radio était branchée sur une station spécialisée dans les chansons des années 1950 à 1970, et qui consacrait son émission du jour aux succès d'Elvis Presley.

Finalement, le périple n'était pas déplaisant.

— Je devrais être contente, dit tout à coup Alyssa. Je vais peut-être savoir qui a tué ma mère. Mais je me sens vide.

— Tu as besoin de temps, fit Rafe d'un ton compréhensif. En attendant, je te propose un nouveau plan. Au lieu de courir d'un bout à l'autre de la ville, en essayant à la fois de résoudre cette enquête et d'échapper à nos poursuivants, nous allons partir. À distance, je pourrai travailler sereinement avec mes contacts au FBI.

Elle hocha la tête.

— C'est mieux comme ça.

De retour à Canal Street, ils prirent un autre taxi et firent des détours, avant de se faire déposer devant un hôtel situé dans le central business district. Là, ils montèrent dans un troisième taxi et prirent la direction des docks.

Dans la zone industrielle aux abords du port, ils se firent déposer à l'entrée d'un parking couvert. Le bâtiment en brique blonde s'élevait sur quatre étages, et sa façade était percée d'étroites fenêtres horizontales.

— De quoi ça a l'air à l'intérieur ? demanda Rafe.

— C'est très bien organisé. La rampe de sortie est au milieu, et les voitures sont garées de chaque côté. La mienne est au quatrième.

Elle désigna la guérite du gardien de nuit.

— Je dois aller me signaler.

Elle fouilla dans son sac à dos et en sortit une carte d'identité.

— Et ne m'appelle pas Alyssa. La voiture est au nom de Wanda Wilson.

— Mauvais choix. Ce prénom ne te correspond pas du tout. Pour moi, Wanda est une grande blonde.

— Tu te trompes. Quand je choisis mes pseudonymes, je fais en sorte qu'ils soient tous reliés. Lara est le diminutif de Larissa, qui sonne comme Alyssa, ce qui conduit à Alice. Wanda m'est venu spontanément. Je ne connais personne qui s'appelle comme ça…

Elle s'interrompit.

— Je pérore, non ?

— Un peu.

— Je suis excitée comme une puce. C'est presque terminé. Ce qui veut dire que nous avons une chance d'avoir une vie normale.

Il ne savait pas si quoi que ce soit pouvait être considéré comme normal avec une femme comme elle.

— J'ai envie d'être avec toi. Pas besoin de mettre une étiquette sur notre relation. Juste toi et moi.

Elle planta un baiser sur sa bouche et fouilla à nouveau son sac, à la recherche du précieux éclat de peinture.

Elle finit par en sortir un sachet en plastique.

— C'est difficile de penser que ce morceau de vieille peinture pourrait changer ma vie. Tiens, je te le confie.

L'éclat avait été enroulé dans du plastique à bulles avant d'être glissé dans le sachet.

Rafe le plaça dans la poche intérieure de son coupe-vent, en espérant qu'il pourrait effectivement être considéré comme une preuve.

Il imaginait déjà les objections d'un avocat de la défense devant un élément qui était passé sans contrôle d'une personne à l'autre. Mais ça permettrait au moins de relancer l'enquête.

Récupérer le monospace Chevrolet n'avait pas présenté de difficulté. Le véhicule de douze ans d'âge n'avait pas la puissance ni les suspensions de la Mercedes, mais c'était mieux que rien.

Rafe roulait prudemment dans les rues de la ville.

À cette heure, un dimanche, la circulation était clairsemée, et il était à peu près sûr qu'ils n'étaient pas suivis.

— Je suis tenté de prendre l'autoroute maintenant, dit-il.

— Nous devons attendre demain matin pour que je puisse aller à la banque. Il me faut les espèces et les cartes de crédit qui se trouvent au coffre. Et aussi la clé USB.

— Eh bien, dans ce cas, nous attendrons demain.

Lorsqu'il arriva dans le quartier où se situait la résidence sécurisée, Rafe n'éprouva pas le soulagement habituel.

Une lampe était allumée dans le salon en façade, tout comme sur le perron.

C'était ainsi qu'il avait laissé la maison, et il n'avait reçu aucune alerte de sécurité sur son téléphone.

Il se gara sous l'auvent et déverrouilla la porte de service. Dès qu'il entra, il sentit une odeur de café. Quelque chose ne tournait pas rond. Dans sa précipitation à entrer, Alyssa le bouscula.

— Je n'en peux plus. Je n'ai qu'une hâte, c'est d'aller me coucher.

Rafe actionna l'interrupteur de la cuisine.

Trois hommes armés se tenaient de part et d'autre de la pièce.

Ils avaient l'avantage sur lui. Il ne pouvait pas réagir sans mettre Alyssa en danger.

Assis à la table de la cuisine, un mug entre ses grosses mains de brute, se trouvait Viktor Davidoff.

20

Alyssa eut l'impression que son cœur s'arrêtait de battre. Elle ne pouvait plus respirer.

Vidés de toute énergie, ses bras et ses jambes étaient aussi flasques que ceux d'une poupée de chiffon.

Et pourtant, elle restait debout, comme soutenue par des fils invisibles tandis qu'elle fixait le visage de l'homme qui avait probablement tué sa mère.

Elle connaissait à peine Davidoff. Elle ne l'avait rencontré que deux fois, et il ne lui avait pas fait une très bonne impression. Même si son apparence était soignée, on devinait l'être immoral et cruel qu'il était.

Ses lèvres bougeaient. Il avait l'air de parler, mais elle avait un bourdonnement dans la tête qui l'empêchait de comprendre.

Elle devait répondre. Impossible de rester là, à attendre qu'ils la tuent. Il lui fallait faire preuve d'intelligence.

Elle avait désespérément envie de vivre, d'échapper à cette situation et d'emmener Rafe avec elle. Après tout ce qu'ils avaient vécu, ils méritaient une chance.

Elle prit une grande inspiration et se mit aussitôt à tousser. Pour éviter de tomber, elle tira une chaise et s'y laissa choir.

Un verre d'eau apparut devant elle sur la table. Elle but une gorgée et regarda par-dessus le rebord du verre l'homme qui était assis en face d'elle.

Il portait un costume bleu nuit et une chemise blanche avec une cravate jaune piquée d'une épingle ornée par un diamant.

Sa montre chronomètre était en platine. Il avait une grosse chevalière à chaque main, sans doute pour infliger un maximum de blessures quand il passait à tabac un pauvre bougre qui avait eu le malheur de le contrarier.

Elle s'obligea à continuer de le regarder, en dissimulant son dédain. Cet homme avait joué un rôle dans la mort de sa mère. Il ne méritait pas de vivre.

De sombres pensées occupaient son cerveau. Elle le haïssait. Tout son être criait vengeance.

— J'ai failli m'évanouir, dit-elle d'un ton neutre.

Comme elle n'avait pas le pouvoir de menacer Davidoff, elle voulait entrer dans sa tête.

— Ça m'a fait un tel choc et un tel plaisir à la fois de vous voir.

Tel un ours évaluant sa proie, il inclina la tête d'un côté et la scruta intensément.

— Explique-toi, jeune fille.

Elle regarda par-dessus son épaule vers Rafe, qui était menotté, avec un homme armé de part et d'autre.

La colère monta, mais elle parvint à la refréner.

— Il ne faut pas en vouloir à mon garde du corps. Il ne voulait pas révéler votre secret. Mais je l'ai supplié, et il a eu pitié de moi.

— Quel secret ?

— Vous savez bien. Toute ma vie j'ai rêvé du moment où je rencontrerais l'homme que ma mère avait aimé au point de quitter sa chère ville de Savannah pour s'installer à Chicago.

Elle passa au tutoiement.

— Je suis tellement contente de te rencontrer, papa.

Un de ses hommes de main ricana, et elle se leva d'un bond, mimant l'affront.

— Vous ne me croyez pas ? Eh bien, laissez-moi vous montrer la chambre qu'il a fait arranger pour qu'elle soit à mon goût. Et mon père s'inquiétait pour moi. C'est pour ça qu'il a engagé un garde du corps à plein temps.

Elle se tourna vers Davidoff.

— C'est vrai, n'est-ce pas ?

— En effet.

— Est-ce que je peux t'embrasser, papa ?

Il ouvrit les bras.

— Viens, ma fille.

Lorsqu'elle le toucha, l'estomac d'Alyssa se révulsa. Non seulement cet homme était un manipulateur, mais il portait une eau de toilette écœurante.

— Maintenant que tu es là, nous allons pouvoir travailler ensemble pour retrouver les millions manquants.

— Et comment penses-tu accomplir cela ?

— Rafe peut t'expliquer son plan. Mais, je t'en prie, enlève-lui ses menottes.

Davidoff fit un signe, et un de ses hommes s'exécuta. Puis Rafe fut invité à la table.

S'il n'y avait pas eu trois hommes armés en plus de Davidoff, Rafe aurait peut-être tenté quelque chose. Mais il était plus intelligent que ça.

En quelques mots, il expliqua qu'ils avaient besoin d'aller à la banque le lendemain matin et de comparer les données comptables que possédait Alyssa avec d'autres éléments dont ils disposaient.

— Quelle était votre source pour les données d'origine ? s'enquit Davidoff.

— Disons que j'ai encore des amis au FBI.

— Des amis comme Jessop ?

— Il travaillait pour vous. Maintenant, il est à l'hôpital.

— Pas à ma demande. J'étais ravi de ses services. C'est un agent expérimenté, et il y a toujours une place dans mon organisation pour des personnes comme ça. Il a réussi l'impossible en localisant cette maison.

— Comment ?

Alyssa savait que Rafe était fier de sa sécurité prétendument invulnérable. Il devait être curieux de savoir comment Davidoff et ses hommes avaient réussi à entrer sans déclencher les alarmes.

En se remémorant les événements de la journée, elle réalisa que la première rencontre de Rafe avec Jessop avait eu lieu au cimetière. L'agent fédéral pouvait-il avoir déposé un système de traçage sur le SUV de Rafe ?

Non, ça ne collait pas, puisqu'ils avaient laissé le SUV dans le garage de Chance, avant de revenir à la maison.

Alors, quoi ?

Elle prit la parole.

— Je peux essayer de deviner ?

— Toi ?

Davidoff parut amusé.

— Si ça t'amuse.

— La façon dont tu es venu à bout de la sécurité a quelque chose à voir avec le téléphone de Rafe. Jessop a trouvé le moyen de contourner les pare-feu et de contrôler la sécurité via le téléphone de Rafe.

L'intéressé grommela.

— Il m'a cloné. Le FBI travaille sur cette technologie depuis des années. Quand Jessop était à proximité de mon téléphone dans le cimetière, il a transféré mes données sur un autre téléphone.

— Eh bien, j'avais vu juste, dit Alyssa en se rengorgeant.

Davidoff tendit la main et lui tapota la joue, en un geste qui aurait pu être attendrissant s'il avait vraiment été son père.

— Tu es très intelligente, dit-il.

— Je dois tenir de toi.

— Heureusement que je t'ai retrouvée à temps, affirma-t-il. Je t'ai sauvé la vie.

Étirant les bras au-dessus de sa tête, elle bâilla.

— Je suis tellement fatiguée. Je peux aller me coucher, papa ?

— Bien sûr, ma petite chérie. Nous nous occuperons du coffre dès demain matin.

C'était maintenant que les choses devenaient délicates. Elle choisit une approche directe, en prenant la main de Rafe.

— Viens. Il est temps d'aller dormir.

Davidoff protesta.

— Pas dans la même chambre !

— Mais, papa, j'ai des sentiments pour lui.

Elle fut surprise par sa capacité à jouer les petites filles gâtées.

— Tu veux que je sois heureuse, n'est-ce pas ?

— Je déciderai plus tard si cet individu est bien pour toi. Maintenant, va au lit.

L'un de ses hommes de main l'escorta dans le couloir qui menait à sa chambre.

Elle s'arrêta d'abord dans la salle de bains, dont elle verrouilla la porte. Puis elle se passa de l'eau sur le visage et contempla son reflet dans la glace. Sa panique n'était pas perceptible, mais elle n'en menait pas large.

Il fallait qu'elle fasse quelque chose pour se sortir de ce pétrin.

Elle prit son téléphone dans sa poche et composa le numéro secret de Max Horowitz.

Lorsque le répondeur s'enclencha, elle donna l'adresse de la résidence sécurisée et ajouta :

Davidoff me détient ici avec Rafe. J'ai besoin de votre aide. S'il vous plaît.

Il devait répondre. Il était leur dernière chance.

Dès qu'Alyssa eut quitté la cuisine, Davidoff s'adressa à Rafe. Caressant son bouc blanc, en grimaçant un sourire cruel, il ressemblait au méchant dans les vieux films que sa mère aimait regarder.

— Vous ne m'avez rien dit à propos de ces données qu'elle cache dans un coffre à la banque. Et vous avez oublié de mentionner que vous étiez intime. Ça fait beaucoup de cachotteries.

— Ma relation avec elle est tout à votre avantage.

— Comment cela ?

Après la performance digne d'un Oscar d'Alyssa dans le rôle de la fille prodigue, il devait à son tour fournir une histoire crédible.

— Si elle me fait confiance, et qu'elle sait que moi je vous fais confiance, elle coopérera. D'ailleurs, vous auriez pu me parler des millions. Je serais entré directement dans le vif du sujet avec elle, au lieu de la suivre partout pendant deux semaines.

— Et vous auriez filé avec l'argent.

Davidoff repoussa sa tasse de café.

— Où rangez-vous la vodka ?

— Je n'habite pas vraiment ici. Et je ne reçois pas d'invités.

— Pas de vodka ? C'est un crime ! Je vais régler ça.

Il claqua des doigts en direction d'un homme à la silhouette vraiment imposante.

— Deux bouteilles. Nous allons porter un toast à notre réussite. Je vais enfin récupérer l'argent que j'ai perdu dans cet entrepôt.

— J'ai vu qu'une Lamborghini V12 s'est volatilisée à cause de Frankie Leone. Ça a dû être un coup dur pour vous.

— Vous vous y connaissez en voitures ?

C'était l'ouverture idéale. Rafe rendossa ses habits de pilote de course.

Ils discutèrent en attendant la vodka.

Et ils discutèrent encore un peu plus.

Ils en étaient à leur troisième verre quand Davidoff planta son regard glacial dans le sien.

— Je vous aime bien, Rafe. Ça m'embêterait de devoir vous tuer.

21

Malgré ses peurs et sa colère, Alyssa parvint à dormir.

Elle avait convaincu un des hommes de Davidoff de lui apporter la valise qui se trouvait dans le coffre du monospace, et elle avait un pyjama tout doux et confortable.

Quand le matelas ploya, elle se réveilla instantanément.

— C'est moi, ma chère, entendit-elle.

Il n'y avait qu'une personne pour l'appeler ainsi.

Lorsqu'il s'étendit à côté d'elle, une odeur d'alcool lui monta au nez.

— Tu as bu !

— C'est de la vodka, ma belle.

Collant les lèvres à son oreille, il murmura :

— Attention aux micros.

— J'en ai trouvé un sous le pied de la lampe, et un autre dans la commode.

— Regarde-moi ça comme tu es intelligente !

Il posa un baiser rapide sur ses lèvres.

— Je peux allumer ? J'ai envie de voir ton beau visage.

— Davidoff sait que tu es ici ?

— Je lui ai dit que j'allais aux toilettes.

Il alluma et la regarda.

— Tu es magnifique. La plus belle femme du monde.

— Tu as toujours ton téléphone ?

— Non, il m'en a délesté.

— Tu ferais mieux d'y aller avant de te faire prendre.

— Il ne nous reste plus beaucoup de temps à passer ensemble, et j'ai envie d'en profiter.

Et, pour mieux prouver ses dires, il l'enlaça et lui donna un long baiser. Ce fut beaucoup mieux que ce à quoi elle s'attendait, compte tenu de la quantité de vodka qu'il avait bue.

Puis il se releva et tituba vers la porte, la laissant seule avec de sombres pensées quant à sa propre mortalité.

À moins d'un miracle, elle ne voyait pas comment ils allaient se sortir de cette situation.

Elle prit de nouveau son téléphone. Cette fois, elle envoya l'adresse à Max Horowitz par SMS.

Pourquoi ne répondait-il pas ? Il était sa seule chance.

Elle préférait ne pas imaginer qu'il puisse lui être arrivé quelque chose de mal.

Le lendemain, Alyssa se doucha et enfila un tailleur en lin pour se rendre à la banque. Elle opta pour des mocassins confortables, plutôt que des talons, au cas où elle devrait courir. Puis elle mit quelques objets choisis dans une besace : téléphone, portefeuille avec la carte d'identité correspondant au nom qu'elle utiliserait, clés, lunettes de soleil, carnet et crayon.

Dans la cuisine, Davidoff l'accueillit avec une tasse de café.

— Pas de chicorée, dit-il. Je déteste ce truc.

Rafe était assis à table. Malgré ses yeux injectés de sang et sa barbe de plus en plus broussailleuse, il était toujours aussi beau.

Il lui fit un petit signe de la main apathique.

— Ton petit ami ne supporte pas l'alcool, commenta Davidoff.

Elle saisit cette opportunité de rappeler à Davidoff leur lien supposé.

— Il n'est pas comme nous, papa. Il n'est pas russe.

Il lui tapota l'épaule.

— Tu es une brave petite.

— Est-ce que nous allons à la banque ce matin ?

— Ça ne va pas tarder. J'irai à l'intérieur avec toi. Quand tu auras ouvert ton coffre et récupéré son contenu, nous retournerons à la voiture et nous reviendrons ici.

— Je ne suis pas rassurée. Sais-tu ce qui est arrivé aux hommes qui étaient à mes trousses ? Ceux qui ont frappé Jessop ?

— Tu n'as pas à t'inquiéter. Mes hommes te protégeront.

Elle essaya une autre tactique.

— Je me sentirais mieux si Rafe venait aussi.

— Tu dois être courageuse, fillette.

Son sourire avait l'air sinistre, comme s'il venait de goûter un mets déplaisant.

— Dépêche-toi de finir ton café.

Avant de partir, elle regarda Rafe, essayant de communiquer silencieusement avec lui et de lui dire qu'elle ne perdait pas espoir.

Un miracle allait se produire.

Alyssa et Davidoff prirent place dans une Lincoln Town Car vintage. Un garde monta à côté du chauffeur et posa son arme semi-automatique en travers de ses cuisses.

Alyssa envisagea de sauter en route, mais se dit que Rafe en ferait les frais si elle s'échappait.

Tandis que Davidoff parlait de La Nouvelle-Orléans comme s'il connaissait sur le bout des doigts cette ville compliquée, elle le regardait avec l'adoration qu'une fille réservait à son père.

Pendant qu'elle hochait la tête et souriait à chaque sottise qu'il proférait, elle se demandait comment elle allait lui fausser compagnie.

Arrivés à la banque, ils se garèrent dans un parking souterrain. Davidoff ordonna à ses hommes de les attendre et lui prit le bras.

Alyssa sentait la fin de la partie arriver. Son pouls s'accéléra, elle commença à transpirer.

— Tu trembles, remarqua Davidoff.

— Je t'ai dit que j'avais peur.

— Tout va bien se passer. Je serai avec toi.

Et c'était bien le problème.

Si elle pouvait mettre un peu de distance entre eux, elle aurait peut-être une opportunité de prendre la fuite…

Cette opportunité se présenta quand un employé de la banque l'escorta dans un salon privé juste à côté de la salle des coffres.

— Je vous laisse seule, maintenant.

Davidoff était juste derrière eux.

— Je dois y aller avec elle.

— Je suis désolé, monsieur, mais c'est contraire à notre règlement.

— Eh bien, dans ce cas, votre fichu règlement a besoin d'être changé.

Tandis que l'employé appelait son supérieur pour demander la permission, sous le regard intimidant de Davidoff, qui ne le quittait pas d'une semelle, Alyssa prit son carnet et rédigea trois mots :

AI ÉTÉ ENLEVÉE.

Il n'y eut pas le temps pour d'autres explications. Dès que l'employé ouvrit la porte, Davidoff chargea à l'intérieur comme un taureau en furie.

Alyssa essaya de le calmer, mais il n'était pas habitué qu'on ne se plie pas aussitôt à sa volonté.

À la hâte, elle vida son coffre dans un sac de voyage qu'elle avait acheté pour l'occasion.

Quand ils quittèrent la pièce, elle pressa le bout de papier dans la main de l'employé, mais elle s'y prit mal, et le message glissa à terre.

Davidoff le ramassa, l'ouvrit et le lut.

Puis il se tourna vers elle.

— Ce n'est pas drôle, fillette.

— Ce n'était pas une plaisanterie.

— Excusez-la, dit-il à l'employé.

Et cette fois, quand il lui prit le bras, il le serrait comme un étau.

— Ne tente pas d'autres ruses, ou Rafe est mort.

Elle avait envie de hurler à pleins poumons, mais elle ne pouvait pas prendre ce risque. Il devait bien exister un moyen de le raisonner…

Dans le parking, il la plaqua contre le pare-chocs de la Lincoln.

— Pourquoi ?

— Je veux me libérer de vous. Laissez-moi partir.

— Mais tu es ma petite fille chérie, ironisa-t-il.

— Nous savons tous les deux que c'est un mensonge. Vous avez essayé de me duper, mais vous avez fait une erreur. La boîte à musique ne joue pas le bon air.

Il signala au conducteur :

— Ouvrez le coffre.

Avant qu'elle ait eu le temps d'objecter, l'autre gorille la poussa dans le coffre et rabattit le hayon.

Davidoff donna un dernier ordre. Et il parla assez fort pour qu'elle l'entende.

— Appelez la maison. Qu'ils tuent Rafe.

Rafe était assis inconfortablement sur la chaise de la cuisine.

Après le départ de Davidoff avec Alyssa, les deux types qui étaient restés l'avaient à nouveau menotté pour qu'il n'essaye pas de s'échapper.

Il regarda le plus vieux des deux répondre à un appel. La seule chose qu'il dit fut « oui ».

Il raccrocha, fit un clin d'œil à Rafe, sortit son arme portée, dans un holster d'épaule dissimulé sous sa veste, et la dirigea vers lui.

Pourvu que sa mort soit rapide, songea-t-il.

La porte de derrière s'ouvrit à la volée.

Trois hommes portant des bottes de combat, des casques et du matériel militaire chargèrent à l'intérieur. Jouant la surprise, ils désarmèrent aussitôt les deux hommes de Davidoff et libérèrent Rafe.

Ce dernier eut juste le temps de se lever avant que leur leader entre.

L'homme n'était pas très grand. Il avait les cheveux blancs et une moustache.

— Je suis Max Horowitz, annonça-t-il en tendant la main.

Rafe la serra avec effusion.

— Rafael Fournier. Vous m'avez sauvé la vie.

— Où est Lara ?

— À la banque, mais elle devrait être rentrée, à présent.

Horowitz sortit son téléphone de sa poche et composa un numéro, avant de mettre l'appareil sur haut-parleur.

— Je lui ai dit de m'appeler si elle avait des ennuis. Elle est la seule personne à avoir ce numéro.

Impatient, il tapait du pied sur le sol de la cuisine.

— Si elle ne répond pas, comment allons-nous la retrouver ?

— Max, c'est vous ?

La voix d'Alyssa était un peu hachée.

— Oui. Je suis avec Rafe. Où êtes-vous ?

— Dans le coffre d'une Lincoln Town Car vintage. Davidoff est vraiment fou. Je dois lui échapper.

— Je ne connais pas la ville aussi bien que Rafe, dit Horowitz en se tournant vers lui.

Elle laissa échapper un petit sanglot.

— Rafe est toujours vivant ? Dieu, merci ! Davidoff a donné l'ordre de le tuer.

Rafe prit le relais.

— Je vais bien, ma belle. Tu sais où tu es ?

— Je crois que nous allons vers Canal Street. Je t'envoie un partage de trajet. Tu vas pouvoir suivre mon itinéraire.

— Tiens bon, ma belle. Nous arrivons.

Horowitz, sa milice paramilitaire et Rafe s'engouffrèrent dans un fourgon blindé, et ils filèrent dans cette direction.

En suivant en temps réel sur son téléphone le déplacement d'Alyssa, Rafe les guida pas à pas, et ils sillonnèrent les rues du Ninth Ward.

L'imposante limousine ne fut pas difficile à repérer, avec son long capot et sa grande calandre chromée surmontée d'une statuette.

Ils approchèrent leur cible avec une précision militaire. Rafe ne savait pas où Horowitz avait trouvé ces types, mais ils étaient au top.

Davidoff et ses hommes ne s'attendaient pas à un assaut, et ils furent vite dépassés par les événements.

Quand ils furent désarmés et menottés, Rafe se précipita pour ouvrir le coffre de la Lincoln et aida Alyssa à en sortir.

Lorsqu'elle jeta les bras autour de son cou, Rafe fut soulagé comme jamais.

Il n'était pas prêt à déclarer ses sentiments, mais il

sentait l'amour vibrer dans toutes les fibres de son corps. Il avait envie de passer le reste de sa vie avec elle.

Elle bombarda son visage de baisers, puis se tourna vers Max Horowitz pour lui exprimer sa joie de le revoir.

— Vous savez quoi, lui dit-elle, le pire dans toute cette histoire, c'est que j'ai dû prétendre que Davidoff était mon père. C'est impossible. Jamais ma mère n'aurait pu aimer un tel monstre.

— Je sais, répondit Max. Parce que, c'est moi ton père.

Rafe ne fut pas si surpris que cela.

Max Horowitz avait pris soin d'Alyssa pendant des années, lui permettant de faire des études, lui offrant un travail… Ces considérations dépassaient les devoirs d'un employeur.

Le vieil homme plongea la main dans sa poche et en sortit son portefeuille, d'où il tira une photo.

— Voici la preuve.

Alyssa tint le cliché à deux mains.

— C'est vous, mais vos cheveux ne sont pas blancs. Et c'est maman. Elle vous regarde comme si vous étiez tout pour elle.

Max hocha la tête.

— Et c'est ainsi que tu regardes Rafe.

— Et l'enfant sur la photo ?

— Je suis sûr que tu reconnais l'ours en peluche.

— C'est le mien, Bobo. Comme c'est étrange, nous avons l'air d'une vraie famille !

— Ta mère et moi étions des âmes sœurs. Nous avons fait tant d'efforts pour te protéger et te donner une bonne vie que nous avons perdu le sens de l'essentiel. Ne fais pas la même folie que nous. Fais passer l'amour en priorité, et ensuite tout se mettra en place.

— Je suis d'accord avec ça, dit Rafe. Ton père est un sage, ma belle.

Alyssa lui prit les mains.

— Tu es mon pirate, mon garde du corps et mon amour le plus cher. Je ne veux plus jamais être séparée de toi.

Il enroula les bras autour de sa taille et lui donna le premier d'une éternité de baisers.

Épilogue

Tout en buvant du thé glacé sous le porche de la maison coloniale de Chance, Rafe finit de raconter toute l'histoire à son ami.

Alyssa chevauchait un pur-sang dans le pré en contrebas. Elle riait, la tête rejetée en arrière, les cheveux soulevés par le vent, et elle semblait être l'incarnation même de la liberté.

— Tout est bien qui finit bien, déclara Chance, d'autant plus que j'ai récupéré la Mercedes.

— Plus que bien, tu veux dire, le corrigea Rafe. Woodbridge et ses amis ont été arrêtés et vont moisir en prison pendant des années.

— Et Davidoff ?

— En procès à Chicago. L'éclat de peinture a suffi pour rouvrir l'enquête sur la mort de la mère d'Alyssa.

— Le gros point noir dans ton histoire, c'est que vous n'avez pas retrouvé les sept millions de dollars.

— Pour la bonne raison que cette fortune n'a jamais existé. Frankie Leone a détourné de petites sommes ici et là pendant des années, mais ce n'était pas le casse du siècle.

— Et quelle conclusion penses-tu apporter à cette mésaventure ?

Rafe sortit un écrin de sa poche et souleva le couvercle.

— Cinq carats, pas un défaut, jaune canari.

— Ne me dis pas que tu as l'intention de demander Alyssa en mariage ?

— Et si, « collègue ».

— Voilà ce que j'appelle une histoire qui finit bien !

CARLA CASSIDY

Captive du silence

Traduction française de
DOMINIQUE TRUFFANDIER

BLACK ROSE

HARLEQUIN

Titre original :
COWBOY'S VOW TO PROTECT

1

Les cow-boys du ranch Holiday se pressaient autour de lui et le martelaient de leurs poings. Il voulut se défendre, mais ils étaient trop nombreux. À chacun de leurs coups, la douleur le transperçait. Ses côtes endolories protestaient, et ses genoux finirent par le trahir. Quand il s'écroula sur le sol, ils se mirent à lui décocher de violents coups de pied. Le goût cuivré du sang emplit sa bouche, bien que la plupart des coups atteignent son corps, et non son visage.

À l'aide ! *La prière résonnait, encore et encore, dans sa tête, mais personne ne venait à son secours. Vaincu, il se recroquevilla en position fœtale sur l'herbe drue, d'un vert soutenu, et pria pour que les coups cessent.*

Flint McCay s'éveilla en sursaut. Une vive douleur transperçait son corps et, pendant un long moment, il resta immobile, les yeux rivés à la fenêtre. Dehors, l'aube naissante teintait le monde d'une lueur argentée.

Quel rêve étrange ! Jamais les autres hommes du ranch Holiday ne le tabasseraient ainsi, parce que ces hommes étaient ses frères. Leur fraternité s'était forgée au fil des années qu'ils avaient passées ensemble ici, sur ce ranch, après des enfances douloureuses auxquelles ils avaient échappé grâce à la seconde chance qui leur avait été donnée.

Il changea de position en grimaçant. Non, ce n'était pas ses collègues cow-boys qui lui avaient infligé cette douleur. Elle ne le torturait qu'à cause des choix qu'il avait faits dans sa vie - et s'expliquait par le diagnostic qu'il avait reçu dernièrement, et qui l'avait profondément perturbé.

Il se redressa avec effort et s'assit sur le bord du lit étroit sans pouvoir réprimer un petit gémissement. Quand Cass Holiday avait engagé une douzaine de garçons fugueurs pour qu'ils travaillent sur son ranch, elle s'était assurée que chacun ait sa propre chambre dans le bâtiment que les hommes avaient fini par baptiser « le motel des cow-boys ». Même si les pièces étaient exiguës et ne contenaient qu'un lit une personne et une commode, toutes avaient une salle de bains attenante.

Il se leva en grimaçant. Peut-être qu'une longue douche chaude suffirait à soulager sa douleur et à détendre ses muscles…

Voilà ce qui arrivait quand on passait des années à monter des taureaux. Il ne restait pas un seul os dans tout son corps qui n'ait pas été cassé, pas une articulation qui n'ait pas été foulée. S'il possédait une malle emplie de boucles de ceinture étincelantes et de rubans - autant de trophées qui témoignaient de ses succès –, il possédait aussi un corps qui lui faisait l'effet d'être celui d'un vieillard alors qu'il n'avait que trente-quatre ans.

Quand il ressortit de la salle de bains, il se sentait mieux. Il s'habilla et traversa le bâtiment pour gagner le réfectoire. La plupart des cow-boys étaient déjà arrivés et remplissaient leur assiette au buffet que le cuisinier du ranch, Cord Cully - alias Cookie - dressait chaque matin.

Flint prit place dans la file d'attente, derrière Mac McBride.

— Bonjour, Flint, dit Mac.

— Salut, lâcha-t-il.

Il remplit son assiette de bacon, d'œufs brouillés, de

biscuits et de sauce, y ajouta une cuillerée de salade de fruits et se dirigea vers la table où Mac s'était installé en compagnie de Jerod Steen, Clay Madison et Dusty Crawford.

Flint s'assit à côté de Dusty dont la femme, Tricia, venait d'avoir un petit garçon.

— Comment va le gamin ? demanda-t-il.

Rayonnant, Dusty répondit :

— Il pousse comme une mauvaise herbe. Et toi, où en es-tu avec ton chalet ?

Plusieurs mois plus tôt, Flint avait acheté deux acres de forêt au milieu desquels se trouvait une clairière : l'endroit idéal pour accueillir une petite maison. Tous les cow-boys avaient mis la main à la pâte pour l'aider à construire un chalet à deux chambres. C'était là qu'il vivrait le jour où il cesserait d'être l'un des cow-boys de Cassie - un jour qui approchait à grands pas, que cela lui plaise ou non.

— Les meubles ont été livrés la semaine dernière, annonça-t-il. Il ne me reste plus qu'à construire un porche et à faire quelques finitions.

— Tu as bien fait d'acheter ce terrain, dit Mac. Avec tous ces arbres et la petite rivière qui passe juste derrière le chalet, il est vraiment joli.

— J'ai surtout eu de la chance de pouvoir l'acheter avant que quelqu'un d'autre le fasse.

— Est-ce que tu auras besoin d'aide pour construire le porche ? demanda Jerod. Tu sais que nous ne demandons pas mieux que de venir te donner un coup de main.

— Non, merci. Je pense pouvoir me débrouiller.

Ses collègues - qui étaient aussi ses amis - l'avaient déjà bien assez aidé. Et il ne voulait surtout pas qu'ils devinent à quel point il était affaibli par cette douleur qui le taraudait en permanence.

Un cow-boy ne se plaignait jamais, et il en était encore un - pour le moment, du moins. Il ne voulait pas penser à ce qui se passerait quand il n'en serait plus un, parce que cette perspective lui collait une frousse de tous les diables.

Ils continuèrent à manger en discutant de la chaleur accablante et de la sécheresse de ces mois d'été, puis du bétail et des tâches qui les attendaient sur le ranch.

Ils avaient presque fini de manger quand Dusty demanda :

— Alors, Flint, quand est-ce que tu vas trouver une gentille femme avec laquelle t'installer ? Maintenant que tu as construit ce joli chalet, il ne te manque plus que quelqu'un avec qui le partager.

— Il n'est pas fait pour être partagé, répondit Flint. Les femmes sont trop… trop compliquées pour moi. Je préfère de loin passer mes soirées avec vous. Et d'ailleurs, pourquoi est-ce que tu t'acharnes sur moi ? Et Jerod et Mac ? Ils sont célibataires, eux aussi.

— Hé, ne me mêle pas à ça ! protesta Mac en riant.

— Moi non plus, ajouta Jerod.

S'ensuivit un débat acharné entre les hommes qui étaient célibataires et ceux qui ne l'étaient pas. Ensuite, le petit déjeuner terminé, tous quittèrent le réfectoire pour accomplir les tâches qui leur avaient été assignées.

Dieu merci, le travail de Flint était plutôt facile, ce matin. Sawyer Quincy, le nouveau contremaître - qui était l'un des « frères » de Flint –, l'avait chargé de nettoyer la grange.

Bien que la journée commence à peine, il faisait déjà chaud et il n'y avait pas un souffle de vent. À Bitterroot, Oklahoma, le mois d'août pouvait être pénible. Dans la grange, la chaleur serait encore plus accablante. Il ne faudrait pas qu'il oublie de s'hydrater tout au long de la journée.

Il entra dans le bâtiment. Il n'avait pas été nettoyé depuis l'hiver et le moment où les hommes en avaient sorti les bottes de foin qui y étaient entreposées pour les amener jusqu'aux pâturages où paissaient le bétail et les chevaux.

Les bottes restantes étaient en pagaille et le sol, jonché de foin épars. Flint prit un râteau et entreprit de le rassembler.

Tout en travaillant, il sifflotait un vieil air de country que Mac jouait souvent sur sa guitare quand ils se rassemblaient le soir, dans la salle de repos. C'était à ces moments-là que Flint se sentait le plus heureux, quand il se trouvait en compagnie de ces hommes avec lesquels il avait tant de choses en commun, qui avaient tous eu un passé similaire au sien et croyaient aux mêmes valeurs que lui. Ces moments lui manqueraient vraiment quand il quitterait le ranch pour de bon.

Il empêcha ses pensées de se diriger vers son avenir parce que l'inconnu était trop effrayant pour être envisagé. Il y penserait quand il ne pourrait pas faire autrement. Pour l'instant, il voulait seulement humer l'odeur douce du foin et anticiper les moments qu'il allait passer avec les hommes. Le déjeuner dans quelques heures, puis la soirée qui les verrait se réunir dans la salle de repos pour discuter et rire ensemble tandis que Mac jouerait de la guitare.

Il lui fallut une heure pour rassembler le foin qui jonchait le sol en petites piles, qu'il nouait au fur et à mesure avec un brin de ficelle. Il venait d'attraper le crochet à foin accroché au mur quand il se figea. Il avait entendu quelque chose... un bruit qui ne ressemblait pas au léger bruissement que peut produire une souris, même s'il devait y avoir plus d'un rongeur dans la grange.

Il tendit l'oreille pendant une minute, mais le silence régnait de nouveau. Alors, il se remit au travail. En s'aidant du crochet à foin, il entreprit de reformer les piles de bottes de foin, qui pesaient environ trente-cinq kilos chacune.

Quand il passa derrière l'une d'elles, il lâcha un petit cri de saisissement. Une femme était blottie dans le petit recoin que formaient deux autres piles. Ses longs cheveux bruns retombaient de part et d'autre de son visage en forme de cœur, et elle levait vers lui des yeux bleus agrandis par la peur.

— Je suis désolée, vraiment désolée, bredouilla-t-elle en se levant vivement.

Quand il fut un peu revenu de sa surprise, il demanda :

— Maddy ? Mais qu'est-ce que tu fais ici ?

Maddy Taylor… Elle travaillait au supermarché où il faisait ses courses, et il lui était souvent arrivé de passer à sa caisse. Cependant, cela faisait bien deux mois qu'il ne l'avait pas vue. Et voilà qu'elle réapparaissait, au milieu du foin, dans la grange des Holiday !

Ses yeux bleus s'emplirent de larmes.

— S'il te plaît… Ne dis à personne que tu m'as vue. Je t'en supplie.

D'une main tremblante, elle retira un brin de paille pris dans ses longs cheveux et répéta :

— Ne dis à personne que tu m'as trouvée ici.

— Mais qu'est-ce qui t'arrive ?

Il ne parvenait pas à se remettre de sa surprise. Depuis combien de temps Maddy était-elle dans cette grange où régnait une chaleur étouffante et, surtout, pourquoi y était-elle ?

— Qu'est-ce que tu fais ici ?

— Je… j'essayais de quitter la ville. Il faut que… que je m'en aille. Mais ma voiture est tombée en panne, et… j'étais tout près d'ici… et il me fallait un peu de temps pour décider de ce que j'allais faire.

Elle tremblait de tous ses membres, tel un chiot effrayé.

Flint fronça les sourcils et chercha une logique dans les explications qu'elle venait de lui fournir.

— Pourquoi n'as-tu pas tout simplement cherché un moyen de retourner à ta caravane ?

Il savait qu'elle vivait dans un parc de mobile homes, dans le quartier défavorisé de Bitterroot.

Elle écarquilla les yeux.

— Je… je ne peux plus jamais y retourner.

— Pourquoi ? Et pourquoi est-ce que tu dois quitter la ville ?

Certains habitants de Bitterroot adoraient colporter des rumeurs, mais il n'en avait entendu aucune au sujet de Maddy, ces derniers jours. Bon sang, qu'est-ce qui lui arrivait ?

— S'il te plaît… Ne me pose pas de questions. Je ne peux rien te dire. Je… je ne peux rien dire à personne.

Ses yeux s'emplirent d'une lueur hantée.

— Je suis désolée que tu m'aies trouvée ici. Je prends mes affaires et je m'en vais.

Elle se retourna et attrapa une petite valise usée à moitié cachée dans le foin. Elle avait toujours été mince, mais Flint remarqua qu'elle semblait avoir encore maigri.

— Attends… Où comptes-tu aller ? demanda-t-il.

Elle venait de lui dire qu'elle ne pouvait pas retourner à sa caravane…

— Qu'est-ce que tu as l'intention de faire ? insista-t-il. Te cacher dans une autre grange ? Nous sommes en pleine canicule.

— Je… je ne sais pas. Je trouverai quelque chose.

Il recula de deux pas pour la laisser sortir de sa petite cachette. Sa longue robe bleue sans manches était froissée et humide de transpiration.

— Depuis quand es-tu ici ? s'enquit-il, alarmé.

Depuis quelques jours, les nuits étaient presque aussi étouffantes que les journées.

— Seulement depuis cette nuit, quand ma voiture est tombée en panne. Je ne savais pas quoi faire… je ne voulais pas rester dans la voiture et je n'étais pas loin d'ici. Je suis désolée. Je ne voulais déranger personne. Je cherchais seulement un endroit où rester le temps de faire réparer ma voiture.

Elle n'avait fait que quelques pas vers la porte de la grange quand Flint l'appela par son prénom. Elle s'arrêta et se tourna vers lui, les yeux agrandis par la peur.

— Si tu cherches un endroit où passer quelques jours, dit-il, j'ai un chalet dans les bois, à une vingtaine de kilomètres d'ici.

Il ne pouvait pas la laisser partir alors qu'il faisait tellement chaud et qu'elle n'avait nulle part où aller, d'autant qu'il avait un refuge à lui proposer.

— Un… un chalet dans les bois ?

Il hocha la tête.

— Pour le moment, il est inhabité.

— Qui sait où il est situé ?

Pourquoi posait-elle cette question ?

— Seulement quelques-uns des cow-boys qui travaillent sur le ranch. Pourquoi ?

— Parce que je ne veux pas qu'on puisse me retrouver.

Ses yeux s'emplirent une nouvelle fois de larmes.

— Je veux que personne en ville ne sache où je suis.

— Personne ne saura que tu es dans ce chalet, promit-il.

— En ce cas, j'accepte ta proposition. Je ne veux surtout pas abuser de ta gentillesse mais, si je pouvais y rester un jour ou deux, le temps de faire réparer ma voiture… je t'en serais vraiment reconnaissante.

— Parfait, allons-y. Laisse-moi juste le temps d'aller chercher mon pick-up pour l'avancer jusqu'à la porte. Je n'en ai pas pour longtemps.

Il quitta la chaleur étouffante de la grange pour se diriger vers le hangar sous lequel les hommes garaient leurs véhicules. Toutes sortes de questions tourbillonnaient dans son esprit, à une vitesse vertigineuse. Pourquoi se cachait-elle ? Que lui était-il arrivé ? Il voyait bien qu'elle avait peur de quelque chose, ou de quelqu'un… Mais de quoi ? Ou de qui ?

Et si elle avait volé dans la caisse, au supermarché, et que sa voiture était tombée en panne alors qu'elle cherchait à s'enfuir ? Si elle n'était pas une victime mais une criminelle ?

Cependant, de toutes ces questions, la plus importante était celle-ci : pourquoi lui avait-il proposé de l'héberger dans son chalet, au risque de se retrouver mêlé aux problèmes qu'elle rencontrait ?

Madison coula un regard en coin vers l'homme qui était assis au volant du pick-up. Sous son chapeau de cow-boy marron, ses cheveux blonds ébouriffés étincelaient dans le soleil. Son nez était légèrement de travers, ce qui n'ôtait rien à la beauté rugueuse de son visage à la mâchoire volontaire.

Flint McCay. Elle ne savait presque rien de lui, mais son cœur battait toujours un peu plus vite quand il se présentait à sa caisse, au supermarché.

Dans la région, cet homme était une légende. Tout au long de sa carrière de champion de rodéo, il avait monté certains des taureaux les plus gros et les plus dangereux qui soient. En outre, il était très apprécié de ses concitoyens.

Mais ce n'était pas parce qu'elle n'avait jamais entendu personne dire de mal de lui qu'elle devait lui accorder toute sa confiance. Un homme pouvait arborer des dehors affables en public et se transformer en monstre quand il était à l'abri des regards.

Malgré tout, pour le moment, elle espérait que Flint était son sauveur et qu'il allait vraiment la conduire dans un chalet perdu en pleine forêt où elle pourrait se rafraîchir un peu et prendre le temps de souffler et de réfléchir. Parce qu'il fallait qu'elle trouve un moyen de quitter la ville au plus vite.

— Est-ce que tu vas me dire ce qui se passe, au juste ?

La question de Flint brisa le silence.

— Il ne se passe rien de spécial, mentit-elle. J'avais seulement décidé de partir de Bitterroot, et c'est le moment que ma voiture a choisi pour tomber en panne.

Il lui jeta un regard en coin, dans lequel elle lut tout son scepticisme.

— Si c'est vraiment tout ce qu'il y a, pourquoi as-tu aussi peur que les gens sachent où tu es ?

— Parce que je veux que personne n'essaye de me faire changer d'avis.

Elle savait qu'il ne la croyait pas. Elle en avait trop dit quand il l'avait découverte dans la grange. Elle s'en voulait un peu d'aligner les mensonges comme elle le faisait maintenant, mais jamais elle n'exprimerait à voix haute la raison qui la poussait à fuir Bitterroot. D'ailleurs, même si elle le faisait, personne ne la croirait.

Alors que le pick-up s'éloignait de la ville, un frisson la parcourut. Elle crispa les doigts sur la boucle de sa ceinture afin de pouvoir la détacher et s'enfuir s'il le fallait. Maintenant, elle regrettait un peu d'avoir fait confiance à Flint. Il avait toujours été poli avec elle quand il passait à sa caisse, au supermarché, mais ce n'était pas pour autant que c'était vraiment un homme bien.

— Détends-toi, dit-il, comme s'il avait lu dans ses pensées. Je ne te veux aucun mal, Maddy. Au contraire, j'essaye de t'aider.

— Et je t'en suis vraiment reconnaissante.

D'une certaine façon, elle était soulagée d'avoir remis son sort entre les mains de l'un des cow-boys du ranch Holiday. Tous les hommes qui avaient été élevés par Big Cass Holiday avaient la réputation d'être droits et dignes de confiance.

Ils retombèrent dans le silence. Flint resta sur la route pendant quelques kilomètres encore avant de s'engager sur la droite dans un chemin de terre bordé d'arbres, qu'il suivit pendant environ cinq minutes, avant de tourner à gauche et, rapidement, à droite.

Le chemin sur lequel ils roulaient maintenant n'était guère plus qu'une piste tracée dans une forêt tellement dense qu'elle bloquait la lumière du soleil. Le pick-up rebondit dans une ornière, et un lapin traversa juste devant eux.

Ils étaient vraiment au milieu de nulle part. Ils auraient tout aussi bien pu se trouver dans un autre État… ou même un autre pays. S'il l'avait déposée là, au bord de ce sentier, elle n'aurait peut-être même pas été capable de retrouver le chemin de la ville.

Une bouffée d'angoisse lui raidit les épaules et lui noua l'estomac. Est-ce que cet homme la conduisait vraiment jusqu'à un chalet, ou n'avait-elle fui un monstre que pour se jeter dans les griffes d'un autre ?

Ce fut alors qu'ils débouchèrent dans une petite clairière où se dressait un chalet. L'image était digne d'un conte de fées. Elle laissa échapper un petit soupir de soulagement. Au moins, il ne lui avait pas menti sur un point : le chalet existait vraiment.

C'était un bâtiment en bois, dont la façade était percée d'une grande fenêtre. Sur le toit, une souche de cheminée en pierre indiquait la présence d'un âtre qui dispenserait sa chaleur par les journées froides et venteuses. Mais, en ce moment, les rigueurs de l'hiver étaient le moindre de ses soucis. Elle espérait au contraire qu'il ferait frais dans le chalet, plus frais en tout cas que dans la grange.

Flint se gara, descendit du pick-up et attrapa sa valise, qu'il avait posée à l'arrière. Elle le rejoignit et le suivit jusqu'à la porte d'entrée.

— Où sommes-nous ? demanda-t-elle.

Pourquoi Flint aurait-il eu un chalet dans les bois alors qu'il travaillait et vivait sur le ranch Holiday ?

— Dans ma future résidence, dit-il en ouvrant la porte.

Quand le moment sera venu pour moi de quitter le ranch Holiday, c'est ici que je vivrai.

D'un geste, il l'invita à entrer.

Elle pénétra dans un séjour petit mais accueillant. Sur sa droite, elle découvrit un coin cuisine, équipé d'un réfrigérateur, d'une cuisinière et de quelques placards. Il était séparé du coin séjour par une table pour deux personnes.

Un canapé et un fauteuil relax marron étaient disposés devant une cheminée en pierre. La couverture au crochet d'un bleu vif posée sur le dossier du canapé apportait une touche de couleur. À gauche de la cheminée, il y avait une télévision accrochée à mi-hauteur. Les murs en bois et les luminaires en forme de lampe à pétrole posés sur les tables basses conféraient à la pièce une atmosphère chaleureuse - et cent pour cent masculine. Mais, malgré l'absence du moindre élément de décoration, il émanait de la pièce une sorte de beauté naturelle qui lui plut aussitôt.

— C'est tellement joli, dit-elle enfin, les yeux emplis de larmes de gratitude. Est-ce que tu es sûr que cela ne te dérange pas que je reste un jour ou deux ?

Il détourna les yeux et se racla la gorge.

— Sûr et certain. Je vais aller brancher la climatisation. Il fait vraiment chaud, ici.

Il sortit, et Madison se retrouva seule. Soudain, elle se sentit épuisée. Après que sa voiture était tombée en panne, elle avait marché jusqu'à la grange des Holiday, où elle s'était installée dans le foin. Mais, au lieu de dormir, elle avait passé la majeure partie de la nuit à sangloter.

Elle se laissa tomber sur le canapé au moment où Flint revenait dans la pièce.

— La porte de droite donne sur ma chambre, dit-il. Celle du milieu est celle de la salle de bains, et celle de gauche donne dans la chambre d'amis. Je vais aller y déposer ta valise.

Il prit le bagage et la laissa de nouveau seule. Soudain, elle n'eut plus envie de rien sinon de dormir, en espérant que son sommeil ne serait troublé par aucun rêve. Si elle faisait une sieste, elle retrouverait sans doute sa lucidité et pourrait décider de ce qu'elle devait faire maintenant.

Quand Flint revint dans le séjour, il fourra les mains dans les poches de son jean, faisant tinter ses clés, et fronça les sourcils.

— Maddy, est-ce que tu es certaine de ne rien vouloir me dire d'autre ?

— Oui. Par contre, j'ai encore un service à te demander… et ça m'embête, parce que tu m'aides déjà tellement en me permettant de rester ici pendant quelques jours.

— De quoi as-tu besoin ?

— Il faudrait que tu appelles le garage pour demander qu'on remorque ma voiture. Je n'ai pas de portable.

— Il ne te servirait pas à grand-chose ici, de toute façon. Il n'y a presque pas de réseau. Si tu as besoin de téléphoner, il y a un fixe dans ma chambre, sur la table de chevet. Mais, si tu préfères, je peux appeler le garage moi-même.

— Si cela ne te dérange pas…

Il se dirigea vers la porte.

— Ça ne me dérange pas.

Elle lui expliqua où était la voiture, ajoutant qu'elle avait laissé les clés sous le tapis de sol, côté conducteur.

— Je ferais mieux de te donner mon numéro de portable, au cas où tu aurais besoin d'autre chose, dit-il.

Il sortit un bloc-notes et un stylo du tiroir de la table basse et les lui tendit avant de lui dicter son numéro.

— Il n'y a pas grand-chose dans le réfrigérateur, à part quelques cannettes de soda, reprit-il. Je vais aller faire des courses.

— Je te rembourserai tout ce que tu dépenseras pour moi, répondit-elle.

Elle avait de l'argent… Toutes ses économies étaient dans sa valise, cachées dans un soutien-gorge. Malheureusement, la somme n'était pas suffisante pour lui permettre de repartir de zéro dans une autre ville, mais elle allait devoir se débrouiller. Jamais elle n'avait pensé devoir un jour quitter Bitterroot, mais maintenant elle n'avait plus le choix : elle devait fuir.

— Nous nous occuperons de ça plus tard. Je reviens dans une heure.

Sur ces mots, il passa la porte.

Elle se leva aussitôt pour fermer à clé derrière lui. Ensuite, elle alla dans la chambre qu'il lui avait attribuée, juste assez grande pour contenir une commode et un lit à deux places, couvert d'une courtepointe blanc et jaune qui s'harmonisait à merveille avec les murs en bois verni. Sa valise était posée au pied du lit.

Après avoir décidé d'attendre un peu avant d'en sortir quelques affaires, elle risqua un œil dans la chambre de Flint, où elle découvrit un lit encore plus grand que le sien, recouvert d'une jolie couverture noir et gris. Le dessus de la commode qui se trouvait dans cette pièce était vide, comme si personne ne vivait ici.

Enfin, elle capitula devant l'épuisement qui la gagnait. Elle retourna dans sa chambre, posa sa valise sur le lit et en sortit des vêtements propres et quelques affaires de toilette avant d'aller s'enfermer dans la salle de bains.

Elle avait grand besoin de prendre une douche. Après avoir passé la nuit au milieu du foin, dans la chaleur étouffante de la grange, elle se sentait sale - et sa peau irritée par le foin et la transpiration la démangeait. Elle allait profiter de l'absence de Flint pour se rafraîchir un peu.

Elle trouva une pile de serviettes soigneusement pliées dans le placard, sous le lavabo. Dans la cabine de douche, il y avait un savon parfumé à la menthe et un flacon de shampooing posé à même le bac.

Après une longue et délicieuse douche, au cours de laquelle elle se lava trois fois les cheveux, elle se sécha, passa une robe propre et alla s'allonger sur le canapé.

Elle ramena la couverture bleue sur elle et savoura la sensation merveilleuse de confort et de sécurité qu'elle ressentait ici, dans ce chalet.

Pour le moment, du moins…

Elle ne pouvait pas savoir ce qui se passerait quand Flint reviendrait. Et s'il attendait qu'elle le rétribue pour sa gentillesse ? S'il exigeait que cette rétribution lui soit accordée en nature ? Prendrait-il de force ce qu'il estimerait être son dû ?

Non… Il ne fallait pas que cela se produise. C'était hors de question. Elle se releva et passa dans le coin cuisine, où elle ouvrit trois tiroirs avant de trouver celui où Flint rangeait ses couteaux. Elle choisit le plus grand, celui qui avait l'air le plus dangereux, et retourna vers le canapé.

Elle s'installa confortablement et ferma les yeux dans l'espoir de chasser l'épuisement nerveux et spirituel qui l'accablait depuis quelques mois, et le jour où elle avait découvert qu'elle pouvait se retrouver entièrement à la merci de quelqu'un, sans aucun moyen de fuir.

Dans une autre vie, elle aurait choisi d'unir sa destinée à celle d'un homme comme Flint. Elle avait toujours pensé qu'elle finirait par épouser un cow-boy et par couler des jours heureux sur un ranch. Pendant que son époux passerait ses journées à parcourir les prairies à cheval, elle resterait à la maison et s'occuperait de leurs enfants. Elle posa la main sur son ventre.

Il avait suffi d'une nuit, un peu plus de trois mois plus tôt, pour que tous ses rêves d'avenir volent en éclats. Ce qui l'effrayait le plus maintenant, c'était que plus aucun avenir ne se dessinait devant elle. Elle ne savait même pas où aller, ni comment subvenir à ses besoins.

Elle posa la main sur le manche du couteau et, rassurée par ce contact, sombra dans le sommeil.

2

Avant de descendre de son pick-up, Flint appela Larry Wright, qui était concessionnaire et garagiste, pour organiser le remorquage de la voiture de Maddy. Il entra ensuite dans le supermarché et parcourut les rayons, en se demandant ce qu'une femme pouvait manger avec plaisir.

Le jour où il avait invité Jenny Oldham au restaurant, elle avait commandé une grande salade composée. Il choisit donc une laitue, des tomates et tout un assortiment de légumes frais ainsi qu'une bouteille de sauce ranch.

Il se souvint ensuite du jour où il avait invité Laurie Brubaker : elle avait commandé un blanc de poulet. Il en prit donc plusieurs barquettes.

Comme il n'était pas sorti avec beaucoup de femmes, il fut bientôt à court d'idées. Il ajouta donc dans son panier quelques denrées essentielles comme du lait, du pain et des œufs, et des choses qu'il aimait en espérant que Maddy les aimerait aussi.

Un peu plus d'une heure plus tard, il avait repris la route du chalet et conduisait en ne pensant qu'à Maddy. Il essaya de se souvenir de tout ce qu'il avait pu entendre dire sur elle, mais sans rien trouver qui puisse expliquer pourquoi elle avait choisi de se cacher dans la grange du ranch Holiday.

S'il était vrai qu'elle avait tout simplement décidé de quitter la ville, comme elle l'avait prétendu, pourquoi n'était-elle pas allée sonner à la porte de Cassie quand sa voiture était tombée en panne ? Elle aurait pu lui demander d'appeler le garage et de la faire reconduire jusqu'à sa caravane. Pourquoi s'était-elle cachée dans cette grange inconfortable, où régnait une chaleur étouffante ?

Vraiment, il ne comprenait pas. Mais, de toute façon, il ne comprenait pas les femmes. Il les voyait comme des êtres compliqués, étranges et mystérieux, sujets à des émotions qu'il n'était pas toujours capable de déchiffrer. Il se sentait toujours mal à l'aise en présence d'une femme, à tel point qu'il avait renoncé deux ans plus tôt à toute rencontre amoureuse.

D'ailleurs, il s'était toujours vu mener une vie solitaire, et maintenant plus que jamais. Quand il emménagerait dans le chalet, il prendrait peut-être un chien pour lui tenir compagnie. Il avait le goût des choses simples et savait se contenter de peu. Il n'aurait besoin de rien, sinon de trouver un travail.

Cassie payait bien et, avant qu'elle reprenne les rênes du ranch, sa tante Cass s'était toujours assurée qu'en plus de recevoir un bon salaire les hommes comprenaient l'importance d'économiser et d'investir leur argent.

Comme le plus gros des économies de Flint était passé dans l'achat du terrain et la construction du chalet, il ne pourrait pas se permettre de prendre sa retraite en même temps qu'il déménagerait. Même s'il n'avait aucun crédit à rembourser, il devrait quand même régler les factures et acheter des provisions.

Il fronça les sourcils et crispa les doigts sur le volant. S'il n'était plus cow-boy, qu'allait-il être ? Il chassa cette pensée dérangeante et se gara devant le chalet.

Il descendit de son pick-up, attrapa quelques sacs de courses et marcha vers la porte d'entrée. Comme elle était verrouillée, il sortit ses clés pour ouvrir et entra.

Il eut à peine le temps d'apercevoir Maddy, endormie sur le canapé. Ses paupières frémirent, et elle se leva d'un bond, le regard fou de terreur, en brandissant un couteau de boucher.

Elle le regardait, mais il n'avait pas l'impression qu'elle le voyait vraiment. Elle semblait encore à moitié endormie. Elle brandit le couteau plus haut et recula d'un pas. Elle tremblait de tous ses membres.

Le cœur de Flint se mit à tambouriner dans sa poitrine.

— Maddy.

Il avait parlé d'une voix douce, en demeurant rigoureusement immobile. Il devait l'apaiser, comme il aurait apaisé un animal sauvage.

— Tout va bien, Maddy, reprit-il. Tu es en sécurité ici. Je te promets de ne pas te faire de mal. Personne ne te fera de mal.

Ses yeux perdirent leur expression hagarde, et elle baissa lentement le couteau. Elle retomba sur le canapé, comme si elle s'effritait, et se mit à pleurer.

— Je suis désolée. Je suis tellement désolée, dit-elle entre deux sanglots. J'ai fait un mauvais rêve et j'ai entendu la porte s'ouvrir et je… j'ai cru que tu étais un monstre.

— Il n'y a pas de monstre ici, répondit-il. Je suis désolé de t'avoir fait peur.

Elle laissa échapper un petit rire.

— Tu entres chez toi et tu es accueilli par une folle qui brandit un couteau… C'est toi qui as dû avoir la peur de ta vie.

Il fut heureux de voir qu'elle avait cessé de pleurer. Elle se leva du canapé et alla s'asseoir à la table. Il posa les sacs de courses sur le plan de travail et se tourna vers elle.

— Il y a d'autres sacs dans le camion. Je reviens tout de suite.

Waouh ! Il sortit et prit plusieurs grandes inspirations.

Son cœur s'était vraiment emballé quand il l'avait vue face à lui, avec ce couteau. Qu'est-ce qui avait bien pu lui arriver pour justifier qu'elle fasse la sieste avec une arme ? Et pour qu'elle l'en menace, comme si elle craignait pour sa sécurité ?

Il savait qu'il aurait pu la désarmer si cela avait été nécessaire. Il était seulement heureux que les choses n'en soient pas arrivées là. Il attrapa les deux derniers sacs de courses à l'arrière du pick-up et retourna au chalet.

— Je m'excuse encore une fois, dit-elle. Accueillir un homme qui rentre chez lui en le menaçant d'un couteau… difficile de faire mieux.

— Ne t'inquiète pas pour ça. C'est déjà oublié.

Il ouvrit un sac et commença à le vider de son contenu.

— Comme je ne savais pas ce que tu aimais, j'ai essayé de prendre un peu de tout.

— Combien est-ce que je te dois ?

— Nous nous occuperons de ça plus tard.

Il ouvrit le réfrigérateur et commença à y ranger les légumes.

Elle s'était douchée et avait changé de robe. Celle qu'elle portait maintenant était une robe bain de soleil rose ample, qui mettait en valeur ses cheveux bruns et ses yeux bleus.

Elle exhalait un parfum de savon à la menthe, mais aussi celui d'un champ de fleurs. Un petit frisson de désir le traversa, aussi inattendu que malvenu. Il avait toujours trouvé Maddy très jolie, mais ce genre de pensée n'avait pas sa place dans son esprit en ce moment.

— Je peux au moins t'aider à ranger les courses.

Elle se leva et ouvrit un autre sac.

Il ne leur fallut que quelques minutes pour tout mettre en ordre, ensuite elle s'assit de nouveau à la table tandis qu'il restait debout, adossé au réfrigérateur.

— Il y a deux choses que je voulais te dire, déclara-t-il.

D'abord, je veux que tu fasses comme chez toi. Prends tout ce dont tu auras besoin et, s'il te manque quoi que ce soit, dis-le-moi.

— Tu as apporté tant de choses que je ne vois pas ce qui pourrait me manquer.

Il fourra les mains dans ses poches.

— J'aimerais aussi te demander si cela ne te dérange pas que je continue à travailler ici pendant que tu y es. Je veux construire un porche, et il me reste quelques finitions à faire. D'habitude, j'arrive vers cinq heures et demie et je travaille jusqu'à 8 heures avant de retourner au ranch. Est-ce que cela te dérangera ?

— Bien sûr que non, répondit-elle après une infime hésitation. Je ne veux pas que ma présence t'empêche de faire ce que tu as à faire.

— Est-ce que quelqu'un t'a fait du mal, Maddy ?

Il vit que la question la prenait par surprise. Elle soutint son regard pendant un long moment avant de détourner les yeux.

— Flint, j'apprécie vraiment ce que tu fais pour moi mais, s'il te plaît, ne me pose pas de questions.

Elle avait vraiment des secrets… Des secrets qui semblaient bien sombres, mais cela ne le regardait pas. De toute façon, elle ne resterait pas longtemps chez lui.

— Très bien, en ce cas, dit-il en se redressant. Je dois retourner au ranch. On se revoit ce soir.

— À ce soir.

Elle le suivit jusqu'à la porte, et la dernière chose qu'il entendit fut le tour de clé qu'elle donna dans la serrure.

Il était presque heureux qu'elle ne lui ait pas dit ce qui se passait. Il ne voulait pas en savoir trop sur elle, surtout à cause de ce frisson de désir inattendu qui l'avait fugacement traversé.

Et pourtant, il ne pouvait faire taire sa curiosité. Il était sacrément étrange pour une femme de prendre un couteau avec elle quand elle dormait. Et il ne pouvait effacer de son esprit l'éclair de terreur pure qui avait illuminé ses yeux quand elle s'était levée d'un bond du canapé.

Quand il revint au ranch, il se gara dans le hangar et se dirigea vers la grange pour finir de la nettoyer.

— Hé, Flint, lança une voix grave derrière lui.

Il se retourna et vit Mac venir à sa rencontre.

— Tout va bien ? demanda ce dernier, le front plissé par l'inquiétude.

— Oui, tout va bien. Pourquoi ?

— Je suis venu t'aider dans la grange, mais tu n'y étais pas. Ensuite, quand j'ai vu que ton camion n'était pas là non plus, j'ai eu peur qu'il te soit arrivé quelque chose.

— Désolé de t'avoir alarmé, répondit Flint. J'avais quelques courses personnelles à faire. J'aurais dû prévenir quelqu'un que je partais.

Bien sûr, il n'avait eu aucun moyen de dire à quiconque ce qui se passait parce qu'il avait promis à Maddy qu'il ne le ferait pas. Et il comptait tenir parole.

— Du moment que tout va bien, c'est tout ce qui m'importe, dit Mac en lui donnant une tape dans le dos. Prêt à en finir dans cette grange ?

— Prêt, lança Flint.

Ensemble, les deux hommes entrèrent dans la grange et empilèrent le foin en parlant du temps torride, du travail qui restait à faire sur le ranch et de la santé du bétail et des chevaux.

Ensuite, Flint orienta la conversation sur les talents de guitariste et de chanteur de Mac.

— Je ne comprends pas pourquoi tu te contentes de distraire un groupe de cow-boys après une longue journée de travail, dit-il. Tu aurais pu faire carrière dans la musique.

Bon sang, tu es meilleur que la plupart des chanteurs que j'entends à la radio !

— Oh ! j'y ai bien pensé, à une époque. Je me voyais chanter devant des milliers de spectateurs et partir en tournée à travers le pays, dans un énorme camping-car. J'aurais fait fortune, et mes groupies énamourées auraient jeté leurs petites culottes sur la scène.

Flint éclata de rire.

— C'était très bien jusqu'à ce que tu parles de petites culottes.

Il reprit son sérieux pour demander :

— Qu'est-ce qui t'a fait changer d'avis ?

— J'ai grandi et j'ai trouvé un foyer ici. Le seul public que je voudrais vraiment avoir maintenant se composerait d'une femme et de deux enfants.

— En parlant de femmes, est-ce que tu as entendu dire que Maddy Taylor sortait avec quelqu'un ?

Mac lui décocha un regard surpris.

— Maddy, du supermarché ?

Flint acquiesça en se demandant pourquoi il avait posé cette question.

— Je n'ai jamais entendu aucune rumeur à son sujet. Et je n'ai certainement pas entendu dire qu'elle avait un petit ami. Pourquoi ?

Mac posait sur lui un regard à la fois spéculateur et amusé.

— Je me posais seulement la question. Je ne l'ai pas vue au supermarché depuis un moment et je me demandais où elle était passée.

— Maintenant que tu le dis, je ne l'ai vue nulle part ces derniers temps, moi non plus, répondit Mac. Mais pourquoi t'intéresses-tu autant à elle, tout à coup ?

Les yeux pétillant d'amusement, il remarqua :

— C'est une très jolie femme.

Flint se força à rire.

— Elle ne m'intéresse pas de cette façon. Seulement, je suis allé au supermarché tout à l'heure. J'ai pensé à elle et je me suis rendu compte que je ne l'avais pas vue depuis un moment.

Il regrettait vraiment d'avoir posé cette question.

Heureusement, Mac changea rapidement de sujet, et ils continuèrent à travailler en parlant de tout et de rien. À quatre heures et demie, une fois leur travail terminé, les deux hommes prirent le chemin de leurs chambres pour se doucher avant le dîner.

Quand il fut sous le jet rafraîchissant, Flint ne put empêcher ses pensées de retourner vers la femme qu'il hébergeait dans son chalet. Il lui était arrivé quelque chose, quelque chose de désagréable. Chaque fois qu'il la voyait au supermarché, elle était toujours aussi vive et gaie qu'un rayon de soleil - aux antipodes de la Maddy qui s'était levée d'un bond de son canapé en brandissant un couteau. Que lui était-il arrivé ?

Ça ne te regarde pas, cow-boy, répétait une petite voix dans son esprit. Elle lui avait dit de ne pas lui poser de questions, et il respecterait son désir. En plus, sa voiture avait été remorquée jusqu'au garage. Dès qu'elle serait réparée, Maddy quitterait son chalet et poursuivrait sa route, où qu'elle la mène.

Après avoir dîné avec les autres hommes, il repartit pour le chalet. Il savait que son temps sur le ranch Holiday touchait à sa fin. Son corps endolori était une véritable bombe à retardement, et il voulait que son petit nid soit terminé avant que cette bombe explose.

Il avait hâte de commencer à travailler sur le porche. La dalle de béton avait été coulée, et les poteaux étaient en place. Tout le bois dont il avait besoin avait été livré la semaine précédente. Maintenant, il ne lui restait plus qu'à poser le plancher et à construire un toit.

Il se voyait déjà assis sous ce porche, à l'aube, alors que les daims sortaient de la forêt pour s'aventurer dans la clairière et que les oiseaux faisaient retentir leurs chants mélodieux. Et, bien qu'il n'ait jusqu'ici passé que deux nuits dans le chalet, il eut l'impression de rentrer chez lui quand il se gara dans la clairière.

Il avait tout juste coupé le moteur quand la porte s'ouvrit et que Maddy apparut. Elle devait l'avoir entendu arriver.

— Salut, dit-elle.

Elle avait bien meilleure mine que quand il l'avait laissée. Ses yeux étaient aussi limpides que le ciel bleu de l'Oklahoma, et le sourire un peu hésitant qu'elle lui adressait semblait sincère.

— Je vais seulement travailler dehors pendant un moment, annonça-t-il.

Il prit une boîte à outils sur le plateau de son pick-up et la posa par terre.

— Pas de problème, répondit-elle. J'ai remarqué que tu avais une cafetière et tout un stock de dosettes. Je ne bois pas de café, mais je peux t'en préparer un et te l'apporter. Qu'est-ce que tu en dis ?

Il la dévisagea, étonné. Il n'avait pas l'habitude qu'une femme fasse quelque chose pour lui.

— Ça me ferait très plaisir.

— Comment est-ce que tu le bois ?

— Noir, s'il te plaît.

Elle retourna à l'intérieur, et il attrapa quelques-unes des planches en bois qui étaient empilées sur le côté de la maison pour les rapprocher de l'endroit où il allait les poser.

Il essayait de ne pas penser à l'étrangeté de la situation : Maddy Taylor était dans son chalet et lui préparait une tasse de café. Mais tout lui semblait tellement irréel depuis le moment où il l'avait trouvée cachée entre les bottes de foin, dans la grange.

Elle ressortit et lui tendit une tasse de café fumant.

— Merci, dit-il en la prenant. Est-ce que tu as mangé ?

— Oui, merci. Je me suis fait des œufs brouillés et du pain grillé, tout à l'heure, répondit-elle.

Elle regarda la forêt.

— Donc tu vas construire un porche ?

— C'est ça, acquiesça-t-il en prenant une gorgée de café. J'ai l'intention de m'y asseoir tous les matins, avec mon café, et d'observer les cerfs qui peuplent cette partie de la forêt.

— Ce sera un spectacle merveilleux. Est-ce que cela te dérangerait si je m'asseyais dehors et que je te regardais travailler pendant un moment ? On est tellement bien ici, à l'ombre des arbres.

— Euh... Bien sûr que non. Je vais chercher une chaise longue.

La chaise était posée contre le flanc du chalet. Il la déplia et l'installa de façon qu'elle ne le gêne pas dans son travail. Cependant, il trouvait la situation un peu embarrassante. Il ne savait pas trop pourquoi Maddy voulait s'installer dehors, à côté de lui, et jamais il n'avait travaillé devant un public.

Ensuite, il commença à assembler les longues planches de pin pour former le sol du porche. À cette heure de la soirée, il souffrait généralement le martyre à cause de son dos et de ses hanches. Malheureusement, ce soir, la douleur était bien présente.

Il ravalait les gémissements qui menaçaient de lui échapper à chaque fois qu'il se penchait. Il était hors de question que Maddy, ou qui que ce soit d'autre, puisse deviner à quel point il souffrait.

— C'est tellement beau, ici, dit-elle.

— Oui, c'est vrai, convint-il.

Il prit le marteau et une poignée de clous dans sa boîte à outils.

— Comment as-tu découvert cet endroit ?

— C'est Dan Griffin, de l'agence immobilière, qui l'a trouvé pour moi. Dès que je l'ai vu, j'ai su que c'était l'endroit qu'il me fallait.

— Tu comptes donc t'installer bientôt ici ?

Une légère brise faisait voler ses mèches, et la lumière faiblissante du soleil caressait ses traits délicats.

Oh ! comme elle menaçait de troubler sa concentration ! Jusqu'ici, il n'avait jamais réalisé à quel point elle était jolie, avec ses yeux bleus frangés de longs cils noirs. Quant à ses lèvres, elles évoquaient deux coussins moelleux… et elles étaient terriblement attirantes.

Mais qu'est-ce qui lui prenait ? Qu'est-ce qui lui mettait de telles pensées dans la tête ? Il n'allait pas l'embrasser. D'abord, il ne voulait pas de femme dans sa vie. En plus, il la connaissait à peine et, de toute façon, elle n'était là que le temps que sa voiture soit réparée.

Il se souvenait qu'elle lui avait posé une question, mais du diable s'il se rappelait ce qu'elle lui avait demandé !

— Hum… Il faut que je cloue ces planches maintenant, dit-il.

— Oh ! excuse-moi. Je ne veux pas t'empêcher de travailler.

Elle ouvrit soudain de grands yeux et se leva d'un bond. Elle courut vers les arbres, se pencha en avant et vomit.

L'estomac de Maddy se contractait encore, soulevé par des vagues de nausée. Elle referma la porte de la salle de bains et se rinça plusieurs fois la bouche avant de se brosser les dents. Heureusement qu'elle avait déjà mis sa brosse à dents dans la salle de bains. Oh mon Dieu, comme c'était embarrassant ! Aucune femme n'avait envie de rendre son déjeuner devant un homme.

Elle ouvrit la porte de la salle de bains et trouva Flint de l'autre côté. Son beau visage était marqué par l'inquiétude.

— Maddy, est-ce que ça va ?

— Ça va, lui assura-t-elle. Ce n'était rien de plus qu'une nausée. C'est passé, maintenant.

— C'était peut-être à cause des œufs ? Tu m'as dit que tu avais fait des œufs brouillés. Je n'ai pas vérifié la date. D'habitude, les produits qu'on trouve au supermarché sont frais.

— Non, je suis sûre que ce n'est pas à cause des œufs. J'ai… j'ai toujours eu l'estomac ridiculement fragile.

Soudain, elle se sentait épuisée.

— Ça va, Flint. Je t'assure.

— Si tu le dis, répondit-il.

Mais il semblait toujours aussi inquiet. Elle sortit de la salle de bains et déclara :

— Je pense que je vais aller m'allonger sur le canapé pendant un moment. Je n'ai pas dormi cette nuit. C'est peut-être le manque de sommeil qui m'a dérangé l'estomac.

— D'accord. Si tu as besoin de quoi que ce soit, appelle-moi.

Il ressortit, et elle s'allongea sur le canapé, un peu déçue. Elle aurait aimé discuter un peu plus longtemps avec Flint, quel que soit le sujet de la conversation. Elle avait seulement eu envie d'interagir avec un autre être humain dans une atmosphère normale, dénuée de menace.

Pendant plus de trois mois, elle avait vécu cloîtrée dans sa caravane sans parler avec personne. Elle avait quitté son travail et se faisait livrer tout ce dont elle avait besoin. Elle ne s'était aventurée à l'extérieur que deux fois au cours de ces trois mois, pour se rendre à la bibliothèque.

C'était le traumatisme qu'elle avait subi et la peur résiduelle dont elle était emplie qui l'avaient poussée à se terrer dans sa caravane. Très vite, elle s'était retrouvée plongée dans une solitude absolue, alors qu'elle était d'un naturel sociable. Si elle adorait travailler au supermarché, c'était d'ailleurs pour les échanges qu'elle avait avec les clients qui passaient à sa caisse.

Pendant qu'elle scannait leurs achats, les gens lui donnaient une quantité incroyable de détails sur eux et sur leur vie. Et elle était toujours aussi étonnée de voir combien les achats d'une personne pouvaient en révéler sur elle.

Bang. Bang. Bang. Les coups de marteau résonnaient jusque dans le chalet. Elle ferma les yeux. Les nausées ne duraient jamais longtemps, mais elles lui ôtaient toujours toutes ses forces. D'ici quinze à vingt minutes, elle espérait se sentir assez bien pour retourner s'asseoir sur la chaise longue et regarder Flint travailler.

Parce qu'elle avait pris un réel plaisir à l'observer, pendant les quelques minutes qu'elle avait passées à l'extérieur. Dans son T-shirt marron foncé et son jean, il était extrêmement appétissant.

Il était mince, mais ses bras étaient musclés et ses épaules larges. Il était exactement le genre d'homme dont elle aurait pu rêver, à une époque. Mais elle ne rêvait plus. Elle ne faisait plus que des cauchemars. Et elle redoutait toujours l'arrivée de la nuit.

Au moins, cette nuit, elle allait dormir dans un vrai lit et non sur du foin, dans une grange. Elle ne revenait toujours pas de la chance qu'elle avait eue : elle aurait pu être découverte par n'importe qui. Heureusement, c'était Flint qui l'avait trouvée, et il l'avait amenée ici, dans ce chalet dont, d'après lui, personne ou presque ne connaissait l'existence.

Mais cela ne changeait rien à sa situation. Elle devait toujours quitter Bitterroot, Oklahoma, et s'en éloigner autant que possible. C'était le seul moyen pour elle d'être en sécurité. Heureusement, il ne faudrait sans doute pas trop longtemps à Larry Wright pour réparer sa voiture.

Le crépuscule approchait, et les ombres commençaient à s'allonger. Elle se leva et alluma les lampes posées sur les tables d'appoint qui encadraient le canapé. Mais la lumière dorée, chaleureuse et intime, qu'elles dispensaient ne suffit pas à apaiser l'angoisse qu'elle sentait monter en elle, comme toujours à l'approche de la nuit.

Tu es en sécurité ici, chuchota une petite voix dans sa tête. *Personne ne peut te faire de mal.* Sauf Flint. Elle fronça les sourcils. Jusqu'ici, il lui avait témoigné la plus grande courtoisie. La part rationnelle de son esprit savait que tous les hommes n'étaient pas des monstres et, pour le moment, elle n'avait rien vu chez Flint qui puisse lui faire penser qu'il en était un. Et pourtant…

Les coups de marteau s'interrompirent et, quelques instants plus tard, Flint frappa doucement à la porte. Il l'ouvrit sans attendre de réponse et passa la tête par l'entrebâillement.

— Je voulais seulement m'assurer que tu allais bien avant de repartir.

D'un geste, elle l'invita à entrer.

— Est-ce que tu veux une autre tasse de café avant de retourner au ranch ? demanda-t-elle en se levant.

Elle avait envie qu'il reste encore un peu avec elle. Une petite discussion pourrait contribuer à tenir à distance la terreur qui s'emparait toujours d'elle quand la nuit approchait.

Il lui jeta un regard surpris.

— Eh bien… d'accord.

— Assieds-toi. Je vais te la préparer.

Elle inséra une dosette dans la cafetière pendant qu'il se lavait les mains dans l'évier. Ensuite, il alla s'installer sur l'une des chaises autour de la table.

— Est-ce que tu as beaucoup travaillé ? demanda-t-elle.

— J'ai posé à peu près la moitié du plancher. Si tu sors, fais attention. Je ne voudrais pas que tu trébuches et que tu te fasses mal.

— Je n'ai aucune intention de sortir de ce chalet jusqu'à ce que ma voiture soit réparée, à moins que tu ne sois ici, répondit-elle.

Elle lui apporta son café et s'assit face à lui.

— Oh ! ça me fait penser… J'ai dit au garagiste d'appeler ici dès qu'il saura quel est le problème avec ta voiture. Comme ça, tu pourras en discuter toi-même avec lui.

— Merci, répondit-elle. J'espère qu'il appellera bientôt.

Il enserra sa tasse des deux mains. Il avait de grandes mains usées par le travail, et elle se demanda… Bon sang, qu'est-ce qui lui prenait ? Pourquoi se demandait-elle seulement l'effet que lui feraient ces mains si elles caressaient son dos ? Jamais cette pensée n'aurait dû lui traverser l'esprit.

— Alors, où iras-tu quand tu partiras d'ici ? s'enquit-il. Est-ce que tu as une destination précise en tête ?

— Je pensais au Wyoming.

— Est-ce que tu y es déjà allée ?

— Non, mais j'ai lu beaucoup de livres dont l'intrigue se déroulait là-bas.

Et tous ces livres étaient des romans d'amour. Oui, elle avait lu beaucoup de romans d'amour qui se déroulaient dans le Wyoming, là où les hivers étaient aussi froids que les cow-boys étaient chauds. Mais bien sûr, maintenant, plus aucun cow-boy ne voudrait d'elle. Plus aucun homme ne voudrait d'elle.

— J'ai entendu dire que c'était un État magnifique, répondit-il.

Un silence gêné s'installa. Son regard bondissait d'un point à l'autre, sans même l'effleurer.

— Il ne te reste donc plus qu'à construire ce porche pour que le chalet soit terminé ? demanda-t-elle soudain.

Ses yeux d'un vert sombre se posèrent enfin sur elle.

— Presque. Il me restera quelques finitions à effectuer, essentiellement dans ma chambre, mais le plus gros du travail est derrière moi. Je ne sais pas si tu as remarqué le garage, à l'arrière du chalet. Il me reste encore un peu de boulot dans cette partie-là.

— Je ne l'ai pas remarqué, non. Je dois avouer que j'ai passé la plus grande partie de la journée à dormir.

— Ce n'est pas bien grave. Tu avais besoin de te reposer, c'est tout. Rien de tel qu'une bonne sieste pour chasser une grippette.

Elle sentit son visage s'échauffer.

— Je suis certaine de ne rien avoir attrapé de grave, lui assura-t-elle. Mais je suis désolée d'avoir vomi sur tes arbres.

Pour la première fois depuis qu'il l'avait trouvée dans la grange, il la gratifia d'un vrai sourire. Les coins de ses yeux se plissèrent, et son visage exprima une chaleur qui l'enveloppa aussitôt.

— Maddy, je passe mon temps avec un groupe de cow-boys qui deviennent parfois un peu turbulents le samedi soir. Il leur arrive de trop boire et de vomir un peu partout. Ne t'en fais pas pour mes arbres, ils s'en remettront.

— Je suis heureuse que tu ne sois pas en colère contre moi.

Il haussa l'un de ses sourcils blonds.

— Pourquoi est-ce que je le serais ? Ce n'est pas ta faute si tu es malade.

— Je ne sais pas… En ce cas, qu'est-ce qui peut te mettre en colère ? demanda-t-elle d'une voix timide.

Soudain, il lui parut vital d'avoir la réponse à cette question, surtout s'ils devaient passer un peu de temps ensemble.

Il plissa pensivement le front pendant quelques instants avant de répondre :

— Ce qui me met en colère ? Je suis comme tout le monde, je crois. L'injustice et la maltraitance, surtout quand ce sont des femmes et des enfants qui en souffrent. Je n'aime pas non plus ceux qui maltraitent les animaux.

Mais, à part ça, je suis un type plutôt tolérant. Il n'y a pas grand-chose qui puisse me rendre fou de rage.

Il but le reste de son café d'un trait.

— Et, sur ces mots, il faut que je retourne au ranch.

Même si elle n'était pas encore tout à fait certaine qu'il méritait sa confiance, elle aurait presque tout donné pour qu'il reste encore un peu. Jusqu'ici, sa présence n'avait rien de menaçant. Au contraire, elle était sécurisante.

— Je suppose que tu reviendras demain soir, à peu près à la même heure ?

Elle se leva et le raccompagna jusqu'à la porte.

— D'ici là, je devrais avoir eu des nouvelles de ma voiture.

— Maddy, si tu as besoin de rester un jour ou deux de plus, ne t'inquiète pas. Ça ne me dérange pas. Et, s'il te manque quoi que ce soit, n'hésite pas à m'appeler.

Il remonta dans son pick-up, démarra, et elle se retrouva seule dans la nuit. Après avoir fermé la porte à clé, elle s'assit sur le canapé et envisagea d'allumer la télé, mais elle se ravisa aussitôt. Elle voulait pouvoir entendre le moindre bruit, être alertée de la présence du moindre danger, de la moindre menace, et la télé couvrirait tous les autres sons.

Bien sûr, Flint lui avait affirmé que seuls quelques-uns des cow-boys du ranch Holiday connaissaient cet endroit. Mais comment pouvait-elle être sûre et certaine que c'était la vérité ?

Les gens de Bitterroot adoraient cancaner, et il était tout à fait possible que l'un des amis de Flint ait mentionné l'existence de ce chalet à une connaissance, en buvant un verre au Watering Hole ou en dînant au restaurant, par exemple. Et si cette connaissance avait répété l'information à quelqu'un d'autre, qui l'avait répétée à son tour, et ainsi de suite…

— Arrête, chuchota-t-elle.

Les rouages de son cerveau tournaient à toute vitesse,

comme s'il ne cherchait qu'à l'effrayer, et il ne fallait surtout pas qu'elle cède à la terreur. Au contraire, elle devait garder son calme.

Mais elle décida quand même d'éteindre les lumières du séjour et d'aller dans sa chambre. Ainsi, si d'aventure quelqu'un s'approchait du chalet, il le penserait vide de tout occupant. Même si elle espérait ne pas avoir à s'en servir, elle emporta le couteau de boucher avec elle et le glissa sous son oreiller.

Ensuite, elle troqua sa robe pour une chemise de nuit et se glissa sous les couvertures. Heureusement, avant de quitter sa caravane, elle avait jeté quelques livres de poche dans sa valise. Confortablement installée dans le lit douillet, elle ouvrit l'un d'eux et commença à lire, à la douce lumière dispensée par la lampe de chevet.

Mais, ce soir, elle ne parvenait pas à échapper à la réalité. Ses pensées étaient à des années-lumière des mots qui étaient imprimés sur la page. Elle avait dit à Flint qu'elle pensait pouvoir se plaire dans le Wyoming, et peut-être était-ce là qu'elle irait. Mais elle regretterait toujours amèrement d'avoir dû quitter Bitterroot, la ville où elle avait vécu depuis sa naissance, vingt-huit ans plus tôt.

Son enfance avait été difficile, mais elle avait su se bâtir un petit foyer confortable dans la caravane qu'elle occupait depuis dix ans. Cette caravane avait été son sanctuaire, son petit coin de bonheur, jusqu'au jour où…

Elle ferma étroitement les yeux et prit plusieurs grandes inspirations. Elle ne pouvait pas laisser ses pensées aller dans cette direction. Si elle autorisait son esprit à la ramener dans le passé, elle se retrouverait dans les affres de ce qui ressemblait à un accès de stress post-traumatique.

— Respire, chuchota-t-elle.

Elle ferma de nouveau les paupières et inspira profondément. Au lieu de retourner dans le passé, elle allait prier pour que sa voiture puisse être réparée assez rapidement - et pour une somme modique. Ensuite, elle serait libre de partir d'ici. Et elle dut s'endormir parce que, quand elle rouvrit les yeux, le soleil du début de matinée entrait par la fenêtre. La nuit avait suivi son cours sans apporter le moindre cauchemar.

Elle se doucha et s'habilla avant de gagner la cuisine. Elle ouvrit la porte qui donnait sur l'extérieur et débouchait sur un petit porche. Le garage se dressait au fond de la clairière.

L'air pur lui chatouillait le nez, et les oiseaux accueillaient cette nouvelle journée en gazouillant gaiement. Malgré la situation précaire dans laquelle elle se trouvait, une bouffée d'optimisme naquit dans sa poitrine.

Elle espérait que le garagiste l'appellerait aujourd'hui et lui annoncerait que sa voiture pourrait être réparée rapidement. On était samedi. S'il n'appelait pas aujourd'hui, elle devrait attendre jusqu'au lundi. Et elle ne voulait pas demeurer ici plus longtemps que nécessaire parce que, plus longtemps elle resterait, plus il y aurait de risques que quelqu'un la trouve.

Et d'ailleurs, si elle restait trop longtemps dans ce chalet douillet, où elle se sentait tellement en sécurité, elle savait qu'elle ne voudrait plus en repartir. Or, il le fallait.

Sa place n'était pas ici. Où était-elle au juste ? Elle n'en savait rien. Elle savait seulement qu'elle n'était pas dans ce chalet, qui était bien trop proche de Bitterroot.

Tout en prenant son petit déjeuner, elle se demanda pourquoi Flint envisageait de déménager du ranch Holiday pour s'installer ici. Avait-il l'intention de continuer à travailler là-bas, ou non ? Et, s'il quittait le ranch, qu'avait-il l'intention de faire ? D'acheter des terres et de diriger sa propre exploitation ?

Elle ne se rappelait pas précisément ce qu'il lui avait dit et, de toute façon, cela ne la regardait pas. Elle ne devait penser qu'à une chose : faire réparer sa voiture et choisir la ville où elle commencerait sa nouvelle vie.

Quelle que soit cette ville, elle devrait se mettre à l'œuvre dès son arrivée. Il serait impératif qu'elle trouve un logement et un travail aussi vite que possible. Sa caravane était à son nom pour encore deux mois. Elle espérait que ce serait suffisant pour qu'elle ait le temps de louer un camion et de rapatrier toutes ses affaires jusqu'à sa nouvelle demeure.

Elle lut jusqu'à 2 heures de l'après-midi avant de se mettre à déambuler dans le chalet, désœuvrée. Puisqu'on était samedi, elle se demandait si Flint arriverait plus tôt que la veille.

Elle espérait que oui. Elle aimait parler avec lui - et elle aimait aussi regarder son beau visage hâlé et un peu buriné. Il apportait une bouffée d'odeurs de l'extérieur, celles du soleil et du vent, auxquelles se mêlaient les effluves frais de son eau de toilette.

Si elle aimait autant discuter avec lui, c'était en partie parce que leurs conversations l'empêchaient de ressasser ce qui s'était passé ou de contempler le chaos dans lequel sa vie avait basculé.

Les minutes, puis les heures s'écoulèrent, dans un silence total. Il était à peine plus de 5 heures, et elle venait tout juste de finir de dîner quand elle entendit un bruit de moteur. Après avoir regardé par la fenêtre pour s'assurer que c'était bien le pick-up de Flint qui débouchait du sentier, elle ouvrit grand la porte et sortit pour l'attendre sous le porche.

— Bonjour, cow-boy, dit-elle quand il descendit.

Un lent sourire étira ses lèvres.

— Et bonjour à toi.

Il attrapa sa boîte à outils rouge sur le plateau de son pick-up.

— Est-ce que tu as passé une bonne journée ? demanda-t-elle.

— Une très bonne journée, oui. Et toi ?

Il se pencha et posa la boîte à outils par terre, à côté de la portion du porche où il n'avait pas encore posé le plancher. Quand il se redressa, elle crut entendre un gémissement sourd monter de ses lèvres. Il toussota, et son sourire s'élargit.

— Tu as l'air bien reposée.

— Il est plus agréable de dormir dans un lit que sur un plancher couvert de foin, dans la chaleur étouffante d'une grange. Est-ce que tu veux que je te prépare une tasse de café ?

— Je ne dirais pas non, mais tu ne dois pas te sentir obligée de me servir.

— Ce n'est qu'une tasse de café, répliqua-t-elle d'un ton taquin. Pas un repas à cinq plats.

— Je n'aime pas les repas à cinq plats… La viande et les pommes de terre se font attendre trop longtemps.

Elle éclata de rire.

— Je te porte ton café tout de suite.

Quand elle ressortit du chalet avec sa tasse, quelques minutes plus tard, elle fut heureuse de voir qu'il avait installé la chaise longue. Quand il lui prit la tasse des mains, leurs doigts se frôlèrent, et son cœur s'emballa. Bon sang, qu'est-ce qui lui arrivait ?

Elle s'installa sur la chaise longue et remarqua :

— J'espérais avoir des nouvelles de ma voiture aujourd'hui, mais le garage n'a pas appelé.

Il but une gorgée de café avant de répondre :

— Larry m'a prévenu qu'il avait quelques voitures à réparer avant de pouvoir s'occuper de la tienne. Je suis sûr que tu auras de ses nouvelles lundi.

Il prit une deuxième gorgée de café et posa sa tasse dans l'herbe.

— Je ne voudrais surtout pas abuser de ta gentillesse, dit-elle.

Une fois encore, un lent sourire incurva ses lèvres.

— Est-ce que tu as l'air de me déranger ?

— Non, c'est vrai.

Pourquoi suffisait-il qu'il lui sourie pour qu'une pointe de chaleur la transperce ? Elle avait pensé qu'après ce qui lui était arrivé plus aucun homme n'éveillerait ce genre de sensation en elle.

— Mais dès que ma voiture sera prête, reprit-elle, je te promets de ne plus être dans tes jambes.

— Comme tu veux.

Il apporta plusieurs planches à côté du porche et commença à les mettre en place.

— Est-ce que Maddy est ton vrai prénom ? demanda-t-il.

— Non, c'est un diminutif. Mon prénom complet est Madison, répondit-elle.

— Madison ? C'est joli. Pourquoi est-ce que tout le monde t'appelle Maddy ?

Effectivement, tout le monde utilisait son diminutif. Pourtant, elle pensait toujours à elle-même comme étant Madison… et elle aimait vraiment beaucoup la façon dont Flint prononçait son prénom.

— Je ne sais pas. Sans doute parce que mon père m'a toujours appelée Maddy. C'est sous ce nom qu'on me connaît.

— Si cela ne te dérange pas, j'aimerais t'appeler Madison.

Une douce chaleur se répandit en elle, et elle lui sourit.

— Au contraire, ça me ferait plaisir.

Il prit son marteau et des clous et se mit au travail. Elle le regardait depuis à peine dix minutes quand elle fut prise de nausée. Oh non, pas encore ! Elle essaya de l'ignorer, puis de la faire passer en respirant par le ventre, mais ses efforts restèrent vains.

Elle se leva d'un bond, rentra en courant et arriva à la salle de bains juste à temps. Elle vomit trois fois avant que ses nausées passent. Comme elles ne revenaient pas, elle se rinça la bouche et se brossa les dents avant de ressortir de la salle de bains.

Cette fois encore, Flint l'attendait de l'autre côté de la porte. Dans son visage tendu par une détermination sombre, son regard était troublé par l'inquiétude.

— Madison, il faut que tu voies un médecin, dit-il. Tu es malade, c'est évident.

— Je vais bien, répondit-elle.

Elle passa devant lui pour retourner dans le séjour, mais il la suivit en répliquant d'un ton ferme :

— Non, c'est faux. Quelque chose ne va pas. Tu dois voir un médecin.

— Je t'assure que non, Flint. Tout va bien.

Elle aurait tout donné pour qu'il n'insiste pas ainsi.

— Si tu ne veux pas aller à Bitterroot pour consulter, je pourrais demander au Dr Washington de venir t'examiner ici.

— S'il te plaît, Flint, laisse tomber.

Elle se retourna et s'éloigna de lui, gagnée par le désespoir.

— Je ne peux pas laisser tomber, répliqua-t-il. Madison, cela fait deux soirs d'affilée que tu vomis. Je vois bien que tu es malade. Et pour le moment tu es sous ma responsabilité.

Elle fit volte-face pour le regarder dans les yeux.

— Je ne suis pas malade…, bredouilla-t-elle. Je suis… je suis enceinte.

Et elle s'effondra sur le canapé et fondit en larmes.

3

— Enceinte ?

Flint dévisageait Madison, abasourdi. Il s'était attendu à tout, sauf à cette réponse.

— Ne pleure pas, ajouta-t-il.

Mais elle sanglotait toujours. Consterné, il regarda les larmes rouler sur ses joues.

— S'il te plaît, Madison… ne pleure pas.

Bon sang, il ne savait pas comment se comporter avec une femme en pleurs… et encore moins avec une femme en pleurs *et* enceinte.

— Je… je… je ne peux pas m'en empêcher. Je ne vou… voulais pas qu'on le sache, répondit-elle.

Il fourra les mains dans ses poches et s'approcha du canapé tout en jouant avec ses clés de voiture.

— Qu'est-ce qu'il faut que je fasse pour que tu arrêtes de pleurer ? Si je te chante une chanson, est-ce que tu arrêteras ? Je te préviens, je chante horriblement mal. Mac dit toujours que si les médecins m'avaient tordu les cordes vocales à la naissance je produirais peut-être des sons qui ne ressembleraient pas aux coassements d'une grenouille.

Madison laissa échapper un petit rire, comme il l'avait escompté. Il s'assit sur le canapé, à côté d'elle. Elle cessa enfin de pleurer et essuya ses joues humides de larmes.

— Je ne le dirai à personne, Madison, reprit-il. Avec

moi, ton secret est bien gardé. Personne ne saura rien, je te le promets.

Il hésita un instant avant de poursuivre :

— Et… qui est le père ? Est-ce qu'il ne peut pas t'aider ?

Elle laissa retomber les mains sur ses genoux.

— Il n'y a pas de père.

Elle regardait droit devant elle.

— Madison, il y a forcément un père, dit-il doucement.

— Pas dans ce cas.

Elle se tourna vers lui et le regarda droit dans les yeux en relevant légèrement le menton, dans une attitude teintée de défi.

— Il s'agit donc d'une immaculée conception, répondit-il. Cela faisait un moment qu'il n'y en avait pas eu.

Ses joues se teintèrent de rose vif.

— D'accord. Il y a bien eu un géniteur, mais il ne fera jamais partie de ma vie, et encore moins de celle de ce bébé.

Ses yeux s'emplirent à nouveau de larmes.

— Est-ce que c'est pour cela que tu veux quitter la ville ?

— C'est l'une des raisons, oui, mais ce n'est pas la seule.

Il lui suffit de regarder ses yeux pour comprendre qu'elle n'allait lui confier aucune de ces raisons.

— Madison, il faudrait quand même que tu voies un médecin. Tu vomis tous les soirs.

— Ce sont des nausées matinales, Flint. Chez moi elles surviennent le soir, c'est tout. Elles devraient passer bientôt.

Il la dévisagea avec inquiétude.

— Je pensais que les nausées matinales ne survenaient que le matin.

Le parfum de fleurs sauvages qu'elle exhalait menaçait de détourner ses pensées, mais cette conversation était bien trop importante pour qu'il se laisse distraire.

— Les nausées matinales peuvent se produire à n'importe quelle heure de la journée.

— Est-ce que c'est un médecin qui te l'a dit ?

Ses joues rosirent de nouveau, et elle détourna le regard avant de répondre :

— Je n'ai pas vu de médecin.

— En ce cas, comment peux-tu en être sûre ?

Il ne voulait pas fouiner dans sa vie privée, seulement s'assurer qu'elle n'avait vraiment aucun problème de santé.

— Je suis allée à la bibliothèque et j'ai lu tout ce que j'ai pu trouver sur le sujet.

Son regard chercha de nouveau le sien.

— Je vais bien, Flint, reprit-elle. Je te promets qu'il n'y a aucune raison de t'inquiéter. D'ailleurs, ce n'est pas à toi de t'inquiéter pour moi.

— Mais tu devrais quand même voir un médecin, tu ne penses pas ? insista-t-il.

Même si elle lui disait de ne pas s'inquiéter pour elle, il ne pouvait pas s'en empêcher.

— Pas dans cette ville. Mais j'en verrai un dès que je serai installée… là où je vais. Et maintenant, je suis sûre que tu as hâte de retourner travailler sur le porche avant le coucher du soleil.

L'allusion était nette : elle voulait couper court à cette conversation. Il se leva à contrecœur.

— Si tu as besoin de quelque chose en particulier, que ce soit au supermarché ou à la pharmacie, tu me le diras ?

Elle le gratifia de l'un de ces sourires solaires qu'il voyait parfois sur son visage des mois plus tôt, quand il passait à sa caisse.

— Tu es quelqu'un de très gentil, Flint McCay.

Il sentit ses joues s'enflammer.

— Merci. Si tu as besoin de quelque chose, je serai dehors, juste à côté de la porte.

Une fois à l'extérieur, il fit le tour du chalet pour aller chercher son échelle, dans le garage. Son cerveau essayait encore de se remettre du choc qu'il avait subi quand elle lui avait dévoilé son secret.

Enceinte…

Pour se retrouver dans cette situation, elle était forcément sortie avec un homme. Peut-être qu'il avait mal réagi à l'annonce de sa grossesse… Mais non, ça ne collait pas : puisqu'elle voulait que personne ne sache qu'elle attendait un bébé, elle n'avait forcément rien dit au futur père.

Même quand il se fut mis à travailler sur le toit du porche, son esprit continua à examiner différents scénarios. Peut-être qu'elle s'était disputée avec son amant et que, sur un coup de tête, elle avait décidé de faire ses bagages et de partir. Était-ce tout ce dont il s'agissait ? D'une querelle d'amoureux qui avait pris des proportions démesurées ? Mais il se rappela la terreur qu'il avait lue dans ses yeux et écarta cette possibilité : ça ne collait pas.

Cependant, il était convaincu que cet homme avait le droit de savoir qu'il allait être père. Pour sa part, il n'aurait certainement pas voulu qu'une femme tombe enceinte de lui et ne l'en informe pas. Après tout, un père avait autant de droits qu'une mère, sauf si… Il fronça les sourcils. Sauf si le père était un homme violent. C'était peut-être le cas de celui du bébé de Madison.

Quoi qu'il en soit, elle pouvait toujours changer d'avis d'ici que sa voiture soit réparée. Peut-être qu'elle déciderait de ne pas quitter la ville, qu'elle se réconcilierait avec son petit ami et que tous deux élèveraient leur bébé ensemble.

Flint, pour sa part, n'avait jamais connu son père. Sa mère ne savait même pas de qui il s'agissait. Il s'était souvent demandé si son enfance aurait été aussi malheureuse si son père avait été présent.

Bien sûr, les choix que faisait Madison ne regardaient qu'elle. Cependant, il n'aimait pas savoir qu'elle allait se retrouver seule, dans un endroit inconnu, alors qu'elle était enceinte. Il pouvait peut-être la convaincre de retourner dans sa caravane au lieu de quitter Bitterroot. Elle avait sûrement des amis qui pourraient l'aider. D'ailleurs, elle pouvait même voir en lui un ami supplémentaire, prêt à faire tout son possible pour la soutenir.

Il travailla jusqu'à ce que le soleil lance ses derniers rayons, rangea ses outils et son échelle, alla frapper à la porte et attendit qu'elle l'invite à entrer.

— Un café ? proposa-t-elle.

Dans son regard, il lut comme un frémissement, une sorte de désespoir diffus.

— Volontiers.

Tout comme la veille, il se lava les mains dans l'évier et s'assit à la table pendant qu'elle préparait son café. Quand elle posa la tasse avant de s'installer face à lui, il demanda :

— Est-ce que tu te sens mieux maintenant ?

— Beaucoup mieux, oui. Mes nausées ne durent que quelques minutes. Une fois qu'elles sont passées, je suis tranquille jusqu'au lendemain.

Il prit une gorgée du breuvage bien chaud en essayant de ne pas remarquer combien elle était jolie. Elle portait un T-shirt bleu qui rehaussait la couleur de ses yeux, et un jean qui moulait son corps encore mince.

Elle était vraiment agréable à regarder, mais cela n'avait aucune importance. Pas plus que la chaleur diffuse qui gagnait tout son corps quand il était auprès d'elle. Il ne cherchait pas de femme avec laquelle partager sa vie. Cependant, sa situation l'inquiétait sincèrement. Il voulait trouver un moyen de l'aider mais sans trop savoir comment s'y prendre, d'autant qu'elle refusait de lui avouer ce qui se passait réellement.

La gêne le gagna, comme toujours quand il était en présence d'une femme séduisante. Il prit une autre gorgée de café et baissa les yeux vers sa tasse en se demandant comment l'amener à divulguer plus de renseignements sur le père de son bébé.

— Parle-moi un peu de toi, Flint, dit-elle soudain. Je sais que tu étais l'un des garçons perdus de Cass Holiday, mais j'aimerais savoir comment tu t'es retrouvé dans cette situation.

Tout le monde en ville connaissait l'histoire des « garçons perdus » du ranch Holiday. Quand le mari de Big Cass était mort, tous les employés du ranch s'en étaient allés, la jugeant dépourvue de la force et de l'intelligence nécessaires pour diriger la grande propriété.

Avec l'aide d'un travailleur social d'Oklahoma City, Cass avait donc engagé de jeunes garçons qui s'étaient enfuis de chez eux et qui, pour une raison ou une autre, ne pouvaient ou ne voulaient pas y retourner. Flint avait été l'un de ces jeunes fugueurs.

— Mais peut-être que tu ne veux pas en parler, se hâta-t-elle d'ajouter. Je ne veux surtout pas être indiscrète.

— Non, ça ne me dérange pas.

S'il partageait un pan de son passé avec elle, peut-être qu'il gagnerait suffisamment sa confiance pour qu'elle lui en dévoile plus sur le sien.

Il prit une grande inspiration et reposa les yeux sur sa tasse de café en partant à la rencontre des vieux souvenirs douloureux. Il pensait rarement à son enfance. Il s'était toujours dit que sa vie avait réellement débuté le jour où il était arrivé sur le ranch Holiday.

— Aussi loin que je me souvienne, commença-t-il, ma mère a toujours été une droguée. J'ai des souvenirs de transactions dans des ruelles, d'hommes effrayants qui entraient dans nos vies pour en ressortir aussitôt et de déménagements perpétuels qui nous emmenaient d'un taudis à un autre.

Maintenant, il était tout entier plongé dans ses souvenirs.

— Au début, je pense que ma mère prenait de la meth. Elle planait pendant des jours. Je me souviens de ce jour où je lui ai dit que j'avais faim… elle m'a pris dans ses bras, s'est mise à danser dans la pièce et m'a répondu que nous n'avions pas besoin de manger, parce que nous pouvions ne vivre que de paix et de bonheur. Mais bien sûr, il arrive qu'un petit garçon ait besoin de vraie nourriture.

— Oh ! Flint. Je suis tellement désolée.

Il leva les yeux vers son visage et vit son regard empli de douceur et de compassion.

— Est-ce que c'est ce qui t'a décidé à t'enfuir ?

— Non. À l'époque, j'étais trop petit pour penser à m'enfuir. Mais, quand elle est passée de la meth à l'héroïne, les choses ont vraiment empiré.

Il regarda par-dessus l'épaule de Madison et poursuivit :

— Je la retrouvais effondrée sur le sol de la salle de bains ou dans sa voiture, avec une seringue encore plantée dans le bras. Je l'ai suppliée d'arrêter, de se faire aider, mais elle m'a répondu qu'elle aimait trop se droguer pour arrêter. Alors, je me suis occupé d'elle du mieux que j'ai pu. Quand la drogue la rendait malade, je nettoyais ses vomissures. Quand elle pétait les plombs et se mettait à transpirer, j'épongeais son visage. Et chaque jour je priais pour qu'elle ne meure pas.

Les souvenirs, qu'il avait refoulés pendant très longtemps, se succédaient maintenant dans son esprit tels des cauchemars lointains. Quand il était enfant, il était rarement propre et toujours affamé. Sa mère l'emmenait faire la manche avec elle pour susciter la pitié des passants. Jamais il ne s'était senti aimé par elle.

Il reposa les yeux sur Madison.

— J'aimais ma mère, mais j'ai appris très tôt qu'elle ne pouvait pas m'aimer en retour. Je savais aussi qu'elle était en train de mourir sous mes yeux. Quand j'ai eu treize ans, j'ai fini par comprendre que je ne pouvais rien faire pour elle. Comme je ne voulais pas la regarder mourir à petit feu, je suis parti.

Jamais il n'avait aligné autant de mots d'un seul trait, et il était surpris par le mélange d'émotions qui comprimaient sa poitrine. Le chagrin le disputait à la culpabilité qu'il avait choisi d'endurer quand il s'était enfui pour assurer son propre salut au lieu de rester auprès de sa mère.

Il avait passé des jours et des jours dans la rue, mais cela ne faisait pas grande différence. Quand sa mère et lui avaient un toit au-dessus de la tête, il s'agissait généralement d'un squat où d'autres drogués venaient se shooter. Il avait vu sa mère s'y faire battre et violer, et sa bouche était en permanence emplie du goût métallique de la peur.

Quand Madison posa une main sur la sienne, il fut arraché à ces souvenirs effrayants.

— Désolé, dit-il tristement. Tu ne voulais sans doute pas que je t'en dise autant.

Pour tout dire, il venait de partager avec elle des détails qu'il n'avait jamais confiés à personne.

— Je suis tellement triste que tu aies dû endurer tout ça.

Elle retira sa main de la sienne, et il éprouva aussitôt une inexplicable sensation de perte. Il avait aimé le contact de sa paume. Pendant un bref instant, il avait senti un lien étrange s'établir entre elle et lui.

— Et toi ? Quelle est ton histoire ? demanda-t-il.

Elle bougea sur la chaise.

— Même si mon enfance n'a pas été aussi atroce que la tienne, nous avons beaucoup en commun. Ma mère est morte d'un cancer du sein alors que j'avais huit ans. Quant à mon père, c'était un alcoolique invétéré. Je sais qu'après le décès de ma mère il aurait voulu quitter Bitterroot et refaire sa vie ailleurs, seul. Malheureusement, j'étais là, tel un boulet qu'il traînait derrière lui. Et jamais il ne m'a permis d'oublier que c'était à cause de moi qu'il était coincé à Bitterroot.

Ses jolis yeux s'assombrirent.

— Quand j'étais petite, il essayait au moins de boire en cachette. Mais, quand j'ai eu une douzaine d'années, il n'a même plus cherché à se cacher. Je le retrouvais ivre mort n'importe où dans la maison et je le nettoyais avant de le mettre au lit. Les pires soirées étaient celles où il sortait pour aller au Watering Hole. Le matin, quand je me réveillais, je priais pour qu'il soit rentré à la maison et non mort quelque part dans un fossé. D'ailleurs, je ne sais même pas pourquoi je me souciais de lui. Il ne m'a jamais dit un mot gentil. Je n'ai jamais ressenti aucun amour de sa part, seulement du mépris et de la rancune.

Il fut surpris d'avoir autant envie de la toucher pour essayer d'effacer de ses yeux et de ses souvenirs la noirceur de son enfance. Avant qu'il ait pu esquisser le moindre geste, elle laissa échapper un petit rire.

— Et tu ne voulais sans doute pas que je t'en dise autant, moi non plus, conclut-elle.

— Au contraire, assura-t-il. Je suis seulement triste, moi aussi, que tu aies dû vivre cela. Est-ce que ton père est toujours dans le coin ?

Elle secoua la tête.

— Mon Dieu, non ! Le matin de mon dix-huitième anniversaire, il a jeté ses effets personnels dans son camion, m'a dit de me débrouiller et a démarré. Je ne l'ai jamais revu, n'ai jamais eu de ses nouvelles non plus.

Son instinct lui souffla que le moment était mal choisi pour essayer d'obtenir d'elle plus de détails sur sa grossesse ou la faire revenir sur sa décision de quitter la ville.

— Et, depuis ce jour-là, tu es donc seule ? demanda-t-il.

Elle acquiesça.

— J'ai trouvé ce travail au supermarché et je me suis

construite seule. Il m'est souvent arrivé de ne manger que des *ramen* quand l'argent venait à manquer, mais j'ai survécu au départ de mon père.

— Tu étais tellement jeune… Il t'a fallu beaucoup de courage, commenta-t-il.

— Il t'en a sans doute fallu beaucoup aussi pour t'enfuir alors que tu n'avais que treize ans, répondit-elle.

Elle le dévisagea, si longuement qu'il finit par détourner les yeux. Il serait volontiers resté assis à cette table pour continuer à discuter avec elle, et cette pensée était déstabilisante. Et d'ailleurs, il se faisait tard.

— J'ai passé un moment très agréable, mais je dois partir, maintenant.

Il finit son café et porta la tasse dans l'évier. Elle se leva et le raccompagna jusqu'à la porte.

— Merci, Flint.

Il la regarda, surpris.

— De quoi ?

— D'être entré et d'avoir passé un peu de temps avec moi. J'aime bien parler avec toi.

— Moi aussi, j'aime parler avec toi, répondit-il.

Il fut étonné de se rendre compte qu'il ne disait que la vérité. Il était plutôt facile de parler à Madison. En fait, il était encore vaguement surpris de lui en avoir autant dit sur son enfance.

Après qu'ils s'étaient souhaité bonne nuit, Flint remonta dans son camion pour retourner au ranch. Ainsi, Madison aimait discuter avec lui… C'était la première fois qu'il entendait ces mots de la bouche d'une femme, et ils l'emplissaient d'une chaleur inattendue.

Soudain, il fut impatient d'être au lendemain soir, pour la retrouver et parler avec elle.

Le lundi, Flint se rendit en ville en début d'après-midi. Cookie l'avait chargé de faire quelques courses, et il en profiterait pour aller chercher le chapeau neuf que Mac avait commandé à la boutique de fournitures pour cow-boys.

La veille, il était arrivé au chalet de bonne heure et avait fini de poser le toit du porche. Il lui restait encore à le recouvrir de papier goudronné et de bardeaux, mais le plus gros était fait.

Malheureusement, il avait présumé de ses forces. Quand il avait reposé ses outils, son dos hurlait de douleur. Mais il avait quand même passé un peu plus d'une heure dans le chalet avec Madison.

Cette fois encore, il n'avait pu se résoudre à orienter la conversation sur sa grossesse et sur son choix de fuir la ville. Alors, ils s'étaient bornés à parler de leur travail. Il avait évoqué des souvenirs amusants de sa jeunesse en compagnie de ses collègues et amis cow-boys, et Madison avait raconté quelques anecdotes datant de l'époque où elle travaillait comme caissière au supermarché.

Cette heure était passée bien trop vite mais, au moins, il avait momentanément oublié sa douleur. Il prenait tellement de plaisir à rire avec elle qu'il n'avait pas voulu devenir sérieux, de peur de faire disparaître l'étincelle qui brillait dans ses beaux yeux.

Il se gara et entra dans la boutique de fournitures pour cow-boys. De part et d'autre des portants couverts de vêtements, des bottes étaient exposées sur l'un des murs du local, et des chapeaux de toutes les formes et de toutes les couleurs sur un autre.

Russ Paxton, le propriétaire de la boutique, l'accueillit chaleureusement.

— Salut, Flint, lança-t-il avec un grand sourire.

— Comment ça va, Russ ?

— Les affaires tournent un peu au ralenti, répondit

le commerçant en lui serrant la main. Et toi ? Est-ce que tu n'aurais pas besoin d'une paire de bottes neuves ? Et ton chapeau m'a l'air un peu usé. Tu ne penses pas que tu devrais en changer ?

Flint éclata de rire.

— Non, merci, Russ. Ça ira pour le moment. Je suis seulement venu chercher le chapeau que tu as commandé pour Mac. Il m'a dit que tu avais appelé l'autre jour pour le prévenir que tu l'avais reçu.

— Parfaitement. Je vais aller le chercher.

Russ se détourna et disparut derrière une porte masquée par un rideau.

La cloche accrochée au-dessus de la porte tinta, et Flint se retourna. Brad Ainsworth, Jim Browbeck et Zeke Osmond entrèrent dans la boutique. Flint adressa un signe de la tête amical à Brad et à Jim, mais s'abstint de saluer Zeke.

Difficile de trouver un trio plus disparate que celui que formaient ces hommes. Brad était le fils du maire et nourrissait lui-même quelques ambitions politiques. Jim, dont le père était chef du corps de pompiers volontaires, était très apprécié en ville. Quant à Zeke, qui était l'un des cow-boys qui travaillaient pour Raymond Humes, dont la propriété jouxtait le ranch Holiday, c'était un petit voyou. D'ailleurs, les hommes de Humes et ceux de Holiday se détestaient cordialement.

— Salut, Flint, dit Jim. Nous distribuons des prospectus pour annoncer la grande vente de gâteaux qui se tiendra le week-end prochain à la salle des fêtes.

— Tous les bénéfices seront reversés au corps des pompiers, précisa Brad. Tout le monde sait que la ville a besoin d'un autre camion, et nous espérons rassembler assez d'argent pour en acheter un.

Flint se tourna vers Zeke, un homme mince aux cheveux bruns dont les traits évoquaient ceux d'une fouine.

— Je n'aurais jamais cru que tu sois du genre charitable, Zeke, lui dit-il.

— Le chef Bowie a pensé que je pourrais aider à distribuer ces prospectus, répondit Zeke en fuyant son regard.

Flint se demanda ce que l'homme avait bien pu faire pour que Dillon lui attribue ce qui avait tout d'un travail d'intérêt général.

— Quoi qu'il en soit, nous essayons de faire de la publicité pour l'événement, dit Brad.

Russ ressortit de l'arrière-boutique, un carton à chapeau à la main.

— Le voilà, annonça-t-il.

Il salua les nouveaux venus, qui lui remirent une douzaine de prospectus à distribuer aux clients avant de ressortir de la boutique.

— Puisque Mac a déjà payé, tu peux partir... À moins que tu ne veuilles remplacer le chapeau marron plein de poussière que tu as sur la tête, ajouta Russ, une étincelle dans les yeux.

Flint éclata de rire.

— Tu es un bon vendeur, Russ, mais vraiment, celui-ci me suffit pour le moment.

Il déposa le carton à chapeau dans son camion et verrouilla les portières avant de se diriger vers le supermarché pour acheter les provisions dont Cookie avait besoin.

Tout en marchant, il toucha le rebord de son chapeau, un peu gêné. Il aurait pu en acheter un neuf, mais à quoi lui aurait-il servi ? Bientôt, il ne serait plus un cow-boy.

À cette pensée, une pointe de douleur lui transperça la poitrine. S'il n'était plus un cow-boy, que serait-il ? Qui serait-il ? Il devrait le découvrir tôt ou tard, mais il choisit d'ignorer cette pensée troublante pour le moment.

Après avoir acheté le terrain et les matériaux nécessaires à la construction de son chalet, il lui restait encore assez d'économies pour vivre pendant environ un an sans faire grand-chose. Mais il ne se voyait pas rester terré dans le chalet pendant un an sans rien faire de productif.

Il lui fallut environ trois quarts d'heure pour terminer ses courses. Quand il passa à la caisse, qui était tenue par Sherry Nielson, une agréable femme d'un certain âge, son esprit s'emplit aussitôt de pensées de Madison.

Elle lui plaisait. Elle lui plaisait même beaucoup. C'était étonnant. Mais ce qui l'était encore plus, c'était la force de l'attraction physique qu'elle exerçait sur lui bien qu'il sache qu'elle était enceinte.

Il voulait l'aider, mais comment ? La plupart du temps, elle était vive et gaie ; mais, par moments, ses yeux s'emplissaient d'ombres qui racontaient une histoire tragique.

Il n'avait jamais voulu qu'une femme lui confie ses secrets et pourtant il voulait qu'elle lui raconte cette histoire. Pourquoi ? Qu'est-ce qui différenciait Madison des autres femmes ?

Il ignorait la réponse à cette question et, de toute façon, cela n'avait aucune importance. Dans deux jours maintenant, sa voiture serait réparée, et elle partirait.

Une fois de retour sur le ranch, il contourna le motel des cow-boys pour se garer devant la porte qui donnait dans les cuisines.

Cookie devait l'avoir entendu arriver, parce qu'il l'attendait à l'entrée. Avec ses cheveux noirs coupés en brosse, sa bouche au pli sévère et ses bras et épaules puissamment musclés, il ressemblait plus à un garde du corps qu'à un homme passionné par la cuisine.

Cookie travaillait déjà sur le ranch quand Flint y était arrivé, et c'était lui qui l'avait nourri pendant des années. Pourtant, Flint n'en savait guère plus à son sujet maintenant que le jour de leur première rencontre.

— Il était temps, dit Cookie.

— Je n'ai pas trop lambiné, répliqua ironiquement Flint.

— Hum.

Avant de se retourner pour attraper les sacs qu'il avait posés sur le plateau du camion, il crut apercevoir l'esquisse d'un sourire sur le visage sévère du cuisinier. À chaque fois que l'un des cow-boys allait faire les courses pour Cookie, l'homme l'accusait de lambiner et de revenir trop tard.

Une fois les provisions déchargées, Flint se dirigea vers l'écurie pour accomplir sa tâche du jour : lustrer les selles et huiler tous les équipements en cuir. Dieu merci, c'était un travail facile qui ne solliciterait ni son dos ni ses genoux.

D'ailleurs, ces derniers temps, les tâches qui lui revenaient étaient les moins pénibles. Il se demanda si Sawyer savait à quel point il souffrait, ou s'il ne s'agissait que d'une espèce de coïncidence.

Quelques minutes plus tard, il était dans la sellerie. Les odeurs familières et réconfortantes du foin, des chevaux et du cuir l'enveloppèrent.

Big Cass avait été une patronne intransigeante. Dès le début, elle avait exigé des garçons qu'ils travaillent dur et qu'ils retirent de la fierté de ce qu'ils accomplissaient. Il pouvait lui arriver d'être stricte, mais elle avait donné à ses « garçons » une estime d'eux-mêmes qui leur manquait à tous. Elle avait aussi apporté de la stabilité dans leurs vies, une stabilité qui leur avait permis de grandir et de développer tout leur potentiel.

Mais elle pouvait aussi se montrer très affectueuse. Elle était devenue leur figure maternelle, et tous les hommes avaient sincèrement pleuré sa mort.

Il ne savait pas trop pourquoi il pensait à elle maintenant. Peut-être parce qu'il avait commencé à faire son deuil de cet endroit, qui avait été son foyer pendant tellement d'années.

Il travaillait depuis une quinzaine de minutes quand Mac entra.

— Hé, comment ça va ? demanda-t-il.

Flint essuya ses mains graisseuses sur un chiffon et s'appuya contre l'établi.

— Ça va. Ton chapeau neuf est dans ma chambre. Va le chercher quand tu voudras.

— Merci. C'est gentil d'être passé le chercher pour moi.

— De rien. Il fallait que j'aille en ville de toute façon. Cookie m'avait chargé de faire des courses.

— Comment vont les choses au chalet ? On dirait que tu y passes plus de temps que d'habitude, depuis quelques jours.

Flint sentit ses joues s'enflammer et espéra que Mac ne s'apercevrait de rien.

— J'ai fini le porche et je suis en train de poser les bardeaux.

— C'est super, répondit Mac. Quand tu en auras fini, peut-être que tu recommenceras à passer les soirées avec nous dans la salle de repos.

— Pourquoi ? Je vous manque ? demanda-t-il à son ami avec un grand sourire.

— Certainement pas à moi, en tout cas, dit Mac en lui retournant son sourire.

Mais il reprit aussitôt son sérieux. Un petit pli se creusa sur son front.

— Est-ce que tout va bien, Flint ?

Il se crispa.

— Bien sûr, que tout va bien. Pourquoi cette question ?

Mac haussa les épaules.

— Tu as seulement l'air un peu distant, depuis une quinzaine de jours.

— Distant ? Ce n'est pas volontaire. Je réfléchis seulement beaucoup au travail qu'il me reste à faire au chalet.

Les mots étaient faciles à prononcer, mais ils ne reflétaient pas l'entière vérité.

Mac le dévisagea pendant une longue minute avant de répondre :

— Si tu avais un problème, tu me le dirais, n'est-ce pas ? Tu sais que tu peux toujours tout me dire, pas vrai ?

Flint éclata de rire et tapa son ami dans le dos.

— Je sais, Mac. Mais je t'assure, je n'ai rien à te dire parce que tout va bien. Dis-moi… qu'est-ce que tu fais ici ?

— Je vais commencer à nettoyer les stalles.

— Ah, donc tu te retrouves avec l'un des boulots les plus amusants de la journée.

— C'est ça. J'ai toujours adoré pelleter du crottin. Je pense que je ferais mieux de m'y mettre tout de suite.

Quelques minutes plus tard, quand il fut de nouveau seul, Flint repensa aux paroles de Mac. Même avant que Madison soit dans son chalet, il avait effectivement pris ses distances avec ses collègues. C'était nécessaire parce que, tôt ou tard - et plutôt tôt que tard –, il allait quitter le ranch Holiday et ces hommes qui avaient représenté une constante dans sa vie depuis qu'il avait treize ans.

Oh ! il savait bien que, quand il partirait, les autres promettraient de garder le contact - et tiendraient parole, pendant peut-être deux mois. Mais il savait aussi qu'il finirait par se retrouver seul dans son chalet, avec sa douleur pour toute compagne.

Même si les douze hommes qui avaient grandi sur ce ranch formaient un groupe soudé, l'amitié que Flint avait nouée avec Mac et Jerod au fil des années était plus profonde. Plus que tout, c'était la compagnie de ses deux amis qui lui manquerait.

Il se sentit gagné par un soupçon de déprime, qu'il chassa. Il aurait tout le temps de s'y abandonner plus tard. Pour le moment, il était toujours cow-boy et travaillait encore sur le ranch Holiday.

Et aujourd'hui, Larry Wright allait sans doute appeler

Madison pour lui dire que sa voiture était réparée, et il était possible qu'elle parte dès le lendemain. Il fut surpris de constater que la perspective de son départ ravivait sa déprime.

Quand elle l'accueillait à la porte avec son joli sourire, il était empli d'une sensation indéfinissable, étrangement agréable. Il en était arrivé à attendre avec impatience les moments qu'ils passaient ensemble tous les soirs.

Il continuait aussi à s'inquiéter pour elle, et pas seulement parce qu'il savait maintenant qu'elle était enceinte et seule au monde. Il soupçonnait qu'elle avait été victime de quelque événement terrible et violent, et la seule pensée qu'un homme puisse user de violence sur une femme l'emplissait de fureur.

Est-ce que son petit ami était violent ? L'avait-il frappée ? Était-ce à cause de lui qu'elle était terrorisée, au point de ne plus penser à rien, sinon à quitter la ville ? Si c'était le cas, Flint voulait vraiment connaître le nom de cet homme. Mais Madison refusait toujours de dire quoi que ce soit.

Il ne s'attarda pas sur la façon dont son humeur s'améliora, quelques heures plus tard, quand il quitta le ranch pour prendre la route du chalet. Il se gara devant et fut étonné que Madison n'ouvre pas aussitôt la porte.

Peut-être que sa voiture avait été réparée et qu'elle était déjà partie… sans même lui dire au revoir. Il ravala sa déception. Si elle s'en était allée, il ne pouvait qu'espérer qu'elle trouverait sécurité et bonheur, où qu'elle aille. Mais, même s'il n'avait pas passé beaucoup de temps avec elle, il fut étonné de se rendre compte qu'elle allait vraiment lui manquer.

Quand il ouvrit la porte, il entendit des sanglots qui provenaient de la chambre. Que s'était-il passé ? Est-ce que quelqu'un l'avait trouvée ici ? Son cœur s'écrasa contre ses côtes, et il s'élança vers la chambre.

4

— Madison, qu'est-ce qui se passe ? Est-ce que quelqu'un est venu ?

La voix chaude de Flint transperça les sanglots de Madison. Elle ne savait pas depuis combien de temps elle pleurait. Elle savait seulement que ses larmes avaient commencé à couler quand elle avait raccroché après le coup de fil du garagiste, Larry Wright.

Il s'assit sur le bord du lit.

— Madison, s'il te plaît, dis-moi ce qui ne va pas, reprit-il d'une voix pressante, vibrante d'inquiétude.

Elle s'assit et prit plusieurs grandes inspirations dans l'espoir de faire cesser ses larmes. Ensuite, elle essuya ses joues humides et leva vers lui un regard accablé.

— Larry m'a appelée pour me dire qu'il fallait que je fasse changer le m… le moteur de ma voiture… et je n'ai pas assez d'ar… d'argent.

Ses larmes jaillirent de nouveau, lui brouillant la vision.

Jamais elle ne pourrait rassembler une somme suffisante pour faire réparer sa voiture, et il était hors de question qu'elle retourne vivre dans sa caravane. Elle ne pouvait pas non plus continuer à profiter de la gentillesse de Flint… Alors, qu'allait-elle faire ? Tout ce qu'elle ressentait pour le moment, c'était un désespoir sans fond.

— Madison, je peux te prêter l'argent dont tu as besoin pour les réparations, déclara Flint.

C'était une proposition tellement généreuse qu'elle se remit à pleurer de plus belle. Mais il était hors de question qu'elle accepte son offre. Elle refusait même d'y réfléchir. Il en avait déjà fait plus qu'assez pour elle.

— Madison, il faut que tu arrêtes de pleurer. Ce n'est pas bon pour toi.

— Je refuse de prendre ton argent, répondit-elle.

Si elle l'appréciait autant, c'était aussi pour la générosité dont il faisait preuve à son égard, bien qu'elle ne soit virtuellement qu'une étrangère pour lui.

— Ce n'est pas ton problème, Flint, reprit-elle. Je ne suis pas ton problème.

Elle glissa jusqu'au pied du lit et se leva. Il fit de même, et ils retournèrent ensemble dans le séjour. Elle se laissa tomber sur le canapé, épuisée par les larmes qu'elle avait versées.

— Alors, qu'est-ce que tu vas faire ? demanda-t-il.

Mon Dieu, comme elle aurait aimé avoir une réponse !

— Je me débrouillerai. J'aimerais seulement pouvoir rester ici une nuit de plus… et ensuite, je m'en irai.

Elle le gratifia d'un sourire qui se voulait confiant, mais elle était terrifiée. Peut-être que le mieux était qu'elle monte dans un car, à l'extérieur de la ville, et qu'elle y reste jusqu'au terminus. Où qu'elle atterrisse, elle se débrouillerait, parce qu'elle ne pourrait pas faire autrement.

— Bien sûr que tu peux rester encore une nuit, affirma-t-il. Mais en quoi une nuit de plus va-t-elle arranger ta situation ?

Son sourire forcé mourut.

— Je ne sais pas, répondit-elle dans un murmure. Demain matin, j'irai à la gare routière et… et…

— Et quoi ? Tu essayeras de repartir de zéro dans une ville inconnue, sans voiture ?

Il marqua un long silence.

— Tu sais quoi ? reprit-il enfin. J'ai un marché à te proposer.

— Quel genre de marché ? demanda-t-elle en le dévisageant d'un air suspicieux.

— Je te propose de rester ici, de t'occuper du ménage et de me faire à dîner chaque soir, et je te verserai un salaire. Tu auras vite gagné la somme nécessaire pour faire réparer ta voiture.

Elle le dévisagea, sceptique.

— Et je n'aurai rien de plus à faire que le ménage et les repas ?

Est-ce que Flint commençait à lui dévoiler une autre facette de sa personnalité ?

— Rien de plus, je te le jure, confirma-t-il. Même si j'aimerais que tu te confies un peu à moi et que tu me dises qui est le père du bébé, et pourquoi tu n'es pas avec lui.

— Flint, je ne veux vraiment pas parler de ça. Mais, si ton offre est sérieuse, je l'accepte. Aussi longtemps que tu me promets de ne dire à personne que je suis ici.

Pour la première fois depuis le coup de fil du garagiste, une petite lueur d'espoir s'alluma dans sa poitrine. Cela ne faisait pas très longtemps qu'elle connaissait Flint, mais elle lui faisait confiance.

Elle savait aussi qu'il lui avait proposé ce marché par pure bonté d'âme. Le chalet n'avait certainement pas besoin d'un ménage quotidien, et il pouvait continuer à prendre ses repas sur le ranch, avec les autres hommes. Il n'avait nullement besoin de ses services. Il avait seulement trouvé une façon pour qu'elle gagne un peu d'argent tout en conservant sa dignité.

Mais, s'il voulait faire semblant d'avoir besoin d'elle et

la payer pour ses services, elle serait la meilleure femme de ménage et cuisinière qu'il ait jamais connue. Et elle lui serait éternellement reconnaissante.

— Marché conclu, donc, dit-il en tendant la main. Demain, j'irai faire des courses et je dînerai ici, avec toi.

Elle prit sa main et la serra solennellement. Les larmes recommençaient à lui monter aux yeux.

— Merci, Flint.

Il s'éclaircit la voix et reprit :

— Bien. Et maintenant, je vais aller travailler un peu. Je reviens tout à l'heure.

Dès qu'il eut passé la porte, elle fondit de nouveau en larmes. Mais, cette fois, c'étaient des larmes de gratitude pour les puissances qui avaient mis Flint McCay sur sa route. Elle ne voulait même pas penser à ce qui lui serait arrivé si c'était quelqu'un d'autre qui l'avait trouvée dans la grange des Holiday.

Elle n'avait pas la moindre idée du salaire qu'il comptait lui verser, mais elle savait qu'il se montrerait généreux. Des mois s'écouleraient peut-être avant qu'elle ait rassemblé assez d'argent pour faire réparer sa voiture mais, aussi longtemps que personne ne saurait qu'elle était ici, elle serait en sécurité. Et cette impression de sécurité était primordiale pour elle.

Un jour, quand elle serait loin de Bitterroot, installée dans une nouvelle vie, avec un nouveau travail, elle lui enverrait un chèque chaque mois, jusqu'à avoir remboursé sa dette. Mais elle ne pourrait jamais lui rembourser la gentillesse et le soutien qu'il lui avait apportés pendant les heures les plus sombres de son existence.

Quand le moment viendrait de donner naissance à son bébé, elle espérait qu'elle serait en sécurité, dans un lieu où elle pourrait construire un foyer sain et plein d'amour pour eux deux. Elle aimait le bébé qui grandissait en elle et serait pour lui une aussi bonne mère que possible.

Elle marcha jusqu'à la fenêtre et regarda Flint décharger des faisceaux de bardeaux du plateau de son pick-up. Il était tête nue dans le soleil déclinant qui faisait étinceler ses cheveux blonds, un peu ébouriffés mais toujours aussi beaux.

Il posa l'un des faisceaux par terre, et une grimace déforma ses traits. Il s'appuya sur le camion pendant un long moment. Ce n'était pas la première fois qu'elle pensait voir son visage se crisper sous l'effet de la douleur.

S'était-il froissé un muscle ? Il en faisait peut-être trop. Il travaillait sur le ranch pendant toute la journée avant de venir ici pour accomplir un travail encore plus physique. Et si c'était lui qui avait besoin de consulter un médecin ?

Elle se détourna de la fenêtre. Cela ne la regardait pas. Elle vivait dans son chalet, elle allait bientôt cuisiner pour lui, mais il ne l'avait pas invitée à se mêler de sa vie privée.

Cependant, elle ne put empêcher son cœur de se gonfler de joie quand il arrêta de travailler et rentra pour prendre une tasse de café avec elle.

— Je devrais pouvoir terminer le porche de devant demain soir, annonça-t-il en s'asseyant à la table.

— C'est bien.

Elle lui apporta son café et s'assit face à lui.

— Tu pourras te détendre un peu le soir, au lieu de travailler aussi dur.

— Pas vraiment, répondit-il en souriant. Il faut encore que je termine le garage.

— Tu travailles dur, Flint, remarqua-t-elle.

— Je n'aime pas rester inactif, c'est tout. Et maintenant, Madison Taylor, dis-moi : est-ce que tu sais faire la cuisine ?

— Oui. J'ai commencé à cuisiner pour mon père quand j'avais huit ans, juste après le décès de ma mère. Il voulait manger de la vraie viande et des pommes de terre, pas un hot-dog et un hamburger commandés au fast-food du coin.

— Quelle est ta spécialité ?

Elle plissa le front et réfléchit pendant quelques instants.

— Je dirais… sans doute mon steak en sauce, avec une purée de pommes de terre au fromage.

— Hum, ça a l'air bon.

Ses yeux verts diffusaient une chaleur qui l'enveloppa tout entière. Elle commençait à ne plus pouvoir se passer de cette chaleur ni de toutes les attentions dont il l'entourait. En cet instant, alors que les dernières lueurs du jour pénétraient par la fenêtre toute proche, elle se sentait parfaitement à l'aise et en sécurité. Après les trois mois cauchemardesques qu'elle venait de traverser, c'était une sensation merveilleuse.

— Est-ce que tu es difficile ? demanda-t-elle. Est-ce qu'il y a des choses que tu refuses de manger ?

Puisqu'elle avait accepté son offre, elle tenait à lui préparer les meilleurs repas qu'il mangerait jamais.

— Je ne suis vraiment pas difficile, mais il y a deux trucs que je ne veux pas voir dans mon assiette : les sushis et le tofu. J'aime le poisson quand il est cuit, et ce truc, le tofu… c'est franchement dégoûtant.

Elle éclata de rire.

— Pour tout dire, je suis d'accord avec toi. C'est dégoûtant.

Elle reprit son sérieux pour ajouter :

— Flint… Un jour je te rembourserai tout, mais je ne pourrai jamais te rembourser pour la gentillesse que tu me témoignes. Je sais aussi bien que toi que tu n'as pas besoin de moi pour faire le ménage et la cuisine, et que tu as juste créé cet emploi pour m'aider. Tu es mon ange personnel, et je ne pourrai jamais assez te remercier.

Le regard de Flint retint le sien pendant un long moment.

Ensuite, il baissa les yeux vers sa tasse de café et se racla la gorge avant de relever la tête.

— Crois-moi, Madison, je ne suis pas un ange. Il faut seulement que je commence à passer plus de temps ici, parce que je vais bientôt y vivre à temps plein. Quoi que tu en penses, ton aide m'est précieuse. Et maintenant, ne parlons plus de notre arrangement. Le marché est conclu.

Il la gratifia de ce sourire magnifique qui envoyait toujours une coulée de chaleur en elle.

— Et, quand tu t'installeras ici à temps plein, est-ce que tu continueras à travailler sur le ranch Holiday ?

— Non, répondit-il en plissant légèrement le front.

— En ce cas, qu'est-ce que tu vas faire ? demanda-t-elle, sincèrement curieuse.

Ses yeux s'assombrirent, son regard se ferma, et il baissa de nouveau la tête. Elle comprit qu'elle était sans doute allée trop loin.

— Pardonne-moi, se hâta-t-elle d'ajouter. Ça ne me regarde vraiment pas.

— Non, ce n'est pas grave. Le problème, c'est que je ne sais pas trop ce que je vais faire. Tout ce que je sais, c'est que je commence à me lasser de mon travail. Il est temps que j'en change.

Mais il y avait une lueur dans ses yeux, une nuance dans sa voix, qui la firent douter de sa sincérité. Apparemment, elle n'était pas la seule à avoir des secrets.

Il quitta le chalet peu après, en promettant de revenir le lendemain vers midi pour lui apporter les courses dont elle avait fait la liste. Elle avait toujours adoré faire la cuisine et elle avait sincèrement hâte de se mettre aux fourneaux pour lui.

La journée avait bien mal commencé, avec ce coup de fil par lequel Larry Wright lui avait appris qu'elle devait changer le moteur de sa voiture. Mais ce soir-là, quand elle se prépara pour aller se coucher, elle était presque heureuse que les réparations ne puissent être faites avant un certain temps.

Dès que Flint se gara devant le chalet, son appétit s'éveilla. Cela faisait maintenant quatre jours que Madison lui faisait à dîner, et il avait pu constater qu'elle était une cuisinière hors pair.

Leurs discussions étaient devenues aussi importantes à ses yeux que le repas en lui-même. Jamais il n'aurait imaginé rencontrer un jour une femme avec laquelle il lui serait aussi facile de parler et de rire, avec laquelle il se sentirait aussi détendu.

Cependant, il devait s'avouer qu'il y avait des moments où elle éveillait en lui un frisson de désir qui le mettait mal à l'aise. Il ne voulait surtout pas profiter d'elle et de sa situation.

Tout en mangeant, ils parlaient de nourriture et de politique, de leurs programmes de télévision préférés et de musique. Mais elle n'avait toujours pas dit un seul mot sur ce qui l'effrayait, ni dévoilé le nom du père de son bébé.

Il descendit de son camion en essayant d'ignorer la douce impatience qui le gagnait à la pensée de revoir Madison.

La porte s'ouvrit, et elle apparut sur le seuil, l'accueillant de ce sourire magnifique qui le réchauffait des pieds à la tête.

— Salut, dit-elle.

— Salut à toi, répondit-il.

Elle sourit.

— J'espère que tu n'as pas oublié d'apporter ton appétit.

— Jamais.

Elle s'effaça pour le laisser entrer. Quand il passa à côté d'elle, les effluves familiers de son parfum floral l'enveloppèrent et lui montèrent à la tête. Il fut gagné par une légère sensation de vertige, accompagnée d'une sorte de tension qui n'était pas entièrement désagréable.

— Comment s'est passée ta journée ? demanda-t-elle en l'invitant à prendre place à table.

— Pas trop mal, répondit-il.

Mais ce n'était pas tout à fait vrai. Le ciel avait été couvert pendant toute la journée, et on attendait des orages en soirée.

Par un temps comme celui-ci, ses douleurs étaient encore plus vives. Il avait dû se faire violence pour accomplir ses tâches du jour, et il était réellement soulagé de pouvoir enfin s'asseoir et se détendre pendant quelques heures.

— Il y a quelque chose qui sent bon, ici, remarqua-t-il.

— Des blancs de poulet frits avec de la purée et de la sauce.

Elle sortit deux assiettes du placard et les servit. En guise d'accompagnement, elle ajouta du maïs et un petit pain chaud.

— Tu me gâtes, dit-il quand elle l'eut rejoint à table.

— Ne dis pas n'importe quoi. Il n'y a rien de plus déprimant que de cuisiner pour soi et de manger seul, et c'est ce que je fais depuis que j'ai dix-huit ans. Ça me fait plaisir de cuisiner pour toi.

Une fois encore, il s'interrogea sur son passé. Avait-elle vécu une histoire avec le père de son bébé, ou sa grossesse était-elle le résultat d'une aventure d'une nuit, dont elle avait trop honte pour parler ?

Pourtant, Flint ne l'aurait pas jugée. Il se considérait comme un homme particulièrement tolérant. Parce qu'il était l'un des « garçons perdus » de Cass Holiday, il avait été abondamment « jugé » par les autres garçons de la ville, et même par certains des adultes.

On leur avait jeté toutes sortes d'épithètes à la figure : « Bons à rien sans toit. Ordures de fugueurs. Les pauvres types de Cass. » Cependant, plus personne ne les appelait ainsi depuis des années, depuis qu'ils avaient fait leurs preuves pour devenir des citoyens de Bitterroot comme les autres.

— Et toi ? Comment s'est passée ta journée ? demanda-t-il.

Elle eut un instant d'hésitation.

— Bien, répondit-elle enfin.

— Mais…

— Mais quoi ?

Elle le dévisagea avec curiosité.

— Je ne sais pas. Tu dis que tu as passé une bonne journée, mais j'ai senti comme un « mais » à la fin de ta phrase.

Elle lui décocha un sourire narquois.

— Tu es très perspicace.

Elle se tourna vers la fenêtre, et son sourire mourut.

— Je déteste vraiment les orages.

— Je ne les aime pas particulièrement, moi non plus, répondit-il. Mais il a fait tellement chaud et sec ces derniers temps qu'un peu de pluie nous fera du bien.

Elle lança de nouveau un coup d'œil par la fenêtre, et des ombres passèrent dans son regard… des ombres qui trahissaient la peur.

— Je pourrais rester ici jusqu'à ce que l'orage soit passé, suggéra-t-il.

Elle reposa les yeux sur lui et sourit avec tendresse.

— Tu n'as pas à faire ça, Flint. Je suis une grande fille, je peux survivre à un orage.

— Nous verrons.

Il savait qu'elle vivait déjà dans la peur. Si cette peur était encore décuplée par un orage, il pouvait rester auprès d'elle dans l'espoir de lui apporter un peu de réconfort… Tout homme aurait agi de même.

Et, non, sa décision n'avait rien à voir avec le regard qu'elle posait parfois sur lui, qui lui donnait l'impression d'être meilleur qu'il ne l'était, ni avec son sourire qui le réchauffait des pieds à la tête… pas plus qu'avec l'envie qui le prenait par moments d'embrasser ses lèvres attirantes.

Comme d'habitude, le repas fut délicieux, et leur conversation demeura légère. Après qu'il l'eut aidée à faire la vaisselle, ils allèrent s'installer sur le canapé pour continuer à discuter.

Il ne put s'empêcher de remarquer que sa grossesse commençait à se voir sous la longue robe d'été qu'elle portait. Même s'il ne diminuait en rien l'attirance qu'elle exerçait sur lui, son ventre arrondi lui rappelait que le désir qu'elle lui inspirait n'avait pas lieu d'être.

— Cela fait deux jours que tu n'as pas été malade, dit-il.

— Je sais. Je crois que j'ai enfin dépassé le stade des nausées matinales.

— Alors, comment te sens-tu ?

— Pour tout dire, très bien.

— Est-ce qu'il ne serait pas temps que tu voies un médecin ?

L'étincelle qui brillait dans ses yeux pâlit.

— Je ne peux pas. Il est hors de question que j'en voie un ici, à Bitterroot. D'ailleurs, la seule chose qu'il me dirait sans doute à ce stade serait de prendre des vitamines prénatales.

— Je pourrais peut-être t'en acheter ?

— Je ne sais pas… On en trouve sans doute à la pharmacie, mais je ne voudrais pas que quelqu'un te surprenne en train de les acheter et devine qu'elles sont pour moi.

Ses yeux s'emplirent une nouvelle fois de cette expression hantée qui lui rappelait qu'elle avait des secrets… Des secrets tellement noirs qu'elle voulait que personne ne sache où elle se trouvait.

Il plissa pensivement le front.

— Je ne vois pas comment quiconque pourrait établir un lien entre nous deux. J'irai à la pharmacie demain. Je mettrai mes lunettes avec le faux nez et les gros sourcils noirs, et personne ne pourra me reconnaître.

Son rire musical résonna dans la pièce et lui réchauffa le cœur.

— S'il te plaît, dis-moi que tu n'as pas vraiment de lunettes avec un faux nez.

Il sourit.

— D'accord, je n'en ai pas. Mais, si la pharmacie vend des vitamines prénatales, je t'en achèterai demain.

Il fut heureux de voir que son regard était redevenu clair et vif.

— Merci. Ce serait tellement gentil de ta part. Comme ça, je serai sûre que le bébé ne manque de rien.

Un grondement lointain ponctua la fin de sa phrase, et elle laissa échapper un petit cri.

— Hé, tout va bien, dit-il. Un coup de tonnerre ne peut pas te faire de mal. Ce ne sont que deux nuages qui s'entrechoquent.

— Je sais, oui, mais…

Elle lui adressa un sourire hésitant.

— Est-ce que tu as toujours eu peur des orages ? demanda-t-il.

— Pas toujours, non, répondit-elle en détournant le regard. Cela ne fait que trois mois. Est-ce que tu veux une tasse de café ?

Il devina qu'elle voulait changer de sujet et n'insista pas.

— Non, merci. Ça ira. Alors, qu'est-ce que tu as fait aujourd'hui, à part me cuisiner un dîner délicieux ?

— J'ai un peu regardé la télé et j'ai lu pendant un moment.

— Et, d'après la couverture du livre que je t'ai vue lire, tu dois adorer les romans sentimentaux.

Le tonnerre gronda de nouveau, et elle hocha la tête.

— Qu'est-ce qui te plaît dans ces livres ?

En l'entraînant dans cette discussion, il espérait détourner son attention de l'orage qui se rapprochait.

— D'abord, j'aime les histoires qui se terminent bien, et c'est toujours le cas dans ce genre de romans. J'aime aussi voir les personnages lutter jusqu'à surmonter tous les obstacles qui se dressent en travers de leur chemin. Quand je referme l'un de ces livres, je me prends toujours à espérer que mon histoire se terminera bien, elle aussi.

Elle rougit, ce qu'il trouva absolument charmant.

— Et que faudrait-il pour que ton histoire se termine bien ?

Elle lui adressa un sourire empreint de tristesse, et ses yeux s'emplirent d'un éclat doux.

— J'aimerais épouser un cow-boy qui nous aimera à la folie, mon enfant et moi, et peut-être avoir un ou deux enfants de plus pour fonder la grande famille pleine d'amour que je n'ai jamais vraiment eue.

Eh bien… Voilà qui le mettait définitivement sur la touche. Même s'il avait eu l'intention de faire partie de son avenir, elle voulait un cow-boy - ce qu'il cesserait d'être dans un mois ou deux. Et que serait-il alors ? Il n'en savait trop rien.

Un éclair illumina la pièce, suivi de peu par un coup de tonnerre qui fit trembler le plafond. Madison se leva d'un bond. Ses yeux brillaient de la même lueur affolée que le premier jour, quand il l'avait tirée de sa sieste et qu'elle s'était levée en brandissant un couteau.

— Est-ce que la porte est fermée à clé ?

Elle courut jusqu'à la porte, la verrouilla et s'y adossa. Il y eut un nouveau coup de tonnerre. Elle poussa un cri et posa sur Flint un regard paniqué.

— Ne… ne le laisse pas entrer. S'il te plaît, aide-moi à l'empêcher d'entrer.

Elle se mit à sangloter.

— Madison…

Flint se leva et la rejoignit. Elle tremblait de tout son corps. Il prit l'une de ses mains dans la sienne et l'entraîna doucement vers le canapé.

— Personne ne va entrer. Tu es en sécurité ici, ma chérie.

Ils s'assirent côte à côte, et il passa un bras autour de ses épaules pour l'attirer contre lui. Une multitude de questions lui brûlaient les lèvres, mais pour le moment il voulait seulement apaiser sa frayeur. Elle se blottit contre lui, le corps agité de tremblements incontrôlables.

— Tout va bien, Madison. Je suis ici, juste à côté de toi, et je ne laisserai personne te faire de mal.

La pluie fouettait les vitres, et le tonnerre retentit une fois de plus.

Elle enfouit la tête contre son torse et ferma étroitement les yeux. Il lui frotta l'épaule, dans l'espoir de la calmer.

— Le tonnerre n'est rien d'autre que les anges qui jouent au bowling, dit-il. Il leur arrive d'avoir besoin d'un petit moment de détente. Alors, ils enlèvent leurs grandes tuniques blanches, et la moitié d'entre eux passe une chemise de bowling bleue et l'autre une chemise de bowling rouge. Ils laissent leurs ailes et leurs harpes à l'entrée et commencent à jouer. Ça fait beaucoup de bruit ici, en bas, mais tu dois bien reconnaître qu'ils méritent de s'amuser un peu, de temps en temps.

Il fut soulagé d'entendre un petit rire lui échapper. Elle releva la tête et le dévisagea. Ses lèvres pulpeuses n'étaient qu'à quelques centimètres des siennes et, pendant un bref instant, il oublia purement et simplement de respirer. Tout ce qu'il voulait, c'était goûter ces lèvres.

Le charme fut rompu quand le tonnerre gronda de nouveau et qu'elle tourna vivement les yeux vers la porte. Ce fut à ce moment que Flint comprit que ce n'était pas du tonnerre qu'elle avait peur, mais de quelque chose qui s'était passé pendant un orage. Quelqu'un lui avait fait du mal, beaucoup de mal, et il voulait savoir ce qui s'était passé.

— Madison… Il t'est arrivé quelque chose pendant un orage. Dis-moi ce que c'est, s'il te plaît.

Elle s'écarta de lui et, une fois de plus, son regard fut troublé par une tempête qui aurait pu rivaliser avec celle qui se déchaînait au-dessus de leurs têtes.

— Je… je ne peux pas en parler. Je… je ne peux pas.

— Si, tu le peux. Tous tes secrets sont en sécurité avec moi. Madison. S'il te plaît, dis-moi ce qui t'est arrivé.

Elle le dévisagea pendant un long moment.

— Il y avait des éclairs et… et du tonnerre et… et je… Il… il m'a frappée… et après… et après il… il m'a violée.

Sa voix n'était qu'un murmure, mais ses paroles hurlaient dans l'esprit de Flint. Frappée ? Violée ?

Des larmes s'accumulèrent dans ses yeux et roulèrent sur ses joues. Sans cesser de le fixer, elle reprit :

— Je… j'ai été violée, Flint. Et mon bébé est l'enfant de mon violeur.

5

Que lui avait-elle dit ? Oh ! mon Dieu… Elle aurait dû se taire. Se taire pour toujours. Jamais elle n'avait eu l'intention de révéler son secret à qui que ce soit. Maintenant, Flint allait poser un autre regard sur elle. La considérer différemment.

Elle se leva d'un bond et lui tourna le dos pour ne pas voir ses yeux, de crainte d'y lire le dégoût qu'elle lui inspirait. Il lui suffisait de repenser à ce qui lui était arrivé pour se sentir souillée, méprisable.

Les souvenirs de cette nuit atroce la rouaient mentalement de coups. Elle eut envie de se remettre à pleurer, mais prit une grande inspiration pour refouler ses larmes. Elle en avait versé bien assez, et pleurer ne changerait rien. Elle avait été battue et violée, et portait maintenant l'enfant de son violeur. Elle se prépara à affronter le regard de Flint et se retourna.

— Mon Dieu, Madison ! Comment est-ce arrivé ? Qui t'a fait ça ?

Heureusement, elle ne vit aucune condamnation dans ses yeux. Il semblait seulement stupéfait. Elle inspira de nouveau profondément et expira lentement avant de répondre :

— C'est arrivé il y a un peu plus de trois mois. Je rentrais chez moi en voiture, après le travail, sous l'orage. J'avais fait la moitié du chemin quand cette idiote de voiture est tombée en panne.

Heureusement, sa voix ne trahissait rien des émotions qui bouillonnaient en elle.

— Il s'est arrêté et m'a proposé de me ramener chez moi. Je l'avais déjà vu en ville et je n'avais entendu dire que du bien à son sujet. Comme je savais que je ne pourrais pas faire redémarrer ma voiture, j'ai accepté son offre.

Elle fixait un point, juste au-dessus de la tête de Flint. Elle se rappela la pluie qui frappait les vitres de la voiture, les essuie-glaces qui allaient et venaient, l'éclair qui avait déchiré le ciel nocturne. Le tonnerre grondait au-dessus de leurs têtes, mais l'homme avait fait preuve d'une telle gentillesse qu'elle s'était tout de suite sentie à l'aise.

Elle reposa les yeux sur Flint. Les souvenirs continuaient à l'assaillir, et sa gorge se noua.

— Il était vraiment très courtois, et je voulais seulement rentrer chez moi. Quand nous sommes arrivés devant ma caravane, il a insisté pour m'accompagner jusqu'à la porte en m'abritant sous son parapluie. Mais, dès que j'ai eu ouvert, il est entré de force et a commencé à me frapper.

Elle porta une main à son visage en se rappelant la volée de coups de poing qui s'était abattue sur elle, faisant naître une douleur insoutenable.

— Il aimait ça… Il aimait me frapper. Ça… ça l'excitait. Je gémissais de douleur et lui, il riait. Et après… et après il m'a violée.

Sa respiration se bloqua dans le fond de sa gorge. Elle se força à inspirer profondément avant de poursuivre :

— J'ai cru que c'était fini… qu'il… qu'il me laisserait tranquille après cette nuit, mais j'avais tort.

— Il est revenu ? demanda Flint d'une voix douce.

Elle hocha sèchement la tête. Elle sentait venir le moment où elle ne pourrait plus canaliser ses émotions.

— Oui, il est revenu, deux jours avant que tu me trouves dans la grange. Mais, cette nuit-là, j'ai tiré tous mes meubles jusqu'à la porte pour la barricader et je l'ai écouté cogner dessus, encore et encore. C'était comme si le tonnerre de la première fois était de retour. J'avais peur qu'il arrive à entrer, mais il a fini par s'en aller.

— Qui, Madison ? Qui a fait ça ?

Elle ignora la question.

— Je savais que le seul moyen de l'empêcher de me toucher à nouveau était de quitter Bitterroot. En plus, je ne veux surtout pas qu'il sache que je porte son bébé parce qu'il essayerait de me le prendre. Alors, j'ai passé la journée qui a suivi à entasser dans ma voiture tout ce dont je pensais avoir besoin pour commencer une nouvelle vie ailleurs, et tu connais la suite. Ma voiture est tombée en panne, et me voilà ici.

D'un geste, Flint l'invita à venir le rejoindre sur le canapé. Elle s'aperçut alors que l'orage s'était éloigné, et que le seul son qu'elle entendait était le battement effréné de son propre cœur.

Elle se laissa tomber sur le canapé à côté de Flint et croisa les bras sur son ventre.

— Voilà pourquoi je t'ai dit que ce bébé n'avait pas de père. Et pourtant, quelle que soit la façon dont il a été conçu, je l'aime.

— Madison, s'il te plaît, dis-moi qui t'a battue et violée. Dis-moi son nom.

Les yeux de Flint brillaient d'un éclat dur qu'elle n'y avait jamais vu auparavant.

Elle secoua la tête.

— Son nom n'a aucune importance. Plus jamais il ne pourra me faire de mal. Et d'ailleurs, si je te disais de qui il s'agit, tu ne me croirais pas.

C'était ce que cet homme lui avait dit pendant qu'il la

frappait… que si elle le dénonçait personne ne la croirait. Il était puissant, tandis qu'elle n'était qu'une petite caissière de supermarché qui vivait dans un camping miteux. Et quelque part, au plus profond de son cœur, elle avait pensé qu'il avait raison : jamais personne ne la croirait.

— Dis-le quand même, Madison. Je croirai tout ce que tu me diras, répondit-il.

— Je ne peux pas, Flint. Je ne te dirai rien. N'insiste pas, s'il te plaît.

Le tourbillon d'émotions qui s'était emparé d'elle avait disparu, laissant un profond épuisement dans son sillage.

— Mais je veux que tu saches que je n'ai rien fait pour l'encourager. Je n'ai pas flirté avec lui. Tout ce que je voulais, c'était qu'il me ramène chez moi.

Le regard de Flint s'adoucit.

— Oh ! Madison… Cette pensée ne m'avait pas traversé l'esprit. Je… je n'arrive même pas à trouver quoi te dire. Je suis tellement désolé que tu aies dû endurer une telle épreuve.

Il prit l'une de ses mains dans la sienne.

— Tu ne mérites vraiment pas ce qui t'est arrivé.

Même si, sur un plan purement intellectuel, elle le savait, elle ne s'était pas rendu compte qu'elle avait à ce point besoin d'entendre ces mots de la bouche d'une tierce personne. Des larmes lui brouillèrent la vision.

— Merci, Flint, dit-elle doucement.

— Tu sais, tu devrais sans doute parler à quelqu'un… Un thérapeute, peut-être. Tu connais Ellie Miller ? Elle est psychologue. Je crois que tu souffres vraiment d'un syndrome de stress post-traumatique.

— Peut-être, mais je ne veux en parler à personne de Bitterroot.

Elle soupira.

— Et maintenant je suis vraiment fatiguée, et je suis

sûre que tu es épuisé, toi aussi. L'orage s'est éloigné, et je veux seulement aller me coucher.

Elle se leva. Elle n'avait aucune envie de rester seule avec ses souvenirs, mais elle était réellement exténuée après avoir revécu ces moments atroces. Maintenant, elle n'avait qu'une envie : tout oublier et tomber dans un sommeil profond et sans rêves.

Il se leva en posant sur elle un regard intense.

— Est-ce que tu es certaine de ne pas vouloir me dire son nom ?

— Oui, j'en suis certaine. D'ailleurs, cela n'a plus aucune importance maintenant. C'est du passé, et j'espère ne plus jamais devoir poser les yeux sur lui.

Elle l'accompagna jusqu'à la porte, mais elle voyait bien qu'il rechignait à la laisser seule.

— Tu n'as pas à t'inquiéter pour moi, Flint, insista-t-elle. Tout ira bien cette nuit.

Il se tourna vers elle, tendit la main et lui caressa doucement la joue.

— Tu n'es plus seule pour tout affronter, Madison.

Il se pencha et l'embrassa sur la joue. Elle eut envie de tourner la tête pour que leurs lèvres s'unissent, mais elle n'en fit rien. Et, de toute façon, ce baiser ne dura qu'un instant. Ensuite, il partit.

Madison verrouilla la porte derrière lui et alla dans sa chambre. Maintenant qu'elle avait raconté ce qui s'était passé à Flint, elle se sentait étrangement soulagée. Pendant plus de trois longs mois, elle avait vécu dans la douleur et l'horreur. Se confier avait allégé sa douleur, mais sans la faire disparaître pour autant.

Des semaines s'étaient écoulées avant que ses ecchymoses s'effacent et que la douleur physique causée par les coups qu'elle avait reçus s'estompe. Mais elle n'avait rien oublié de la terreur abjecte qu'elle avait ressentie cette nuit-là, et il se passerait encore longtemps avant qu'elle y parvienne.

Flint avait raison : tôt ou tard, elle devrait sans doute voir un thérapeute, qui l'aiderait à gérer les séquelles émotionnelles de l'agression. Ses nuits étaient encore trop souvent hantées par d'affreux cauchemars.

Mais elle n'avait pas menti : elle aimait son bébé. Quand elle avait découvert qu'elle était enceinte, elle avait été horrifiée. Cependant, elle avait très vite été capable de faire la distinction entre la vie innocente qu'elle portait en elle et l'homme abject qui avait participé à sa conception.

Elle se changea et se mit au lit. Elle aurait aimé s'endormir aussitôt, mais ses pensées retournèrent à l'instant où Flint avait caressé son visage avant de l'embrasser tendrement sur la joue.

Elle était étonnée d'avoir eu autant envie qu'il lui donne un vrai baiser, sur les lèvres. Elle aurait aimé qu'il l'enveloppe de ses grands bras forts et l'embrasse jusqu'à réchauffer les recoins les plus froids de son âme.

Oh oui, le désir qu'il lui inspirait la surprenait. Elle avait tellement craint de ne plus jamais pouvoir éprouver ce genre de sentiment pour un homme… Son violeur lui avait arraché beaucoup de choses, mais il lui avait apparemment laissé sa capacité à ressentir du désir pour un homme doux et intègre tel que Flint.

Néanmoins, elle ne devait pas perdre de vue que ce chalet n'était qu'un havre temporaire. Et, ce qui était plus important encore, elle ne devait pas oublier que Flint ne faisait que lui témoigner de la gentillesse et qu'elle ne pouvait pas permettre qu'il occupe une place importante dans sa vie.

Et pourtant, même si elle en était consciente, elle le voyait comme un élément important de sa vie - et son importance grandissait avec chacun des moments qu'ils passaient ensemble.

Quand il arrivait chaque soir pour le dîner, quand ils mangeaient ensemble en discutant et en riant, elle avait l'impression d'être chez elle.

Mais Flint ne pouvait pas être le cow-boy de ses rêves, l'homme qui donnerait à sa vie la fin heureuse qui ponctuait les romans sentimentaux qu'elle aimait tant lire… Parce que cette fin ne pourrait jamais se dérouler à Bitterroot.

Il était à peine plus de midi le lendemain quand Flint entra dans la pharmacie pour acheter les vitamines prénatales dont Madison avait besoin. Il avait passé l'essentiel de la nuit à se tourner et se retourner dans son lit en réfléchissant à ce qu'elle lui avait confié.

Il voulait connaître le nom de l'homme qui l'avait battue et violée. S'il ne le traquait pas pour lui coller une bonne raclée comme il en mourait d'envie, du moins s'assurerait-il que cet homme soit arrêté et inculpé.

S'il ne pouvait pas imaginer à quel point cet homme avait pu faire souffrir et terroriser Madison, la frayeur qu'il avait lue dans ses yeux le hantait. Pas étonnant qu'elle l'ait accueilli en brandissant un couteau de boucher alors qu'elle le connaissait à peine. Il aurait pu comprendre qu'elle choisisse de dormir avec un couteau caché sous son matelas jusqu'à la fin de ses jours.

Il était empli de rage à la seule pensée qu'un habitant de Bitterroot ait pu se conduire ainsi avec une femme. Mais qui avait commis cet acte atroce ? Quel homme de Bitterroot dissimulait en lui cette folie écœurante ?

Il espérait que Madison finirait par lui avouer le nom de cet homme, mais il savait que cela lui prendrait sans doute un peu de temps. Pour le moment, il était heureux de voir qu'elle se sentait suffisamment en sécurité avec lui pour lui avoir confié une partie de son secret.

Il s'engagea dans l'allée où se trouvaient les vitamines et s'arrêta net en voyant Mabel McAllistar. Mabel appartenait à un petit groupe de femmes qui, maintenant qu'elles étaient à la retraite, étaient devenues colporteuses de rumeurs à temps plein.

— Bonjour, Flint, dit-elle.

— Madame McAllistar, répondit-il en touchant le bord de son chapeau.

— Je suis venue chercher un médicament pour entretenir mon côlon. Est-ce que vous cherchez quelque chose en particulier ?

Ses petits yeux bruns le dévisageaient avec une curiosité manifeste.

— Je… je crois que j'ai touché du sumac vénéneux et je cherche quelque chose pour soulager les démangeaisons.

— Vous avez une éruption ? Faites-moi voir : je vous dirai si c'est du sumac ou non.

— M'dame, pour vous montrer l'endroit où ça me gratte, je devrais baisser ma culotte, répliqua Flint.

— Oh ! mon Dieu ! s'exclama-t-elle en rosissant. En ce cas, nous allons nous abstenir, n'est-ce pas ? Mon George fait des allergies au sumac vénéneux presque tous les étés. Laissez-moi vous montrer la pommade qui le soulage le mieux.

À la grande surprise de Flint, elle le prit par le bras et l'entraîna dans l'allée voisine.

— Ce n'est vraiment pas nécessaire, protesta-t-il. Je peux la trouver tout seul.

— Balivernes. Il ne faudrait pas que vous vous trompiez de marque, rétorqua-t-elle. Nous devons calmer ces démangeaisons.

Elle s'arrêta devant le rayon des pommades et inspecta les boîtes et les flacons pendant quelques instants avant de tendre le doigt.

— Ah, la voilà ! Vous feriez mieux de prendre le grand flacon. Vous savez que les éruptions cutanées causées par le sumac vénéneux se propagent facilement.

Elle prit le médicament sur l'étagère et le lui tendit.

— Merci, dit-il en le réceptionnant.

Il se dirigea vers la caisse et paya avant de sortir de la pharmacie. Il était hors de question qu'il achète des vitamines prénatales aussi longtemps que Mabel était dans la boutique. Il allait devoir attendre qu'elle s'en aille. Il s'éloigna de quelques pas et s'adossa au mur de l'épicerie. Depuis ce poste d'observation, il verrait Mabel quitter la pharmacie - il ne lui restait plus qu'à espérer qu'elle ne le remarquerait pas.

Il se redressa en voyant Brad Ainsworth et son ami Charlie Kudrow venir vers lui. Flint ne connaissait pas très bien le fils du maire ; il savait seulement qu'il était agent d'assurances. Quant à Charlie, il était vétérinaire, spécialisé dans les gros animaux. Il était venu plus d'une fois au ranch soigner un cheval ou une vache.

— Salut, Flint, lança Charlie en lui souriant.

— Brad… Charlie, dit-il.

— Qu'est-ce que tu fais là, dans la rue ? Tu attends quelque chose ? s'enquit Charlie.

— Je voulais seulement profiter du soleil pendant quelques minutes. Après les orages de cette nuit, c'est agréable.

— Nous allons déjeuner au café. Tu veux te joindre à nous ? demanda Brad.

— C'est gentil, mais je vais bientôt devoir retourner au ranch.

Du coin de l'œil, il vit Mabel sortir de la pharmacie.

— Mais merci pour l'invitation.

Dès que les deux hommes eurent passé la porte du café, il se hâta de retourner dans la pharmacie et d'inspecter tous les rayons, mais sans trouver de vitamines prénatales. Il finit par se diriger vers le fond du magasin, où le propriétaire et pharmacien en chef Ed Parker se tenait derrière un comptoir.

— Flint ! lança Ed. Tu te décides enfin à venir chercher la prescription que j'ai mise de côté pour toi.

— À dire vrai, ce n'est pas pour ça que je suis ici.

Cela faisait un peu plus de trois semaines maintenant que le médecin avait délivré son diagnostic et rédigé une ordonnance, mais Flint n'était toujours pas allé récupérer les médicaments. Quelque part dans son esprit, il pensait qu'aussi longtemps qu'il n'allait pas les chercher il n'était pas malade.

— Il me faut des vitamines prénatales, mais je n'en vois nulle part dans les rayons, reprit-il.

— Ah… je pense que j'en ai dans l'arrière-boutique. Si tu peux patienter une minute…

Ed disparut derrière une rangée d'étagères, et Flint se retourna pour s'assurer que personne ne pouvait voir ce qu'il achetait. Maintenant que Madison s'était confiée à lui, il tenait à ce que personne ne puisse établir un lien entre elle et lui. Il savait pourquoi elle était terrifiée et comprenait qu'il était vital que personne ne soupçonne qu'elle s'était réfugiée dans son chalet. Heureusement, Ed n'était pas du genre à colporter des ragots.

— Voilà, dit Ed en revenant avec un grand flacon de vitamines. Est-ce que tu veux les régler ?

— Ce serait parfait. Merci, Ed.

— Je rajoute le prix de ta prescription.

Flint régla ses achats et ressortit du drugstore. Il fourra son traitement dans la boîte à gants de son pick-up et posa le sac qui contenait la pommade pour le sumac vénéneux et les vitamines sur le siège passager. C'était dingue : il était seulement venu chercher des vitamines pour Madison, et il se retrouvait en possession d'un traitement auquel il ne voulait pas penser et d'un flacon de pommade dont il n'avait nul besoin.

Il reprit le chemin du ranch, et ses pensées retournèrent une fois de plus à Madison et à ce qu'elle lui avait dit la veille. Maintenant, il fallait qu'il continue à gagner sa confiance jusqu'à ce qu'elle lui donne le nom de son agresseur.

Qui que soit cet homme, il fallait que la justice s'occupe de son cas. C'était un homme violent, un véritable prédateur, et si personne ne l'arrêtait il était fort possible qu'il s'en prenne à d'autres femmes. D'ailleurs, il méritait d'être jeté en prison pour ce qu'il avait fait subir à Madison. Une telle rage le gagna que ses doigts se crispèrent sur le volant. Jeté en prison ? Il méritait de brûler en enfer, oui !

Il gara son camion sous le hangar et prit le chemin du réfectoire. Les autres cow-boys avaient presque fini de déjeuner, et Cookie commençait à débarrasser le buffet.

Il remplit une assiette et alla s'asseoir à côté de Mac.

— Où est-ce que tu étais ? demanda son ami.

— J'avais quelques courses à faire en ville, répondit-il.

Mac le dévisagea longuement.

— Qu'est-ce qui t'arrive ?

— Qu'est-ce que tu veux dire ?

La plupart des hommes avaient déjà quitté le réfectoire. Mac aussi avait terminé de déjeuner, mais Flint comprit qu'il ne quitterait pas la table avant d'avoir eu des explications.

— Tu sais très bien ce que je veux dire, répondit Mac. Tu t'éclipses à toute heure de la journée et tu ne dînes plus ici, avec nous. Nous ne te voyons plus jamais le soir. Je pensais qu'en attendant de t'y installer quand tu prendrais ta retraite ton chalet n'était qu'un endroit où te réfugier pendant le week-end. Alors, pourquoi y passes-tu autant de temps ?

Flint posa les yeux sur le sandwich que contenait son assiette avant de les lever vers son ami.

— J'envisage sérieusement de démissionner.

Mac haussa les sourcils et posa sur lui un regard abasourdi.

— Maintenant ? Pourquoi ?

— J'ai envie de changement, rien de plus.

Flint détestait mentir à son ami, mais il voulait que personne ne sache pourquoi il envisageait de quitter le ranch. Il n'aurait pas supporté de lire la pitié dans le regard de ses collègues.

— Mais qu'est-ce que tu vas faire ?

— Je ne sais pas encore, répondit-il. Tout ce que je sais, c'est que j'ai presque fait mon temps ici.

— Tu vas donc bientôt t'installer dans ton chalet ?

Flint hocha la tête.

— Il y a tout ce dont j'ai besoin.

— Je vais être franc avec toi, dit Mac. Si c'est ce que tu veux vraiment, je suis heureux pour toi. Mais tu vas manquer à tout le monde, ici. Tu me manqueras.

Flint sourit, même s'il savait à quel point il lui serait pénible de dire au revoir à ses camarades.

— Ce n'est pas comme si je mourais ou que j'allais habiter à trois mille kilomètres d'ici. Nous nous rencontrerons en ville, et tu pourras m'inviter à dîner au café aussi souvent que tu le voudras. Je ne dirai jamais non… À condition que ce soit toi qui payes, bien sûr.

Il avait cherché à dédramatiser la situation et y parvint. Mac éclata de rire et rétorqua :

— Oui, je sais. Et je sais aussi que tu commanderas les plats les plus chers de la carte.

Flint lui décocha un sourire narquois.

— Tu as sans doute raison.

— Sur ces bonnes paroles, reprit Mac en se levant, je pense que je ferais mieux de me taire et de te laisser déjeuner en paix. Mais, dis-moi, dans combien de temps comptes-tu partir ?

— Je ne sais pas encore. En ce moment, je vis au jour le jour. Par contre, je préférerais que tu ne dises rien à personne. Je ne veux pas que les autres soient au courant avant que j'aie annoncé ma décision à Cassie.

Une fois seul, Flint mangea rapidement avant de se diriger vers l'écurie, où il devait nettoyer les stalles.

Il se mit au travail, mais sans cesser de penser à ce que Madison lui avait confié au sujet de l'agression dont elle avait été victime. À son avis, il ne fallait surtout pas qu'elle garde le silence. Le coupable devait être arrêté, tant pour le bien de Madison que pour celui de toute autre femme à laquelle il risquait de s'en prendre.

À 5 heures, il remonta dans son camion et prit la route qui le ramenait au chalet - et à Madison. Il ne pouvait plus se voiler la face : il commençait à avoir des sentiments pour elle, qui le troublaient d'autant plus que c'était la première fois de sa vie qu'il les éprouvait.

Il appréciait beaucoup sa compagnie et ressentait le besoin de la protéger. Mais il y avait autre chose… une sorte de frémissement d'excitation primitif qui le parcourait à chaque fois qu'il s'approchait un peu trop d'elle. Un frémissement qu'il devait à tout prix juguler, parce qu'il était parfaitement malvenu compte tenu des circonstances.

De toute façon, Madison n'allait sans doute pas être particulièrement heureuse qu'il soit auprès d'elle ce soir. Il avait la ferme intention de la harceler jusqu'à ce qu'elle lui livre le nom de son agresseur.

Il était injuste qu'elle se sente contrainte de quitter Bitterroot, là où était son foyer, parce qu'un pervers l'avait agressée. Elle n'avait rien fait de mal, contrairement à lui. Pourquoi aurait-elle dû affronter les conséquences des actes de cet homme et chambouler sa vie tandis qu'il continuait à mener la sienne comme si de rien n'était ?

Oui, il voulait qu'elle lui livre le nom de cet homme et

le dénonce auprès de Dillon Bowie, le chef de la police. Dillon était un homme qui accomplissait son travail avec une intégrité sans faille. Il mettrait l'agresseur de Madison derrière les barreaux, et elle pourrait rester à Bitterroot.

Comme toujours, elle sortit sous le porche pour l'accueillir quand il se gara devant le chalet. Et, comme toujours, sa vue le réchauffa. Elle était vêtue d'une nouvelle robe d'été sans manches, d'un jaune printanier cette fois, qui s'accordait à merveille avec ses cheveux bruns.

Il attendit le moment où ils s'assirent côte à côte sur le canapé, après un dîner aussi succulent que les précédents, pour aborder le sujet épineux.

— Madison, nous devons parler sérieusement, commença-t-il.

Aussitôt, son regard se teinta de méfiance, et un pli se creusa sur son front.

— Je n'aime pas ça.

Il prit sa main dans la sienne et ancra le regard dans ses yeux d'un bleu vif.

— Je veux le nom de ton violeur.

Elle arracha sa main de la sienne et secoua la tête en le regardant de travers.

— Je ne veux pas parler de ça.

— Madison, tu vas écouter ce que j'ai à te dire. Cet homme doit être traduit en justice.

— Je t'ai dit de ne pas insister, Flint. Je t'en ai déjà raconté plus que je ne comptais jamais en révéler à quiconque.

— Et pourtant, j'insiste, rétorqua-t-il. Je ne peux pas faire autrement. Quand je pense à ce qu'il t'a infligé, ça me fait bouillir le sang.

Son regard s'adoucit.

— Raison de plus pour ne pas te donner son nom. Je ne veux surtout pas que tu fasses une bêtise et que tu ailles en prison.

— Rien ne me ferait plus plaisir que de lui coller une bonne raclée, mais je te promets de me retenir. Par contre, je veux que tu ailles voir Dillon et que tu lui racontes ce qui t'est arrivé.

Elle prit son avant-bras et le pressa.

— Est-ce que tu as seulement écouté ce que je t'ai dit ? Personne ne me croira jamais.

— Ce n'est pas vrai, Madison. Je te croirai… et Dillon te croira.

Une ombre passa dans ses yeux, et son visage se ferma. Il la sentit se raidir à côté de lui.

— Je peux te protéger de cet homme, insista-t-il. Moi vivant, personne ne te fera de mal. Mais il faut que tu le dénonces.

Elle se leva d'un bond et le fusilla du regard. Tout son corps était traversé par une vibration palpable.

— C'est facile pour toi de me dire ce que je dois faire ! Ce n'est pas toi qui as été battu et violé. Ce n'est pas ta porte que ce type a essayé de forcer pour pouvoir te refaire ce qu'il t'avait déjà fait.

— Tu as raison, dit-il d'une voix lénifiante. Je ne peux pas imaginer la violence de l'épreuve que tu as subie. Mais, ce qui m'inquiète, c'est qu'aussi longtemps qu'il sera en liberté il pourrait s'en prendre à d'autres femmes.

Il avait visé juste. Toute couleur quitta son visage.

— Je n'avais jamais pensé à ça, chuchota-t-elle. Je n'avais jamais pensé qu'il puisse y avoir d'autres femmes.

Des larmes commencèrent à rouler sur ses joues. Flint aurait voulu se lever pour aller vers elle et la réconforter, mais il ne bougea pas. Il fallait qu'elle décide de ce qu'elle allait faire sans qu'il l'influence davantage. Maintenant qu'il avait exprimé son opinion, tout dépendait d'elle.

Elle essuya ses larmes et ferma les yeux. Les pensées qui traversaient son esprit déformèrent ses traits pendant un instant. Enfin, elle rouvrit les paupières et souffla, les lèvres tremblantes :

— C'était Brad. Brad Ainsworth.

Il la dévisagea, abasourdi. Brad Ainsworth… Le fils du maire, qui espérait prendre la suite de son père le moment venu… De tous les hommes de la ville, jamais il n'aurait imaginé que le coupable puisse être celui-ci.

Tous les habitants de Bitterroot estimaient et respectaient Brad, et personne n'avait jamais soupçonné que sa personnalité puisse avoir un côté aussi sombre. Mais en réalité cet homme était un monstre.

Flint se leva, rejoignit Madison et la prit dans ses bras. Quand elle recommença à pleurer, il la serra contre lui.

— Merci, Madison, dit-il doucement. Merci de m'avoir fait confiance. Maintenant, nous allons le faire arrêter et l'envoyer là où il ne pourra plus jamais faire de mal à aucune autre femme.

Elle s'écarta et leva les yeux vers lui.

— J'ai peur, Flint. Je crois qu'il est dangereux. Le mal incarné.

— Raison de plus pour le mettre hors d'état de nuire, répondit-il.

Il l'attira de nouveau contre lui et lui tapota le dos d'un geste rassurant. Pourtant, il se sentait gagné par une légère appréhension. Si Brad Ainsworth pouvait être dangereux, il se manifesterait sans doute dès que Madison aurait officiellement porté plainte.

Quoi qu'il arrive, il avait la ferme intention de tout faire pour la protéger. Il espérait seulement être à la hauteur de la tâche.

6

À 10 heures, le lendemain matin, Madison alla se poster près de la porte du chalet. Ses paumes étaient moites, et l'angoisse lui coupait presque la respiration.

Flint devait arriver d'un moment à l'autre pour l'emmener au poste de police, où elle raconterait au chef Bowie ce que Brad Ainsworth lui avait fait.

Elle avait tellement peur qu'elle en avait la nausée. Et si Dillon ne la croyait pas ? Et si la nouvelle se répandait dans Bitterroot et que personne ne la croyait ? Aux yeux du reste de la ville, Brad était un homme affable et un citoyen honorable. Mais elle savait qui il était vraiment. Elle connaissait la noirceur absolue de son âme.

Elle avait peur, oui, mais elle devait reconnaître qu'elle se sentait soulagée d'un grand poids depuis qu'elle avait révélé le nom de son agresseur à Flint. Cela faisait plus de trois longs mois qu'elle supportait seule le fardeau de ce secret.

Flint lui avait promis que Brad ne découvrirait jamais où elle se cachait et que, même s'il y parvenait, il saurait la protéger. Mais comment comptait-il y parvenir ? Si on la voyait arriver au poste de police avec lui, toute la ville saurait bientôt que c'était lui qui l'aidait.

Et si Brad venait à apprendre qu'elle était seule ici… Cette pensée lui donnait envie de faire ses valises et de s'enfuir. Elle posa une main sur son ventre. Sa grossesse commençait vraiment à se voir, ce qui l'effrayait tout autant. Elle ne voulait surtout pas que Brad sache qu'il avait engendré un enfant au cours de cette nuit de violence où elle avait été sa victime.

Sa main passa de son ventre à son front, où un début de migraine commençait à lui marteler le crâne. Elle avait peur, oui, et elle en avait assez de vivre dans la peur. Elle espérait que justice serait rendue, que Brad irait en prison et qu'elle pourrait cesser d'avoir peur. Oui, il fallait qu'elle croie que tout allait se dérouler ainsi. Elle avait un besoin désespéré de se raccrocher à cet espoir.

Un grondement de moteur s'éleva au loin. Elle n'attendait que Flint, mais on aurait dit que plusieurs véhicules approchaient du chalet. Elle ouvrit la porte et, abasourdie, vit apparaître le pick-up de Flint, suivi par une demi-douzaine d'autres, qui se garèrent tous dans la clairière. Qu'est-ce que… ?

Flint descendit de son pick-up et s'approcha d'elle.

— J'espère que tu ne m'en veux pas, dit-il.

— Qu'est-ce qui se passe ?

Les personnes qui l'accompagnaient, qui qu'elles soient, savaient maintenant qu'elle occupait le chalet. Oh ! mon Dieu… Sa présence ici n'était plus un secret. Son niveau d'anxiété atteignit des sommets.

— Flint, pour l'amour du ciel, que font tous ces gens ici ?

— J'ai expliqué ta situation à quelques-uns des hommes du ranch. Je te jure qu'ils ne diront à personne que tu es ici. C'est le moyen le plus sûr que j'aie trouvé de t'amener jusqu'au poste de police sans qu'on puisse déterminer précisément qui t'aide et t'héberge.

Elle eut envie de lui en vouloir d'avoir ainsi trahi sa confiance, mais elle savait qu'elle devait continuer à croire que, quoi qu'il ait fait, ses choix n'étaient motivés que par un seul but : faire ce qui était le mieux pour elle.

— Ces hommes ne diront à personne que tu es là, reprit Flint. Je mettrais ma vie entre leurs mains.

— Mais pourquoi sont-ils tous ici ?

Elle regarda l'assortiment de pick-up par-dessus la large épaule de Flint.

— Ils vont tous nous accompagner jusqu'au poste de police. Je ne veux pas que tu arrives en ville avec moi. Tu vas monter avec Mac McBride. Tu le connais, n'est-ce pas ?

— Il est déjà passé à ma caisse, au supermarché. Il a l'air plutôt gentil.

— C'est un type génial, comme tous ceux auxquels j'ai demandé de m'accompagner. Si nous entrons tous ensemble dans le poste de police, Brad ne pourra pas savoir avec lequel d'entre nous tu es venue.

Un frisson d'appréhension la traversa. Elle n'avait qu'une envie : dire à Flint et à ses amis de tout oublier, leur affirmer qu'elle avait changé d'avis et ne voulait plus dénoncer Brad. Mais Flint devait s'être donné beaucoup de mal pour tout organiser, et la pensée que Brad pouvait s'en prendre à d'autres jeunes femmes lui rendit tout son courage. Elle allait faire ce qu'il fallait.

— Allons-y, dit-elle, pressée d'en finir.

Flint la conduisit jusqu'au pick-up de Mac, qui la salua gentiment quand elle s'installa sur son siège. Une fois qu'elle fut assise, la caravane quitta la clairière et prit la direction de la ville.

— Je ne vous remercierai tous jamais assez de faire ça pour moi, dit-elle à Mac.

Il lui décocha un rapide sourire.

— D'après ce que nous a raconté Flint, vous avez pris la bonne décision. Et nous sommes ravis de pouvoir vous aider à coincer un pervers.

— Mais j'apprécie quand même, répondit-elle.

— Pas de problème. Au moins, nous savons maintenant

pourquoi Flint nous laisse tomber pour passer toutes ses soirées au chalet, depuis quelque temps. Il l'a construit pour avoir un endroit où se réfugier loin de tout et de tout le monde. Ça me fait plaisir de savoir qu'il accepte de le partager avec vous.

— Je lui prépare à dîner tous les soirs, annonça-t-elle.

Elle se surprit à exposer à Mac le marché qu'elle avait passé avec Flint. Mais c'était moins déstabilisant que de réfléchir aux explications qu'elle s'apprêtait à fournir au chef Bowie.

Elle se tut enfin et se tourna vers sa vitre. Quand le camion pénétra dans les faubourgs de la ville, son ventre se noua de nouveau.

Elle n'avait aucun moyen de deviner quelles seraient les conséquences de ses actes, ce qui la terrifiait. Quand la nouvelle se répandrait, est-ce que les gens l'éviteraient dans la rue ? Est-ce que quelqu'un chercherait à s'en prendre à elle pour la punir d'avoir dénigré l'un des habitants les plus populaires de la ville ? Quel genre de répercussion y aurait-il ?

Mac se gara enfin devant le poste de police, sur Main Street, et lui dit de ne pas bouger jusqu'à ce que tous les autres hommes soient garés et descendus de leurs véhicules. Alors seulement, Mac l'autorisa à descendre elle aussi. Les hommes l'encerclèrent aussitôt, comme autant de gardes du corps protégeant une rock star.

Annie O'Brian, la régulatrice, haussa les sourcils en les voyant se masser à l'accueil du poste de police.

— Je vois… Je vais chercher Dillon.

Elle se leva d'un bond et disparut dans un bureau dont elle ressortit quelques instants plus tard, suivie d'un homme de haute taille, aux cheveux bruns.

— Messieurs… et Maddy, dit-il sans masquer sa surprise. Qu'est-ce que je peux faire pour vous ?

— Madison a besoin de te parler en privé, déclara Flint.

— Suivez-moi, Maddy, dit Dillon.

Elle se tourna vers Flint et agrippa sa main.

— Tu viens avec moi ?

Flint hocha la tête, et ils suivirent tous deux Dillon jusqu'à son bureau. Le chef Bowie s'assit dans son fauteuil, derrière la grande table de travail en bois, et les invita d'un geste à prendre place sur les deux chaises disposées face à lui.

— Alors, qu'est-ce qui se passe ?

Madison déglutit avec effort et pressa la main de Flint.

— Je… je suis venue signaler une agression.

Dillon attrapa une feuille de papier et un stylo.

— Quel genre d'agression ?

— Je… j'ai été battue et violée, répondit-elle d'une voix tremblante.

Elle avala sa salive dans l'espoir de se calmer.

Dillon se redressa dans son fauteuil, et ses yeux gris lancèrent un éclat sombre.

— Où les faits se sont-ils produits ?

— Dans ma caravane.

— Et quand se sont-ils produits ?

Madison lui relata l'atroce agression dont elle avait été victime dans ses moindres détails. Elle ne pouvait se résoudre à regarder Flint. Même s'il connaissait déjà toute l'histoire, elle ne voulait pas lire de pitié dans ses yeux.

Ensuite, elle ajouta que son violeur était revenu et expliqua comment elle avait barricadé la porte afin de l'empêcher d'entrer. Pour finir, elle relata les circonstances qui l'avaient amenée à se cacher dans la grange des Holiday, où Flint l'avait découverte.

— Et qui vous a fait ça, Maddy ? demanda Dillon.

Elle hésita un long moment.

— Brad Ainsworth, lâcha-t-elle enfin.

Heureusement, le policier ne haussa pas les sourcils, ne

laissa paraître aucun scepticisme. Au contraire, il continua à l'interroger sur l'agression.

Quand il lui sembla avoir répondu à toutes les questions qu'il pouvait lui poser, elle demanda :

— Est-ce que vous allez l'arrêter ?

— Ce n'est pas aussi simple, Maddy, d'autant que les faits se sont produits il y a plusieurs mois. Je vais d'abord devoir mener mon enquête.

— Il ne sera donc pas arrêté aujourd'hui ? s'enquit-elle.

Sa panique allait croissant.

— C'est peu probable, répondit Dillon.

— Madison loge dans un chalet qui m'appartient, et elle veut que personne ne sache qu'elle s'y trouve, intervint Flint. Voilà pourquoi tous les hommes nous ont accompagnés ce matin : pour éviter que Brad sache chez qui elle se cache.

— J'ai peur, dit-elle doucement à Dillon. Je sais de quoi Brad est capable et… je suis terrifiée.

— Il n'y a aucune raison pour qu'il apprenne où vous vous trouvez, lui assura Dillon. Par ailleurs, les accusations que vous portez sont graves, et je vous promets de prendre cette affaire très au sérieux. J'aurai sans doute d'autres questions à vous poser, mais nous ferons en sorte que nos futurs entretiens se déroulent dans un lieu où vous vous sentirez plus en sécurité.

Madison laissa échapper un petit soupir de soulagement. Elle espérait que Brad ne saurait jamais où elle se cachait et qu'il serait bientôt arrêté. Avant de mettre un terme à l'entretien, Dillon demanda à Flint de lui indiquer la route à suivre pour se rendre au chalet, et Flint lui donna son numéro de téléphone. Le chef de la police promit de l'appeler dès qu'il aurait du nouveau.

Quelques minutes plus tard, ils sortirent du bureau et regagnèrent l'accueil, où tous les autres cow-boys les attendaient.

Ce fut dans le pick-up de Jerod Steen que Madison retourna au chalet. Jerod l'avait toujours un peu intimidée, même si elle savait que, lors de son temps libre, il travaillait avec les jeunes qui fréquentaient le foyer socioculturel.

Ils échangèrent quelques banalités avant qu'elle se plonge dans ses pensées. Elle ne savait pas si elle se sentait mieux ou plus mal maintenant qu'elle avait parlé à Dillon. Pour le moment, elle avait seulement l'impression qu'un voile d'insensibilité s'était abattu sur elle. Elle n'avait qu'une envie : aller se recroqueviller dans son lit, sous les couvertures.

Dès qu'elle fut descendue du pick-up de Jerod, tous les hommes repartirent - sauf Flint. À peine eurent-ils passé la porte qu'il la prit dans ses bras.

Une fois sa surprise passée, elle s'abandonna contre son large torse et se contenta de savourer l'impression de sécurité qui l'emplissait quand elle était dans son étreinte. Il exhalait une odeur de savon et de soleil, mêlée à une touche d'eau de toilette à la senteur fraîche.

— Je suis tellement fier de toi, dit-il à mi-voix.

Son cœur se gonfla, et elle releva la tête pour l'observer.

— Jamais personne ne m'avait dit ça.

Il la regarda, surpris.

— Même pas ton père ?

Elle laissa échapper un petit rire amer.

— Mon père ne me parlait que pour me dire ce qu'il voulait pour le dîner. J'ai passé dix-huit ans à essayer de gagner son approbation, mais je n'y suis jamais parvenue.

— Je suis désolé, Madison. Tu méritais tellement mieux.

Son regard était tellement tendre, sa bouche tellement proche de la sienne… Une onde de chaleur la traversa.

Quand il baissa les yeux pour les poser sur ses lèvres, elle se pressa un peu plus étroitement contre lui. Et soudain, sa bouche fut sur la sienne. D'abord plein de douceur, le baiser se fit passionné et fougueux quand elle entrouvrit les lèvres.

Leurs langues s'entremêlèrent, et elle se sentit gagnée par une douce chaleur. Elle se pressa encore plus contre lui et laissa échapper un petit gémissement.

Il releva brusquement la tête, la relâcha et recula d'un pas.

— Je suis tellement désolé, dit-il. Je… je n'aurais pas dû faire ça.

Madison porta un instant les doigts à ses lèvres, où la chaleur du baiser persistait.

— Tu n'as pas à t'excuser, répondit-elle. Pour tout dire, ça m'a plu. Beaucoup plu.

Flint ouvrit de grands yeux et recula encore d'un pas.

— Tu as déjà été violée par un homme. Je ne veux pas profiter de toi moi aussi.

— Flint, tu m'as traitée avec le plus grand respect depuis le moment où tu m'as trouvée cachée dans la grange. J'avais envie que tu m'embrasses.

Elle sentit la chaleur s'étendre à ses joues.

— J'en avais vraiment envie.

Il fourra les mains dans ses poches, et elle entendit le tintement de ses clés.

— Nous ne devrions sans doute plus nous embrasser, dit-il en fuyant son regard.

— Pourquoi ?

— Je ne crois pas que ce soit une bonne idée, voilà tout. Maintenant, si nous déjeunions ?

Il tourna les talons et se dirigea vers le réfrigérateur.

Elle avait envie de lui demander pourquoi s'embrasser n'était pas une bonne idée. Jamais rien ni personne ne l'avait plus troublée que lui. Mais elle devinait qu'elle le mettrait mal à l'aise en cherchant à aborder ce sujet.

— Va t'asseoir, lui dit-elle. Je vais préparer le déjeuner.

Si elle s'occupait, elle oublierait peut-être combien elle avait aimé être dans les bras de Flint et sentir ses lèvres sur les siennes. Mais, si elle ne repensait pas à ce baiser, elle allait s'inquiéter de ce qui allait se passer quand Brad apprendrait qu'elle était allée dire à la police qu'il l'avait battue et violée.

Quand elle eut préparé des sandwichs, ils se mirent à table et mangèrent en discutant de tout et de rien.

— Est-ce que tu ne dois pas retourner travailler sur le ranch cet après-midi ? demanda-t-elle quand ils eurent fini de manger.

— Pas si tu as besoin que je reste avec toi, répondit-il.

Oh ! comme elle avait envie qu'il reste avec elle… Maintenant qu'elle était allée voir la police, une peur diffuse stagnait au plus profond de son être. Elle ne voulait pas rester seule dans ce chalet, mais Flint avait déjà remué ciel et terre pour elle, et elle ne pouvait pas lui demander d'en faire encore plus. Elle devait être forte.

— J'aime ta compagnie, mais il faut que tu retournes au travail. Tu as fait tout ce qui était en ton pouvoir pour t'assurer que j'étais en sécurité, et je suis sûre que tout ira bien. On se reverra ce soir, pour le dîner.

— Tu es certaine que ça va aller ?

Il scruta son visage, et elle se força à sourire gaiement.

— Certaine, oui. Maintenant, sors d'ici et n'oublie pas de remercier de ma part tous les hommes qui nous ont aidés ce matin.

Elle l'accompagna jusqu'à la porte.

— À ce soir, donc, dit-il. Mais, s'il arrive quoi que ce soit… ou même si quelque chose t'effraye, appelle-moi. Je viendrai tout de suite.

— Merci, Flint… Merci pour tout.

Ses lèvres s'arquèrent en un sourire sensuel, qui lui donna envie de se presser contre lui et de l'embrasser de nouveau.

— Je suis vraiment fier de toi, Madison. Tu es belle et courageuse, et je suis heureux de t'avoir trouvée dans la grange.

Sur ces mots, il se détourna et se dirigea vers son camion.

Elle referma et verrouilla la porte, la poitrine comprimée par une intense émotion. Depuis plus de trois mois, elle portait le bébé enfanté par son violeur, et elle était dangereusement proche de tomber amoureuse d'un séduisant cow-boy du nom de Flint McCay. Il aurait été tellement facile de voir en lui le cow-boy auprès duquel elle allait passer le restant de sa vie.

Mac lui avait dit que Flint avait construit ce chalet pour disposer d'un lieu où se réfugier loin de tout. Elle savait qu'il comptait s'y installer quand il quitterait son travail sur le ranch Holiday. Mais elle pouvait très bien s'imaginer vivre ici avec lui, et pas seulement de façon temporaire : pour toujours.

Deux semaines avant de fuir sa caravane, elle était parvenue à rassembler suffisamment de courage pour s'aventurer en ville. Elle était allée à la bibliothèque pour consulter des ouvrages dispensant des conseils aux victimes de viol ou d'agression.

Elle était assise devant l'un des ordinateurs, en fin d'après-midi, quand elle s'était mise à pleurer. L'une des jeunes bibliothécaires, Amy Leyton, était aussitôt venue voir ce qui se passait.

Quand Amy avait lu le titre du livre qu'elle consultait, elle ne lui avait posé aucune question. Elle s'était contentée de la serrer dans ses bras et de lui donner l'adresse d'un groupe de soutien en ligne.

Madison avait aussitôt rejoint ce groupe et, pendant les deux jours suivants, elle avait passé des heures à échanger avec d'autres victimes et à récupérer une partie de son estime d'elle-même.

Elle avait encore un long chemin à parcourir avant de pouvoir prétendre être guérie mais, dès que toute cette histoire serait terminée, elle verrait un thérapeute pour qu'il l'aide dans le processus de guérison.

Elle n'avait pas seulement peur de Brad Ainsworth. Elle craignait aussi d'être trop abîmée pour qu'un homme de valeur puisse vouloir un jour d'elle.

Flint lui témoignait beaucoup de gentillesse, il était même possible qu'il soit sexuellement attiré par elle, mais elle avait l'impression qu'elle ne pourrait jamais être la femme avec laquelle il voudrait passer le restant de ses jours. Et, pour le moment, cette pensée l'emplissait d'une tristesse insondable.

Flint travailla tout l'après-midi, sans cesser un seul instant de penser au moment où il avait embrassé Madison. Ses lèvres étaient tellement douces et accueillantes qu'il avait dû se faire violence pour ne pas prolonger le baiser - et ne pas l'entraîner jusque dans sa chambre pour lui faire l'amour, lentement, tendrement. La violence du désir qu'il avait ressenti pour elle le stupéfiait.

« J'en avais envie. » L'aveu de Madison résonnait encore dans son esprit. En prononçant ces mots, elle l'avait laissé sans voix, mais elle avait aussi allumé en lui un brasier dévastateur.

Il aurait dû avoir honte de nourrir des pensées aussi torrides à son sujet, mais il ne pouvait pas s'en empêcher. Elle était tellement séduisante, tellement belle, qu'il était tout naturel qu'il soit attiré par elle.

Cependant, il n'était pas l'homme qu'il lui fallait. Elle voulait passer le restant de ses jours aux côtés d'un cow-boy, et bientôt il n'en serait plus un. Pour tout dire, dès que Brad serait sous les verrous et que plus rien n'empêcherait Madison de retourner vivre dans sa caravane, il quitterait le ranch. Sa décision était prise.

D'ailleurs, il ne devait pas se leurrer : elle n'avait sans doute eu envie de l'embrasser que par gratitude. En ces jours où elle était seule au monde, elle lui était reconnaissante de l'avoir accueillie chez lui et de lui avoir témoigné un peu de gentillesse.

Avec un peu de chance, Brad Ainsworth serait bientôt arrêté, et Madison serait libre de reprendre le cours normal de sa vie. Il espérait seulement que, le moment venu, ils se quitteraient bons amis. Et pourtant... Jamais il ne s'était senti à ce point à l'aise avec une femme. Elle était la première avec laquelle il pouvait parler aussi librement.

Les sentiments qu'elle éveillait en lui le déstabilisaient. En plus d'apprécier sa compagnie, il la désirait plus qu'il n'avait jamais désiré aucune femme. Mais elle avait été victime d'une terrible agression, et il aurait préféré se tirer une balle dans le corps que de se permettre le moindre geste qui puisse lui donner l'impression d'en subir une autre.

— Hé, Flint ! lança Sawyer Quincy.

Il leva les yeux du harnais qu'il était en train de lustrer.

— Salut, Sawyer.

Sawyer, le contremaître du ranch, était un homme aux cheveux couleur de sable - et l'un des cow-boys que Flint aimait comme s'ils avaient été ses frères. Dernièrement, il avait épousé Janis Little, qui travaillait comme serveuse au Watering Hole, et le couple avait emménagé dans la maison qu'ils avaient achetée en ville. Sawyer était également l'un des hommes qui les avaient accompagnés au poste de police ce matin.

— Comment va Maddy ? demanda Sawyer.

— Elle va bien, même si elle a peur de ce que Brad peut faire maintenant que la police est au courant.

Son esprit s'emplit de rage, et il fronça les sourcils avec force.

— J'adorerais mettre la main sur ce type et lui casser la

gueule. Mais je sais que si je commençais à le frapper je ne pourrais plus m'arrêter jusqu'à ce qu'il soit presque mort.

— Et tu irais en prison, et Madison se retrouverait seule, compléta Sawyer.

— C'est la seule chose qui me retient de partir à sa recherche, dit Flint d'un ton sinistre.

Sawyer secoua la tête.

— Je n'arrive toujours pas à croire que Brad ait pu faire une telle chose. Lui, l'enfant chéri de la ville, toujours prêt à faire une bonne action…

— Ce n'est pas la première fois que nous nous laissons tromper par les apparences, répondit Flint.

Son cœur se serra. Le temps avait beau passer, la trahison dont il avait été victime lui faisait toujours aussi mal.

— Tu parles d'Adam, dit Sawyer.

Flint hocha la tête. Adam Benson était l'un des « garçons perdus ». Il avait grandi auprès de Flint et de ses collègues, et tous l'avaient aimé comme un frère - jusqu'au jour où la noirceur absolue de son âme avait été dévoilée.

Tout le monde était tombé des nues en apprenant qu'Adam était un tueur en série. Des années plus tôt, alors qu'il était à peine entré dans l'âge adulte, il avait assassiné une demi-douzaine de garçons qu'il avait enterrés sur la propriété. Leurs ossements n'avaient été découverts que le jour où Cassie avait entrepris des travaux en vue de construire un nouveau hangar.

L'enquête de police piétinait quand Adam avait tenté d'agresser Cassie à coups de hache. Heureusement, Dillon était arrivé juste à temps pour empêcher un nouveau meurtre - et depuis, Cassie et lui étaient en couple.

Aucun des « garçons » n'avait jamais soupçonné Adam d'être un assassin, aucun n'aurait pu imaginer qu'il puisse dissimuler une âme d'une noirceur aussi totale. Quand ses crimes avaient enfin été découverts, ils s'étaient tous sentis profondément trahis.

— Je suppose qu'on ne peut savoir si le cœur d'un homme est gangrené par le mal que s'il le montre, d'une façon ou d'une autre, dit Sawyer.

— Et c'est exactement ce qu'a fait Brad : il s'en est pris à une femme sans défense, qui est montée dans sa voiture sans se méfier le moins du monde. Tout ce qu'elle demandait, c'était qu'on la ramène chez elle.

Sa colère enfla de nouveau, et il serra les poings.

— Dillon va s'occuper de cette affaire, Flint, dit Sawyer. Il faut que tu lui fasses confiance. Mais à part ça, comment vas-tu ? Je t'entends parfois gémir quand tu te lèves pour quitter la table, après le petit déjeuner.

Bien que la remarque le mette un peu mal à l'aise, il se força à sourire avec autant de naturel que possible.

— Oh ! tu sais… Toutes ces années de rodéo commencent à se faire sentir. J'ai un peu d'arthrite dans la hanche.

Sawyer sourit.

— Je crois que nous commençons tous à regretter les folies que nous avons faites pendant notre jeunesse. Mon épaule me fait toujours souffrir quand le temps est humide. Pourtant, cela fait déjà deux ans que je me suis fait mal en essayant de battre Jerod au bras de fer.

Flint éclata de rire.

— Si mes souvenirs sont bons, tu l'as défié une bonne quinzaine de fois.

— Et sans jamais gagner, répondit Sawyer avec un rire jovial.

Il frappa Flint dans le dos et regarda sa montre.

— Je voulais seulement voir comment tu allais et te dire que tu peux arrêter pour aujourd'hui, si tu veux. À demain matin.

Dès que Sawyer eut quitté l'écurie, Flint commença à

ranger ses outils. Quand il eut fini, il sortit à son tour et vit que la voiture de patrouille de Dillon était garée devant la maison. Soit il était rentré dîner, soit il faisait simplement une pause.

Au lieu de se diriger vers le hangar où était garé son pick-up, il alla droit vers la grande maison blanche à un étage où habitaient Cassie et Dillon. Il voulait dire quelques mots au chef de la police avant d'aller rejoindre Madison au chalet pour passer la soirée avec elle.

Il frappa à la porte de derrière, et Cassie vint lui ouvrir. C'était une jolie petite femme blonde qui dirigeait le ranch d'une main de fer, tout comme la grande Cass qui lui avait légué l'endroit.

— Flint ! Entre donc.

Avec un sourire accueillant, elle le précéda jusqu'à la cuisine, où Dillon était attablé devant une tasse de café.

— Salut, Flint. Je suis juste passé voir ma femme avant de reprendre la route.

D'un geste, il l'invita à s'asseoir face à lui.

— Un café ? demanda Cassie.

— Non, merci, ça ira, répondit-il.

Il s'assit et reprit en s'adressant à Dillon cette fois :

— Je voulais seulement savoir si tu avais eu l'occasion d'interroger Brad et si tu avais des nouvelles fraîches à me donner pour que je les transmette à Madison.

— J'ai parlé à Brad, oui, mais il a nié toutes les accusations.

— Bien sûr, qu'il a nié, dit Flint, dégoûté. Et est-ce qu'il a une idée des raisons qui auraient pu pousser Madison à porter de « fausses » accusations contre lui ?

— Pour tout dire, oui. Il a déclaré qu'il savait que Maddy était amoureuse de lui. Un jour, elle lui a proposé de dîner avec elle. Il a refusé et lui a dit qu'il ne s'intéressait absolument pas à elle. D'après lui, elle aurait inventé toute cette histoire pour se venger de lui.

— Quel fatras de mensonges ! répondit Flint. Qu'est-ce qu'il va se passer maintenant ?

— Pour le moment, c'est la parole de Maddy contre celle de Brad, dit Dillon. Je vais interroger toutes les femmes avec lesquelles il est sorti jusqu'à présent pour savoir quelles ont été leurs expériences avec lui. Ensuite, j'interrogerai ses amis dans l'espoir d'obtenir une information susceptible de faire progresser l'enquête - ainsi que toutes les personnes qui résident au camping pour savoir si quelqu'un y a vu Brad la nuit de l'agression, et celle où il a essayé de forcer la porte de la caravane de Maddy.

Dillon s'interrompit et prit une gorgée de café. Quand il reposa la tasse, il regarda Flint en fronçant les sourcils.

— Il faut que je te dise que cette affaire aurait été bien plus facile à traiter si Maddy s'était manifestée aussitôt après les faits. L'ADN et les marques de coups nous auraient permis de monter un dossier solide. Mais tout cela s'est produit il y a plus de trois mois, ce qui rend l'enquête beaucoup plus difficile.

— Malheureusement, nous n'y pouvons rien. Sur le moment, elle avait trop peur pour porter plainte.

Flint soupira. Apparemment, il s'écoulerait un certain temps avant que Brad soit derrière les barreaux. Certainement plus de temps que Madison ne l'avait pensé.

— Aussi longtemps que Madison est en sécurité, cachée dans mon chalet, nous pouvons attendre jusqu'à ce que justice soit faite, parce que je veux croire qu'elle le sera.

— C'est l'objectif que je me fixe toujours, répondit Dillon. Fais-moi confiance, Flint. Je prends cette affaire très au sérieux. Je vais essayer de convaincre le procureur d'accepter de l'instruire sans attendre, ce qui me permettra de mettre Brad en garde à vue.

— Si c'était possible, Madison serait certainement soulagée.

Cassie intervint :

— Et, s'il te plaît, dis à Maddy qu'elle est dans mes pensées et dans mes prières.

— Merci, dit Flint en se levant. Je transmettrai le message. Et maintenant, je vous ai assez dérangés.

Dillon se leva lui aussi.

— Je te contacterai s'il y a du nouveau.

Quelques minutes plus tard, Flint prit la route du chalet. Madison n'allait pas apprécier d'entendre la version que Brad avait donnée de toute l'histoire, mais il fallait qu'elle la connaisse. Et, avec un peu de chance, le procureur accepterait d'instruire le dossier.

Sur un tout autre plan, il était contrarié d'apprendre qu'il lui était arrivé de gémir ou grogner de douleur assez fort pour que Sawyer l'entende. Peut-être qu'il était temps pour lui de commencer à prendre le traitement que lui avait prescrit le médecin.

Il chassa cette pensée de son esprit. Pour le moment, il devait ne penser qu'à Madison et à ses besoins. Il voulait qu'elle se sente en sécurité - et qu'elle soit en sécurité. Cependant, quand il approcha du chalet et que le désir commença à frémir au creux de son ventre, il se demanda si ce n'était pas de lui-même qu'il allait devoir la protéger, maintenant.

Brad était assis sur le canapé de son appartement décoré avec goût. Il était aussi fier de son intérieur que de l'existence qu'il s'était construite à Bitterroot.

Il travaillait comme agent d'assurances au sein d'un cabinet prospère, mais son but était de suivre les traces de son père en devenant maire de la petite ville.

Bien sûr, ce poste ne serait qu'un tremplin pour une carrière politique qu'il voulait glorieuse, et qui lui permettrait de quitter un jour cette ville poussiéreuse et ennuyeuse pour s'établir à Washington, DC. Il était jeune, beau et intelligent - toutes les qualités requises pour réaliser ses rêves. Il lui suffisait de suivre le plan auquel il réfléchissait depuis des années.

Et cette salope voulait tout gâcher ?

Il serra les poings avec tant de force que ses ongles s'enfoncèrent dans ses paumes. Maddy Taylor… Comment allait-il se débarrasser de Maddy Taylor ?

Toutes les autres femmes s'étaient tues. Aucune d'elles n'avait osé se rendre à la police pour dénoncer la façon malsaine dont il prenait son plaisir. Pourquoi celle-ci l'avait-elle fait ?

Il savait pertinemment qu'il était un monstre. Un homme qui était excité par une femme au visage ensanglanté, qu'il frappait encore et encore en se délectant de ses pleurs et de ses supplications, n'avait rien de normal. Mais c'était ainsi qu'il était programmé. Jamais il ne ressentait de plaisir sexuel aussi intense que quand il possédait une femme contre son gré.

Le plus souvent, c'était à Oklahoma City qu'il assouvissait ses désirs contre nature, avec des prostituées. Cependant, il lui était déjà arrivé de passer à l'acte ici, dans sa propre ville.

Il avait fait preuve de la plus grande prudence. Seules deux femmes de Bitterroot avaient fait connaissance avec le côté sombre de sa personnalité - deux femmes timides et effacées qui se situaient bien en dessous de lui dans l'échelle sociale et qui avaient rarement voix au chapitre.

Mais cette salope de Maddy s'était fait entendre, elle. Elle était allée tout raconter à Dillon. Deux de ses amis l'avaient informé qu'elle était arrivée au poste de police en compagnie d'un groupe de cow-boys, ces crétins qui travaillaient sur le ranch Holiday.

Il se leva et tapota les coussins posés sur le canapé avant de les redresser. Ses amis aimaient le taquiner en lui disant qu'il était légèrement maniaque. Mais il aimait que sa maison soit propre, rien de plus, et que chaque chose soit remise à la place qui lui revenait... comme Maddy Taylor devait l'être maintenant.

Il avait remarqué sa voiture, abandonnée sur le bord de la route, mais il avait été incapable de la localiser. Maintenant, il avait un indice : c'était l'un des cow-boys du ranch Holiday qui la cachait, la protégeait.

Il ne lui restait plus qu'à découvrir de qui il s'agissait. Ensuite, il pourrait mettre Maddy à la place qui lui revenait... six pieds sous terre.

7

Madison ouvrit la porte dès qu'elle entendit un bruit de moteur, et il lui suffit de voir Flint descendre de son pick-up pour pousser un soupir de soulagement. Elle s'était sentie passablement perturbée de se retrouver seule dans le chalet après être allée porter plainte contre Brad. Le moindre bruit la faisait sursauter, et elle regardait constamment par la fenêtre.

Mais elle était parvenue à conserver son calme en se concentrant sur le merveilleux baiser que Flint et elle avaient échangé. Ce baiser avait profondément troublé son âme et allumé en elle un désir brûlant, comme elle n'en avait jamais ressenti auparavant.

Elle sourit en le regardant approcher.

— Hé, cow-boy, c'est bon de te revoir.

Il lui décocha ce sourire sensuel qui faisait toujours fuser une onde de chaleur en elle.

— Hum… Comme toujours, il y a quelque chose ici qui sent très bon, dit-il en entrant dans le chalet.

— Ce doit être le dîner.

Il ôta son chapeau et le jeta sur le canapé.

— Est-ce que je peux t'aider ?

— Non. Assieds-toi.

Il se laissa tomber sur sa chaise, devant la table.

— Comment s'est passé ton après-midi ? demanda-t-il.

Elle sortit le steak cuit à l'étouffée du four avant de se tourner vers lui.

— Pour être franche, j'étais un peu nerveuse d'être toute seule ici. Tout ce que j'espère, c'est que Brad ne découvrira jamais où je me cache.

— Il n'y a aucune raison de penser qu'il le puisse. Les hommes qui nous ont accompagnés ce matin ne diront rien à personne.

Ces paroles la réconfortèrent. Si ses amis cow-boys avaient sa confiance, elle allait se fier à eux, elle aussi. Elle remplit leurs assiettes et s'assit face à lui.

— Et toi ? Comment s'est passé ton après-midi ? demanda-t-elle.

Elle adorait l'écouter parler de son travail sur le ranch et de ses interactions avec les autres hommes. Même si elle était heureuse d'être ici, dans ce chalet, elle souffrait de ne pouvoir rire ou parler avec qui que ce soit.

Elle attachait la plus grande importance à sa sécurité, mais elle avait hâte de pouvoir tourner la page de toute cette histoire et de reprendre son travail au supermarché. Elle avait désespérément besoin de retrouver les parcelles de sa vie qui la rendaient agréable.

Quand ils eurent fini de dîner, ils débarrassèrent et passèrent dans le salon. Elle demanda :

— As-tu eu des nouvelles de Dillon ?

Flint ramassa son chapeau sur le canapé, le lança dans un fauteuil, et ils s'assirent côte à côte. Comme il hésitait, elle sentit son ventre se nouer sous l'effet de l'anxiété.

— Flint ?

— Oui, je suis passé le voir juste avant de venir.

— Et ?

— Et il a déjà interrogé Brad, répondit Flint.

— Et que lui a dit Brad ?

Son ventre se noua de plus belle.

— Que rien de tout ce que tu as dit n'est vrai et que jamais il ne ferait une telle chose à une femme. Il a dit que tu ne l'avais accusé que parce que tu t'intéressais à lui et qu'il t'avait repoussée.

Elle dévisagea Flint pendant un long moment. Les larmes qui lui étaient montées aux yeux s'asséchèrent sous le coup de la fureur qui l'emplit soudain.

— Qu'il aille au diable ! lança-t-elle en se levant d'un bond. Qu'il aille au diable pour ce qu'il m'a fait, et pour oser inventer toute cette histoire maintenant. Quand je pense qu'il est allé prétendre que je voulais sortir avec lui ! Mon Dieu, ça me donne envie de vomir !

— Madison, ne t'énerve pas comme ça. Ce n'est pas bon pour le bébé.

Il la prit par la main et la força à se rasseoir.

— Dillon vient tout juste de commencer l'enquête, reprit-il. Tu ne devrais pas être surprise que Brad nie tout en bloc.

Ces paroles la calmèrent, essentiellement parce qu'il avait fait allusion au bébé qu'elle portait. Elle se rassit, et il relâcha sa main.

— Bien sûr, je ne m'attendais pas à ce qu'il avoue, mais jamais je ne l'aurais cru capable de dire à Dillon que j'avais le béguin pour lui et que j'ai tout inventé pour me venger.

— J'espère que tu ne regrettes pas de l'avoir dénoncé, dit Flint en reprenant sa main dans la sienne.

Quand ses doigts que le travail avait rendus rugueux enveloppèrent les siens, elle se sentit protégée… et se surprit soudain à repenser au baiser qu'ils avaient échangé. Aussitôt, elle eut envie qu'il l'embrasse de nouveau - mais pas seulement. Elle voulait aussi qu'il l'emmène dans sa chambre et lui fasse tendrement l'amour.

Jamais elle ne s'était sentie aussi proche d'un homme. Elle voulait que Flint emplisse son esprit de souvenirs pleins de douceur, qui remplaceraient les images violentes, douloureuses, du viol qu'elle avait subi. Cette fois, ce serait elle qui dicterait ses conditions. Et, en donnant à Flint ce qu'elle devait lui donner, elle rentrerait en possession de l'une des parties d'elle-même qui lui avaient été arrachées.

Elle se laissa aller contre lui.

— Non, je ne regrette rien. Il faut que quelqu'un empêche Brad de s'en prendre à d'autres femmes. Aussi longtemps que tu seras à mes côtés, tout ira bien.

— Et je resterai à tes côtés jusqu'à ce que tout soit terminé.

Le vert de ses yeux lui rappelait l'herbe par une belle journée ensoleillée. Elle eut envie de s'allonger dessus, de s'allonger sur lui.

Elle releva le visage et entrouvrit légèrement les lèvres, en espérant qu'il comprendrait l'invitation qu'elle lui lançait et s'emparerait une nouvelle fois de sa bouche. Mais, soit il ne comprit pas ce qu'elle espérait, soit il eut peur de dépasser les limites qu'il s'était lui-même fixées, parce qu'il se contenta de lui sourire avant de détourner le regard.

— Flint.

Il reposa les yeux sur elle.

— Flint, embrasse-moi, dit-elle doucement.

Une flamme jaillit dans son regard, comme si des néons s'étaient allumés dans ses yeux.

— Madison… je t'ai dit cet après-midi que nous ferions mieux d'éviter ce genre de choses.

Elle devina à sa voix un peu rauque que ses paroles ne retranscrivaient pas sa pensée, loin de là. Quoi qu'il dise, il n'aurait pas détesté l'embrasser de nouveau.

— Mais pourquoi ?

Elle se rapprocha un peu plus de lui, jusqu'à ce que leurs cuisses se touchent.

Il sentait tellement bon… Cette odeur de soleil qui l'enveloppait en permanence, mêlée aux effluves de son eau de toilette, lui était devenue aussi familière que le battement de son propre cœur. Elle voulait s'envelopper de ces odeurs, les porter contre sa peau nue.

— Est-ce que tu n'as pas envie de m'embrasser encore une fois ?

Il inspira bruyamment.

— Oh ! femme… Tu me tues.

Il détourna vivement les yeux, mais pas assez pour que l'étincelle de passion qui s'y était allumée lui échappe.

— Bien sûr que j'aimerais t'embrasser, mais tu es vulnérable en ce moment, Madison. Toute cette histoire t'a secouée. Peut-être que tu ne sais pas ce que tu veux vraiment.

— Quel ramassis de bêtises ! railla-t-elle. Regarde-moi, Flint.

Elle attendit qu'il obéisse pour poursuivre :

— Je sais exactement ce que je veux. Je veux que tu m'embrasses, longuement, passionnément.

Quand elle vit son regard se voiler et l'entendit prendre une profonde inspiration, elle comprit qu'il allait le faire et qu'elle allait vivre un moment merveilleux.

Il s'empara de sa bouche et l'embrassa avec une ferveur qui consuma son âme. Il enfouit les mains dans sa magnifique chevelure avant de les laisser glisser le long de son dos, jusqu'à sa taille, pour l'attirer tout contre lui. Elle écarta les lèvres en une invitation muette.

Leurs langues se mêlèrent en un tourbillonnement passionné qui manqua lui couper le souffle. Un désir fulgurant la traversa, et elle s'agrippa à ses larges épaules.

Elle n'avait pas envie d'un homme… mais de *cet* homme, et elle savait que le désir qui la consumait était une émotion bien distincte de la gratitude qu'elle éprouvait. Si elle le désirait, ce n'était pas parce qu'il la protégeait.

Le feu qui la dévorait était né de sa gentillesse, mais il avait été attisé par la façon dont il la regardait parfois, et par la douceur de chacun de ses gestes. Son désir avait été nourri par chacune de leurs conversations, par les larmes qu'elle avait versées devant lui, par le réconfort qu'il lui avait apporté.

Tandis que ces pensées traversaient son esprit, le baiser se prolongeait. Quand il arracha enfin sa bouche de la sienne, ce fut pour laisser glisser les lèvres le long de sa joue. Elle enfouit les mains dans ses cheveux et approcha la bouche de son oreille.

— Fais-moi l'amour, Flint, chuchota-t-elle. Emmène-moi dans ta chambre et fais-moi l'amour. J'en ai besoin. J'ai besoin de toi, de ta tendresse.

Il s'écarta vivement. Le silence régnait dans la pièce, seulement troublé par le son d'une respiration rapide - celle de Flint ou la sienne ? Son regard se fit encore plus vitreux qu'auparavant.

— Madison, nous ne pouvons pas faire ça.

Sa voix était rauque. Il la désirait autant qu'elle le désirait, elle le savait.

— Si, nous pouvons. J'ai envie de toi et je sais que tu as envie de moi, toi aussi. Alors, qu'est-ce qui nous empêche de le faire ?

Elle se leva et tendit la main.

— S'il te plaît, Flint. J'ai tellement envie de toi.

Il se leva, la reprit dans ses bras et s'empara de nouveau de sa bouche. Dans ce baiser passionné, elle sentit tout le désir qu'elle lui inspirait. Ils se séparèrent enfin et se dirigèrent vers la chambre, sans mot dire.

— Tu es sûre que c'est ce que tu veux, Madison ? demanda-t-il enfin quand ils furent sur le pas de la porte. J'ai besoin de savoir que tu n'as pas le moindre doute.

— De toute ma vie, jamais je n'ai été plus sûre de quoi que ce soit. J'ai envie de toi, Flint.

Il l'attira contre lui et l'embrassa une fois encore, longuement, mais il semblait avoir peur d'aller plus loin. Et elle voulait qu'il lui donne plus… oh, tellement plus !

Elle s'écarta et murmura :

— Flint, baisse la fermeture Éclair de ma robe.

Il posa les mains dans son dos, sur la fermeture Éclair de la longue robe au tissu semé de fleurs qu'elle portait. Comme il hésitait, elle se plaqua contre lui pour l'encourager. La fermeture descendit dans un chuchotement. Il fit glisser les bretelles de ses épaules, et le tissu tomba à ses pieds, tel un tapis de fleurs, la laissant seulement vêtue de son soutien-gorge et de sa culotte.

— Oh ! mon Dieu, Madison, tu es tout simplement magnifique !

Le regard qu'il posait sur elle la baigna de chaleur, comme l'eût fait un contact physique. Soudain gênée, elle couvrit son ventre légèrement arrondi de ses mains. Mais il tendit le bras et la força à les écarter.

— Ne te cache pas, dit-il. C'est une nouvelle vie qui grandit en toi, et c'est tellement beau !

Elle manqua fondre. Si elle n'en avait pas déjà eu envie avant qu'il prononce ces mots, elle se serait jetée dans ses bras en les entendant. Elle avança vers lui, empoigna le bas de son T-shirt et le remonta sur son torse. Il acheva de le retirer et le jeta sur la chaise, dans le coin de la chambre.

Ensuite, il écarta le dessus-de-lit gris et noir, et elle se glissa aussitôt entre les draps blancs pour le regarder ôter ses bottes, ses chaussettes et son jean.

Il était beau, tout simplement. Ses épaules étaient larges, ses abdos bien dessinés, ses hanches minces. Et il était déjà excité.

Il la rejoignit dans le lit et l'attira contre lui, soudant leurs corps l'un à l'autre du torse jusqu'aux orteils. La peau de Madison adora aussitôt le contact de celle de Flint, la chaleur dispensée par ses muscles fermes. Quand leurs lèvres s'unirent pour un nouveau baiser passionné, elle se perdit en lui.

Il libéra l'un de ses bras pour pouvoir la caresser. Il posa la main dans son cou avant de la laisser glisser sur sa clavicule pour la mouler sur son sein.

En sentant la chaleur de sa paume à travers le fin tissu de son soutien-gorge, elle voulut être entièrement nue dans ses bras. Elle se redressa, passa une main dans son dos et dégrafa son soutien-gorge. Il le lui ôta et le jeta par terre, à côté du lit.

Elle se tortilla pour se débarrasser de sa culotte tandis qu'il ôtait son boxer. Quand il la reprit dans ses bras, plus aucun vêtement ne se dressait entre eux.

Il reposa une main sur son sein. Le frottement de sa paume rendue rugueuse par le travail lui arracha un gémissement. Quand ses doigts se refermèrent sur son mamelon durci, des ondes électriques crépitèrent dans tout son corps. Et, lorsque sa bouche remplaça ses doigts et qu'il commença à la lécher, un désir à la fois doux et brûlant la terrassa, lui arrachant un nouveau gémissement.

Il releva la tête pour la regarder. La flamme du désir dansait dans ses yeux, mais elle lisait autre chose dans leurs profondeurs vertes… Une douceur qui manqua l'anéantir. Après ce qu'elle avait vécu, elle avait tellement besoin de sa douceur, de sa délicatesse…

— Si je vais trop vite ou que tu es mal à l'aise, dis-le-moi.

— Je te le dirai, répondit-elle. Mais pour le moment tu t'y prends très bien.

Pour appuyer ses dires, elle posa une main sur son sexe gonflé par le désir et l'enveloppa délicatement. Il gémit et laissa glisser une main jusqu'à son intimité. Elle était déjà humide, prête à l'accueillir. Quand il commença à faire jouer ses doigts sur sa chair, son plaisir décupla.

— Oui, oui ! lança-t-elle.

Haletante, elle se mit à faire aller et venir sa main sur lui tout en se cambrant, en tendant son corps vers lui pour se plaquer contre ses doigts. Elle bascula bientôt, dégringola dans le précipice en criant son nom.

— Flint, j'ai besoin de toi maintenant, dit-elle dans un souffle.

Elle le relâcha et, d'un geste, l'incita à se placer entre ses cuisses. Comme il hésitait, restait en suspens au-dessus d'elle, elle plaqua les mains sur ses fesses pour l'attirer vers elle. Quand il la pénétra lentement, elle ferma les yeux pour retenir les larmes de joie qu'elle sentait monter en elle.

Il ne lui prenait rien : elle se donnait à lui, de son plein gré. Et, quoi qu'il arrive, elle garderait toujours le souvenir de la douceur de Flint pendant leur union, un souvenir qui effaçait l'image de cette nuit où un homme l'avait possédée bien qu'elle crie et se débatte.

Elle se cambra pour aller à la rencontre de ses coups de reins et, une fois de plus, fut gagnée par un désir sauvage tel qu'elle n'en avait jamais éprouvé auparavant. Elle s'agrippa à ses larges épaules et atteignit de nouveau la crête d'une vague de plaisir exquis, au moment même où elle sentait Flint se raidir contre elle, balayé par son propre orgasme.

Ils demeurèrent rivés l'un à l'autre pendant de longues minutes. Enfin il l'embrassa, avec une tendresse qu'elle n'avait jamais ressentie de la part d'aucun homme, et se laissa rouler loin d'elle. Il lui sourit.

— Je te laisse la salle de bains. J'irai après toi.

— Merci.

Elle se leva pour passer dans la pièce attenante. Elle était nue, elle savait que Flint la dévorait des yeux, mais elle n'éprouva aucune gêne, aucun besoin de se couvrir.

Une fois dans la salle de bains, elle se regarda dans le miroir. Ses joues étaient rouges, et ses yeux brillaient d'une joie sauvage. Jamais elle n'avait été aussi heureuse qu'en cet instant. Une seule chose aurait pu ajouter à son bonheur : s'endormir dans ses bras.

Elle fit ce qu'elle avait à faire et lui céda la place. Elle ramassa sa culotte, qui était par terre à côté du lit, la remit et se glissa de nouveau sous les draps. Elle savait que Flint, quand il ressortirait de la salle de bains, allait se rhabiller pour retourner sur le ranch, et elle espérait trouver un moyen de le dissuader de partir.

Quand il ouvrit la porte et la vit dans le lit, il hésita un instant sur le seuil.

— Est-ce que tu peux rester avec moi, Flint ? demanda-t-elle. Juste cette nuit. J'aimerais tant dormir dans tes bras.

Sans mot dire, il se baissa pour ramasser son boxer noir, qu'il enfila avant de se glisser dans le lit, auprès d'elle. Il se tourna vers elle et, dans son regard, elle lut l'ombre d'un regret.

— Madison..., commença-t-il.

Elle posa un doigt sur ses lèvres.

— S'il te plaît, ne dis rien... Câlinons-nous, c'est tout.

Elle se tourna, de façon que son dos touche le torse de Flint. Il passa un bras autour d'elle pour l'attirer tout contre lui. Elle ne voulait pas qu'il parle, de peur qu'il ne prononce des paroles susceptibles de gâcher le moment qu'ils venaient de vivre. S'il avait des remords, elle ne voulait pas les entendre.

Parce que, pour sa part, elle n'en avait aucun. Elle était profondément attachée à Flint et, en faisant l'amour avec lui, elle s'était fait un cadeau à elle-même. Un cadeau merveilleux, magique.

Il ne s'en rendait peut-être pas compte, mais il lui avait fait un cadeau inestimable, lui aussi. Grâce à lui, elle s'était rappelé que l'union charnelle pouvait être empreinte de délicatesse et de respect mutuel, et qu'il existait sur cette terre des hommes intègres qui ne prenaient pas de force ce qu'une femme ne voulait pas leur accorder.

Baignée par la chaleur de son corps, blottie dans ses bras, dont l'un encerclait son ventre, elle tomba dans un sommeil peuplé de doux rêves.

Quand Flint remonta lentement des profondeurs du sommeil, les volutes du parfum sucré, floral, de Madison qui s'immiscèrent dans son esprit furent son premier contact avec la réalité. Il prit ensuite conscience de la chaleur de son corps aux courbes délicates, blotti tout contre lui.

Même s'il était bien réveillé maintenant, il garda les yeux clos et se contenta de savourer la joie simple qui l'emplissait, uniquement parce qu'il était tout près d'elle. Il aimait son odeur, il aimait la façon dont son corps se moulait parfaitement au sien.

Après quelques minutes, il ouvrit enfin les yeux. La pièce était encore plongée dans l'obscurité, mais il savait que les premières lueurs de l'aube apparaîtraient d'ici une demi-heure.

Madison dormait toujours paisiblement. Il était grand temps qu'il sorte du lit avant que l'excitation le gagne - et, bien sûr, il devait retourner sur le ranch. Il n'avait pas la moindre envie de quitter son lit, mais il savait qu'il devait se lever et s'en aller.

Aussi longtemps qu'elle serait blottie dans ses bras, il serait incapable d'aligner deux idées cohérentes. Or, il avait vraiment besoin de réfléchir après ce qui s'était passé entre eux. Ce moment avait été merveilleux mais, ce matin, il était taraudé par les remords. Il ne fallait surtout pas qu'elle croie qu'il allait tenir une place à part dans sa vie, qu'il allait être le cow-boy de ses rêves.

Comme s'il avait besoin d'un rappel, une douleur aiguë

traversa ses articulations quand il se dégagea doucement et se leva sans bruit. Heureusement, il parvint à s'habiller et à quitter le chalet sans la réveiller.

Tout en roulant vers le ranch, il repensa à cette nuit. Aucun doute : il avait adoré lui faire l'amour. Elle s'était montrée généreuse, tendre et excitante à la fois - tout ce qu'il appréciait chez la femme avec laquelle il sortait.

Mais il ne voulait pas qu'elle nourrisse de fausses illusions sur eux deux : il n'y avait pas de place pour lui dans son avenir. Un jour, elle rencontrerait le cow-boy qui serait fait pour elle, l'homme qui lui offrirait la vie dont elle rêvait. Mais il n'était pas ce cow-boy et ne pourrait jamais l'être.

Pour le moment, elle avait besoin qu'il la protège et la soutienne dans sa quête de justice. Une fois ce chapitre clos, elle pourrait reprendre le cours de sa vie, retourner dans sa caravane et attendre de rencontrer le cow-boy de ses rêves.

Dès qu'il eut garé son pick-up sur le ranch, il alla droit dans sa chambre pour prendre une longue douche brûlante. Il cherchait non seulement à se laver de l'odeur de Madison, mais aussi à soulager les douleurs dont son corps était perclus.

Une fois habillé, il gagna le réfectoire pour prendre son petit déjeuner. Il était tellement tôt que Cookie n'avait pas encore dressé le buffet, mais la grande carafe de café était prête, et Mac et Jerod occupaient déjà l'une des tables, leurs tasses devant eux.

Flint les salua, se servit une tasse de café et les rejoignit.

— Quoi de neuf, messieurs ? demanda-t-il.

— Pas grand-chose de notre côté, mais en ville on ne parle plus que de Maddy, répondit Mac.

Flint grimaça.

— La nouvelle des accusations qu'elle porte contre Brad s'est donc répandue ?

— Oh oui, aucun doute à avoir, dit Jerod. Je suis allé en

ville pour acheter quelques articles à la coopérative agricole hier, et M. Tanner m'a demandé si je savais quoi que ce soit.

— Qu'est-ce que tu lui as répondu ?

— Que s'il avait des questions il n'avait qu'à aller les poser au chef Bowie.

— Et moi, ajouta Mac, j'étais au restaurant hier soir. On aurait dit que tous les clients ne parlaient que de ça.

— Et qu'est-ce qu'ils disaient ? s'enquit Flint.

Il n'était pas certain de vouloir le savoir.

— Oh ! ils se demandaient essentiellement si les allégations de Madison étaient vraies ou non. Mais je dois te dire que la plupart des gens m'ont semblé prendre le parti de Brad, surtout les hommes.

Flint fronça les sourcils.

— C'est ce que je craignais.

— N'oublie pas que Brad a passé des années à se forger une réputation d'homme intelligent et généreux, remarqua Mac. Le citoyen exemplaire.

— Quand je pense à ce qu'il a fait à Madison, j'en suis malade, lâcha Flint. Est-ce que l'un d'entre vous l'a vu ?

— Non, mais il pourrait bien m'avoir suivi quand j'ai quitté le restaurant, répondit Mac.

— Vraiment ?

Flint se redressa sur le banc et prit une gorgée de café. Une seule raison pouvait avoir amené Brad à suivre Mac jusque chez lui : l'homme cherchait à découvrir qui parmi eux hébergeait Madison.

— Même s'il finit par trouver où se cache Madison, il faudrait qu'il soit sacrément idiot pour essayer de s'en prendre à elle, déclara Mac. Si quelque chose lui arrivait, il serait le principal suspect.

— Et même si Brad cache une facette monstrueuse, renchérit Jerod, il est loin d'être idiot. Pour le moment, c'est la parole de Maddy contre la sienne. Mais, s'il la menace ou qu'il s'en prend à elle, la balance penchera en faveur de Maddy.

Flint termina son petit déjeuner et se mit au travail sans cesser de repenser à cette conversation. Brad pouvait-il être assez idiot pour s'en prendre à Madison… ou assez désespéré pour essayer de la faire taire pour toujours ?

Il avait compris pourquoi Madison tenait à ce que sa présence au chalet demeure secrète et pourquoi elle ne voulait pas retourner dans sa caravane, où elle aurait pu être exposée à une nouvelle agression. Mais il n'avait jamais vraiment pensé qu'elle puisse courir un véritable danger, surtout maintenant que Dillon était au courant de toute l'histoire.

Quand vint l'heure du déjeuner, Flint avait tellement réfléchi à toutes les options qui s'offraient à lui que son cerveau était épuisé. Pour couronner le tout, ses articulations étaient tellement douloureuses qu'il avait dû se faire violence pour continuer à travailler.

Au lieu de rejoindre ses collègues au réfectoire, il se dirigea vers la grande maison pour parler à Cassie.

Elle vint ouvrir la porte dès qu'il frappa et l'invita à la suivre dans la cuisine et à s'asseoir face à elle.

— Je voulais te demander si je pouvais prendre quelques jours de vacances, dit-il.

Elle haussa un sourcil blond.

— Maddy ?

Il acquiesça.

— Maintenant, elle est vraiment terrifiée. Je veux être auprès d'elle jusqu'à ce que toute cette histoire se termine. Elle a déjà enduré tellement d'épreuves…

— Tu sais comme moi que tu as beaucoup de jours de congé en retard, dit Cassie. Prends-les maintenant et fais tout ce qu'il faut pour aider cette pauvre femme.

— Donc tu la crois ? demanda Flint.

— Je connais assez bien Maddy pour savoir que jamais elle n'irait inventer une telle histoire.

Les yeux bleus de Cassie s'assombrirent.

— Je n'ai jamais aimé ce Brad. Il est trop beau parleur, trop démonstratif. J'ai toujours senti qu'il y avait quelque chose de louche chez lui.

— J'espère seulement que Dillon découvrira une preuve qui ira dans le sens de Madison, répondit-il en se levant. Merci de m'accorder ces congés.

— Je ne t'accorde rien, répliqua-t-elle avec un sourire. Tout ce que tu as, tu l'as gagné par ton travail.

Elle le raccompagna jusqu'à la porte et reprit :

— Maintenant, va la rejoindre. Je te demanderai seulement de prévenir Sawyer pour qu'il puisse te retirer du planning.

— Merci, Cassie.

Flint prit congé et s'éloigna de la maison. Le jour approchait où il devrait annoncer à Cassie qu'il quittait son travail de cow-boy, et pour de bon.

Un voile de dépression s'abattit sur lui. S'il n'était pas cow-boy, qu'allait-il être ? Toute son identité était étroitement liée à son métier de cow-boy. Quand il l'arrêterait, qui allait-il devenir ?

Il chassa ces pensées de son esprit, parce qu'il ne pouvait pas se permettre de songer à son avenir en ce moment. Il devait se concentrer sur celui de Madison, qu'il voulait gai et sans nuages. Il réfléchirait au sien plus tard.

Il était heureux de pouvoir lui annoncer que Cassie croyait ses allégations. Cela la conforterait dans sa conviction qu'elle avait bien fait de dénoncer Brad.

Il entra dans le réfectoire et chercha Sawyer du regard. Il l'aperçut à l'autre bout de la pièce, en train de rire avec les hommes qui partageaient sa table.

— Sawyer, est-ce que je peux te parler une minute ?

— Bien sûr.

Le contremaître se leva aussitôt, s'éloigna de ses compagnons de table et se tourna vers lui.

— Qu'est-ce qu'il y a ?

Flint lui expliqua qu'il prenait quelques jours de congé et quittait le ranch immédiatement. Sawyer lui assura que cela ne posait aucun problème. Quelques minutes plus tard, Flint était de retour dans sa chambre et remplissait deux gros sacs de voyage.

Malheureusement, il allait devoir commencer par avoir une conversation sérieuse avec Madison. Il fallait qu'elle comprenne que ce qui s'était passé entre eux la nuit précédente ne pouvait plus jamais se reproduire, pour leur bien à tous deux.

Cette nuit avait fait naître en lui des sentiments qu'il n'avait jamais éprouvés auparavant pour aucune femme. Il allait déjà avoir assez de mal à lui dire au revoir… S'ils continuaient à être aussi intimes, leurs adieux ne lui seraient que plus pénibles.

Il ne voulait pas non plus qu'elle se berce d'illusions. Oui, il lui avait fourni un endroit où habiter et, oui, il l'avait soutenue et continuerait à la soutenir jusqu'à ce que les heures sombres qu'elle traversait à cause de Brad soient derrière elle. Mais jamais il ne deviendrait un élément permanent dans sa vie.

Quand il eut fini de faire ses bagages, il jeta les sacs à l'arrière de son pick-up et prit la route du chalet. Aucun doute : il redoutait la conversation qu'il allait avoir avec Madison, mais il devait s'assurer qu'ils étaient tous deux sur la même longueur d'onde - d'autant plus qu'il avait l'intention de résider au chalet à temps plein, dorénavant.

Elle méritait bien mieux qu'un homme brisé qui ne savait ni de quoi son avenir allait être fait ni même qui il serait. Il fallait qu'elle comprenne que, tôt ou tard, leurs chemins se sépareraient.

8

Madison avait adoré se réveiller dans le lit de Flint, entre les draps imprégnés de son odeur. Elle s'y était longuement attardée en revivant chacun des instants de leur union. Elle avait vécu des moments merveilleux… magiques, même. Elle aimait savoir qu'elle conserverait le souvenir de mains masculines qui la touchaient avec une tendresse infinie, et non celui de poings qui s'abattaient sur son visage, encore et encore.

Ces moments ne dataient que de la nuit dernière, mais elle voulait déjà les revivre. Elle voulait continuer à explorer le corps de Flint… Oui, elle était impatiente de faire de nouveau l'amour avec lui.

Elle finit par sortir du lit et se doucha avant de passer l'une de ses robes d'été. Elle avait bien fait de fourrer autant de vêtements que possible dans sa valise, le jour où elle avait cru quitter Bitterroot. Maintenant, il lui était impossible de dissimuler sa grossesse. Heureusement, elle n'était plus en proie aux nausées matinales depuis déjà plusieurs jours.

Une fois habillée, elle se mit à arpenter nerveusement le séjour. Elle commençait à devenir sérieusement claustrophobe. Ces journées durant lesquelles elle ne voyait personne, ne parlait à personne lui pesaient de plus en plus. Elle adorait les soirées qu'elle passait avec Flint, mais ses visites au café et son travail au supermarché lui manquaient. Elle aurait tant aimé pouvoir marcher dans la rue et s'arrêter pour discuter avec les gens qu'elle connaissait.

La terreur qui l'accompagnait en permanence l'épuisait. Elle ne pourrait pas supporter de vivre ainsi pendant encore longtemps. Et elle ne voulait pas rester cloîtrée dans ce chalet durant encore des jours, voire des semaines, sans voir personne d'autre que Flint.

Elle avait déjà passé bien trop de temps enfermée dans sa caravane, trop terrifiée à l'idée qu'elle pouvait rencontrer Brad pour oser la quitter. Ses seules sorties l'avaient emmenée à la bibliothèque, qui se trouvait à moins d'un pâté de maisons du camping - dans un quartier, donc, qui ne comptait pas parmi les lieux de prédilection de Brad… du moins pendant la journée.

Il était à peine midi quand elle entendit un bruit de moteur. Elle courut jusqu'à la fenêtre et poussa un soupir de soulagement en reconnaissant le véhicule de Flint.

Mais que faisait-il ici à cette heure de la journée ? Il ne venait jamais pendant ses heures de travail, d'habitude. Elle fut d'autant plus ravie de le voir et ouvrit grand la porte pour l'accueillir.

— Hé, cow-boy, qu'est-ce que tu fais ici, si tôt dans la journée ?

— J'ai décidé de finir de bonne heure, aujourd'hui, répondit-il.

Il attrapa deux sacs à l'arrière de son pick-up et les porta à l'intérieur.

— Qu'est-ce que tu fais ? Tu emménages ? demanda-t-elle.

— En quelque sorte.

Son ventre se noua, et elle posa sur lui un regard inquiet.

— Est-ce qu'il y a eu un problème ?

— Non, pas du tout, lui assura-t-il. J'ai juste décidé de faire une petite pause, loin du ranch.

— Tu es sûr qu'il n'y a aucun problème ? insista-t-elle.

— Sûr et certain.

— Alors, pourquoi est-ce que tu t'installes ici ?

Elle était incapable de réprimer l'angoisse diffuse qui courait dans ses veines et imprégnait tout son corps.

— Madison, je te jure qu'il n'y a aucun problème. J'ai seulement décidé de prendre quelques semaines de vacances et de rester ici à temps plein. Pour être franc, il fallait que je m'éloigne du ranch pendant quelque temps.

Elle décida qu'elle devait le croire. S'il y avait eu du nouveau, il le lui aurait sûrement dit.

— Est-ce que tu veux un café ? demanda-t-elle en s'approchant du comptoir où était posée la machine à dosettes.

— Oui, bonne idée.

Il s'assit à la table d'un mouvement lent, et une petite grimace de douleur déforma ses traits.

— Est-ce que tu as mal quelque part, Flint ?

Il hésita avant de hocher la tête.

— Mes vieilles fractures se rappellent parfois à mon souvenir, ces derniers temps.

— Et comment est-ce que tu te soignes ? Est-ce que tu prends des antalgiques ?

— Non. En général, je ne prends rien.

Elle inséra la dosette dans la machine avant de se retourner vers lui.

— Est-ce que c'est ton dos ? Si tu penses que cela te soulagerait, je peux te faire un massage.

— Non, ce n'est pas la peine. Madison, nous devons parler.

Son visage était tellement grave qu'elle sentit le désespoir la gagner. Nul besoin d'avoir fait Polytechnique pour deviner le sujet qu'il voulait aborder. Elle avait réussi à le faire taire la veille, mais un regard à son expression solennelle suffit à lui faire comprendre qu'aujourd'hui elle n'y parviendrait pas.

Ils gardèrent le silence jusqu'à ce qu'elle lui apporte sa tasse de café et s'asseye face à lui.

— S'il te plaît, ne me dis pas que tu regrettes ce qui s'est passé cette nuit, déclara-t-elle avant qu'il ait pu ouvrir la bouche.

Il fronça les sourcils et contempla sa tasse pendant un long moment.

Quand il releva enfin la tête, l'étau qui lui enserrait la poitrine se relâcha. Elle ne savait pas trop ce qu'elle lisait dans ses beaux yeux verts, mais ils étaient vides de tout remords.

— Comment est-ce que je pourrais regretter ce qui s'est passé entre nous ? C'était fantastique, et tu as été merveilleuse. Seulement, Madison, nous ne pouvons vraiment pas recommencer.

Son cœur se gonfla de joie. Au moins, il pensait qu'elle était merveilleuse. Mais ses paroles l'intriguaient autant qu'elles la réconfortaient.

— Et pourquoi ne pouvons-nous pas recommencer ?

Il laissa échapper un profond soupir et noua ses grandes mains autour de la tasse.

— Parce que ce serait comme si nous échangions de fausses promesses à chaque fois que nous ferions l'amour. Je compte passer le reste de ma vie seul. Et de ton côté, quand tu auras résolu tes problèmes, tu reprendras le cours de ta vie, dont je ne ferai pas partie.

Son cœur se serra une fois de plus. La réponse semblait tellement dure, tellement définitive. Même si elle savait qu'elle finirait par retourner dans sa caravane et par reprendre le cours normal de sa vie - du moins l'espérait-elle –, elle n'avait pas vraiment réfléchi à ce que serait son avenir si Flint en était absent. C'était vrai : après la nuit qu'ils avaient passée ensemble, elle avait espéré qu'il en ferait partie pendant très, très longtemps.

Elle voulait refaire l'amour avec lui, encore et encore, et refusait d'imaginer qu'il puisse disparaître de sa vie.

En quelque sorte, elle espérait… Son cerveau se figea, déboussolé. Elle ne savait pas le genre d'avenir qu'elle espérait vraiment. Mais il fallait qu'elle le persuade que cette nuit n'avait pas été une erreur et que, s'il leur arrivait de se retrouver une fois encore dans le même lit, ce n'en serait pas une non plus.

— Flint… je n'ai vu aucune promesse dans la nuit que nous avons passée ensemble. Je ne suis pas l'une de ces adolescentes naïves qui croient qu'elles vont passer le restant de leurs jours avec le garçon avec lequel elles ont fait l'amour pour la première fois.

Il la gratifia d'un petit sourire.

— Une adolescente naïve ? Toi ? J'ai du mal à l'imaginer.

— Quand j'étais ado, je n'avais pas le temps d'être naïve, répondit-elle, heureuse de le voir sourire. Mais, pour parler d'autre chose, j'ai beaucoup réfléchi ce matin. Je me cache ici parce que j'ai peur de Brad, bien sûr, mais je commence à en avoir un peu marre de me cacher.

Comme il haussait un sourcil interrogateur, elle poursuivit :

— Je tiens toujours à ce que personne ne sache que je suis ici mais, franchement, je finis par péter les plombs.

— Je ne suis pas sûr de comprendre ce que tu essayes de me dire.

La perplexité creusait un petit pli sur son front. Elle s'arma de tout son courage, prit une grande inspiration et expliqua :

— Ce que j'essaye de te dire, c'est que j'aimerais aller dîner en ville ce soir.

Il la dévisagea sans dissimuler sa surprise.

— Vraiment ?

Elle hésita un instant avant de hocher vigoureusement la tête.

— Vraiment. Les gens ne parlent sans doute que de cette

affaire, et je veux qu'ils sachent que je n'ai pas honte. Je veux aller au restaurant et y entrer la tête haute.

— D'après Mac et Jerod, les gens se mettent effectivement à en parler, avoua Flint.

La colère commençait à la gagner. Elle répliqua fougueusement :

— Brad m'a volé une partie de moi-même, mais j'ai décidé qu'il n'allait pas me voler mon droit à aller dîner en ville ou à voir des gens. Il m'a déjà pris assez de choses.

Le regard de Flint s'emplit de chaleur.

— Madison, je suis tout bonnement abasourdi par ta force.

Elle laissa échapper un rire mal assuré.

— Ne me jette pas trop de fleurs. J'ai toujours une peur bleue de Brad. Je sais mieux que quiconque de quoi il est capable.

Un petit frisson naquit au creux de ses reins quand elle se rappela la façon dont il l'avait martelée de coups de poing avant d'assouvir ses besoins pervers.

— Quand j'ai vu Cassie tout à l'heure, elle m'a dit qu'elle était persuadée que tu ne mentais pas, que tes accusations étaient fondées.

Un frisson de soulagement la traversa.

— Peut-être que d'autres personnes en ville me croient, elles aussi. J'espère que tout le monde ne s'est pas rangé contre moi.

— Je suis sûr que beaucoup de gens se rangeront de ton côté, répondit-il avant de froncer de nouveau les sourcils. Si tu veux réellement aller au restaurant ce soir, je peux demander à Mac et à Jerod de nous y rejoindre. Ainsi, Brad ne pourra pas deviner que tu es avec moi.

Cette fois, ce fut elle qui fronça les sourcils.

— Je n'aime pas savoir que tu vas les déranger à cause de moi.

— Ne t'en fais pas, je ne les dérangerai pas, répondit-il.

Ils sont toujours partants pour un dîner en ville, et je préfère que nous soyons accompagnés de quelques amis, au moins pour cette première sortie. Je vais les appeler. Laisse-moi seulement quelques minutes pour défaire mes bagages.

Il disparut dans sa chambre, et elle resta assise à la table. Elle ne pouvait pas se mentir : la perspective d'aller en ville lui collait une frousse de tous les diables. Mais ce qu'elle venait de dire n'était que la vérité.

Il était temps qu'elle reprenne possession d'une partie de sa liberté. Elle ne voulait pas que Brad la dépouille encore plus qu'il ne l'avait déjà fait - et, en se terrant dans ce chalet, elle avait l'impression de le laisser gagner.

Elle se leva enfin, rinça la tasse de Flint et s'installa sur le canapé en attendant qu'il ressorte de sa chambre.

Elle ne voulait pas s'attarder sur ce qu'il avait dit au sujet de leur relation et de leurs routes, qu'il disait vouées à se séparer. Si elle y pensait trop, elle allait déprimer. D'ailleurs, personne ne savait de quoi était fait l'avenir. On ne pouvait être sûr de rien, sinon du moment présent… et, dans le moment présent, elle était en train de tomber follement amoureuse d'un cow-boy nommé Flint.

À 5 h 30 ce soir-là, Flint escorta Madison jusqu'à son pick-up garé dans l'allée.

— Magnifique soirée, dit-il quand ils furent installés.

— Oui, c'est vrai, renchérit-elle. On dirait qu'il ne fait plus aussi chaud.

— L'automne ne va plus tarder.

— C'est ma période préférée de l'année.

Elle commença à parler à tort et à travers, s'extasiant sur l'odeur des pommes et le plaisir qu'on éprouvait devant un bon feu de cheminée. Comme elle enchaînait sur la fête organisée tous les ans en ville pour célébrer l'arrivée de l'automne, Flint comprit que c'était essentiellement parce qu'elle était nerveuse qu'elle jacassait ainsi.

Elle se tut enfin quand il s'engagea dans l'allée du ranch Holiday, où Mac et Jerod les attendaient. Il se tourna vers elle.

— Tu n'as pas changé d'avis ?

— Non, répondit-elle en relevant un peu le menton. Même si je déteste que tu aies dû demander l'aide de tes amis.

— Je t'ai déjà dit que cela ne les dérangeait pas. Ils ne refusent jamais une invitation au restaurant.

Les deux hommes prirent place sur la banquette arrière, et Flint redémarra. Mac et Jerod se mirent bientôt à parler du temps et de leur travail avec Madison. Flint en profita pour la regarder à la dérobée.

Elle était plus jolie que jamais. Par-dessus sa robe semée de fleurs, elle avait passé un pull bleu roi léger qui s'accordait à merveille avec le bleu de ses yeux et faisait paraître le brun de ses cheveux encore plus chaud. Mais il savait que, si elle avait mis ce pull, c'était avant tout pour dissimuler son ventre qui commençait à s'arrondir. Toutefois, il lui serait bientôt impossible de masquer sa grossesse.

Il se gara juste devant le restaurant, et tous quatre descendirent du pick-up. Bien que son instinct l'y pousse, Flint se retint de passer un bras autour des épaules de Madison pour la serrer contre lui.

Pour cette première sortie en ville, il voulait que personne ne puisse deviner qu'elle était avec lui. Il savait que la nouvelle finirait par se répandre, mais il espérait que, même alors, personne ne pourrait déterminer l'emplacement exact de son chalet.

Dès qu'ils poussèrent la porte du restaurant, le silence se fit dans la salle. Flint jeta un regard vers Madison, qui releva le menton d'un geste plein de défi et continua à marcher vers un box libre.

Le silence ne dura que deux secondes avant que le bourdonnement des chuchotements emplisse la salle. Beaucoup de dîneurs jetaient des regards furtifs vers Madison, et il devina que tous parlaient d'elle.

Carlee, une jeune femme qui les avait tous servis une centaine de fois auparavant, les accueillit avec un sourire.

— Bonsoir, Maddy, ajouta-t-elle. Je suis vraiment heureuse de te voir.

— Merci, Carlee, répondit chaleureusement Madison.

Flint devina qu'elle était heureuse que Carlee l'accueille aussi cordialement.

— Comme vous le savez sans doute, notre plat du jour est le blanc de poulet grillé accompagné de purée et de maïs doux, annonça Carlee.

— Ah, le célèbre plat garanti cent pour cent glucides, répondit Madison. C'est ce que je vais prendre.

Flint et ses amis commandèrent la même chose, et Carlee s'éloigna.

— Ça va ? demanda Flint à Madison.

— Je sais que tout le monde me regarde et parle de moi, mais ça va, oui.

Elle sourit. La tendresse de ce sourire, conjuguée au doux parfum qui émanait d'elle, lui fit tourner la tête et le laissa momentanément sans voix.

Heureusement, Mac se mit à discuter des différents plats qui figuraient au menu, avant de se chamailler avec Jerod sur les ingrédients nécessaires pour composer le meilleur burger qui soit.

— Du bacon, dit Jerod. Voilà ce qu'il faut.

— Pas question, répondit Mac. Il faut des oignons doux.

Flint ne les écoutait que d'une oreille. Toutes ses pensées allaient à Madison. Il commençait à s'attacher terriblement à elle… Jamais il n'aurait osé rêver qu'il rencontrerait un jour une femme comme elle, avec laquelle il se sentirait parfaitement à l'aise, avec laquelle il aurait envie de passer du temps afin de mieux la connaître. Et jamais il n'avait pensé rencontrer une femme dont l'avenir lui tiendrait à ce point à cœur.

D'ailleurs, quel genre d'avenir se dessinait devant elle ? Même si Brad était envoyé en prison et qu'elle retournait vivre dans sa caravane, elle n'en serait pas moins une mère célibataire, qui devrait lutter pour survivre seule sur un salaire de caissière.

Qui allait bercer son bébé dans de grands bras puissants ? Qui allait jouer le rôle de modèle masculin ? Flint savait ce que peut éprouver un enfant qui grandit sans père, et il s'inquiétait autant pour ce petit être innocent que pour elle.

Il espérait sincèrement qu'elle finirait par rencontrer un cow-boy qui l'aimerait à la folie et serait un père pour son enfant. Mais il savait qu'elle aurait du mal à faire des rencontres.

Son bébé et son travail lui prendraient presque tout son temps - et, en outre, le spectre de Brad continuerait à planer au-dessus d'elle. Si les hommes de la ville pensaient qu'elle avait porté des accusations mensongères contre Brad, ils pourraient avoir peur de sortir avec elle.

— Flint ?

La voix de Mac l'arracha à ses pensées. Il dévisagea son ami.

— Désolé, est-ce que tu m'as dit quelque chose ?

— Oui, je t'ai demandé trois fois pourquoi tu étais aussi silencieux.

— Euh… je pensais seulement à ce blanc de poulet grillé, répondit-il.

Justement, Carlee revenait avec leurs assiettes.

— Quand on parle du loup…, dit Madison.

Le dîner fut agréable, malgré les regards assassins que les amis de la famille Ainsworth leur décochaient de temps en temps. Heureusement, Madison ne semblait rien remarquer. Elle était bien trop occupée à rire en écoutant Mac et Jerod rappeler à Flint toutes les bêtises qu'il avait pu faire quand il était plus jeune.

Quand ils se dirigèrent vers la porte, une fois leur repas terminé, ils faillirent bousculer Margery Martin, la présidente de la Bitterroot Bank. Margery dévisagea Madison, ses lèvres minces tordues en une moue réprobatrice.

— Maddy, pourquoi racontes-tu toutes ces horreurs sur un jeune homme aussi gentil que Brad Ainsworth ? Quel est ton problème, jeune dame ?

Ses petits yeux noirs lançaient des éclairs.

Avant que Flint ait pu se rapprocher de Madison pour la protéger, d'une façon ou d'une autre, Mac passa un bras autour de ses épaules.

— Viens, Maddy.

— Réponds-moi, Maddy, insista Margery. C'est tout simplement scandaleux. Pourquoi mens-tu ?

— Je ne mens pas, rétorqua Madison d'une voix mal assurée. Brad m'a battue avant de me violer, et c'est la vérité.

— Tu brûleras en enfer pour tes mensonges, jeune dame !

Mac s'empressa d'entraîner Madison loin de cette harpie. Quand ils furent à côté du pick-up de Flint, Jerod lui dit :

— Ne faites pas attention à elle. Ce n'est qu'une vieille bique.

— Exactement, renchérit Mac. Nous devrions peut-être faire courir une petite rumeur à son sujet… Nous pourrions glisser à l'oreille des gens qu'elle a aménagé une pièce secrète dans sa cave, où elle accueille des hommes qui la payent pour qu'elle leur fouette les fesses.

Madison laissa échapper un petit rire, et le cœur de Flint se gonfla de gratitude. Jamais il n'avait autant aimé ses amis. Mais, quand ils furent tous installés dans le pick-up, elle reprit son sérieux.

— Je savais qu'il y aurait des gens qui ne me croiraient

pas. Mais jamais je n'aurais pensé qu'une autre femme puisse s'en prendre à moi comme elle l'a fait.

— N'oublie pas que Margery a toujours été un peu collet monté et qu'elle n'a jamais été la dernière à critiquer ses semblables, répondit Flint. En plus, elle fait partie des amis proches des Ainsworth.

— Mais malgré tout, je suis contente que nous soyons sortis.

Flint se demanda comment elle aurait réagi s'ils avaient croisé Brad, et comment Brad se serait comporté en la voyant. Aurait-il été poli ? Flint pensait que oui. Jamais Brad ne se serait départi en public de son masque de citoyen modèle, jamais il n'aurait laissé le monde entrevoir la monstruosité dont son âme était emplie.

Quand ils eurent déposé Jerod et Mac au ranch, Flint et Madison reprirent la route du chalet.

Tout en conduisant, il gardait un œil sur le rétroviseur. Il savait que Brad conduisait une grosse Cadillac blanche qu'il n'aurait aucun mal à repérer si d'aventure il avait décidé de les suivre. Mais aucun des véhicules qui roulaient derrière eux ne lui parut suspect.

Maintenant, il ne lui restait plus qu'à garder ses distances avec Madison et à faire en sorte qu'elle ne finisse pas une nouvelle fois dans son lit.

Debout devant la fenêtre de son agence d'assurances, Brad contemplait Main Street, où les passants vaquaient à leurs activités quotidiennes en échangeant des sourires avec leurs connaissances.

Il savait qu'on parlait de lui depuis que cette traînée de Maddy avait tout déballé, mais cela ne le dérangeait pas. Pour tout dire, il en était même satisfait : la rumeur qui courait le décrivait comme la victime d'une femme vindicative.

Il avait beaucoup d'amis haut placés. Cependant, il ne pouvait pas courir le risque d'être inculpé et de devoir se défendre au tribunal. Il devait agir avant que la machine judiciaire se mette en marche.

Si procès il y avait, il était sûr et certain de le gagner. Mais il n'avait aucune envie de dépenser une fortune pour payer un bon avocat, pas plus que de subir toutes les tracasseries qu'un procès ne manquerait pas d'entraîner.

Dieu merci, il avait également des amis bas placés, des amis qu'il rémunérait en secret pour faire le sale travail à sa place. Et il se trouvait justement qu'il avait un sale travail à leur confier.

L'un de ces amis, un dénommé Fred Gunner, avait vu Flint repartir du ranch Holiday dans son pick-up, avec Maddy à ses côtés. Fred les avait suivis et avait découvert un joli petit chalet, niché dans les bois.

Brad voulait mettre un terme à l'enquête qui le visait et faire taire les accusations. La seule façon d'y parvenir était de se débarrasser de Maddy. Et si Flint se mettait en travers de son chemin… tant pis pour lui. Il serait une victime collatérale.

Il sourit et se détourna de la fenêtre. Maintenant qu'il savait où Maddy se cachait, il ne lui restait plus qu'une chose à faire : réfléchir à un plan qui garantirait sa survie.

9

Deux mains la poussèrent, et elle tomba rudement au sol. Elle se mit à ramper frénétiquement vers l'arrière, tel un crabe, tandis qu'il marchait sur elle. Elle ne pouvait plus respirer… la panique qui l'emplissait empêchait l'air de pénétrer dans ses poumons.

Non… Non… Non ! Son cerveau hurlait, terrifié. Que se passait-il ? Pourquoi lui faisait-il cela ? Il ramena une jambe en arrière et lui décocha un coup de pied dans les côtes. Une douleur fulgurante la transperça.

Elle l'avait toujours tenu pour un homme intègre et gentil. Elle voulait seulement qu'il la reconduise chez elle. Jamais elle n'aurait imaginé que la soirée allait ainsi basculer dans l'horreur.

Il partit d'un rire sonore, semblable à un aboiement, et tellement incongru dans cette situation qu'elle comprit qu'il était complètement fou. Les émanations de sa cruauté résonnaient gaiement contre les parois de sa petite caravane, et elle était seule… absolument seule avec cette folie.

Sa voix se confondait avec les roulements du tonnerre, et ses yeux lançaient autant d'éclairs qu'un millier d'orages. Elle lui décocha un coup de pied, mais il saisit sa cheville.

— C'est ça, Maddy, dit-il. Débats-toi. J'aime quand tu te débats.

Il laissa échapper un autre éclat de rire avant de se

laisser tomber sur elle. Elle sentait la chaleur de ses halètements d'excitation sur son visage. Ce ne fut qu'alors qu'elle poussa un cri, un cri qui se prolongea, encore et encore et...

— Madison. Madison... Ma chérie. Réveille-toi, tu fais un cauchemar.

La voix profonde et familière transperça le voile d'horreur qui enveloppait Madison, et elle se réveilla avec un petit cri étouffé. Elle se redressa vivement et se jeta dans les bras de Flint. Comme un profond sanglot montait du plus profond de son être, elle enfouit le visage dans le creux de son cou, encore chaud de sommeil.

— Chut, tout va bien, chuchota-t-il dans ses cheveux tout en caressant son dos. Tout va bien, ma chérie. Tu n'as rien à craindre, Madison. Tu es en sécurité. Je suis avec toi.

Ce ne fut que quand ses sanglots se furent calmés qu'elle se rendit compte qu'il y avait un orage. Le fracas du tonnerre et les lueurs des éclairs devaient s'être immiscés dans son esprit, donnant naissance à ce cauchemar.

Elle ne pleurait plus, mais elle s'agrippait toujours à Flint. Blottie contre ce corps familier, elle se sentait en sécurité. Le frisson qui traversait sa chair pour glacer jusqu'au tréfonds de son âme disparaissait.

Il la relâcha enfin et passa doucement le bout des doigts sur sa joue pour effacer ses larmes.

— Tu te sens mieux, maintenant ? demanda-t-il.

Elle secoua la tête.

— Non, je n'aime pas l'orage. Tu peux passer le reste de la nuit ici, avec moi ?

Il hésita.

— L'orage est presque fini. Je vais rester avec toi jusqu'à ce que tu te rendormes.

Il tapota l'oreiller.

— Maintenant, installe-toi confortablement.

Elle se rallongea, déçue qu'il ne la rejoigne pas sous les draps. Elle aurait tant aimé passer le reste de la nuit dans ses bras.

— Raconte-moi une histoire, Flint. Au moins, parle-moi jusqu'à ce que je me rendorme.

Il fallait qu'elle emplisse son esprit de quelque chose… D'images qui chasseraient celles de ce cauchemar où lui était apparu le monstre qui l'avait violée.

Flint commença à parler de la grande Cass et du jour où il était arrivé sur le ranch Holiday. En ce temps-là, il n'était qu'un gamin de treize ans, terrifié et sans réel avenir. Il lui raconta comment Cass les avait tous accueillis chez elle, les autres garçons et lui. Elle leur avait offert une vie stable, aux antipodes de ce qu'ils avaient tous connu jusqu'alors.

Madison aurait aimé entendre la suite de l'histoire, mais sa voix grave et douce était tellement hypnotique qu'elle sombra dans le sommeil en quelques minutes.

Quand elle se réveilla, des effluves de café tout juste passé et de bacon frit flottaient dans la maison. Saisie de panique, elle se redressa vivement, avant de se rappeler que Flint était ici. Elle n'était pas habituée à ce qu'il soit au chalet le matin.

Rassurée, elle se rallongea et contempla le plafond. Quand les images du cauchemar qui avait troublé son sommeil lui revinrent, elle réprima un frisson. Dieu merci, Flint avait été là pour la réveiller, lui évitant de revivre l'intégralité des atrocités que Brad avait commises.

Mais elle regrettait quand même qu'il ne l'ait pas rejointe dans le lit. Elle aurait tellement aimé pouvoir se blottir contre la chaleur de son corps, se laisser envelopper par son odeur familière.

Elle pensait savoir pourquoi il ne l'avait pas fait. Il

n'avait pas voulu partager son lit, même pour un moment, de crainte qu'ils ne fassent de nouveau l'amour. Et ses craintes étaient fondées.

Oh ! comme elle avait envie de lui ! Elle voulait sentir ses douces caresses sur son corps, entendre le son de sa voix chuchotant son prénom. Elle poussa un soupir de frustration et sortit du lit.

Après une douche rapide, elle essaya de passer un jean mais découvrit que son ventre était devenu trop gros pour qu'elle puisse le boutonner.

Il faudrait bientôt qu'elle se décide à aller consulter un médecin, mais elle n'avait pas la moindre envie que les gens de la ville devinent qu'elle portait l'enfant de Brad. Heureusement que Flint lui avait acheté les vitamines prénatales, qu'elle prenait régulièrement.

Elle opta donc pour l'une de ses longues robes semées de fleurs et gagna la cuisine. Elle trouva Flint debout devant la gazinière. Il se retourna en l'entendant arriver et la gratifia d'un sourire qui la réchauffa de la tête aux pieds.

— Bonjour.

— Et bonjour à toi, répondit-elle.

Tandis qu'il sortait le bacon de la poêle, elle attrapa un sachet de thé dans le placard, puis une tasse qu'elle remplit d'eau et mit à chauffer dans le micro-ondes.

— Tu as faim ?

Ce matin, il portait un jean délavé à taille basse et un T-shirt blanc qui moulait ses larges épaules d'une façon incroyablement sexy. Oh oui, elle avait faim… mais pas de ce qu'il était en train de préparer.

Quand le four tinta, elle en sortit sa tasse, la posa sur la table et y plongea le sachet de thé.

— Je peux toujours manger du bacon.

— Que dirais-tu d'œufs brouillés pour l'accompagner ?

— Bonne idée.

Tout en sirotant son thé, elle le regarda attraper les ingrédients nécessaires dans le réfrigérateur. Il cassa des œufs dans un saladier, ajouta du lait, puis un peu d'eau, et mélangea le tout.

Elle s'autorisa à contempler ses biceps, puis son large dos et enfin ses fesses fermes. Soudain, il se retourna et posa sur elle un regard interrogateur.

Ses joues s'enflammèrent. Il avait sans doute dit quelque chose qu'elle n'avait pas entendu, occupée comme elle l'était à le dévorer des yeux.

— Pardon, qu'est-ce que tu as dit ?

— Il faut que j'aille faire des courses. Je partirai dès que nous aurons pris le petit déjeuner.

Il glissa des tartines dans le grille-pain et versa les œufs battus dans la poêle.

— Je n'en aurai pas pour très longtemps, reprit-il. Nous n'avons pas besoin de grand-chose.

— Je vais venir avec toi.

Il se tourna une fois de plus vers elle.

— Tu es sûre que ce n'est pas au-dessus de tes forces ?

— Plus on me verra en ville, plus vite les rumeurs s'éteindront. Enfin… j'espère.

Il fronça les sourcils.

— Tu as peut-être raison. Mais tu oublies un détail : si tu circules trop entre la ville et le chalet, Brad risque de découvrir son emplacement plus vite.

Une bouffée d'angoisse lui comprima la poitrine. Elle inspira profondément et hocha la tête.

— Je sais, mais je suis convaincue que nous serons toujours en sécurité ici, quoi qu'il arrive.

Parce qu'elle avait une confiance absolue en lui : il saurait la protéger du croque-mitaine. Cette pensée lui rappela son cauchemar.

— Merci de m'avoir réconfortée cette nuit, ajouta-t-elle.

— De rien.

Il beurra le pain grillé, leur servit à chacun une part de bacon et d'œufs brouillés et s'attabla face à elle.

— Est-ce que tu fais souvent des cauchemars ?

— Bien trop souvent, avoua-t-elle. Et ils se ressemblent tous plus ou moins. J'y revis toujours ce que Brad m'a fait.

— Je suis désolé, Madison, dit-il en posant sur elle un regard empreint de tendresse. Tellement désolé que tu aies dû vivre cela.

Leurs regards s'unirent pendant un long moment. Il fut le premier à détourner les yeux. Il toussota et fit un geste vers son assiette.

— Et maintenant, mange. Bébé Madison doit avoir faim.

C'était la première fois qu'il faisait une allusion aussi directe au bébé qu'elle portait - et, pour elle, une véritable piqûre de rappel. Bien sûr, Flint ne voudrait sans doute pas partager sa vie. Quel homme aurait pu vouloir assumer le fardeau d'un bébé qui n'était pas le sien ?

Elle chassa ces pensées moroses et répondit :

— Bébé Madison grandit un peu plus chaque jour.

— Tu devrais vraiment consulter un médecin pour t'assurer que ta grossesse se déroule bien. Si tu prends rendez-vous, je serai ravi de t'y conduire.

— J'ai tellement peur que Brad l'apprenne… Si ça arrive, je sais qu'il se battra pour obtenir la garde, uniquement pour me faire du mal.

Elle ne pouvait pas imaginer qu'un bébé, surtout le sien, puisse être élevé par cet homme au cerveau dérangé, ce pervers à l'âme malsaine.

— Espérons qu'il sera bientôt en prison. Mais rien ne t'empêche de prendre rendez-vous avec l'un des médecins de Bitterroot, en demandant à être reçue dans la soirée, après les heures de consultation. Je peux t'en citer plusieurs en qui j'ai toute confiance. D'ailleurs, la loi interdit à tout médecin de parler à un tiers du dossier médical de l'un de ses patients sans avoir d'abord obtenu son consentement.

Madison posa une main sur son ventre. Flint avait raison : elle serait bientôt enceinte de quatre mois, et il était temps qu'elle voie un médecin. Elle aimait le bébé qui grandissait en elle et voulait qu'il bénéficie du meilleur suivi médical possible.

Elle espérait qu'il ne se trompait pas, et que le médecin qu'elle choisirait ne dirait rien à personne. Il lui serait bientôt impossible de dissimuler sa grossesse, mais elle priait pour que Brad soit arrêté bien avant ce moment.

— Quand nous serons rentrés du supermarché, nous pourrons choisir un médecin ensemble, dit-elle.

Il lui sourit.

— Bien. Tout ce que je veux, c'est que vous soyez en bonne santé, tous les deux.

Tout en petit-déjeunant, ils parlèrent des différents médecins qui exerçaient en ville. Quand ils eurent fini de manger, ils firent la vaisselle et se préparèrent pour aller faire des courses.

Cette fois encore, elle passa le pull bleu qui masquait son ventre arrondi par-dessus sa robe sans manches. Elle allait bientôt devoir acheter des vêtements de grossesse. Et, ce jour-là, les rumeurs iraient bon train.

Mais, pour le moment, elle ne voulait pas y penser. Elle voulait seulement sortir de ce chalet, avec Flint, même si cette sortie ne les emmenait qu'au supermarché. Elle était même heureuse de faire quelque chose d'aussi normal, d'aussi banal que des courses avec lui.

— Prête ? demanda Flint.

Elle le regarda et resta bouche bée. À l'épaule, il portait un holster dans lequel était glissé un revolver.

— Je ne sais pas si je dois me sentir rassurée ou effrayée, dit-elle.

— Je doute d'avoir à m'en servir, répondit-il. Mais les cow-boys sont comme les scouts… toujours prêts.

— Tu ne le portais pas quand nous sommes allés au restaurant, remarqua-t-elle.

— C'est vrai, mais Mac et Jerod étaient armés.

— Finalement, ce côté « toujours prêt » commence à me plaire, répondit-elle avec un sourire.

Ils sortirent ensemble du chalet et montèrent dans le pick-up. Il attendit qu'elle ait bouclé sa ceinture pour démarrer.

Ils n'avaient parcouru que quelques dizaines de mètres sur l'étroit sentier quand il ralentit. De grosses branches leur barraient le passage.

— Qu'est-ce que c'est que ça ?

— Elles sont peut-être tombées à cause de l'orage de cette nuit, suggéra-t-elle.

— Peut-être…, répondit-il.

Il avança lentement vers l'obstacle qui se dressait devant eux. Soudain, plusieurs détonations claquèrent dans le silence. La vitre de Madison vola en éclats, et elle poussa un hurlement.

— Baisse-toi ! Baisse-toi ! lui hurla Flint.

Le tireur se cachait quelque part dans la forêt, sur la droite du sentier, mais Flint ne pouvait pas riposter : Madison se trouvait dans sa ligne de tir. Il passa la marche arrière et mit le pied au plancher, tandis que Madison se recroquevillait dans son siège.

Il s'arrêta dans un crissement de pneus devant la porte du chalet, descendit d'un bond, dégaina son arme et fit le tour du pick-up pour aider Madison à descendre à son tour. En lui faisant un bouclier de son corps, il l'entraîna vers la porte. Dès qu'il l'eut ouverte, il poussa Madison à l'intérieur.

— Va t'enfermer dans la salle de bains, ordonna-t-il, et n'en ressors pas avant que je vienne te chercher, quoi qu'il arrive.

Il se retourna et se posta à côté de la porte, l'arme à la main, prêt à accueillir tout intrus. Personne ne franchirait cette porte pour s'en prendre à Madison… Personne ! Il tendit l'oreille, à l'affût du moindre bruit, et étrécit les yeux pour inspecter la zone.

Et dire qu'il s'était vanté d'être toujours prêt… Ses paroles résonnaient dans son esprit, avec un accent moqueur. Il ne s'était certainement pas attendu à cette attaque. Même quand il avait vu les branches jetées en travers du sentier, il ne s'était pas douté qu'un danger pouvait les guetter.

Bon sang ! Il aurait dû être prêt à tout affronter et il avait échoué. Dieu merci, la balle qui avait traversé la vitre de Madison ne l'avait pas atteinte. Quand il pensa qu'elle aurait pu être blessée, un étau lui comprima la poitrine.

Combien de temps resta-t-il posté là, telle une sentinelle qui protège sa princesse ? Il n'aurait su le dire. Enfin, il rentra dans le chalet et alla droit à sa chambre pour appeler Dillon depuis son téléphone fixe et lui apprendre ce qui venait de se passer.

Ensuite, il se hâta d'aller reprendre son poste, sous le porche. Au moins, Madison était en sécurité. La salle de bains était dépourvue de fenêtres. Si une fusillade devait éclater, elle serait à l'abri d'une éventuelle balle perdue.

Il ne savait pas si le tireur avait agi seul ou s'il avait des complices. Ce qu'il savait, par contre, c'était que si quelqu'un sortait de la forêt et s'approchait du chalet il n'hésiterait pas à tirer. Ensuite seulement, il l'interrogerait.

Comme les minutes s'écoulaient les unes après les autres, il commença à soupçonner que le tireur s'en était allé. Aucune ombre ne rôdait dans la forêt, et les oiseaux s'étaient remis à chanter dans les arbres.

Quelques minutes plus tard, le son d'une sirène déchira l'air. Quand il s'arrêta brusquement, Flint devina que Dillon venait de buter sur l'obstacle qu'on avait dressé sur le sentier.

Sa voiture de patrouille apparut enfin, et il se gara à côté du pick-up de Flint. Trois hommes en descendirent : Dillon et les agents David Cook et Clint Graham.

Tandis que les deux agents s'éloignaient vers la forêt, Dillon rejoignit Flint.

— Rentrons, dit-il. Je veux que tu me racontes exactement ce qui s'est passé.

— Je vais d'abord chercher Madison. Je lui ai dit d'aller s'enfermer dans la salle de bains, au cas où quelqu'un aurait ouvert le feu sur le chalet.

Il invita Dillon à entrer et alla frapper à la porte de la salle de bains.

— Madison ? Dillon vient d'arriver. Tu peux sortir, maintenant.

Elle ouvrit vivement la porte et se jeta dans ses bras. Tandis qu'elle s'agrippait à lui, Flint ne put s'empêcher de remarquer que leurs deux corps s'imbriquaient à la perfection. Comme elle laissait échapper un sanglot étouffé, il fut empli d'une seule envie : effacer la peur qui la taraudait. Elle avait sans doute été terrifiée quand la balle avait fait voler sa vitre en éclats.

Il la relâcha à contrecœur et la guida jusqu'au canapé. Quand elle fut assise, il s'installa à côté d'elle. Quant à Dillon, il se laissa choir dans le fauteuil, face à eux.

— Maintenant, dit-il, racontez-moi exactement ce qui s'est passé.

— Nous partions pour la ville, pour faire quelques courses.

Il raconta toute l'histoire à Dillon, pleinement conscient du corps de Madison pressé contre le sien. Quand il eut fini, Dillon demanda :

— Est-ce que tu as vu le tireur ?

— Non. Je ne l'ai même pas aperçu.

— Tu sais très bien que c'était Brad, intervint Madison.

Ça ne peut être que lui. Depuis que je l'ai dénoncé, il veut ma mort.

Sa voix tremblait sous le coup de l'émotion.

— Je ne le laisserai pas faire, dit Flint.

Il passa un bras autour de ses épaules, et elle se blottit tout contre lui. Son corps était toujours parcouru de tremblements.

Dillon leur posa encore quelques questions, jusqu'au moment où les deux agents apparurent à la porte.

— Nous avons inspecté la zone, annonça l'agent Graham. Il n'y a personne dans ces bois. Mais nous avons trouvé un endroit où l'herbe avait été piétinée. Tout porte à croire que c'est là que se cachait le tireur.

— Ce lâche nous a tiré dessus et s'est enfui, lança Flint, dégoûté.

— Nous allons extraire quelques balles de ton pick-up pour déterminer le type d'arme qui a été utilisé, dit Dillon. Ensuite, une fois de retour en ville, nous interrogerons Brad pour savoir où il se trouvait au moment de l'attaque.

Il se leva et se tourna vers Flint pour ajouter :

— En tout cas, vous voilà avertis. Quelqu'un vous en veut.

— Je te préviens que je suis prêt à tirer pour tuer, si je dois en arriver là, répondit Flint en se levant lui aussi. Et j'espère que Brad sera en prison pour tentative de meurtre avant la tombée de la nuit.

— Tu nous raccompagnes ? demanda Dillon.

Il ressortit du chalet en compagnie du chef de la police et de ses hommes. Les deux agents s'éloignèrent, et Dillon expliqua :

— Il y a certaines choses que je préfère ne pas dire devant Maddy.

— Et je t'en remercie, répondit Flint. Toute cette histoire l'a secouée.

— Rien de plus normal. Tu sais aussi bien que moi que

ces balles lui étaient destinées. Le tireur se cachait de son côté, pas du tien.

— Brad est forcément derrière tout ça, affirma Flint. Il n'y a pas d'autre explication.

— Je le sais, et tu le sais… Maintenant, il faut que je trouve un moyen de le prouver.

Dillon balaya la clairière du regard, la mâchoire crispée.

— Vous êtes plutôt isolés, ici. Vous allez devoir rester sur vos gardes. Vous êtes trop loin de la ville pour que je puisse assurer votre protection.

— Crois-moi, je serai sur mes gardes.

Ils se retournèrent en entendant un bruit de pas. Madison venait les rejoindre sous le porche.

— Nous allons quand même aller en ville pour faire des courses, dit-elle.

Le menton relevé avec défi, elle s'approcha du pick-up.

— Nous pourrons partir dès que j'aurai ramassé les éclats de verre.

Flint ne l'avait jamais vue ainsi : sa voix était tendue et ses gestes saccadés. Il la retint avant qu'elle ait pu ouvrir la portière.

— Madison, nous pouvons parfaitement aller faire des courses un autre jour. Je peux aussi appeler l'un de mes amis pour lui demander de nous apporter ce dont nous avons besoin.

— Non, rétorqua-t-elle en s'éloignant vivement de lui. Je ne vais pas le laisser gagner. Je refuse de devenir prisonnière de ce chalet à cause de lui. Je te l'ai déjà dit : il m'a déjà pris assez de choses. Ce n'est pas à lui de décider si je peux aller au supermarché ou non. Je refuse de le laisser me priver de toute liberté.

Elle le regarda de travers avant de poser sur Dillon des yeux étincelants de défi.

— Et si je me fais tuer, lui lança-t-elle, je veux que vous

fassiez tout ce qui sera en votre pouvoir pour que Brad Ainsworth soit inculpé de viol et de meurtre et jeté en prison.

Son corps s'affaissa soudain, et ses yeux s'emplirent de larmes. Ses épaules étaient agitées d'un tremblement qui gagna bientôt le reste de son corps.

— Madison, dit Flint d'une voix douce.

Il avança vers elle et la prit dans ses bras. Elle laissa échapper un petit sanglot, se dégagea d'un geste vif et fit volte-face pour s'élancer vers le chalet.

— Je ferais mieux de rentrer, déclara Flint en posant un regard inquiet sur la porte.

— Nous allons commencer par extraire les balles de ton pick-up et les analyser, répondit Dillon. Si j'ai du nouveau, je te préviendrai aussitôt.

D'un geste, il ordonna à ses hommes de le rejoindre auprès du pick-up. Pour sa part, Flint se hâta de suivre Madison.

Il la trouva dans sa chambre. Allongée sur le lit, elle sanglotait dans son oreiller. Il s'assit à côté d'elle et entreprit de lui frotter le dos.

— Je sais que tu as peur, dit-il. Mais il ne t'arrivera rien, je te le promets.

Elle se redressa vivement et épongea ses larmes d'un geste rageur.

— Et comment, que j'ai peur !

Ses yeux bleus lançaient des éclairs glacés.

— J'ai peur et je regrette d'avoir parlé. J'aurais dû me taire, ne rien dire à personne de ce que ce monstre m'avait fait.

Elle se leva et sortit de la chambre. Il savait qu'elle avait été terrorisée par la fusillade, aussi soudaine qu'inattendue, qu'ils avaient essuyée quand ils étaient dans son pick-up. Cependant, il était désarçonné par les messages contradictoires qu'elle envoyait. Il se hâta de la rejoindre et la trouva dans le séjour, devant la fenêtre - le dernier endroit où il voulait la voir.

— Madison, souffla-t-il. Dis-moi comment je peux t'aider à traverser cette épreuve. Mais d'abord, éloigne-toi de cette fenêtre.

Dieu merci, elle lui obéit. Quand elle se tourna vers lui, il lut dans son regard une telle tristesse, un tel désespoir, que son cœur se serra.

Elle laissa échapper un profond soupir.

— Je vais appeler Dillon et lui dire que je retire ma plainte. Je lui dirai que j'ai inventé toute cette histoire, uniquement pour attirer l'attention sur moi.

— Madison, ce n'est pas le moment de prendre une telle décision. Tu as eu trop peur pour réfléchir calmement. Viens t'asseoir.

Elle resta immobile pendant un long moment avant de traverser la pièce pour se laisser choir dans le fauteuil. Flint s'installa sur le canapé, face à elle.

— Maintenant que nous savons que Brad est assez idiot pour essayer de s'en prendre à toi, je vais redoubler d'attention. J'avais mal interprété la situation, et c'est une erreur que je ne commettrai pas deux fois. Je te jure que je peux te protéger.

Elle noua les bras autour de son corps, comme si elle était transie de froid. Il fut vaguement surpris de constater qu'il n'avait qu'une envie : la serrer très fort contre lui.

Oui, il voulait l'étreindre jusqu'à chasser le froid mortel que le souvenir de Brad et cette tentative de meurtre avaient semé en elle. Mais elle avait choisi de s'installer dans le fauteuil et non sur le canapé, à côté de lui, et rien dans son attitude ne pouvait le laisser penser qu'elle voulait être dans ses bras.

— Parle-moi, Madison.

Il fallait qu'il sache ce qui se passait dans sa tête.

— Je n'ai rien de plus à dire sur le sujet, répondit-elle.

J'en ai assez, c'est tout. J'appellerai Dillon demain à la première heure et je tirerai un trait sur toute cette histoire.

Sa voix était tellement faible, tellement vibrante de désespoir, qu'il crut sentir son cœur se briser.

— Est-ce que tu pourrais laisser passer un peu plus de temps avant de l'appeler ? demanda-t-il.

Si elle pouvait prendre un peu de recul, laisser s'estomper le souvenir de la fusillade, peut-être qu'elle retrouverait un peu de son courage.

Elle fronça les sourcils et noua les bras plus étroitement autour de son ventre.

— Inutile. Je ne changerai pas d'avis.

— Je te demande de laisser passer une semaine, pas plus.

D'ici là, une partie de sa terreur se serait sans doute dissipée. Elle serait plus lucide et ferait un meilleur choix.

Jusqu'ici, elle avait été fermement décidée à faire condamner Brad pour les crimes qu'il avait commis contre elle. Il ne pouvait pas la laisser changer d'avis sur un coup de tête, parce qu'il fallait que cet homme pourrisse en prison.

Elle poussa un soupir las.

— D'accord, répondit-elle enfin. Je veux bien attendre jusqu'à après-demain.

Ce n'était pas exactement ce qu'il aurait aimé entendre, mais pour le moment il allait se contenter de cette réponse. Il se leva.

— Si cela ne te dérange pas, je vais aller nettoyer mon camion, maintenant. Il va aussi falloir que j'appelle le garage pour demander à Larry Wright de changer ma vitre aussi rapidement que possible.

Elle agita une main vers la porte.

— Vas-y, fais ce que tu as à faire. De mon côté, je vais me reposer un peu.

Elle se leva et alla s'enfermer dans sa chambre.

Flint se sentit gagné par le découragement. Tout à l'heure,

il avait été incapable de déjouer l'attaque dont ils avaient été victimes. Et, maintenant, il était incapable de faire en sorte qu'elle se sente suffisamment en sécurité pour maintenir sa plainte contre Brad. Elle ne lui permettait même plus de la réconforter.

Quelques minutes plus tard, il était dehors, armé d'un aspirateur et d'un sac-poubelle. Il entreprit d'aspirer jusqu'au dernier des éclats de verre qui étincelaient au soleil, mais sans cesser un seul instant de penser à Madison.

Il s'inquiétait pour elle. Elle lui avait semblé tellement fragile, au bord de l'effondrement. Il voulait l'aider, mais il ne savait pas comment faire.

Il ne pouvait pas se mettre à sa place, ressentir ce qu'elle ressentait. Il était prêt à la soutenir quoi qu'il arrive, mais il espérait qu'elle maintiendrait sa plainte contre Brad. Et, si elle la retirait, eh bien… il la soutiendrait quand même.

Quand il eut fini de nettoyer son pick-up, il remit l'aspirateur à sa place, dans le garage, et rentra dans le chalet. Tout était silencieux, et il ne voyait pas Madison. Comme la porte de sa chambre était entrouverte, il coula un regard par l'entrebâillement.

Elle était endormie. Ses magnifiques cheveux bruns dessinaient un éventail sur la taie d'oreiller blanche, et elle semblait parfaitement paisible. Sur ses traits délicats, il ne vit aucune expression laissant penser qu'elle était en proie à un cauchemar.

Bien. Il voulait qu'elle fasse de jolis rêves. Il voulait… Il espérait… Il s'éloigna de la porte aussi silencieusement que possible et marcha d'un pas lourd jusqu'au fauteuil le plus proche.

Il s'y laissa tomber, le souffle à demi coupé par la révélation soudaine, choquante, qu'il venait d'avoir : il était fou amoureux d'elle.

10

Madison était assise sur le canapé, un livre à la main, mais un tel chaos régnait dans ses pensées qu'elle était incapable de trouver le moindre sens aux mots qu'elle lisait.

Une semaine avait passé depuis la fusillade, et il n'y avait pas eu de nouvel incident. Cependant, Flint et elle avaient passé ces sept derniers jours terrés dans le chalet.

Elle n'avait pas encore annoncé à Dillon qu'elle souhaitait retirer sa plainte contre Brad. Le chef de la police avait appelé Flint le lendemain de la fusillade pour lui dire que Brad avait fourni un alibi : au moment de l'attaque, il se trouvait avec sa petite amie, une jeune femme du nom de Cindy Carter.

Quand Dillon l'avait interrogée, Cindy lui avait confirmé qu'à cette heure-là ils étaient en train de prendre leur petit déjeuner après avoir passé la nuit ensemble.

Il semblait littéralement impossible de prouver la culpabilité de Brad. Madison en était malade. Dillon avait rappelé deux fois pour lui parler au cours des jours suivants, mais elle avait refusé de prendre ses appels.

Elle regrettait réellement de lui avoir tout dit et, maintenant, ne voulait plus qu'une chose : pouvoir laisser toute cette histoire derrière elle. Elle avait failli le rappeler une bonne douzaine de fois pour lui annoncer qu'elle avait décidé d'abandonner les poursuites. Et ce n'était pas parce qu'elle ne l'avait pas encore fait qu'elle n'avait plus l'intention de le faire.

Plus le temps passait, et plus elle regrettait de ne pas s'en être tenue à son plan initial : quitter la ville sans rien dire à personne. Elle aurait dû monter dans le premier bus dès le lendemain du jour où sa voiture était tombée en panne.

Oui, mais… Si elle était montée dans ce bus, elle n'aurait jamais fait la connaissance de Flint. Elle n'aurait jamais connu la joie qui l'emplissait quand ils riaient ensemble ni le bonheur sans mélange qu'elle ressentait quand il la tenait dans ses bras… Sans parler de l'émerveillement qui avait illuminé son âme quand ils avaient fait l'amour. Non, elle ne pouvait pas regretter d'avoir vécu ces moments, et elle ne le regretterait jamais.

Quelle que soit sa décision, Flint la soutiendrait, elle le savait. Cependant, son comportement avait été étrange, tout au long de cette semaine. Il était plus distant et réservé que d'habitude et, le soir, il avait pris l'habitude de s'asseoir dans le fauteuil et non sur le canapé, avec elle. Il passait aussi la majeure partie de ses journées à travailler à l'extérieur du chalet.

Trop nerveuse pour rester assise, elle se leva et alla regarder par la fenêtre. Flint était juste à côté de la porte, en train de passer un enduit quelconque sur le plancher du porche.

Elle le regarda travailler pendant un moment, le cœur gonflé de tendresse et de gratitude. Il semblait tellement fort, tellement compétent, prêt à gérer toutes les situations qui pouvaient se présenter. Cependant, la grimace de douleur qui déformait parfois ses traits ne lui avait pas échappé, pas plus que la façon dont il se frottait les mains, le soir venu, comme pour chasser une douleur qui se serait logée en elles.

Il lui avait dit que ce n'était rien, seulement de vieilles fractures qui se réveillaient, et elle le croyait. Mais elle n'aimait pas le voir souffrir ainsi. Dans son esprit, il n'y avait aucun doute : en l'accueillant dans ce refuge douillet et merveilleux, il lui avait sauvé la vie.

Qui pouvait dire où elle serait maintenant si elle ne l'avait pas rencontré ? En montant dans le premier bus venu pour s'éloigner de Bitterroot, elle aurait pu se précipiter dans un cauchemar aussi atroce que celui qu'elle avait quitté.

Elle poussa un profond soupir et retourna s'asseoir à la table de la cuisine, son livre à la main. Une fois de plus, la claustrophobie la gagnait. L'attaque dont ils avaient été la cible l'avait terrifiée, elle ne pouvait pas le nier, mais pendant combien de temps encore allait-elle se terrer ici ? Pendant combien de temps allait-elle permettre à sa peur de faire d'elle une captive volontaire ?

Elle releva la tête quand Flint passa la porte. Il la gratifia de ce sourire qui la réchauffait toujours de la tête aux pieds.

— Ça va ?

— Ça va.

Il se lava les mains dans l'évier avant d'aller jusqu'à la cafetière. Il inséra une dosette dans la machine et se retourna pour la regarder.

— Tu me dis que ça va, mais ce n'est pas l'impression que tu me donnes. Tu as l'air un peu déprimée.

Elle soupira de nouveau.

— Je crois que je veux essayer encore une fois.

Il fronça les sourcils, perplexe.

— Essayer quoi ?

— De sortir d'ici… D'aller en ville. Nous pourrions dîner au restaurant, ce soir.

Il prit son café et s'attabla face à elle.

— J'en serais ravi, mais… Est-ce que tu es certaine d'en avoir la force ?

Elle hésita un moment avant de hocher la tête.

— Il faut que je l'aie. J'ai l'impression d'être prisonnière de ma propre peur et je déteste ça.

— Madison, quoi que tu décides de faire, je serai à tes côtés. Et je ferai tout mon possible pour te protéger.

Il était tellement sérieux, semblait si déterminé, que son cœur se gonfla d'émotions qu'elle n'avait jamais ressenties auparavant pour aucun homme… Des émotions bien trop grandes pour qu'elle cherche à les analyser pour le moment. Elle se borna à lui sourire et dit :

— En ce cas, allons dîner en ville.

— Je trouve cette idée excellente.

Un silence gêné s'installa, comme cela se produisait bien trop souvent depuis une semaine. Quelque chose avait changé entre eux, même si elle n'aurait su dire quoi.

C'était peut-être parce qu'elle avait décidé de retirer sa plainte contre Brad que l'attitude de Flint envers elle avait changé. Elle voulait être courageuse, mais personne ne pouvait appréhender la force de la peur primitive, paralysante, que Brad lui inspirait encore. Elle seule l'avait vu se transformer en monstre dans sa caravane. Et, depuis que sa vitre avait volé en éclats sous l'impact d'une balle qui lui était probablement destinée, sa peur n'avait fait que croître. De quoi d'autre cet homme était-il capable ?

Ce fut Flint qui rompit le silence qui s'était installé.

— Je propose que nous partions dans une heure.

— C'est parfait, répondit-elle. Je commence déjà à avoir faim.

Il lui sourit.

— Il faut dire que tu manges pour deux.

Gênée, elle croisa les bras sur son ventre.

— Ma grossesse est de plus en plus difficile à cacher. Dieu merci, il me reste quelques robes amples.

— Tu es toujours aussi belle, répondit-il.

Son regard retint le sien pendant un long moment. Il finit par poser les yeux sur sa tasse et se racler la gorge.

— Je crois que je vais aller prendre une douche.

Il finit son café d'un trait, posa la tasse dans l'évier et disparut dans la salle de bains.

Une fois seule, Madison inspira profondément. Pendant un instant, elle avait pensé voir dans les profondeurs de ses yeux couleur de forêt un éclat merveilleux, une émotion douce, presque magique.

Elle eut envie de s'élancer vers lui et de lui avouer qu'elle était amoureuse de lui, de lui dire qu'elle voulait passer le restant de ses jours dans ce chalet enchanté, blotti parmi les arbres. Mais ces pensées furent balayées par un désespoir soudain. Peut-être avait-elle seulement imaginé ce regard… parce qu'elle avait voulu le voir.

Il ne l'avait recueillie que parce qu'elle était désespérée, sans nulle part où aller, et ce n'était que par gentillesse qu'il lui avait permis de rester chez lui le temps qu'elle se retourne.

Il avait agi ainsi car il était bon et plein de compassion, pas parce qu'il était follement amoureux d'elle. Après tout, il était passé à sa caisse des douzaines de fois quand elle travaillait au supermarché, sans jamais lui manifester le moindre intérêt.

Bien sûr, il lui avait fait l'amour avec une tendresse infinie, mais un homme pouvait très bien avoir une relation sexuelle avec une femme sans éprouver pour elle un amour profond et sincère. Elle voyait bien qu'il la désirait encore - autant qu'elle le désirait –, mais ce n'était pas pour autant qu'il voulait passer le restant de ses jours à ses côtés.

Non, elle n'allait pas lui dire ce qu'elle ressentait pour lui. Elle ne pouvait pas le lui dire. En se mettant ainsi à nu, elle se serait rendue vulnérable, et elle l'avait déjà été assez souvent au cours de sa vie.

Il y avait tout d'abord eu son père, qui n'avait jamais su l'aimer. Ensuite, l'agression de Brad. Si elle avouait son amour à Flint et qu'il la rejetait, elle ne pourrait pas supporter cette humiliation supplémentaire. Non, mieux valait qu'elle taise les sentiments qu'il lui inspirait.

Elle consulta la pendule accrochée au mur, se leva et quitta la cuisine pour passer dans sa chambre. Elle se changea et, en l'honneur de ce dîner en ville, mit une touche de maquillage.

Tout en se préparant, elle essaya de dompter la peur qu'elle sentait frémir en elle. Quand ils s'engageraient dans le sentier, essuieraient-ils de nouveaux coups de feu ? Brad les attendait-il, guettant une nouvelle occasion de la tuer ?

Et quand ils rouleraient vers la ville… Si quelqu'un essayait de leur faire quitter la route, ou les prenait pour cible depuis une autre voiture ? À moins qu'on ne leur tende une embuscade au moment où ils quitteraient le restaurant pour remonter dans le pick-up. Un homme pouvait très bien surgir des ombres pour se jeter sur eux.

Tellement de choses la rattachaient à la vie maintenant que ce bébé grandissait en elle. Cette petite âme innocente ne méritait pas de mourir à cause des actes de sa mère.

Elle se laissa tomber sur le bord du lit et caressa son ventre des deux mains. Elle ne savait pas ce qui pouvait se passer, mais elle devait trouver un moyen d'assurer la sécurité de son enfant.

Une fois encore, elle se dit que la meilleure tactique ne serait pas seulement de ne rien faire pour que l'enquête qui visait Brad progresse, mais de revenir sur ses déclarations et de retirer sa plainte. Cela suffirait peut-être à éloigner la menace qui planait sur elle ainsi qu'à garantir la sécurité de son bébé.

Elle repoussa ces pensées déstabilisantes et finit de se préparer pour ne pas faire attendre Flint. Quand elle fut satisfaite du résultat, elle ressortit de sa chambre.

Il était debout près de la fenêtre du séjour et se retourna en l'entendant approcher.

— Tu es vraiment très jolie, dit-il.

— Merci. Tu n'es pas mal non plus.

En réalité, il était bien mieux que « pas mal » : il était terriblement séduisant. Le polo bleu marine qu'il avait passé faisait paraître ses cheveux ébouriffés encore plus blonds que d'habitude.

Ce soir encore, il portait son holster. Quand il enfila un blouson léger, du même bleu que son polo, elle réprima un petit sourire. Quel drôle de couple ils formaient tous les deux ! Le blouson de Flint dissimulait son arme, et le pull qu'elle avait enfilé par-dessus sa robe d'été cachait son ventre arrondi par la grossesse.

Cependant, l'espace d'un instant elle s'autorisa à imaginer qu'ils étaient un vrai couple qui allait dîner en ville après une longue journée de travail. Ils allaient retrouver des amis, parler de tout et de rien, rire ensemble, puis ils rentreraient chez eux et feraient l'amour, longuement, tendrement.

— Je vais d'abord aller inspecter le sentier, dit-il. Ensuite, je reviendrai te chercher.

Cette simple phrase suffit à faire voler son fantasme en éclats, à la ramener sans douceur au présent et à sa situation.

— Je vais t'attendre à l'intérieur.

Quelques minutes plus tard, elle regarda le pick-up de Flint s'éloigner du chalet et disparaître parmi les arbres. Elle attendit son retour, avec une anxiété grandissante. Quand il réapparut enfin, l'angoisse céda la place au soulagement. Il s'arrêta devant la porte et attendit qu'elle s'installe dans son siège.

— Tout semble calme, dit-il.

— Le calme me convient à merveille.

Elle boucla sa ceinture tandis qu'il s'engageait de nouveau dans le sentier. Quand ils atteignirent le point où les balles avaient fusé dans leur direction une semaine plus tôt, son cœur se mit à battre la chamade.

Cependant, ils poursuivirent leur chemin sans encombre et, une fois qu'ils furent sur la route qui menait à Bitterroot, elle s'autorisa à se détendre. Elle baissa sa vitre, que Larry Wright était venu changer dès le lendemain de la fusillade, inspira une grande goulée d'air frais et dit :

— C'est tellement agréable d'être de nouveau dehors.

— Tu as raison, répondit Flint. C'est une belle soirée.

C'était même une soirée magnifique. Le ciel était d'un bleu pur, sans le moindre nuage. Le crépuscule approchait, et le coucher de soleil promettait d'être splendide.

— Je ne peux pas imaginer qu'il existe des endroits dans le monde où il y a de plus beaux couchers de soleil qu'ici, dans l'Oklahoma, dit-elle.

— Je suis entièrement d'accord avec toi. Espérons qu'il y en aura de beaux là où tu iras, si tu décides de quitter Bitterroot.

Elle ne répondit pas. Maintenant qu'elle avait dénoncé Brad, elle devait vraiment s'en aller. Aussi longtemps qu'il marcherait dans les rues, libre comme l'air, elle ne pourrait pas rester ici.

Même si elle se rétractait maintenant, comme elle avait toujours l'intention de le faire, elle devrait partir. Elle aurait toujours peur des conséquences de ses actes. Et, quand il apprendrait qu'elle avait un bébé, jusqu'où serait-il capable d'aller ?

Sa famille avait beaucoup d'argent, assez pour qu'elle ne puisse pas rivaliser avec eux s'ils en venaient à se battre pour la garde. Ils la feraient passer pour une mère indigne sans qu'elle puisse se défendre, faute de moyens.

Bien sûr, la présence de ce bébé était la preuve incontestable qu'il y avait bien eu une relation sexuelle. Néanmoins, elle refusait d'utiliser son enfant pour appuyer ses dires. D'ailleurs, Brad aurait menti et affirmé que la relation avait été consentie.

Elle lutta contre l'épais voile de déprime qui menaçait de s'abattre sur elle. Elle était complètement déboussolée, ne savait plus quelle direction prenait sa vie.

— Tu es bien silencieuse, dit Flint, interrompant le cours de ses pensées.

— Je réfléchis trop, avoua-t-elle.

Il lui jeta un rapide coup d'œil.

— Alors, arrête de réfléchir. Ça te donne l'air trop soucieuse, et je veux que tu souries à la perspective d'aller dîner en ville.

Malgré ses pensées moroses, ces mots lui arrachèrent un sourire.

— D'accord, j'arrête. Je suis vraiment heureuse de dîner en ville.

— Est-ce qu'il y a quelque chose qui te fait particulièrement envie ?

Elle pensa à tous les plats qui figuraient au menu du restaurant.

— Je crois que je vais prendre un cheeseburger bien juteux, avec des frites. Et, comme dessert, peut-être une part de gâteau au chocolat, celui qui a un glaçage au caramel beurre salé.

Il éclata de rire.

— C'est une bien grosse commande pour une petite chose comme toi.

— Peut-être, mais n'oublie pas que je mange pour deux.

Il rit de nouveau, et elle se demanda si elle se lasserait jamais de ce son chaud et grave.

— Et toi ? Qu'est-ce que tu vas prendre ?

— Des spaghettis… avec deux boulettes de viande.

— Un jour, je te préparerai des spaghettis, avec ma sauce maison et des boulettes de viande qui te feront tomber à la renverse, dit-elle.

— J'ai hâte de les goûter, répondit-il.

Ils se turent en entrant en ville. Comme toutes les places de parking aménagées devant le restaurant étaient déjà occupées par des voitures et des camions, il dut aller se garer à un demi-pâté de maisons de là.

— Ne bouge pas, dit-il quand il eut coupé le moteur. Je viens t'aider à descendre.

Elle l'attendit donc et, dès qu'elle fut descendue du pick-up, Flint passa un bras autour de ses épaules et la serra contre lui. Même si elle aurait aimé que ce soit l'amour qui lui inspire un tel geste, elle savait qu'il ne cherchait qu'à la protéger du danger qui aurait potentiellement pu surgir pendant qu'ils étaient à découvert sur le trottoir.

Il ne la relâcha que quand ils entrèrent dans le restaurant bondé. Au moins, ici, ils pouvaient se détendre. Il y avait peu de risques que quelqu'un s'en prenne à eux devant autant de témoins.

Cette fois encore, elle remarqua que les autres dîneurs la dévisageaient en chuchotant entre eux tandis qu'ils se dirigeaient vers un box libre, au fond de la salle. Que pouvaient-ils bien dire d'elle ? Que croyaient-ils à son sujet ? Elle releva le menton, comme pour faire barrage aux critiques qui pouvaient lui être adressées.

D'un geste, Flint l'invita à s'asseoir de façon qu'elle tourne le dos à la plupart des autres clients. Ensuite, il s'installa face à elle. De sa place, il pouvait voir les dîneurs et la porte d'entrée.

Ils venaient tout juste de s'asseoir quand Becky Davis, une jeune et jolie serveuse brune, vint prendre leur commande.

— Comment allez-vous ce soir ? demanda-t-elle en leur tendant les menus.

Elle sourit à Madison.

— Tu es vraiment ravissante, Maddy. Ce pull bleu te va à merveille.

— Merci, répondit Madison, étonnée.

Il y avait au moins une personne en ville qui pouvait encore être gentille avec elle. Elle espérait que ce n'était pas la seule.

— Dites-moi ce que vous voulez boire, et je prendrai vos commandes en vous apportant vos verres, déclara Becky.

Quelques minutes plus tard, Becky avait posé leurs boissons devant eux et pris leurs commandes.

— Je trouve qu'il y a moins de curieux que la dernière fois, dit-elle.

Il sourit.

— De toute façon, nous nous moquons pas mal des curieux et des commères, n'est-ce pas ?

Elle hocha la tête. Elle s'en moquait, oui… D'ailleurs, elle se moquait de presque tout quand il lui souriait et que ses yeux brillaient de cet éclat qui la réchauffait tout entière. Il soutint longuement son regard avant de baisser la tête.

Pourquoi y avait-il des moments où elle pensait lire de l'amour dans les profondeurs vertes de ses yeux ? Et d'autres où elle y décelait une distance qui semblait impossible à combler ?

Elle mit cette question de côté pour s'intéresser à l'instant présent. Aucun doute : les habitants de Bitterroot la considéraient encore comme une sorte de paria. Il y avait parmi les dîneurs plusieurs de ses connaissances, mais aucune d'elles ne s'était approchée de leur table pour les saluer.

Elle était moins contrariée par l'indifférence dont elle était l'objet que par la façon dont les gens évitaient Flint. Quand il venait au supermarché, elle avait remarqué que les autres clients le saluaient toujours et que certains s'arrêtaient même pour discuter avec lui pendant cinq minutes. Avant toute cette histoire, il était très apprécié de ses concitoyens. Maintenant, tout le monde l'évitait, uniquement parce qu'il était avec elle.

— Hé, tu as repris ton air soucieux.

Sa voix grave l'arracha à ses pensées.

— Désolée. Je me disais seulement que personne ne t'avait adressé la parole depuis que nous sommes entrés et je sais que c'est à cause de moi. Si je n'étais pas là, beaucoup de clients viendraient te saluer et discuter avec toi.

— Est-ce que ça a l'air de me déranger ? Madison, je me moque pas mal que personne ne vienne me parler. La seule opinion qui m'intéresse est celle de mes amis, et mes amis sont persuadés que tu dis la vérité et que ce que je fais est juste. Ce n'est pas parce que de vagues connaissances ont décidé de m'ignorer que je vais perdre le sommeil. Et maintenant, je ne veux plus voir cet air soucieux sur ton visage jusqu'à la fin de la soirée. D'accord ?

— D'accord, répondit-elle.

Elle n'en revenait toujours pas d'avoir la chance qu'un homme tel que Flint soit à ses côtés. Il était tellement sûr de lui, de l'existence qu'il menait et de la force de ses amitiés. Jamais il ne saurait combien elle l'admirait.

Becky revint vers eux avec leurs assiettes, et ils se mirent à manger.

— Miam, ces frites sont vraiment délicieuses.

Elle plongea l'un des bâtonnets de pomme de terre dans une mare de ketchup et se le fourra dans la bouche.

— Une pour moi, une pour le bébé.

Flint lui décocha un sourire moqueur.

— Autrement dit, tu n'endosses la responsabilité que pour la moitié des frites que tu manges.

— Exactement, répondit-elle en riant.

— Au fait, qu'est-ce que tu préférerais ? Un garçon ou une fille ?

— Cela m'est égal. Tout ce qui m'importe, c'est qu'il soit en bonne santé.

— Ce qui me rappelle que nous devons te prendre un

rendez-vous chez le médecin, dit-il en enroulant des spaghettis autour de sa fourchette. Est-ce que tu en as choisi un ?

— Je pensais au Dr Clayton Rivers. C'est lui qui a accouché McKenzie Warren, qui travaillait au supermarché avec moi, et elle a dit beaucoup de bien de lui.

— Clayton est mon médecin, et je l'aime beaucoup. Je suis sûr que nous pouvons lui faire confiance. Je l'appellerai demain et je lui demanderai s'il peut te recevoir en soirée, après les heures de consultation. Je peux te promettre qu'il respectera ton intimité et ne parlera à personne de ton état.

Mac apparut soudain à côté de leur table.

— Hé, vous deux ! Je ne savais pas que vous aviez prévu de manger en ville ce soir.

— Nous ne le savions pas nous-mêmes, déclara Madison. Nous nous sommes décidés au dernier moment.

— Qu'est-ce que tu fais ici, au lieu de dîner au ranch ? demanda Flint à son ami.

— Il y avait des hamburgers à la bolognaise au menu, répondit Mac. J'ai convaincu Jerod d'aller dîner en ville

Flint éclata de rire.

— Tu n'as jamais aimé les hamburgers à la bolognaise de Cookie.

— Je ne sais pas ce qu'il y a dans sa sauce, mais il y met un truc que je n'aime pas. Quand nous aurons fini de manger, nous irons au Watering Hole. Est-ce que vous voulez nous accompagner, tous les deux ?

Le Watering Hole était le bar le plus populaire de la ville. Madison n'aurait rien tant voulu qu'y finir la soirée. Ils auraient pu écouter la musique, et peut-être que Flint lui aurait pris la main pour l'entraîner sur la piste de danse, où il l'aurait serrée dans ses bras pour la faire virevolter.

— C'est gentil mais, vu les derniers événements, il vaut mieux que nous rentrions directement, répondit Flint.

Quand Mac se fut éloigné, Madison remarqua :

— Je t'empêche de faire ce que tu aimes.

— Parce que tu crois que j'avais envie d'aller au Watering Hole ? Il m'est souvent arrivé de rester sur le ranch pendant que les autres allaient passer la soirée à boire et à danser. Je n'ai jamais été un gros buveur. Je peux très bien me passer de ce genre de choses.

Il lui adressa un sourire rassurant.

— Et maintenant, reprit-il, si j'appelais Becky pour que nous commandions le dessert ? Il me semble que tu voulais un gros morceau de gâteau au chocolat.

Elle baissa les yeux vers son assiette, qui était presque vide, et se tapota le ventre.

— Oh ! je ne sais pas trop. L'idée semblait bonne avant que je mange ce gros cheeseburger et toutes ces frites. Je n'ai plus très faim.

— En ce cas, je vais seulement commander une part de tarte aux pommes et un café.

— Oh ! et zut, répondit-elle en riant. Je dois bien pouvoir avaler quelques bouchées de gâteau.

Quand ils furent attablés devant leurs assiettes, ils entreprirent de parler de leurs desserts préférés.

— Je n'aime rien tant que la tarte aux pommes, annonça-t-il.

— Je t'en ferai une que tu n'oublieras jamais, déclara-t-elle avec assurance. Tu aurais dû me dire plus tôt que c'était l'un de tes desserts favoris.

— Tu m'as préparé des repas tellement succulents que je n'ai jamais pensé au dessert. Et, en parlant de ça, il faut que je te fasse un chèque. Tu pourras le mettre de côté pour la réparation de ta voiture. Mais, pour être franc, j'espère que tu vas rester encore un peu, au moins jusqu'à ce que Brad soit inculpé.

Chacune des paroles qu'il prononçait la déprimait, parce qu'elle la ramenait à sa situation actuelle.

— Je t'ai dit que j'allais peut-être tout laisser tomber, lui rappela-t-elle. Je n'ai pas changé d'avis : j'envisage toujours de me rétracter.

— Quelle que soit ta décision, tu sais que je te soutiendrai, répondit-il d'une voix douce. Mais, quoi que tu fasses, j'espère que tu verras un thérapeute pour qu'il t'aide à te débarrasser de tes cauchemars.

Leurs regards s'unirent pendant un long moment et, une fois encore, elle eut envie de plonger dans ces profondeurs vertes tellement attirantes. Elle ne voulait penser ni à Brad Ainsworth, ni à sa voiture, ni au jour où elle quitterait Bitterroot. Elle voulait seulement retourner au chalet et être seule avec Flint.

Ils s'attaquèrent à leurs desserts, et la conversation prit un tour plus léger. Flint la régala d'anecdotes sur les facéties auxquelles Mac, Jerod et lui s'étaient livrés quand ils étaient plus jeunes.

— Au début, nous étions douze garçons. Nous étions tous très proches, mais Mac, Jerod et moi avons toujours été liés par une amitié plus profonde. Nous évoquions rarement notre passé. Nous travaillions dur pendant la journée, mais dès que l'heure venait d'arrêter nous enchaînions les bêtises.

— Lesquelles, par exemple ? demanda-t-elle.

Elle adorait l'écouter quand il évoquait son enfance sur le ranch de Big Cass.

— Nous savions tous que Sawyer était très maniaque dès qu'il s'agissait de son lit. Il fallait toujours que ses draps soient parfaitement tendus. Tous les trois, nous glissions toujours des trucs dans son lit.

— Des trucs ? Quel genre de trucs ?

— Des poissons morts, des grenouilles vivantes, du fromage qui puait… Ce genre de trucs.

Elle éclata de rire.

— Oh ! Flint, c'est horrible !

— Oui, admit-il en souriant, c'était plutôt vache de notre

part. Les autres ont fini par s'y mettre, et nous avons continué jusqu'à ce qu'il quitte le ranch pour aller s'installer en ville.

— Est-ce que cela signifie qu'il faut que j'inspecte mon lit chaque soir avant de me coucher ?

— Non, dit-il en riant. Je te promets que j'ai passé l'âge de me livrer à ce genre de facéties.

Ils avaient fini de manger. Quand Flint eut réglé la note, ils se levèrent et se dirigèrent vers la sortie.

— Salope, marmonna quelqu'un, assez fort pour qu'elle l'entende.

— Sale menteuse, lança une autre voix masculine.

— Quitte cette ville, ajouta une troisième.

Elle ne savait pas de qui venaient ces paroles odieuses. Bien que les larmes lui montent aux yeux, elle garda la tête haute et continua à marcher en regardant droit devant elle. Elle sentit que Flint se rapprochait d'elle, mais sa présence ne suffisait pas à apaiser la brûlure qu'avaient fait naître ces paroles blessantes.

Dès qu'ils furent dehors, elle se tourna vers lui.

— Je veux que tout ça s'arrête. Je n'en peux plus. Dès que nous serons rentrés, j'appellerai Dillon pour retirer ma plainte. Je lui dirai que j'ai tout inventé.

Elle fit volte-face et, sans attendre Flint, se dirigea vers son pick-up. Oh oui, elle en avait marre. Marre d'être jugée, de ne pas pouvoir apparaître en public sans qu'on jette l'anathème sur elle ou qu'on la menace de mort. Elle n'avait qu'un moyen de régler cette histoire une fois pour toutes : se rétracter et quitter la ville.

Flint l'avait rattrapée et marchait maintenant à ses côtés, sans mot dire, comme s'il la connaissait assez bien pour savoir à quel moment il devait garder le silence. Elle savait qu'il resterait à ses côtés quoi qu'elle fasse. Elle voulait seulement que ce cauchemar se termine.

Quand ils atteignirent le pick-up, elle vit qu'une feuille

de papier pliée en deux avait été glissée sous l'essuie-glace, du côté passager. Elle la fixa, gagnée par la terreur.

Qu'est-ce que c'était ? Une lettre de menaces ? Elle inspira profondément et l'attrapa d'une main tremblante. Elle la déplia et, à la lumière d'un réverbère, découvrit ce message :

Merci d'avoir dénoncé Brad. Il m'a battue et violée, moi aussi.

Les mots tracés à l'encre noire semblaient hurler dans son esprit. Elle avait toujours soupçonné Brad d'avoir fait d'autres victimes en ville. Grâce à ce message, ce qui n'avait été qu'une idée abstraite prenait corps. Il constituait une preuve irréfutable qu'elle n'avait pas été la seule victime de ses agissements pervers.

— Qu'est-ce que c'est ? demanda Flint.

Elle lui tendit le papier en balayant la rue du regard. Qui l'avait laissé ici pour elle ? Quelle pauvre jeune femme innocente avait souffert entre les mains de Brad, tout comme elle ?

Mais la rue était déserte. Le message émanait-il d'une personne qui les avait vus dans le restaurant ? D'une cliente, ou de l'une des serveuses qui étaient toutes jeunes et jolies ? En tout cas, la peur l'avait empêchée de le signer. Combien d'autres victimes pouvaient encore se cacher dans les ombres de la peur ? Et combien de femmes subiraient le même sort qu'elle, si elle ne faisait pas ce qu'il fallait ?

Quelqu'un devait parler au nom de toutes ces femmes dans l'espoir de mettre Brad hors d'état de nuire. Si elle choisissait de se taire, elle se sentirait responsable du malheur qui s'abattrait sur d'éventuelles prochaines victimes.

Elle s'installa sur son siège et attendit que Flint ait démarré.

— Je veux que nous passions au poste de police avant de rentrer, dit-elle. Nous devons remettre ce message à

Dillon, et je veux lui dire que je suis prête à faire tout ce qu'il faudra pour mettre Brad derrière les barreaux.

— Bonne fille, murmura Flint en lui rendant le message.

Il s'engagea dans la rue et prit la direction du poste de police. Madison sentit son esprit s'éclaircir, pour la première fois depuis des semaines.

Comment avait-elle pu être assez faible pour envisager de retirer sa plainte ? Ce message lui avait rendu toute sa lucidité et fait comprendre qu'elle possédait plus de force qu'elle ne le croyait.

Elle était prête à affronter le monstre. Si elle devait y laisser la vie, au moins mourrait-elle en sachant qu'elle avait fait ce qu'il fallait - pas seulement pour elle, mais pour toutes les autres femmes qui avaient été ses victimes.

11

Quand Madison fut assise face à Dillon, dans son bureau, Flint la regarda. C'était à peine s'il la reconnaissait. Il l'avait vue trembler de peur, il l'avait vue pleurer, il l'avait vue en colère et rayonnante de bonheur, mais jamais il ne l'avait vue emplie d'une détermination aussi froide, aussi implacable.

D'une main qui ne tremblait pas, elle tendit le papier à Dillon.

— En sortant du restaurant, nous avons trouvé ce message glissé sous l'essuie-glace du pick-up de Flint, expliqua-t-elle.

Dillon lut le message avant de le poser sur son bureau. Un muscle palpitait au creux de sa joue.

— Avez-vous vu qui l'a laissé ?

— Non, répondit Madison. La rue était déserte.

— Et je suppose que vous ne voyez pas qui pourrait en être l'auteure ?

— Vraiment pas. Mais ce message est clair : Brad a fait au moins une autre victime, et qui sait combien d'autres femmes il peut avoir agressées… Il faut faire quelque chose.

— Je ne peux rien faire sans preuves solides, déclara Dillon, sans masquer sa frustration. Si je soumets l'affaire au procureur et que je n'ai que votre parole contre la sienne, pour des faits qui se sont produits il y a quatre mois, il n'y a aucune chance qu'il l'instruise.

Il ramassa le message et le fixa d'un air pensif.

— Je vais interroger toutes les jeunes femmes de la ville pour essayer d'identifier cette autre victime. Si j'y parviens, j'espère la convaincre de parler. Cela augmenterait nos chances que des poursuites soient lancées contre lui.

— Est-ce que vous me direz ce que vous avez découvert ? demanda Madison.

— Oui, répondit Dillon. Et, de votre côté, prévenez-moi si quelqu'un vous contacte à la suite de ce message.

— Bien sûr. Je tiens à faire emprisonner cet homme afin qu'il ne puisse plus jamais faire de mal à personne. Je sais que j'ai hésité à maintenir ma plainte après l'épisode des coups de feu, mais maintenant je suis fermement décidée à faire le nécessaire pour que Brad Ainsworth soit jeté en prison.

Sur ces mots, elle se leva, et Flint l'imita. Ils prirent congé de Dillon et remontèrent dans le pick-up. Flint s'apprêtait à démarrer quand elle posa une main sur sa cuisse.

— Merci, Flint.

Il avait l'impression de pouvoir sentir la chaleur de sa paume à travers son jean.

— Pourquoi me remercies-tu ? demanda-t-il.

Comme il aimait sentir sa main sur lui… Ce genre de contact physique lui avait terriblement manqué ces derniers jours, alors qu'il essayait d'établir une certaine distance entre eux.

— Parce que tu as continué à me soutenir alors que je ne savais pas ce que j'allais faire.

Elle pressa sa cuisse et reposa la main sur ses genoux. Il démarra et répondit :

— Je voulais seulement que tu fasses le choix qui te permettrait d'être en paix avec toi-même. Mais je dois bien dire que je suis ravi que tu aies décidé de ne pas retirer ta plainte contre ce fumier.

— C'est ce message qui m'a fait comprendre que je

devais tout faire pour l'arrêter. Si je ne le fais pas pour moi, je dois le faire pour les autres victimes, passées et futures.

Elle se laissa aller contre l'appuie-tête alors qu'il s'engageait sur la route qui menait au chalet.

— Est-ce que tu es fatiguée ? demanda-t-il. La soirée a été plutôt mouvementée.

— Elle l'a été, oui, mais je ne suis pas vraiment fatiguée. J'ai seulement envie de rentrer à la maison.

La maison… Ce chalet était vraiment devenu la maison qu'il aurait aimé avoir quand il était enfant. Le ranch Holiday avait été un refuge idéal pour l'enfant brisé qu'il était, Big Cass lui avait dispensé une éducation merveilleuse, mais jamais le ranch n'avait comblé son âme comme pouvait le faire un véritable foyer - comme le faisait ce chalet perdu dans les bois qu'il appelait maintenant « la maison ».

Et il savait qu'une grande partie de la joie qu'il éprouvait à être « à la maison » venait de la présence de Madison. Avant de la trouver dans la grange, il lui était parfois arrivé d'imaginer la vie qu'il mènerait une fois installé dans le chalet. Il avait toujours pensé qu'il aurait hâte de se lever chaque matin pour observer les cerfs qui sortaient de la forêt… Et maintenant, c'était elle qu'il avait hâte de voir.

Il adorait prendre son café attablé face à elle, contempler ses traits délicats que le frémissement du soleil levant baignait d'une aura dorée. Tout comme il avait hâte de partager ses repas avec elle et, le soir venu, de s'asseoir à côté d'elle sur le canapé pour discuter ou regarder la télévision.

Et le souvenir de leur union emplissait ses rêves et enflammait ses pensées aux moments les plus inopportuns… comme en ce moment.

Il suffisait qu'elle soit assise à côté de lui et que son doux parfum emplisse l'habitacle de son pick-up pour qu'il ait envie d'elle. Elle rejeta la tête en arrière et se mit à fredonner une célèbre chanson country. Il lui arrivait souvent de fredonner ou de chanter à voix basse, surtout quand elle était sous la douche, et il adorait l'écouter.

Il avait permis aux sentiments qu'elle lui inspirait d'échapper à tout contrôle. Il savait pertinemment que tout avenir commun leur était interdit, mais il tombait chaque jour un peu plus amoureux d'elle.

— Et maintenant, dit-elle quand il s'arrêta devant le chalet, j'ai seulement envie de m'installer sur le canapé et de me détendre devant la télé.

— Bonne idée, répondit-il.

Dès qu'ils furent entrés, elle ôta son pull. Malgré lui, il posa les yeux sur ses seins, que sa robe en coton moulait étroitement.

Bon sang, mais qu'est-ce qui lui prenait, ce soir ? Il semblait incapable de penser à autre chose qu'au désir qu'elle éveillait en lui. S'ils regardaient un peu la télé, peut-être parviendrait-il à chasser ces pensées déplacées de son esprit.

Quelques minutes plus tard, ils étaient installés devant une sitcom, et il savourait le son de son rire. Elle avait bien besoin de rire après la soirée qu'elle avait passée. Le dîner en lui-même avait été agréable, mais il savait combien elle avait dû se sentir humiliée quand ils étaient ressortis du restaurant.

Il avait choisi une table tout au fond de la salle et l'avait fait asseoir de façon qu'elle n'ait pas à supporter les sourires narquois des autres clients. Mais il n'avait pas été assez prévoyant, il n'avait pas pensé qu'elle devrait leur faire face au moment où ils gagneraient la porte.

Elle l'avait pourtant fait, avec élégance et dignité. Elle avait gardé la tête haute, sans répondre aux insultes. Quant à lui… Il avait dû se faire violence pour ne pas traîner certaines personnes dans la rue et leur botter les fesses.

Madison était une femme prête à se battre bec et ongles pour ceux qu'elle aimait, et il était convaincu que son enfant serait l'un des plus chanceux qui soit. Elle était aussi belle à l'intérieur qu'à l'extérieur, emplie d'une vitalité qui ajoutait encore à son charme. N'importe quel homme aurait été fier de l'avoir pour épouse.

Un voile de dépression s'abattit sur lui. Il aurait tant aimé partager sa vie, être le père du bébé qu'elle portait. Oui, il aurait adoré continuer à construire leur relation, mais c'était là un rêve qui ne se réaliserait jamais.

Comme pour ponctuer ces pensées, ses genoux se mirent à le brûler, ajoutant à la douleur qui transperçait déjà ses mains.

— Je sais qu'il est encore tôt, mais je crois que je vais aller me coucher, dit-il.

Elle lui lança un regard surpris.

— Est-ce que tu vas bien ? demanda-t-elle d'un ton inquiet.

— Je vais bien, assura-t-il. Mais j'ai sans doute trop mangé, et maintenant je suis fatigué.

— Je ferais peut-être mieux d'aller me coucher, moi aussi.

— Seulement si tu en as envie. Le bruit de la télé ne me gênera pas, si c'est ce qui t'inquiète. Reste debout aussi longtemps que tu le voudras.

Il se leva et lui adressa un sourire rassurant.

— À demain matin.

Il se réfugia dans sa chambre, posa son revolver sur la table de chevet et ôta son jean et son T-shirt. Une fois en boxer, il entrouvrit sa porte.

Il ne dormait jamais avec la porte fermée. Il avait le sommeil léger et voulait pouvoir entendre le moindre bruit susceptible d'annoncer un danger. Maintenant que Madison était fermement décidée à faire tomber Brad, il devait s'attendre à tout.

À l'heure qu'il était, Brad savait sans doute déjà qu'ils étaient allés voir le chef de la police. En revanche, il n'avait aucun moyen de savoir qu'ils étaient en possession d'un message qui corroborait les accusations de Madison. Personne n'était au courant de l'existence de ce message sauf Madison, Dillon et lui.

Mais, quand Dillon et ses agents commenceraient à interroger toutes les jeunes femmes de la ville, Brad se sentirait acculé, et la haine qu'il vouait à Madison ne connaîtrait plus de limites.

Il devait faire preuve d'une vigilance de tous les instants afin d'empêcher cet homme de s'approcher de Madison. Jusqu'où Brad était-il capable d'aller ? Il n'en savait rien. Jusqu'au meurtre, peut-être ? Cette pensée le glaça jusqu'aux os.

Toutes ces pensées occupaient encore son esprit le lendemain soir, quand Madison et lui quittèrent le chalet à 9 heures pour se rendre au rendez-vous qu'il avait pris pour elle avec Clayton Rivers.

— Est-ce que tu es nerveuse ? demanda-t-il, une fois qu'ils furent en route.

— Pas vraiment. Je suis à peu près sûre que ma grossesse se déroule bien. J'ai même senti le bébé bouger une fois ou deux. C'est une sensation bizarre, comme si quelque chose voletait dans mon ventre.

Elle croisa les bras et sourit tendrement.

— Je me sentirai quand même mieux quand le bébé et toi aurez été officiellement examinés par un médecin, répondit-il.

Sans quitter la route des yeux, il regardait fréquemment dans le rétroviseur afin de s'assurer qu'aucune voiture ne surgissait de l'obscurité pour foncer vers eux.

— Est-ce que tu es sûr que le Dr Rivers ne dira rien à personne ?

— Sûr et certain. Clayton est un homme de confiance. Il ne m'a même pas demandé pourquoi nous avions besoin d'un rendez-vous aussi tard dans la soirée. Crois-moi : il n'en parlera à personne.

Il respira plus librement quand ils furent enfin garés dans le parking, derrière l'immeuble qui abritait le cabinet. Le Dr Rivers vint aussitôt leur ouvrir la porte de derrière.

Après les avoir salués, il les introduisit dans son cabinet et, d'un geste, les invita à s'asseoir.

— Maddy, je suis vraiment navré que vous traversiez une période aussi stressante. Mais dites-moi plutôt ce que vous faites ici, tous les deux.

Flint avait pris le rendez-vous sans entrer dans les détails.

— Je suis enceinte, annonça Madison, et je veux que personne en ville ne le sache pour le moment. Tout le monde me regarde déjà comme une bête curieuse, je n'ai pas envie d'en rajouter.

— Je suppose que des félicitations s'imposent pour vous deux ? demanda Clayton en haussant un sourcil blond.

— Oh…

Avant que Madison ait pu rectifier son erreur, Flint intervint :

— Oui, nous sommes tous deux ravis par cette grossesse. Mais, avec tout ce qui s'est passé ces derniers temps, Madison avait peur de consulter.

Elle lui adressa un regard de gratitude avant de reposer les yeux sur le médecin.

— J'espérais que vous pourriez m'examiner rapidement, uniquement pour nous confirmer que ma grossesse se déroule bien.

— J'en serais ravi, dit le Dr Rivers en se levant. Passons dans ma salle d'examen.

— Euh… Si cela ne vous dérange pas, je vais attendre ici, déclara Flint.

Il poussa un soupir de soulagement quand le Dr Rivers et Madison quittèrent la pièce. Il n'avait aucune idée du genre d'examen que pratiquait un médecin sur une femme enceinte et ne voulait pas violer l'intimité de Madison.

En tout cas, il espérait que sa grossesse se déroulait normalement. Il était vaguement surpris de constater à quel point il était attaché au bébé que Madison portait. Pour tout dire, il avait presque l'impression d'être son vrai père.

Quand le médecin reconduisit Madison dans l'entrée de son cabinet, quelques minutes plus tard, elle le gratifia d'un sourire radieux.

— Le Dr Rivers dit que tout va bien, annonça-t-elle.

Clayton acquiesça.

— La maman est en bonne santé, et le bébé se développe normalement.

— Je lui ai demandé de ne pas me dire quel était le sexe du bébé, ajouta-t-elle.

Clayton sourit à Flint.

— Elle a été formelle : elle veut que vous ne le connaissiez ni l'un ni l'autre.

— Je veux que nous attendions qu'il fasse son apparition officielle pour savoir si c'est un garçon ou une fille, renchérit Madison.

Quand le médecin les raccompagna jusqu'à la porte, Flint dit :

— Nous vous remercions vraiment d'avoir accepté de nous recevoir en dehors des heures de consultation.

— Pas de problème, répondit Clayton. Je comprends les raisons qui vous ont poussés à demander un rendez-vous aussi tardif. Au fait, Flint, avez-vous commencé à prendre le traitement que je vous ai prescrit ?

Heureusement, Madison avait déjà passé la porte. Il espéra qu'elle était hors de portée de voix.

— Eh bien… Pas encore, non. Les événements se

succèdent à une telle vitesse ces derniers temps que je n'y ai pas pensé.

Ce ne fut que quelques minutes plus tard, quand ils eurent repris le chemin de la maison, qu'elle évoqua le sujet. Contrairement à ce qu'il avait espéré, elle avait donc entendu la question que lui avait posée le médecin.

— Quel est ce traitement que tu es censé prendre et que tu ne prends pas ? demanda-t-elle.

— Oh ! rien de bien important, seulement des cachets contre la douleur, quand mes vieilles fractures se réveillent. Je les prendrai quand j'aurai l'impression d'en avoir vraiment besoin. Pour le moment, tout ce qui m'importe, c'est que tu ailles bien et le bébé aussi.

Comme il l'avait espéré, elle changea volontiers de sujet.

— Le Dr Clayton m'a dit qu'il voulait me revoir dans un mois. J'espère que d'ici là Brad sera en prison et que ma vie sera redevenue normale… Même si je ne sais pas vraiment ce qu'est une vie normale.

Elle posa une main sur sa cuisse et, comme toujours, ce simple contact suffit à libérer un torrent de chaleur dans son corps. Elle n'avait aucune idée des tourments dans lesquels le plongeait le désir qu'il éprouvait pour elle.

— Je veux te remercier, Flint, dit-elle. Pas seulement parce que tu as pris ce rendez-vous, mais aussi parce que tu as dit au médecin que je portais ton bébé, pas celui de Brad.

— Je sais combien tu tiens à ce que personne ne soit au courant… Même si l'existence de ce bébé est une preuve supplémentaire contre lui.

Elle reposa la main sur ses genoux et laissa échapper un profond soupir.

— Le bébé est seulement la preuve que nous avons eu une relation sexuelle. Je sais que Brad mentirait, qu'il dirait que j'étais consentante… et que sa famille essayerait de me prendre mon enfant.

Elle demeura silencieuse pendant tout le reste du trajet, comme si elle était plongée dans ses pensées. Quand il se gara devant le chalet, elle détacha sa ceinture et se tourna vers lui.

— Je n'ai jamais souhaité que les gens imaginent que le bébé était de toi. J'avais pensé dire à ceux qui pourraient me poser la question que ce bébé était le fruit de la liaison que j'avais eue avec un homme qui n'avait passé qu'une semaine en ville.

— Ah, tu voulais leur ressortir la vieille histoire du représentant de commerce ? demanda-t-il d'un ton taquin.

Elle éclata de rire.

— Quelque chose comme ça, oui.

Ses traits délicats étaient magnifiés par la lumière argentée de la lune.

— Madison, je serais honoré d'endosser la paternité de ton bébé. Et, quoi qu'il arrive, j'ai l'intention de faire partie de sa vie jusqu'à ce que tu rencontres le cow-boy avec lequel tu passeras le restant de tes jours.

Par ces paroles, il voulait rappeler à Madison - mais aussi à lui-même - que jamais il ne serait le cow-boy de ses rêves. Il ne pouvait pas l'être.

Une semaine avait passé depuis le rendez-vous de Madison chez le médecin, et l'enquête sur Brad était toujours au point mort. Pour couronner le tout, Flint avait recommencé à prendre ses distances.

Leurs conversations animées, ponctuées de rires, lui manquaient terriblement. Dès qu'il rentrerait, elle comptait lui demander pourquoi leurs relations étaient devenues aussi tendues. Mais, pour le moment, il était en train de débroussailler l'un des côtés du chalet, une tâche à laquelle il s'était attelé aussitôt son petit déjeuner avalé.

Pour tout dire, depuis une semaine, il passait l'essentiel de ses journées à travailler à l'extérieur. Comme s'il la fuyait.

Peut-être qu'il se lassait d'elle ou qu'il était fatigué de devoir supporter tout ce cinéma. Après tout, il ne s'était pas attendu à ce que sa vie soit chamboulée à cause d'elle. Quand il lui avait offert l'hospitalité, il n'avait pas pensé qu'un jour viendrait où il prendrait son revolver à chaque fois qu'ils quitteraient le chalet - ni que leurs concitoyens l'éviteraient parce qu'elle était avec lui.

Aucun nouvel incident ne s'était produit depuis la fusillade. Brad avait peut-être compris que, s'il lui arrivait quoi que ce soit, il figurerait en bonne place sur la liste des suspects. Plutôt que de s'en prendre à elle physiquement, il avait tout intérêt à la discréditer aux yeux de tout le monde.

Néanmoins, la perspective de retourner dans sa caravane, où elle serait pour lui une proie facile, lui déplaisait fortement. C'était un véritable miracle qu'il ne soit pas parvenu à s'introduire chez elle la seconde fois.

Quand elle eut fini de préparer le déjeuner, elle sortit sous le porche pour appeler Flint. Il apparut aussitôt au coin du chalet.

— Ton déjeuner est prêt, dit-elle.

— D'accord, j'arrive tout de suite.

Elle retourna s'asseoir à la table. Il entra, la gratifia d'un sourire rapide et annonça :

— Je vais prendre une douche avant de manger.

Quinze minutes plus tard, il était attablé face à elle. Son odeur, où se mêlaient des effluves de savon à la menthe et d'eau de toilette, suffit à l'emplir d'un désir ravageur.

Elle voulait qu'il la prenne dans ses bras et qu'il l'embrasse jusqu'à ce qu'elle en perde la tête mais, depuis maintenant une semaine, il choisissait de s'installer dans le fauteuil pour regarder la télé en sa compagnie. S'il ne voulait même plus s'asseoir à côté d'elle, il n'allait certainement pas l'embrasser à lui en faire perdre la tête.

— Ça a l'air bon, commenta-t-il en prenant sa fourchette.

— Ce n'est rien de plus qu'un sandwich et une salade de pâtes, répondit-elle.

— Mais cette salade de pâtes m'a l'air délicieuse, insista-t-il avec un sourire.

Elle lui rendit son sourire avant de baisser les yeux vers son assiette. Ils se mirent à manger, et Flint entreprit de dresser la liste des travaux qui lui restaient à faire à l'extérieur pour que les abords du chalet soient comme il le voulait.

— Il va aussi bientôt falloir que je commence à couper du bois. Je veux avoir une bonne pile de bûches avant que l'hiver arrive, conclut-il.

— Rien n'est plus agréable en hiver que de passer la soirée assis devant un bon feu, répondit-elle. J'adore écouter le crépitement des bûches.

Elle n'avait aucun mal à s'imaginer devant un bon feu de cheminée, blottie dans les bras de Flint, par un jour de neige. Il continua à parler de ses projets et, tandis qu'elle l'écoutait, le désir montait en elle. Oh ! comme elle avait envie de poser la main sur sa peau… Comme elle brûlait de se blottir dans ses bras, de sentir le battement de son cœur contre le sien ! Et, plus que tout, comme elle désirait qu'il lui fasse de nouveau l'amour !

Mais, pour le moment, il n'y avait quasiment aucune chance que cela se produise. Il fallait vraiment qu'elle ait une petite discussion avec lui, qu'elle lui demande pourquoi il était aussi froid avec elle depuis une semaine. S'il trouvait qu'elle abusait de son hospitalité, il fallait qu'elle le sache. Et si c'était le cas… que ferait-elle ? Elle n'en savait rien.

Quand ils eurent fini de faire la vaisselle, elle demanda :

— Flint, est-ce que tu peux t'asseoir sur le canapé avec moi ? Je veux te parler.

— Est-ce que tout va bien ? demanda-t-il aussitôt.

— C'est précisément de cela que je veux parler, répondit-elle.

— D'accord.

Il s'installa sur le canapé. Elle s'assit à ses côtés et se tourna vers lui. Soudain, elle se sentait nerveuse. Elle ne supportait plus la froideur qu'elle lisait dans ses yeux verts. Elle voulait qu'il la regarde comme avant, avec tendresse.

— Flint, il faut que tu sois parfaitement honnête avec moi. Est-ce que tu trouves que je suis ici depuis trop longtemps ?

— Pas du tout, répondit-il sans la moindre hésitation. Qu'est-ce qui te fait croire ça ?

— Tu es… distant, depuis une semaine. Je sens bien que quelque chose a changé entre nous, et il faut que je sache si c'est à cause de quelque chose que j'ai dit ou fait.

Il suffisait qu'il soit assis auprès d'elle pour que ses sens prennent vie, d'une façon qu'elle n'avait jamais connue auparavant.

Il n'y avait pas que son odeur qui l'envoûtait. Elle aurait pu passer des heures à contempler son beau visage. Et jamais elle n'oublierait les caresses de ses mains calleuses sur sa peau, sur ses seins, sur sa chair.

Quand il avait affirmé devant le médecin que le bébé qu'elle attendait était de lui, la force de l'amour qu'il lui inspirait avait été décuplée. Il était l'homme de ses rêves, mais elle n'osait pas le lui dire. Elle avait trop peur qu'il la repousse.

— Crois-moi, tu n'as rien dit ni fait de mal, répondit-il.

— En ce cas, pourquoi es-tu tellement distant avec moi ? On dirait que tu m'évites, que tu n'as plus envie de discuter avec moi.

Elle fut horrifiée de sentir que ses yeux s'emplissaient de larmes.

— Hé, pourquoi es-tu à ce point bouleversée ?

Il se pencha vers elle et tendit la main pour éponger les larmes qui lui échappaient et roulaient sur ses joues.

— Je suis désolée, dit-elle avec un petit rire gêné.

Elle parvint à se ressaisir.

— J'ai seulement l'impression que quelque chose a changé et je ne comprends pas pourquoi. J'ai… j'ai besoin de comprendre ce qui se passe.

Il retint son regard pendant un long moment.

— C'est vrai, avoua-t-il enfin. J'ai été distant avec toi.

— Mais pourquoi ? demanda-t-elle d'un ton suppliant.

Ses yeux s'assombrirent et furent traversés par une lueur sauvage qui manqua lui couper le souffle.

— Oh ! femme… Parce que j'ai tellement envie de toi…

Sa voix était un grondement bas et rauque. Il s'écarta d'elle et passa une main dans ses cheveux encore humides.

— Le seul fait d'être assis à côté de toi, sur ce canapé, est une véritable torture. J'ai tellement envie de toi que ton parfum me fait tourner la tête. Voilà pourquoi j'ai décidé de prendre mes distances avec toi : parce que j'ai envie de toi à chaque minute que nous passons ensemble.

— Oh ! Flint…

Ces paroles l'emplirent d'un désir mêlé de tendresse. Elle se rapprocha et s'appuya contre lui.

— Je ressens exactement la même chose pour toi, mais mes sentiments me poussent à aller vers toi, pas à m'éloigner.

Elle se rapprocha encore… au point de pouvoir sentir son haleine sur son visage. Leurs lèvres n'étaient plus séparées que par quelques centimètres. Leurs regards s'unirent pendant un long moment, jusqu'à ce qu'il plaque la bouche sur la sienne avec un petit gémissement.

Aussitôt, son corps s'embrasa, et son cœur se mit à battre follement. Elle ouvrit la bouche, et leurs langues se mêlèrent dans une danse passionnée. Les bras de Flint se refermèrent sur elle, l'engloutissant dans son parfum et sa douce chaleur.

— Madison…

Il ôta sa bouche de la sienne pour semer un chemin de baisers sur le côté de son cou.

— J'aime la façon dont tu prononces mon nom, répondit-elle en se pressant contre lui autant qu'elle le pouvait.

— Madison… Madison… Madison, chuchota-t-il contre sa joue avant de s'emparer de nouveau de ses lèvres dans un élan passionné.

Elle voulait que ce baiser dans lequel elle sentait toute la force de son désir se prolonge encore et encore, mais elle ne voulait pas qu'ils se pelotent sur le canapé comme un couple d'adolescents.

Elle s'écarta de lui et dit, haletante :

— Flint, je veux être dans un lit avec toi. Allons dans ta chambre.

Elle se leva et lui tendit la main.

Il posa sur elle des yeux qui étincelaient d'un désir tellement brut, tellement primitif, qu'elle fut comme électrisée. Il se leva à son tour et, en la tenant par la main, l'entraîna jusque dans sa chambre. Dès qu'ils en eurent franchi le seuil, il l'attira vers lui et l'embrassa de nouveau.

Leurs corps étaient tellement proches qu'elle sentait son excitation. Elle plaqua le bassin contre le sien, et son corps s'embrasa d'un désir d'une telle violence qu'elle en perdit à moitié la tête.

Quand ils se laissèrent tomber sur le lit, elle empoigna le bas de son T-shirt pour le lui ôter. Elle voulait sentir les muscles fermes de son torse. Il finit lui-même de l'enlever et le jeta sur la chaise, à côté du lit.

Elle passa les mains sur son torse sculptural tandis qu'il se démenait pour descendre la fermeture Éclair, dans le dos de sa robe. Sa peau était tellement chaude et attirante qu'elle ne pouvait plus penser à rien, sinon à son envie d'être nue contre lui.

Il était enfin parvenu à baisser la fermeture Éclair quand quelqu'un frappa à la porte. Il se leva d'un bond et inspira à plusieurs reprises avant de remettre son T-shirt.

— Je reviens tout de suite, dit-il d'une voix plus grave qu'à l'accoutumée.

Madison resta sur le lit pendant un long moment en espérant qu'il allait vraiment la rejoindre et qu'ils pourraient reprendre là où ils en étaient restés.

Mais, quand elle entendit la voix de Dillon résonner dans le séjour, elle comprit qu'il ne reviendrait pas. À contrecœur, elle se leva et remonta la fermeture Éclair de sa robe.

Elle inspira et expira profondément plusieurs fois avant de quitter la pièce. Elle trouva les deux hommes assis dans le séjour, en pleine discussion.

— Bonjour, Dillon, dit-elle en s'asseyant sur le canapé, à côté de Flint.

Elle était curieuse de savoir ce qui l'amenait au chalet, mais elle aurait préféré - et de loin - être dans la chambre et faire l'amour avec Flint.

— Qu'est-ce qui se passe ? s'enquit-elle en le regardant avec curiosité.

— Je voulais vous annoncer que j'ai remis votre affaire entre les mains du procureur du district, mais il n'a pas encore décidé de l'instruire.

— Est-ce que tu penses que l'argent des Ainsworth pourrait jouer un rôle dans sa réticence ? demanda Flint.

Dillon fronça les sourcils.

— C'est une possibilité que nous ne pouvons pas exclure, admit-il lentement.

Madison se redressa sur le canapé.

— Est-ce que vous avez mené des interrogatoires en ville ? Avez-vous pu identifier une autre victime ?

Dillon hésita pendant un long moment avant de secouer la tête.

— Mes agents et moi avons interrogé toutes les jeunes femmes de la ville. Je soupçonne deux d'entre elles d'avoir eu maille à partir avec Brad, mais elles ont soutenu qu'elles n'avaient jamais eu aucune relation avec lui.

— En ce cas, qu'est-ce qui te porte à croire qu'elles pourraient compter parmi ses victimes ? s'enquit Flint.

— J'ai trouvé leurs réponses un peu trop évasives, et leur langage corporel contredisait leurs paroles. J'ai aussi eu l'impression qu'elles avaient toutes les deux peur, au point de ne même pas oser prononcer son nom.

— Qui sont-elles ? demanda Madison. Je pourrais peut-être essayer de les convaincre de parler. Cela ferait avancer l'affaire.

Dillon secoua de nouveau la tête.

— Je suis désolé, mais je ne peux pas dévoiler leur identité.

— Nous nous trouvons donc toujours dans la même situation, dit-elle, les sourcils froncés. Ma parole contre celle de Brad et, pour couronner le tout, un procureur qui pourrait avoir été acheté. Pourtant, il doit bien y avoir un moyen de prendre Brad sur le fait, quand il se montre sous son vrai visage !

Ses pensées commencèrent à tourbillonner, en quête d'un moyen d'obtenir des preuves supplémentaires. Parce qu'il y en avait forcément un… Comment attrapait-on un prédateur ?

Elle se souvint d'une émission qu'elle avait vue à la télé, dans laquelle la police investissait une maison pour démanteler un réseau de pédophiles. Il y avait obligatoirement un moyen de monter une opération similaire. Enfin, son esprit se fixa sur une vérité : de quoi un prédateur avait-il besoin pour passer à l'acte ?

D'une proie, rien de plus.

12

— C'est hors de question.

Flint dévisageait Madison en se demandant si le stress avait fini par lui faire complètement perdre les pédales. Parce qu'elle avait forcément perdu la tête. Sinon, jamais elle n'aurait attendu que Dillon soit reparti pour lui soumettre cette idée délirante en soutenant que c'était la façon la plus simple de régler le problème.

— Et pourquoi ? Ce serait le meilleur moyen de l'attraper.

Elle se leva du canapé et se mit à faire les cent pas devant lui.

— Madison, il est hors de question que j'accepte que tu serves d'appât, protesta-t-il. Cet homme est dangereux, et tu pourrais être grièvement blessée.

— Je sais.

Elle resserra les bras autour de son corps et, pendant un instant, une lueur sombre et hantée traversa ses yeux.

— C'est un prédateur, il est dangereux, et c'est bien pour cela qu'il doit être arrêté le plus tôt possible.

— Madison, pour l'amour du ciel, laisse la justice s'occuper de son cas !

Il était proprement horrifié par son idée.

— Je ne fais pas confiance à la justice. Je soupçonne les Ainsworth d'être capables d'acheter n'importe qui pour éviter que leur fils chéri aille en prison.

Elle se remit à faire les cent pas devant lui. Comme elle semblait frêle, démunie, sans défense…

Quand il pensa que Brad lui avait fait du mal… Qu'il l'avait violée… La fureur le gagna. Il aurait tué cette ordure avec plaisir, mais il savait que ce n'était pas non plus ainsi qu'il résoudrait le problème.

— Si l'affaire va devant le juge, Brad me fera passer pour une traînée et influencera d'autres témoins pour qu'ils appuient ses dires, reprit-elle.

— Mais moi je serai heureux de témoigner en ta faveur. Je pourrai dire aux gens qui tu es vraiment : une femme généreuse, pleine de bonté, tout simplement merveilleuse, répliqua-t-il.

Elle secoua la tête avec tant de véhémence que ses longs cheveux balayèrent son visage.

— Ça ne suffira pas. Je te remercie, mais mon idée est bien meilleure.

— Ton idée est fichtrement dangereuse, contra-t-il.

— Pas si nous nous y prenons bien.

Elle fit le tour de la table basse et se rassit à côté de lui.

— Réfléchis-y vraiment, Flint. Nous avons juste à faire courir le bruit que tu quittes la ville pour la nuit. Tu fais semblant de partir, mais tu reviens te cacher dans la forêt en compagnie de Dillon. Brad pense probablement qu'il suffit que je disparaisse pour qu'il soit tiré d'affaire. Il viendra pour me tuer, et tu le sais.

— Regarde-toi, Madison. Il te suffit d'en parler pour trembler.

Flint l'attira contre lui. Il ne lui fallait plus seulement la protéger du danger, mais aussi la protéger d'elle-même, en quelque sorte.

— Je suis désolé, Madison, mais il est hors de question que j'accepte de suivre un plan qui te met en danger.

— Mais je ne serai pas en danger ! protesta-t-elle en

s'écartant de lui. Je veux en finir avec toute cette histoire. Crois-moi, mon plan est excellent. J'appellerai Dillon demain à la première heure pour le lui exposer.

Elle se leva.

— J'espère que tu m'épauleras… Et maintenant, je vais faire une sieste.

Quand elle disparut dans sa chambre, Flint laissa échapper un petit soupir. Il soupçonnait que cette sieste n'était qu'une échappatoire, un moyen de couper court à ses protestations. Mais il espérait aussi que ce moment de repos lui porterait conseil et l'amènerait à reconsidérer son projet. Pour sa part, il rejetait catégoriquement l'idée de la laisser seule avec Brad, ne fût-ce qu'une minute.

Cependant, il était d'accord avec elle sur un point : si Brad la pensait seule au chalet, il viendrait jusqu'à elle. Il était convaincu que l'homme serait incapable de se retenir.

Il décida de ne plus consacrer une seule pensée à ce plan démentiel et alluma la télévision. Il aurait préféré sortir et travailler un peu, mais il s'en sentait incapable : ses mains étaient rouges et gonflées, et une douleur cuisante s'était logée dans ses hanches. La journée était peu propice à une quelconque activité physique.

Sauf faire l'amour avec Madison… Son esprit s'emplit soudain des moments qu'ils avaient été sur le point de vivre quand Dillon avait frappé à la porte.

Ils s'apprêtaient à faire l'amour, une fois de plus, et il était heureux que Dillon les ait interrompus. Il n'aurait rien tant aimé que d'être nu dans son lit avec elle, mais cela aurait été une grossière erreur de sa part.

Cependant, il devait reconnaître que Madison était son point faible. Quand elle s'appuyait contre lui avec cette flamme dans les yeux, il lui était bien difficile de la repousser, de ne pas céder au désir intense qu'elle lui inspirait.

Mais, quand tout serait fini, il devrait être capable de

la laisser partir. S'il cédait à l'envie d'avoir une relation intime avec elle, il lui serait encore plus pénible de lui dire au revoir le moment venu.

Quand il pensait qu'elle allait sortir de sa vie, un étang sombre, empli de solitude, se creusait en lui. Comment avait-il pu lui permettre de se glisser ainsi sous sa peau, jusqu'à atteindre le centre même de son cœur ?

Il avait cru souffrir quand Big Cass avait été tuée par la chute d'une grosse branche, pendant une tornade, mais la sensation dévastatrice de perte qu'il avait ressentie alors ne serait rien en comparaison de celle qui le frapperait le jour où Madison s'en irait.

Et la perspective de l'utiliser comme appât pour piéger Brad le terrifiait. Jamais il n'approuverait aucun plan qui puisse lui faire courir le moindre danger.

Ils passèrent la soirée à discuter âprement, mais elle demeura inflexible malgré ses protestations. Et, le lendemain matin, il se retrouva assis sur le canapé, à côté d'elle, et l'écouta exposer son plan à Dillon.

— Dillon, dis-lui que c'est de la folie, implora-t-il quand elle eut terminé.

Le chef de la police fronça les sourcils et la dévisagea longuement.

— C'est de la folie, convint-il lentement. Est-ce que vous pensez vraiment que Brad s'en prendrait à vous s'il vous croyait seule ici ?

— Je n'ai pas le moindre doute, répondit-elle. Il accourrait dans la minute.

Un fois encore, ses beaux yeux étincelaient d'une force stupéfiante.

— Dillon, plaida Flint, cet homme a déjà essayé une fois de la tuer en lui tirant dessus. Je ne vois pas comment tu pourrais ne serait-ce qu'envisager de suivre ce plan ! C'est de la folie, c'est tout.

Dillon posa les yeux sur lui.

— Et pourtant, je vais y réfléchir. Soyons lucides : dans ce genre d'affaire, la balance peut pencher d'un côté comme de l'autre, et vous savez aussi bien que moi que Brad a des amis haut placés.

— Raison de plus pour faire les choses à ma façon, répliqua Madison d'un ton ferme. Je veux en finir avec cette histoire. Toutes les nuits, la même pensée vient me hanter : il est toujours en liberté et susceptible de s'en prendre à une autre femme à tout moment. Je veux qu'il soit mis hors d'état de nuire au plus vite, et mon plan est le meilleur moyen d'y parvenir.

Elle regarda Flint avant de reposer les yeux sur Dillon.

— Au point où nous en sommes, qu'avons-nous à perdre ? Cela ne prendra que quelques heures du temps d'une poignée de personnes, et nous n'aurons pas besoin d'un matériel sophistiqué. J'ai confiance : ça pourrait marcher.

— C'est le « pourrait » dans ta phrase qui me dérange, répliqua Flint.

— D'accord, je rectifie : j'ai confiance. Ça va marcher.

— En ce cas, nous devrions peut-être mettre votre plan en application, dit Dillon après un long silence. Que penseriez-vous de tout organiser pour vendredi soir ? Ça vous laissera deux jours pour faire courir le bruit que Flint s'absente pour la nuit.

— Si mon avis intéresse quelqu'un, je pense toujours que c'est une idée désastreuse, intervint Flint.

Madison le dévisagea longuement, les yeux emplis d'une douceur qui lui noua la gorge d'émotion.

— Flint, je sais que tu t'inquiètes pour moi, mais je dois vraiment le faire. J'en ai besoin. S'il te plaît, Flint, j'ai besoin de ton soutien.

Devant son regard suppliant, il fut incapable de répondre par la négative.

— D'accord, concéda-t-il enfin.

Comme le disait la vieille chanson country, elle était vraiment le plus fort de ses points faibles… Et, si son plan portait ses fruits, le moment des adieux était proche.

Le vendredi matin, Madison se réveilla plus tôt qu'à l'accoutumée. Ses nerfs étaient déjà tendus à se rompre. Ce soir, elle allait monter en première ligne et attendre que Brad se montre.

Elle se renfonça dans le matelas. Impossible de le nier : elle était à moitié morte de peur quand elle pensait à la soirée à venir. Mais elle savait que Flint serait caché dans les bois, en compagnie de Dillon et de deux de ses hommes. D'ailleurs, le chef de la police devait venir au chalet en début d'après-midi pour l'équiper d'un micro. Ainsi, rien de ce qui se passerait à l'intérieur ne lui échapperait.

Bien sûr, si Brad essayait de lui arracher ses vêtements, il découvrirait le micro. Mais les quatre hommes auraient fait irruption dans le chalet bien avant qu'il ait eu le temps de le faire.

Tout ce qu'il fallait, c'était que Brad avoue ce qu'il lui avait infligé. Dillon entendrait cette confession, qui serait ensuite versée au dossier. Elle espérait que cela suffirait à entraîner l'arrestation de Brad. Et quand il serait derrière les barreaux… plus aucune femme ne risquerait de subir la violence de ses coups ni l'atrocité de ses perversions sexuelles.

Elle cessa de penser à la soirée qui l'attendait pour se concentrer sur Flint. Tandis qu'elle discutait avec Dillon pour tout mettre sur pied, elle avait vu la peur étinceler dans ses yeux. Mais elle y avait aussi vu autre chose…

De l'amour.

Oui, c'était de l'amour qu'elle avait vu miroiter dans les

profondeurs de ses yeux ; elle aurait pu le jurer. Il n'y était resté qu'un bref instant, disparaissant aussi rapidement qu'il était apparu. Mais elle avait vu cette lueur éclatante, elle en avait compris tout le sens - et, quand tout serait terminé, elle lui dirait combien elle l'aimait.

Elle ferma les yeux et s'imagina pendant un moment dans la peau de l'épouse de Flint. Il serait présent dans la salle d'accouchement quand elle donnerait naissance à son bébé… Non : à leur bébé. Oh ! comme elle voulait que ce rêve se concrétise !

Ils partageraient le bonheur de voir naître leur enfant et construiraient une vie emplie de rires et d'amour. En hiver, ils se blottiraient les uns contre les autres devant un bon feu de cheminée.

Au printemps, ils planteraient des fleurs devant le chalet, des fleurs au parfum suave, aux couleurs éclatantes, aussi belles que l'existence qu'ils partageraient. L'image était tellement nette dans son esprit !

Cependant, elle ne pouvait pas prétendre à cette vie merveilleuse avant d'avoir définitivement réglé le problème que représentait Brad. Ce fut avec cette pensée à l'esprit qu'elle roula sur elle-même pour sortir du lit.

L'odeur du café flottait dans l'air. Flint était déjà debout, malgré l'heure matinale. Après une douche rapide, elle revint dans sa chambre et inspecta sa garde-robe.

Comment s'habillait-on pour attraper un prédateur ? Quel genre de tenues dissimulait le mieux un micro ? Malheureusement, elle ne rentrait plus dans aucun de ses jeans, ce qui réduisait drastiquement l'éventail des possibilités.

Elle finit par opter pour l'une de ses robes d'été à manches courtes et posa son pull bleu sur le lit. Elle l'enfilerait plus tard, quand Dillon viendrait l'équiper du mouchard. Il suffirait sans doute à le dissimuler.

Elle passa dans la cuisine et sentit son angoisse s'atténuer quand elle vit Flint. Il était peut-être inquiet de la façon dont la soirée allait se dérouler, mais elle savait qu'il ferait tout son possible pour la protéger.

— Bonjour, dit-elle en prenant une tasse dans le placard.

— De même, répondit-il. Tu te lèves de bonne heure.

Elle mit une tasse d'eau dans le micro-ondes avant d'attraper un sachet de thé.

— Apparemment, j'ai eu mon content de sommeil. Mais je me suis couchée tôt, hier soir.

Ils restèrent silencieux jusqu'à ce qu'elle soit attablée face à lui avec sa tasse de thé.

— Est-ce que tu as peur ? s'enquit-il.

— Bien sûr. Il faudrait que je sois folle pour ne pas avoir peur. Mais je ne vois pas ce qui pourrait mal tourner.

Elle sucra son thé et le remua.

— Et si le micro tombe en panne ? demanda Flint. Et si tu as besoin d'aide et que Dillon ne l'entend pas ?

Il scrutait son visage, comme s'il cherchait à mémoriser ses traits dans leurs moindres détails.

— Si j'ai besoin d'aide, je te promets que vous n'aurez pas besoin de micro pour le savoir. Crois-moi, je peux hurler vraiment très, très fort.

Elle prit une gorgée de thé.

— Mais s'il a plaqué la main sur ta bouche ?

Elle reposa violemment sa tasse sur la table.

— Qu'est-ce que tu essayes de faire, Flint ? Me coller une peur bleue ?

Il rougit et baissa le regard.

— Pardon.

Il contempla sa tasse de café pendant un long moment avant de relever les yeux vers elle.

— Je crois que c'est moi qui ai peur. Je suis terrifié à l'idée qu'il puisse t'arriver quelque chose, Madison.

Elle tendit le bras par-dessus la table et recouvrit sa main de la sienne.

— C'est un plan sans faille, Flint. Et, ce qui est plus important, sans le moindre danger.

Elle retira sa main.

— J'ai confiance en toi, en Dillon et en ses hommes.

— Je sais, je sais, répondit-il en soupirant. Mais je me sentirai mieux quand nous en aurons fini avec cette soirée et que Brad sera derrière les barreaux.

Elle lui sourit.

— Nous sommes deux. Maintenant, parlons de choses plus agréables.

— Comme quoi ?

— J'aimerais beaucoup que tu m'aides à choisir des prénoms pour le bébé.

— Mais nous ne savons même pas si c'est un garçon ou une fille, objecta-t-il.

— Et, comme je n'ai pas changé d'avis, que je ne veux toujours pas connaître son sexe avant la naissance, nous devons trouver deux jolis prénoms, masculin et féminin.

— Eh bien, voilà un défi de taille. Est-ce que tu as déjà des idées ?

— Pas vraiment… Mais, si c'est une fille, j'aimerais l'appeler Abigail. C'était le prénom de ma mère.

— Et c'est un très joli prénom, affirma-t-il.

Si c'était un garçon qu'elle attendait, elle aurait adoré l'appeler Flint Jr., en l'honneur de l'homme bon et généreux qui l'avait recueillie, lui avait sauvé la vie… l'homme qu'elle aimait profondément. Mais elle ne pouvait pas lui demander la permission de donner son nom au bébé qu'elle portait. Il lui avait déjà trop donné pour qu'elle puisse se permettre de lui demander encore plus.

— Et si c'est un garçon ? demanda-t-il. Je ne pense pas que tu veuilles lui donner le prénom de ton père.

— Mon Dieu, certainement pas !

Elle fronça les sourcils en pensant à l'homme avec lequel elle avait vécu pendant les dix-huit premières années de sa vie. Il n'avait rien été de plus que son géniteur, et n'avait supporté sa présence que contraint et forcé. Ils avaient vécu sous le même toit sans jamais qu'il s'occupe d'elle, sauf pour lui décocher des insultes.

— Je ne me suis jamais demandé quel prénom je choisirais pour un enfant, dit Flint, l'arrachant à ses pensées moroses. Il va falloir que j'y réfléchisse un peu.

— Pendant que tu réfléchis, je vais préparer notre petit déjeuner. Que dirais-tu d'un peu de bacon et de quelques pancakes ?

— Ça me va, répondit-il.

Elle se mit aussitôt au travail. Bientôt, le bacon cuisait dans la poêle avec un grésillement qui faisait écho à celui qui parcourait ses nerfs dès qu'elle se projetait jusqu'à la soirée.

Même si elle était sûre et certaine de ne courir aucun danger, sa nervosité était naturelle. Elle appréhendait le moment où elle se retrouverait de nouveau face à Brad, mais elle était de taille à affronter cet homme si cela pouvait l'empêcher de faire d'autres victimes.

— Je n'entends aucune suggestion de prénom sortir de ta bouche, dit-elle au bout de quelques minutes. Tu ne t'es jamais demandé comment tu appellerais tes enfants ?

— Non, parce que je n'ai jamais cru que j'en aurais un jour.

Elle délaissa les pancakes qui cuisaient dans la poêle pour se tourner vers lui.

— Pourquoi donc ? Tu n'as jamais pensé fonder ta propre famille ?

— Jamais.

— Mais pourquoi ? insista-t-elle en le dévisageant avec curiosité.

Il haussa les épaules.

— Je n'ai jamais pensé être fait pour ce genre de vie, c'est tout. Je n'ai jamais été très à l'aise avec les femmes. Je n'ai jamais su comment leur parler, et encore moins comment leur proposer de sortir avec moi.

— Parce que je ne suis pas une femme ? s'enquit-elle d'un ton taquin.

Il lui sourit.

— Oh ! que si. Tu es femme jusqu'au bout des ongles. Franchement, j'ai été surpris de pouvoir parler aussi facilement avec toi, mais ce n'est pas pour autant que j'ai changé d'avis. Le chemin de ma vie est tout tracé, et je le suivrai seul.

— Je dirais plutôt que tu t'enfonceras dans la solitude.

Elle se retourna et lâcha un juron à mi-voix. Zut, elle avait laissé brûler la première fournée de pancakes.

Le petit déjeuner fut enfin prêt, et elle s'attabla face à lui.

— Tu ne m'as jamais parlé de ta mère, dit-il soudain. Est-ce que tu as des souvenirs d'elle ?

— Pas beaucoup, mais quelques-uns.

Elle prit une gorgée de thé et sourit en sentant certains de ces souvenirs papillonner en elle.

— Je me souviens de son odeur. Elle sentait toujours le lilas et la vanille. Je me souviens aussi de son rire. Elle souriait en permanence et trouvait toujours matière à rire. Elle savait puiser son bonheur dans les détails les plus insignifiants de l'existence. Et il y avait ce petit rituel entre nous… je lui disais que je l'aimais, elle me répondait qu'elle m'aimait encore plus, et nous finissions par nous quereller en essayant d'établir laquelle de nous deux aimait le plus l'autre.

Son sourire pâlit.

— Je n'ai jamais su à quel point elle était malade. Elle me l'a toujours caché. Quand elle a fini par perdre ses cheveux à cause de sa chimiothérapie, elle en a fait un sujet de plaisanterie. Et un jour elle est partie, tout simplement.

Flint l'arracha à ses souvenirs en recouvrant sa main de la chaleur de la sienne.

— À t'entendre, c'était une femme merveilleuse.

— Elle l'était, oui.

— Et je crois qu'elle serait terriblement fière de sa fille.

— Merci, Flint. Quelles que soient les circonstances, tu sembles toujours trouver les mots justes.

— Je dis la vérité, rien de plus.

Comme toujours quand il la touchait, elle eut envie de lui. Même s'il n'avait rien fait de plus que poser la main sur la sienne, elle aurait tant aimé qu'il la prenne dans ses bras et l'embrasse à lui en faire perdre la tête.

Quand ils eurent fini de manger et fait la vaisselle, Madison s'apprêta à vivre ce qui allait sans doute être l'une des journées les plus longues de sa vie.

Flint alla chercher un sac de voyage dans sa chambre et le lâcha près de la porte, sans avoir rien mis dedans. Ce soir, il le placerait dans son pick-up et partirait pour le ranch Holiday. Là, Mac le remplacerait au volant et quitterait la ville.

Pendant ce temps, Jerod ramènerait Flint et le déposerait au début du sentier qui menait au chalet dès que la nuit serait tombée. Dillon et ses hommes prendraient position au même moment. Tous quatre resteraient cachés dans les bois en attendant que Brad se montre.

— Est-ce que tu es sûre que tu ne préfères pas tout annuler ? demanda-t-il.

— Sûre et certaine, répondit-elle sans la moindre hésitation. J'ai hâte que toute cette histoire soit derrière moi. Je veux voir Dillon passer les menottes à cet homme et le faire sortir de ce chalet et de nos vies, pour toujours.

— Et j'espère que c'est exactement ce qui va se passer, dit Flint avec ferveur.

Bientôt, ils se mirent à arpenter la pièce à tour de rôle en attendant que le temps passe. Ils ne s'interrompirent que le temps de déjeuner. Quand ils eurent terminé, Madison s'assit sur le canapé et le regarda faire les cent pas de l'autre côté de la table basse.

— Nous allons user ton parquet, plaisanta-t-elle.

— Peut-être, mais je ne tiens pas en place. Je ne sais pas comment tu te sens, mais plus le temps passe et plus j'appréhende la soirée qui nous attend.

— Crois-moi, je ressens la même chose.

Elle avait essayé de juguler son angoisse pour ne pas alarmer Flint, mais elle commençait à être tellement nerveuse qu'elle avait envie de crier.

Enfin, à 3 heures de l'après-midi, Dillon arriva. Il fixa un minuscule micro sans fil à l'intérieur de l'encolure de son pull bleu et commenta :

— Remercions Dieu pour les progrès technologiques.

— Il est tellement petit, dit-elle, inquiète.

— Il est peut-être petit, mais il est costaud, répondit Dillon. Je vous garantis qu'il est suffisamment sensible pour capter tous les sons qui seront produits dans cette pièce et les transmettre à mes écouteurs. Vous n'avez rien à faire, sinon à garder votre pull quand Brad sera là - s'il vient effectivement jusqu'ici, comme nous le pensons.

Le chef de la police se tourna ensuite vers Flint pour ajouter :

— Nous nous mettrons en position vers 9 heures du soir. D'après la météo, le ciel doit se couvrir dans l'après-midi. À 9 heures, il fera nuit. Il faudrait que tu partes d'ici à huit heures et demie.

— Mais ça veut dire que Madison sera seule ici entre huit heures et demie et 9 heures ! protesta Flint.

— Brad ne se montrera pas aussi tôt, intervint Madison. Il attendra qu'il fasse nuit noire en espérant que je serai endormie et qu'il me prendra au dépourvu.

— Je devrais peut-être te laisser mon revolver.

Une fois encore, une vive inquiétude se lisait dans les yeux de Flint.

Elle secoua la tête.

— Non, je ne veux pas de revolver. Je ne sais pas tirer, et il risquerait de me l'arracher pour le retourner contre moi. Ne changeons rien à ce plan : il me convient tel qu'il est… du moment que vous venez tous à mon secours si vous m'entendez crier.

— Tu sais que nous viendrons, lui assura Flint.

Quand Dillon fut reparti, il ne leur resta plus qu'à attendre l'heure à laquelle il était convenu que Flint quitterait le chalet.

Madison se pelotonna sur le canapé avec un livre tandis qu'il continuait d'arpenter la pièce. Il semblait beaucoup plus nerveux qu'elle. Pour sa part, elle s'était sentie plus calme dès que Dillon l'avait équipée du micro.

— Flint, pour l'amour du ciel, viens t'asseoir ! lança-t-elle après une quinzaine de minutes. Tu vas me rendre folle.

Il obéit et s'assit à côté d'elle avant de pousser un profond soupir.

— Je ne veux pas te laisser seule ici ce soir.

— Je sais bien, mais il le faut. Et d'ailleurs, tu seras tout près de moi, dans les bois. Je sais que si je cours le moindre danger tu débouleras, l'arme à la main.

— Tu peux y compter, répondit-il avec ferveur.

Ce fut à elle de soupirer profondément.

— Si tout se passe comme prévu, je me réveillerai demain matin en me sentant totalement libre, pour la première fois depuis l'agression. Si tu savais combien j'ai hâte de recouvrer ma liberté…

— Et si tout se passe bien, renchérit-il, beaucoup de

jeunes femmes te remercieront intérieurement de t'être montrée aussi courageuse.

Elle laissa échapper un petit rire sec.

— Je ne suis pas courageuse, je suis en mode survie. Je fais peut-être ça pour les autres victimes mais, au fond, je le fais avant tout pour m'aider moi-même.

— Je serai quand même heureux quand tout sera fini.

Flint répéta ces mots à huit heures et demie, quand elle l'accompagna jusqu'à la porte. Il prit son sac de voyage vide et posa sur elle un regard où elle lut toute sa réticence.

— Tout va bien se passer, Flint, dit-elle doucement.

— Il faut que tout se passe bien, répondit-il.

— Tu devrais déjà être parti…

— Je sais, je sais. J'y vais.

Il laissa tomber son sac par terre et la prit dans ses bras. Avant qu'elle ait pu reprendre son souffle, il l'embrassa, longuement, passionnément.

Elle fut réchauffée jusqu'au bout des orteils par ce baiser qui n'était pas seulement empli de passion mais aussi d'autre chose… une sensation douce et merveilleuse. L'amour qu'elle éprouvait pour lui bouillonnait en elle. Elle aurait aimé lui dire à quel point elle l'aimait, mais ce n'était pas le moment. Il fallait qu'il parte sur-le-champ. Si elle lui avouait la profondeur de ses sentiments, elle risquait de le retarder et de faire capoter leur plan.

Il releva enfin la tête, la relâcha et tourna les talons sans mot dire. Quand il fut sorti, elle referma la porte à clé avant de s'y adosser.

Elle ferma les yeux et porta les doigts à ses lèvres, où l'empreinte de sa bouche persistait, comme s'il les avait marquées au fer rouge. Il n'y avait pas le moindre doute : c'était de l'amour qu'elle avait senti dans ce baiser.

Mais ce n'était pas le moment de réfléchir à ce qui venait de se produire. Il lui restait beaucoup à faire avant l'arrivée de Brad. Elle ouvrit les yeux et se dirigea tout droit vers la cuisine, où elle prit deux des couteaux bien affûtés rangés dans le tiroir.

Elle les cacha sous les coussins du canapé, à une certaine distance l'un de l'autre, et s'assit. Les hommes qui se posteraient bientôt dans la forêt avaient toute sa confiance, mais elle se sentait un peu plus rassurée avec un couteau ou deux à portée de main - simple mesure de précaution. Il ne lui restait plus qu'à espérer que Brad ne les trouverait pas.

Elle avait deux excellentes raisons de vouloir survivre à cette nuit. La première était le bébé qui grandissait en elle. Et, la seconde, l'amour qu'elle portait à Flint et qu'elle voulait pouvoir lui avouer. Maintenant, il ne lui restait plus qu'à attendre l'heure du rendez-vous qu'elle avait fixé à un monstre… et à ressortir saine et sauve de cette confrontation.

13

Flint progressait dans les ténèbres de la forêt. Les battements de son cœur résonnaient à ses oreilles, aussi bruyants que le fracas des sabots d'un million de chevaux sauvages. Il se dirigeait vers l'orée du chemin, où il devait retrouver Dillon et ses hommes. Ses pensées allaient toutes vers la femme qu'il aimait, et qui ne serait jamais vraiment sienne.

Le baiser qu'ils avaient échangé juste avant qu'il quitte le chalet était le dernier qu'ils échangeraient jamais. Mais, aussi longtemps qu'il vivrait, il chérirait le souvenir de chacun de leurs baisers.

Et, cette nuit, il était prêt à sacrifier sa vie pour la protéger. À la seule pensée qu'elle allait se retrouver seule face à Brad, son cœur se mit à tambouriner dans sa poitrine avec une telle violence qu'il en eut presque le souffle coupé.

Quand il arriva au point de rendez-vous, il ne vit personne. Dillon et ses hommes n'étaient pas encore arrivés. Tout semblait parfaitement normal, mais il avait l'impression de pouvoir sentir l'odeur du mal qui approchait.

Il était bien dommage que les mauvaises personnes ne se caractérisent pas par une odeur particulière. Elles auraient été bien plus faciles à distinguer. Quand il pensait au nombre de fois où Brad lui avait serré la main, à ce sourire qui naissait si facilement sur son visage, à sa façade d'homme intègre et parfaitement inoffensif, il en était malade.

Personne dans toute la ville n'aurait pu soupçonner que Brad était aussi dangereux. Personne, hormis les femmes qui avaient eu le malheur de découvrir sa vraie nature. Il pria pour que Madison ne soit pas sa victime pour la deuxième fois ce soir.

Son angoisse s'atténua quand Dillon et ses deux hommes, les agents Juan Ramirez et Ben Taylor, le rejoignirent enfin. On devait les avoir déposés à une certaine distance, parce qu'il n'avait vu ni entendu aucune voiture. Il faisait tellement sombre dans la forêt que, si Dillon n'avait pas allumé la lampe torche de son téléphone portable, il n'aurait même pas pu distinguer leurs visages.

Il salua les hommes à voix basse et demanda à Dillon :

— Est-ce que tu as essayé le micro pour voir s'il marchait ?

Le chef de la police leva la main jusqu'à l'écouteur qu'il portait dans l'oreille.

— Madison et moi venons de le tester, et il marche parfaitement bien. Pour l'instant, elle chante *Little Boots*.

Flint ne put empêcher son cœur de sourire un peu. *Little Boots* était une chanson qui rencontrait en ce moment un certain succès auprès des amateurs de country, et qui parlait d'un couple qui achetait des petites bottes de cow-boy pour leur fils à naître. Cela faisait maintenant une semaine qu'elle la chantait ou la fredonnait souvent.

— La nuit pourrait être longue, remarqua Dillon.

— Je suis prêt à attendre le temps qu'il faudra, répondit Flint. Il est temps de mettre ce fumier hors d'état de nuire.

Ensuite, Dillon leur indiqua leurs positions respectives, sans prendre la peine de leur recommander de les gagner aussi discrètement que possible. Tous savaient que la vie de Madison était en jeu et que la moindre erreur pouvait lui être fatale.

Flint alla se poster sur le flanc gauche du chalet. Par-delà la forêt, sombre et dense, l'habitation était baignée par la lumière étincelante du clair de lune.

Que faisait Madison en attendant que le diable vienne frapper à la porte ? S'il avait peur, elle devait être terrorisée. Après tout, c'était elle qui risquait sa vie.

Il aurait tout donné pour être dans le chalet avec elle en ce moment, pour la serrer contre lui, la protéger. Il aurait voulu être auprès d'elle, respirer son doux parfum, sentir la chaleur de son corps et les battements de son cœur, tout près du sien…

Il voulait être son héros, terrasser le dragon qui la menaçait. Il posa la main sur la crosse de son revolver. Il aurait aimé neutraliser Brad avant même qu'il ait atteint la porte. Si cet homme posait un pied sur sa propriété, il le considérerait comme coupable.

Mais il savait aussi qu'il fallait que Madison pense qu'elle avait terrassé son dragon elle-même et que les hommes postés autour du chalet n'étaient là que pour lui apporter leur aide si nécessaire. C'était important pour elle.

Et, si elle réussissait dans son entreprise, si Brad se montrait vraiment au chalet, le moment viendrait pour eux de se dire au revoir. Il avait déjà appelé le garage et payé les réparations de sa voiture de sa poche. Elle serait prête le lendemain à la première heure.

Une fois Brad en prison, plus rien ne l'empêcherait de se réapproprier sa vie d'avant… une vie dont il serait absent. Il avait l'impression qu'il allait lui briser le cœur en la renvoyant à sa vie. En tout cas, il allait briser le sien.

Mais il ne pouvait pas continuer à faire partie de sa vie. Cela aurait été égoïste. Elle avait besoin d'être libre pour pouvoir concrétiser son rêve - ce rêve dont il ne pouvait pas, ne pourrait jamais faire partie.

Il espérait sincèrement que Brad allait se montrer ce soir. Il avait autant besoin que Madison de clore ce chapitre.

Quand il était auprès d'elle, il avait de plus en plus de mal à se retenir de lui faire l'amour - de plus en plus de mal à se retenir de lui avouer qu'il était amoureux d'elle.

Il gardait les yeux rivés sur la porte du chalet tandis que les minutes s'égrenaient avec une lenteur atroce. Son esprit était toujours empli de souvenirs d'instants partagés avec Madison. Leur premier baiser… Son rire adorable… L'amour avec elle… Cette matinée où il l'avait trouvée, cachée dans le foin… Toutes ces images repassaient dans son esprit, tels des extraits d'un film.

Les minutes s'additionnèrent jusqu'à former une heure, puis une autre. À mesure que le temps passait, il se sentait de plus en plus tendu. Les muscles de son ventre et de son torse se crispèrent. Les battements de son cœur accélérèrent. Il devint excessivement conscient du moindre bruit : le bourdonnement des insectes, le chuchotement des broussailles qui frémissaient au passage des petites créatures nocturnes de la forêt.

Le temps continua à s'écouler, et Flint commença à se demander si Brad allait vraiment se montrer. Et, s'il venait, serait-il assez audacieux pour approcher du chalet en voiture ou se glisserait-il entre les arbres, tel un voleur ?

Flint avait le pressentiment qu'il choisirait la seconde option. Avec un peu de chance, il ne repérerait aucun des hommes qui le guettaient.

Mon Dieu ! Il voulait seulement que cette nuit se termine et que Madison traverse cette épreuve sans être blessée. Le plan devait fonctionner. Oui, Brad allait mordre à l'hameçon, et tout se passerait comme prévu.

Il changea de position et commença à se demander s'ils s'étaient donné toute cette peine pour rien. Ses genoux et ses hanches commençaient à le brûler, mais il s'exhorta à ignorer la douleur et à garder les yeux rivés sur la porte.

Il y eut un léger bruissement, derrière lui, et quelque

chose de dur s'abattit soudain sur sa nuque. Un éclair de douleur lui transperça le crâne, et des étoiles se mirent à danser devant ses yeux.

Madison ! hurla son esprit. Ensuite, les ténèbres l'engloutirent.

Quatre hommes attendaient Brad, tapis dans les bois, mais tous avaient été neutralisés par ses amis. Ils étaient maintenant inconscients et ligotés. Flint et le chef de la police l'avaient vraiment pris pour un imbécile en pensant qu'il n'aurait pas flairé le traquenard. Il n'avait pas cru un seul instant que Flint McKay puisse quitter la ville en laissant sa précieuse Madison sans défense.

Si on les interrogeait, les amis qui l'avaient aidé se serviraient mutuellement d'alibi. Pour sa part, il répondrait qu'il était avec sa petite amie. Et, maintenant qu'il avait déjoué le traquenard, que toute menace avait été écartée, il avait la ferme intention de suivre son plan et de s'occuper de la traînée sans cervelle qui essayait de détruire sa vie.

Pour le moment, il s'était débarrassé de tous les témoins présents. Et quand il en aurait fini avec Madison… Elle ne pourrait plus témoigner de rien, elle non plus.

Quand le jour se lèverait, elle serait morte. En fait, il ne lui restait pas plus d'une demi-heure à vivre. Il avança vers la porte du chalet. Quand il pensa à ce qu'il allait faire à la femme qui se terrait à l'intérieur, l'excitation le gagna.

Il frappa à la porte avec aplomb. Madison ne pouvait pas s'être paisiblement endormie. Il savait qu'elle l'attendait. Et il avait vu juste : la porte s'entrebâilla.

Elle ouvrit de grands yeux, comme si elle était surprise de le voir, et voulut refermer la porte. Mais il l'en empêcha et entra en lançant gaiement :

— Je suis à la maison, chérie !

Cela faisait des heures que Madison se retenait à grand-peine de crier, tant l'anxiété qui lui nouait l'estomac et l'empêchait presque de respirer était grande.

Dans l'espoir d'apaiser sa nervosité, elle avait fait les cent pas en chantant - et vérifié au moins une douzaine de fois que les couteaux étaient toujours là où elle les avait cachés, sous les coussins du canapé.

En entendant frapper à la porte, elle avait dû aller à l'encontre de l'instinct de conservation qui lui ordonnait de ne pas ouvrir. Et maintenant, elle était face au monstre.

Elle s'éloigna vivement de lui.

— Qu'est-ce que tu fais ici, Brad ? Est-ce que tu es venu me frapper et me violer, une fois de plus ?

— Exactement, et ce ne sera que le commencement.

Ses yeux étincelaient d'une lueur malsaine qu'elle ne se rappelait que trop bien.

— J'ai beaucoup aimé te frapper et j'ai tout simplement adoré te violer. À tel point que je suis venu remettre ça.

Ses oreilles étaient emplies du grondement du sang qui se ruait dans ses veines. Elle s'était crue assez forte pour lui faire face mais, maintenant qu'elle reculait pour s'éloigner de lui, ses jambes tremblaient tellement qu'elle craignit qu'elles ne la trahissent.

Elle pria pour que la porte s'ouvre à la volée et que Flint et ses compagnons volent à son secours. Brad venait d'avouer son crime. Que devait-elle obtenir de plus de lui ?

Il éclata de rire.

— Je remarque que tu regardes la porte… Tu attends peut-être que ton petit copain ou Dillon viennent t'aider ? Désolé, mais ils ne sont pas invités à cette petite fête. Et, de toute façon, ils sont tous inconscients et ligotés en ce moment.

Son rire teinté de démence résonna de nouveau dans la pièce.

Cependant, les paroles de Brad la dérangeaient bien plus que ce rire. Inconscients ? Ligotés ?

— Que… qu'est-ce que tu leur as fait ?

Oh ! mon Dieu, est-ce qu'il lui mentait ? Les avait-il tous tués ?

— Ne t'occupe pas de ça. Est-ce que tu as vraiment cru que je ne me rendrais pas compte que vous m'aviez tendu un traquenard ? Est-ce que tu as sincèrement pensé que j'étais bête à ce point ? Tout ce que tu dois savoir, c'est qu'ils ne viendront pas à ton secours. Personne ne va venir à ton secours. Il n'y a que toi et moi, bébé, et nous allons nous amuser un peu.

Flint… Dillon ? Personne n'allait surgir pour la sauver des griffes de cet homme ? La terreur s'empara de son cœur, de son âme. Avec un cri étouffé, elle s'élança vers la chambre. Elle claqua la porte derrière elle et, pour la première fois, se rendit compte qu'il n'y avait pas de verrou.

Dans un geste désespéré, elle plaqua le dos contre la porte et enfonça les talons dans la moquette. Bon sang, elle aurait dû se réfugier dans la chambre de Flint. Au moins, il y avait un téléphone. Ici, elle n'avait aucun moyen d'appeler les secours, et le chalet était tellement isolé que personne n'entendrait ses cris. Mais elle cria quand même quand Brad tourna le bouton et poussa la porte de toutes ses forces.

Il allait entrer, et ensuite ? Qu'avait-il fait à Flint et aux hommes qui l'accompagnaient ? S'il était arrivé malheur à Flint, elle en mourrait. À cette pensée, elle fut gagnée par un début de fou rire hystérique. Est-ce qu'elle avait perdu la tête ? Elle allait mourir cette nuit, de toute façon.

Son fou rire s'arrêta net quand Brad poussa de nouveau la porte de la chambre, lui arrachant un cri de terreur. Il était bien plus fort qu'elle, et il parvint à glisser la tête et les épaules dans l'entrebâillement.

— Allons, Madison, viens t'amuser un peu avec moi. Tu te souviens combien nous nous sommes amusés la dernière fois ?

Elle essaya désespérément de l'empêcher d'entrer, mais c'était impossible. Alors, elle relâcha la porte et courut se réfugier de l'autre côté du lit.

Brad entra dans la pièce et lui décocha un sourire narquois.

— Abandonne, Madison. Est-ce que tu pensais vraiment que j'allais te laisser salir mon nom ? Détruire ma vie ?

— Si tu pars tout de suite, je retire ma plainte. Je dirai à Dillon que j'ai menti, que j'ai voulu me venger parce que tu ne voulais pas sortir avec moi. Je te le jure, Brad. Si tu sors d'ici, c'est ce que je ferai.

— C'est un peu tard pour ça, Madison. Le seul moyen de tout arranger, c'est que tu disparaisses.

Il était face à elle, de l'autre côté du lit.

— Alors, je vais quitter la ville. Je vais même quitter l'État. Je te promets de faire mes bagages et de partir demain à la première heure.

Elle lui aurait promis n'importe quoi en ce moment pour le convaincre de s'en aller.

— Et maintenant, va-t'en. S'il te plaît, Brad.

— S'il te plaît, Brad, répéta-t-il en l'imitant. Dis-le encore, Maddy. J'adore t'entendre me supplier.

— Je te jure de me rétracter et de quitter la ville si tu me laisses tranquille ! s'écria-t-elle.

La peur qu'il lui inspirait lui coupait presque le souffle, et son cœur battait si fort qu'elle avait l'impression qu'il allait jaillir de sa poitrine.

— Je te l'ai déjà dit : c'est trop tard, rétorqua-t-il.

Ses yeux étincelèrent de nouveau, et il sourit de toutes ses dents.

— Et d'ailleurs, tu m'as manqué.

Il bondit sur le lit pour se jeter sur elle, mais son pied se prit dans le cache-sommier, et il tomba sur le côté.

Elle en profita pour s'élancer hors de la chambre et vers la porte d'entrée. Si seulement elle parvenait à sortir, elle pourrait se cacher dans les bois jusqu'à ce que quelqu'un appelle les secours - ou jusqu'à ce que Brad abandonne et s'en aille.

Mais Brad l'arrêta net en l'attrapant par la cheville. Elle tomba, mais eut la présence d'esprit de croiser les bras sur son ventre pour protéger son bébé.

La chute l'étourdit pendant quelques instants. Son bébé… Les mots hurlaient dans sa tête. Oh ! mon Dieu ! Si Brad la tuait cette nuit, il tuerait aussi le petit être innocent qui grandissait en elle.

Comme Brad la tirait vers lui, elle se mit à lui décocher des coups de son pied libre tout en se tortillant pour se libérer. Enfin, elle fit mouche : un coup de pied l'atteignit au visage, et il relâcha légèrement sa prise. Elle en profita pour se dégager, mais il éclata de rire.

Au bord des larmes, elle se releva vivement. Brad rit de nouveau, comme s'ils étaient en train de s'adonner à un petit jeu particulièrement divertissant. Sauf que c'était un jeu dans lequel le perdant mourrait.

D'un mouvement vif, il alla se poster entre elle et la porte.

— Crie encore, Madison. Tu m'excites tellement quand tu cries.

L'un des couteaux qu'elle avait cachés sous les coussins du canapé n'était qu'à une trentaine de centimètres d'elle, mais elle avait peur de le saisir maintenant. Elle avait encore trop de mal à reprendre son souffle.

Elle ne devait attraper ce couteau que quand elle serait certaine d'être assez forte pour l'utiliser contre lui sans qu'il le lui arrache. Ce moment n'était pas encore venu, mais elle pria pour qu'il arrive vite… et pour être capable de manier le couteau avec suffisamment d'efficacité.

Parce que si elle ne l'était pas, si elle ne trouvait pas un moyen de lui échapper, elle allait mourir.

14

Quand Flint reprit connaissance, une douleur atroce lui vrillait l'arrière de la tête. Pendant un moment, il fut incapable de se rappeler où il était et ce qu'il y faisait.

Il était allongé sur le sol, cerné par les ténèbres. Qu'était-il arrivé ? Pourquoi son crâne lui faisait-il aussi mal ? Quand il voulut y porter la main pour toucher la zone douloureuse, il se rendit compte qu'il ne le pouvait pas. Ses poignets étaient attachés derrière son dos.

Tout lui revint à l'esprit d'un seul coup, et les dents acérées de la panique se plantèrent en lui. *Madison !* Son nom résonnait dans sa tête. Que se passait-il ? Depuis combien de temps était-il évanoui ? Et où étaient Dillon et ses hommes ?

Il parvint à se mettre à genoux et s'employa à libérer ses mains du lien qui les entravait.

— Dillon !

Il cria aussi fort qu'il le put. Bon sang, qu'est-ce qui se passait ?

— Dillon ?

Mais personne ne répondit.

Tous les nerfs de son corps s'électrifièrent. Au prix d'un immense effort, il parvint à se relever tout en tordant ses mains en tous sens dans l'espoir de les libérer. Il avança vers le chalet en trébuchant, sans cesser d'appeler Dillon et ses hommes.

Même s'il parvenait à entrer, il ne pourrait pas faire grand-chose avec les mains attachées derrière le dos. Il tira violemment sur ses poignets et lâcha un petit cri étouffé en sentant que ses liens se détendaient un peu. Alors, il redoubla d'efforts, malgré la douleur qu'il s'infligeait.

— Flint ?

La voix de Dillon venait de quelque part sur sa droite.

— Oui, oui, je suis ici, lança-t-il.

Il entendit Dillon venir vers lui en trébuchant entre les arbres, au moment où il parvenait à libérer l'une de ses mains, puis l'autre.

Dillon surgit des ténèbres, devant lui. Il avait lui aussi les mains attachées derrière le dos.

— Bon sang, qu'est-ce qui s'est passé ? demanda Flint en dénouant les cordes qui enserraient les poignets du chef de la police.

— Apparemment, Brad a une longueur d'avance sur nous, répondit Dillon.

Il avait à peine fini de libérer Dillon quand Madison poussa un hurlement qui résonna parmi les arbres et lui glaça le sang.

Heureusement, les deux hommes avaient encore leurs armes. Ils les dégainèrent et s'élancèrent vers le chalet. Ils n'avaient pas encore atteint la porte que Madison hurla de nouveau, et que Brad poussa un rugissement.

Depuis combien de temps était-elle seule à l'intérieur avec cet homme ? Que lui était-il arrivé pendant que Flint, Dillon et les deux agents étaient réduits à l'impuissance ?

Dieu merci, la porte était ouverte - mais, si elle ne l'avait pas été, Flint l'aurait enfoncée. Il entra en courant, Dillon sur les talons, et s'arrêta net en découvrant la scène qui se déroulait dans le séjour.

Madison était assise par terre, la robe déchirée, les joues ruisselantes de larmes. Brad aussi était au sol, à quelques pas d'elle. Il avait un couteau planté dans la cuisse.

— Dillon, arrête cette salope ! hurla-t-il. Regarde ce qu'elle m'a fait. Arrête-la !

Flint s'élança vers Madison et l'aida à se relever.

— Oh ! mon Dieu, Madison ! Est-ce que tu vas bien ?

Il la détailla des pieds à la tête et fut soulagé de constater qu'elle ne semblait pas blessée.

Elle jeta les bras autour de son cou et s'agrippa à lui. En la sentant trembler de tout son corps, il ne voulut plus qu'une chose : chasser toutes les émotions négatives qui se pressaient en elle.

— Je l'ai poignardé, Flint. J'ai pris le couteau et je l'ai poignardé, dit-elle avec un soupçon de fierté dans la voix. Je l'ai eu. Je l'ai eu toute seule.

— Tu as entendu ? s'exclama Brad. Elle a avoué ! Arrête-la et appelle une ambulance.

Il se releva péniblement. Flint devina que le couteau planté dans sa cuisse lui faisait un mal de chien, mais la lame ne devait avoir touché aucun gros vaisseau, parce que la plaie avait presque arrêté de saigner.

— Je vais bien procéder à une arrestation, mais pas à la sienne, répliqua Dillon en ramenant ses bras derrière son dos. Brad Ainsworth, je vous arrête pour viol et tentative de meurtre, entre autres chefs d'inculpation.

— Je ne l'ai pas violée, rétorqua Brad d'un ton rageur. Nous avons bien eu une relation, je le reconnais, mais elle était consentante. Cette salope avait encore envie de moi. C'est elle qui m'a appris que Flint serait absent cette nuit et qui m'a invité à venir. Regardez-la ! Elle est enceinte, et c'est mon bébé.

Le sang de Flint ne fit qu'un tour. Il relâcha Madison et, avant que Dillon ait pu l'en empêcher, décocha un coup de poing dans la mâchoire de Brad, qui poussa un glapissement de douleur.

— Ce bébé est le mien, espèce de fumier, dit-il. Elle était déjà enceinte de moi quand tu l'as violée.

Juan et Ben les rejoignirent enfin dans le chalet, et Ben appela une ambulance et des renforts depuis le téléphone fixe, dans la chambre de Flint. Pendant ce temps, ce dernier entraînait Madison dans l'autre chambre. Brad le dégoûtait tellement qu'il était hors de question qu'il passe une seconde de plus dans la même pièce que lui.

Il fit asseoir Madison sur le lit, à côté de lui, et prit ses mains dans les siennes.

— Tu es sûre que tu n'as rien ? demanda-t-il.

— Je vais bien, je t'assure. Il va aller en prison maintenant, n'est-ce pas ?

Ses beaux yeux scrutaient les siens.

— Il va aller en prison, oui, et pour un bon moment, répondit Flint. C'est fini, Madison. C'est enfin fini. Tu peux reprendre le cours normal de ta vie.

Elle s'appuya contre lui.

— Pour le moment, je veux seulement rester ici jusqu'à ce qu'il soit sorti de ce chalet. Et après je veux dormir.

L'ambulance arriva enfin. Pendant que les secours prenaient Brad en charge, Flint raconta à Madison comment Dillon, les deux agents et lui avaient été assommés et ligotés.

— J'avais tellement peur qu'il vous ait tous tués, dit-elle. Tu es sûr que ça va ?

— Maintenant que je sais que tu n'as rien, je me porte à merveille, répondit-il.

Brad ne pouvait pas les avoir tous neutralisés seul. Il avait forcément des complices, que Dillon chercherait à identifier ces prochains jours.

Le chef de la police frappa doucement à la porte de la chambre avant d'entrer.

— Il est parti, annonça-t-il. Maintenant, je dois emmener Madison au poste pour prendre sa déposition officielle.

— Ça ne peut pas attendre demain ? demanda Flint. Elle est épuisée.

— Non, je veux y aller, intervint-elle. Je préfère en finir aussi vite que possible.

Elle se leva et tendit la main vers lui.

— Mais est-ce que tu peux venir avec moi, s'il te plaît ?

— Bien sûr.

Ils prirent le chemin de la ville dans la voiture de Dillon. Assis à côté de Madison, sur la banquette, Flint se sentait presque étouffé par la force de l'amour qu'il ressentait pour elle. Cette nuit aurait pu se terminer d'une façon tellement tragique… Si elle n'avait pas caché ce couteau, ou si Brad était parvenu à le lui arracher… si… si…

Il était hanté par tous ces « si » et empli d'admiration pour le courage dont elle avait fait preuve. Elle avait terrassé le monstre qui hantait ses cauchemars, et il espérait que cette victoire contribuerait à lui rendre la tranquillité d'esprit dont elle avait été privée depuis la première agression.

Dillon se gara devant le poste de police et les introduisit dans son bureau. Madison commença à lui raconter tout ce qui s'était passé pendant qu'elle était seule avec Brad.

Quand Flint entendit son récit, il fut presque heureux que Brad soit maintenant entre les mains de la police. Sinon, il aurait réduit cet homme en bouillie.

— Je suppose que vous ne l'avez pas entendu reconnaître qu'il m'avait battue et violée, dit-elle à Dillon. Donc, le micro n'a servi à rien.

— Au contraire. Je ne l'ai peut-être pas entendu sur le moment, mais…

Il sortit un enregistreur miniature de sa poche.

— Tout ce qui s'est dit dans le chalet a été enregistré sur bande. Ne vous inquiétez pas, Madison. Nous le tenons, et ni l'argent de ses parents ni son statut ne parviendront à le tirer de là.

— Tu as été merveilleuse, fit doucement Flint.

Elle glissa la main dans la sienne et sourit, avant de continuer à raconter à Dillon comment elle était parvenue à se saisir du couteau qu'elle avait caché sous le coussin du canapé et à le planter dans la cuisse de Brad.

Ses yeux étincelèrent pendant un instant.

— J'aurais aimé le lui planter en plein cœur, mais l'essentiel était qu'il ne puisse pas me poursuivre. Quand vous êtes arrivés, j'allais me relever, sortir en courant et me cacher dans les bois jusqu'à ce que quelqu'un vienne à mon secours.

Flint pressa sa main.

— Je m'en veux terriblement de ne pas avoir été là quand tu avais besoin de moi.

— Mais tu étais là… et tu y es encore, répondit-elle en pressant sa main en retour.

À ces mots, il fut empli d'une telle bouffée d'amour pour elle qu'il dut se faire violence pour ne pas se laisser tomber à genoux devant elle et lui dire à quel point il l'aimait, ainsi que le bébé qui grandissait en elle.

Il voulait la prendre dans ses bras et l'embrasser jusqu'à la fin des temps. Pour retenir les paroles qui menaçaient de lui échapper, il se mordit l'intérieur de la joue.

Le lendemain il lui dirait adieu, comme il devait le faire. Il savait qu'il ne serait jamais l'homme de ses rêves. En lui déclarant son amour, il aurait fait preuve d'égoïsme.

Quand ils ressortirent du poste de police pour remonter dans la voiture de patrouille de Dillon, un poids accablant se déposa sur ses épaules. Cette nuit était la dernière qu'ils passeraient jamais ensemble…

Quand ils revinrent au chalet, l'équipe de police scientifique avait fini de travailler. Enfin, ils étaient seuls.

— Je suis tellement fatiguée, lâcha Madison en s'effondrant sur le canapé.

— Dis-toi seulement que demain, quand tu te réveilleras, tu pourras reprendre le cours normal de ta vie. Plus rien ne t'empêche de rester à Bitterroot maintenant, et je parie que Sharon te rendra ton travail au supermarché.

— Mais, pour le moment, je crois que je vais passer les prochaines vingt-quatre heures à dormir, annonça-t-elle.

— En ce cas, va te coucher.

Elle se leva du canapé. Ses épaules étaient voûtées sous le poids de l'épuisement. Elle le regarda et demanda :

— Flint, est-ce que tu pourrais dormir avec moi cette nuit, s'il te plaît ?

Ses yeux lançaient une supplication muette.

Il pensa tout d'abord s'armer de courage et lui répondre que ce ne serait pas raisonnable. Ils devaient prendre leurs distances. Mais, quand il repensa à tout ce qu'elle avait traversé ces derniers mois, il fut incapable de refuser. Après tout, ils devaient pouvoir passer le restant de la nuit dans le même lit sans conséquences fâcheuses.

Quelques minutes plus tard, ils étaient dans son lit. Aussitôt, Madison vint se blottir dans ses bras. Heureusement qu'elle portait une chemise de nuit et qu'il avait gardé son boxer.

Elle nicha la tête dans le creux de son cou, et le doux murmure de sa respiration chatouilla le dessous de son menton. Il inhala son doux parfum, aux accents floraux, et fit de son mieux pour mémoriser aussi précisément que possible la façon parfaite dont son corps s'imbriquait avec le sien. Elle était tellement épuisée par les événements de la nuit qu'elle s'endormit presque aussitôt, mais il demeura éveillé pendant encore un long moment.

Plus jamais il ne la tiendrait dans ses bras ni ne goûterait ses lèvres si douces. Elle n'était pas encore sortie de sa vie qu'il la pleurait déjà.

Plus jamais ils ne riraient ensemble, et il ne verrait plus l'adorable petit pli qui se creusait en travers de son front quand elle était plongée dans ses pensées.

Tellement de choses allaient lui manquer quand elle ne serait plus là. Les moments où elle chantait ou fredonnait… La façon dont, par sa seule présence, elle emplissait le chalet d'une énergie chaleureuse. Mon Dieu, comme il détestait savoir que le lendemain allait arriver !

Il s'assoupit enfin. Quand il se réveilla, le soleil se glissait à travers les rideaux. Madison était de l'autre côté du lit, toujours profondément endormie. Il se leva sans bruit, attrapa le jean qu'il avait posé sur la chaise et passa dans la salle de bains. Heureusement, il parvint à ne pas la réveiller. Après une douche rapide, il se fit une tasse de café et s'assit à la table de la cuisine.

Il était encore tôt, et Madison ne se réveillerait sans doute pas avant encore plusieurs heures. Il allait profiter de ce laps de temps pour se préparer à lui dire adieu.

Quand le garage serait ouvert, il appellerait Larry Wright pour lui demander si quelqu'un pouvait conduire la voiture de Madison jusqu'au chalet. Ainsi, elle pourrait retrouver sa caravane et sa vie sans attendre.

Elle n'avait pas besoin de lui pour être heureuse, et un jour… il parviendrait à être heureux sans elle - du moins l'espérait-il. Il ne s'était jamais attendu à tomber amoureux d'elle. Quand il l'avait trouvée dans le foin et lui avait proposé de l'héberger dans le chalet, il n'avait pas prévu qu'elle parviendrait à s'installer aussi profondément, aussi durablement dans son cœur.

Il éprouvait pour elle des sentiments qu'il n'avait jamais éprouvés auparavant. Jamais aucune femme ne s'était autant confiée à lui - et jamais, au grand jamais, il ne s'était autant livré à une femme qu'à Madison.

Mon Dieu, comme il la désirait ! Il voulait qu'elle ne

ressorte jamais de sa vie, qu'elle reste à ses côtés pour le restant de ses jours. Il aurait tout donné pour pouvoir passer toutes ses nuits auprès d'elle et consacrer ses journées à la réalisation de leurs rêves.

Mais ce n'était pas tout : il voulait l'aider à élever son enfant. Jamais il n'avait imaginé qu'il voudrait un jour fonder une famille. Et c'était maintenant, alors qu'il devait lui dire adieu incessamment, qu'il comprenait combien il avait envie d'en fonder une avec Madison.

Maintenant, il redoutait le moment où elle se réveillerait. Il savait qu'il allait la faire souffrir, mais il n'y avait pas d'autre solution. Il devait l'aimer suffisamment pour pouvoir la laisser partir.

Quand il eut fini sa première tasse de café, il appela Larry et s'arrangea avec lui pour que la voiture de Madison soit amenée au chalet vers dix heures et demie. Ensuite, il se prépara une autre tasse de café et alla s'asseoir sur le canapé. Il alluma la télé et baissa le son afin de ne pas réveiller Madison.

Le journal local était diffusé à midi. L'arrestation de Brad ferait sans doute les gros titres. La ville tout entière saurait enfin les atrocités que cet homme avait commises, non seulement sur Madison, mais potentiellement sur d'autres femmes.

Cette nouvelle serait un choc pour beaucoup. Les habitants de Bitterroot appréciaient et admiraient Brad, sans savoir combien il pouvait être cruel et pervers. Tous ses concitoyens avaient toujours pensé qu'il se dirigeait vers un avenir doré… alors que c'était la prison qui l'attendait.

Madison pourrait enfin marcher la tête haute, et il espérait que la majorité des habitants de Bitterroot lui témoigneraient leur compassion et lui apporteraient leur soutien.

Maintenant, il n'avait plus qu'à patienter jusqu'à ce qu'elle se lève. Et ensuite, il lui ferait ses adieux.

Madison se réveilla et s'étira lentement. Elle avait dormi d'un sommeil que n'était venu troubler aucun rêve et se sentait parfaitement reposée. Elle ouvrit les yeux, et le soleil qui entrait par la fenêtre l'éblouit. Quelle heure était-il donc ?

Elle roula sur le flanc et regarda la pendule posée sur la table de chevet. Presque 11 heures. Elle n'aurait pas cru qu'il était aussi tard.

Avant qu'elle ait pu sortir du lit, le film des événements de la nuit s'imposa dans son esprit. Brad avait essayé de l'agresser, et elle ne lui avait échappé que de justesse. Il était venu dans l'intention de la violer et de la tuer, elle l'avait toujours su. Mais, en fin de compte, c'était elle qui avait gagné. Et maintenant, elle était libre.

Libre !

Son cœur enfla dans sa poitrine. Plus jamais cet homme ne pourrait lui faire de mal. Elle pouvait effacer pour toujours le nom de Brad Ainsworth de son esprit et vivre comme elle le souhaitait.

Autrement dit, vivre ici, avec Flint. Elle savait depuis un moment déjà qu'il était l'homme de ses rêves et, maintenant que la menace qui pesait sur elle avait enfin été écartée, ils pouvaient entamer une nouvelle vie - ensemble.

Ce fut avec cette pensée en tête qu'elle se leva et s'habilla. Même ses robes devenaient trop étroites, maintenant. Mais plus rien ne l'empêchait d'aller acheter des vêtements de grossesse.

Oui, elle était libre, libre d'aller déjeuner en ville avec une amie sans avoir peur, libre de récupérer son poste au supermarché et de travailler jusqu'au terme de sa grossesse. Maintenant que Brad était sorti de sa vie pour ne plus jamais y revenir, elle pouvait faire tout ce qu'elle voulait.

Quand elle quitta la chambre et trouva Flint attablé dans la cuisine, une bouffée de joie monta en elle.

— Bonjour, dit-elle en attrapant une tasse dans le buffet. Je n'arrive pas à croire que je me suis réveillée aussi tard.

— Tu avais besoin de dormir, répondit-il. La nuit a été longue.

Elle prépara son thé et s'assit face à lui.

— Comment te sens-tu ? demanda-t-il.

Elle sourit.

— Merveilleusement bien. Et toi ? Est-ce que tu as assez dormi ?

— Assez, oui.

Il posa les yeux sur sa tasse de café pendant un instant avant de la regarder de nouveau.

— J'ai fait réparer ta voiture. Elle est dehors, devant le chalet. Tu peux rentrer chez toi dès que tu le voudras.

Elle le regarda, abasourdie.

— Mais… mais… je n'ai pas gagné assez d'argent pour la faire réparer ! Il faut que je continue à travailler pour toi.

— Madison, tu auras besoin de ta voiture quand tu seras de retour en ville. Dis-toi que c'est un cadeau de ma part. Remercie-moi, et nous serons quittes.

Elle continuait à le dévisager.

— Je ne veux pas.

— Dis-moi seulement merci, répéta-t-il.

— Merci.

Par ce nouvel acte de gentillesse, il se logeait encore plus profondément dans son cœur. Et, maintenant que la menace que Brad avait fait planer sur elle avait disparu, elle se sentait libre de proclamer l'amour qu'elle éprouvait pour lui.

Soudain, elle fut incapable de se retenir. Il fallait que Flint sache exactement ce qu'elle ressentait pour lui. L'amour qu'il lui inspirait était tellement grand qu'elle ne pouvait plus se taire.

— Tu viens de dire que j'aurais besoin de ma voiture quand je retournerais en ville… Mais si je veux rester ici ?

Elle tendit le bras et prit l'une de ses mains dans la sienne.

— Si je veux rester ici pour toujours ?

Il grimaça et dégagea sa main.

— Madison, tu ne cours plus aucun danger maintenant. Il est temps que tu reprennes le cours de ta vie.

— Mais je veux que ma vie se déroule ici avec toi, Flint. Je suis amoureuse de toi. Jamais je ne pourrai autant aimer un autre homme que toi.

Le cœur tremblant, elle attendit sa réponse.

Contrairement à ce qu'elle avait espéré, son regard n'étincela pas, il ne rit pas de bonheur, ne se leva pas d'un bond pour la prendre dans ses bras. Sur son visage, elle ne lut aucune joie. Au contraire, il n'exprimait que la douleur.

— Madison… Après toutes les épreuves que tu viens de traverser, il est normal que tu croies m'aimer. Mais je suis sûr que tu comprendras bientôt que ce que tu prenais pour de l'amour n'était que de la reconnaissance.

— Flint, je te suis reconnaissante de tout ce que tu as fait pour moi, c'est vrai, mais ma gratitude et l'amour que j'ai pour toi sont deux sentiments bien distincts.

Il prit une profonde inspiration et souffla lentement. Il soutint son regard pendant un moment avant de poser les yeux sur la table.

— Je suis désolé, Madison, mais je ne t'aime pas.

— Tu mens, chuchota-t-elle.

— Non, je ne mens pas. Je suis désolé, Madison.

Cette fois, son cœur trembla sous le coup d'une émotion totalement différente. Elle savait qu'il l'aimait. Pourquoi niait-il ?

— Je sais que tu m'aimes, Flint, insista-t-elle. Quand un homme aime une femme, elle le sait. Pourquoi est-ce que tu me mens ?

— Je ne te mens pas, répéta-t-il.

Il se leva et passa dans le séjour, mais elle n'allait pas le laisser se dérober. Elle le suivit.

— Flint, s'il te plaît… Explique-moi ce qui se passe.

Avant la soirée mouvementée qu'elle avait vécue, elle avait eu cent raisons d'avoir peur. Elle avait craint que Brad ne la viole une fois de plus avant de la tuer. Elle avait craint que personne ne croie à la véracité des accusations qu'elle portait contre lui. Mais jamais, au grand jamais, elle n'avait pensé que Flint pourrait nier les sentiments qu'il éprouvait pour elle.

Il s'assit sur le canapé et posa les yeux sur la fenêtre. Elle se laissa tomber à côté de lui. Les larmes commençaient à monter et lui brûlaient les yeux.

— Flint, je t'en prie… Parle-moi.

— Il n'y a rien de plus à dire. Je t'ai dit que j'avais construit ce chalet pour y vivre seul et que je n'avais aucune intention de vivre… d'aimer qui que ce soit.

— Tu me l'as dit, oui, mais c'était au tout début. Depuis, nous avons appris à nous connaître, nous avons vécu ensemble, ri ensemble… fait l'amour ensemble.

Les premières larmes lui échappèrent, brouillant sa vision et dévalant ses joues. Elle s'épongea le visage sans quitter des yeux l'homme qu'elle aimait.

— Je t'aime, Flint, et je veux passer le restant de mes jours avec toi. Je veux que tu sois le père de mon enfant et que nous vivions ensemble tous les trois.

Elle ne parvenait toujours pas à croire ce qui était en train de se produire.

— Madison, s'il te plaît… ne rends pas les choses encore plus difficiles qu'elles ne le sont déjà. Tu as survécu au danger, et il est temps maintenant que tu suives ton propre chemin. J'espère que tu finiras par trouver l'homme qui est fait pour toi, celui qui pourra réaliser tous tes rêves.

Il la regarda enfin. Ses yeux étaient sombres, son regard impénétrable.

— Mais tu es cet homme, Flint, dit-elle doucement. Tu es l'homme de mes rêves, le merveilleux cow-boy que je veux avoir à mes côtés pour le restant de mes jours.

— Je ne peux pas être ton cow-boy, explosa-t-il.

Il se leva d'un bond.

— Je ne peux être le cow-boy de personne. Je ne sais même pas ce que je vais être.

Elle fronça les sourcils.

— De quoi est-ce que tu parles ?

Il se passa une main dans les cheveux et la regarda pendant un long moment.

— Je suis malade, Madison, répondit-il enfin. J'ai de l'arthrite rhumatoïde. Je ne peux pas être l'homme de tes rêves. Je suis trop abîmé par la vie.

— Tu n'es pas abîmé, répliqua-t-elle en se levant lentement. Est-ce qu'il y a un quelconque rapport avec le traitement auquel j'ai entendu ton médecin faire allusion ?

Il hocha sèchement la tête.

— Oui. Il m'a prescrit un médicament pour ralentir la progression de la maladie.

— Et est-ce que tu le prends ?

Il hésita.

— Je n'ai pas encore commencé.

— Pourquoi ? Et d'ailleurs, en quoi cette arthrite rhumatoïde t'empêcherait-elle de m'aimer ?

Elle fit un pas vers lui.

— Et si tu commençais à prendre ton traitement et que nous affrontions l'avenir ensemble ?

Il ferma les yeux pendant un long moment avant de la dévisager.

— Tu ne comprends pas, Madison ? Je ne passerai pas mes journées à cheval sur les pâturages, ni à attraper du bétail au lasso. Je ne peux plus le faire. Je ne serai plus un cow-boy.

— Oh ! Flint... Tu auras beau essayer, jamais tu ne cesseras d'en être un. Un cow-boy est un homme qui protège les faibles, un homme respectueux, loyal et plein de bonté. Rien n'est plus important pour lui que ses amis et les personnes qu'il aime. Tu es un cow-boy, Flint, et tu en seras toujours un. Peu importe que tu ne portes plus le même chapeau, ou que tu ne remontes jamais sur un cheval. Tu es mon cow-boy, et tu le seras toujours. Tout ce que tu dois faire, c'est ouvrir ton cœur et admettre que nous sommes faits l'un pour l'autre.

Les yeux brillants de larmes, il répondit :

— Je ne sais pas ce que l'avenir me réserve.

— Moi non plus, mais nous serons forts ensemble. Oh ! Flint... Aime-moi, c'est tout.

— Je t'aime, dit-il d'une voix étranglée.

Il tendit les bras vers elle, et elle se jeta contre lui.

— Je t'aime, Madison, et j'aime déjà le bébé.

Ses lèvres s'emparèrent des siennes pour un baiser qui lui coupa le souffle et emplit son esprit de promesses de nuits de plaisir et de journées de rires.

— Je veux que tu restes ici, à mes côtés. Je veux passer toutes mes journées et toutes mes nuits avec toi, dit-il quand le baiser prit fin.

Ses yeux étincelaient de ce vert magnifique qui l'invitait dans les profondeurs de son cœur.

Et c'était exactement là où elle voulait être.

Épilogue

Ces quatre derniers jours, Flint et Madison avaient vécu dans un tourbillon d'activités. Elle avait vidé sa caravane pour apporter ses affaires au chalet, et la bibliothèque de Flint renfermait maintenant toute une rangée de romans d'amour. Dans la salle de bains, un tiroir entier était réservé à ses affaires de toilette et à ses produits de maquillage.

Les petites touches féminines qu'elle avait apportées ajoutaient à l'atmosphère accueillante du chalet. Amusé, Flint l'avait regardée s'arroger la penderie de la chambre d'amis et n'avait pas protesté quand elle avait commencé à empiéter sur son territoire, dans celle de leur chambre.

Il y avait des moments où il devait se pincer pour se convaincre qu'il ne rêvait pas, qu'elle voulait vraiment vivre avec lui alors qu'elle n'ignorait rien de ses défauts. Et, quand il surprenait le regard qu'elle posait parfois sur lui, quand il voyait l'amour qu'elle lui portait étinceler dans ces magnifiques profondeurs bleues, il en avait le souffle coupé.

Ils avaient eu une grande discussion sur la façon dont ils allaient transformer la chambre d'amis en chambre pour le bébé, et elle avait pris rendez-vous pour la semaine suivante avec Ellie Miller, une psychologue qui exerçait en ville. Il espérait qu'elle saurait l'aider à surmonter le traumatisme que Brad lui avait infligé.

Mais, pour le moment, il attendait qu'elle finisse de se

préparer. Ils avaient prévu d'aller en ville pour acheter des habits de grossesse, avant de dîner au restaurant.

Ce serait la première fois qu'ils apparaîtraient en public depuis l'arrestation de Brad, et quelque chose lui disait que l'accueil qu'on leur réserverait au restaurant serait bien différent de celui qu'ils y avaient reçu la dernière fois.

Elle sortit enfin de la chambre, vêtue d'une robe rose parsemée de fleurs. Ses cheveux brillants retombaient souplement derrière ses épaules. Elle posa les mains sur son ventre.

— Il est grand temps que je refasse ma garde-robe. Tous mes vêtements sont trop petits pour moi.

— Tu es quand même magnifique, dit-il.

Elle lui sourit tendrement avant de rétorquer :

— Sortons d'ici avant que tes flatteries me mènent droit dans ton lit.

Il éclata de rire.

Deux heures plus tard, une fois leurs emplettes faites, ils remontèrent dans le pick-up pour aller dîner. Madison portait maintenant un jean de grossesse et un joli chemisier bleu roi à la coupe ample. Sur la banquette arrière s'entassait une demi-douzaine de sacs contenant tous les autres vêtements dont elle aurait besoin jusqu'à l'accouchement.

— Est-ce que tu as faim ? demanda-t-il en se garant près du restaurant.

— Je meurs de faim, répondit-elle. Et toi ?

— Moi aussi.

Il coupa le moteur, descendit du pick-up et vint la rejoindre. Il l'attira contre lui et passa un bras autour de ses épaules.

— Tu n'as plus besoin de faire ça, dit-elle.

— De faire quoi ?

— De me serrer contre toi pour me protéger.

Il lui décocha un sourire narquois.

— Ma chérie, si je te serre contre moi, c'est uniquement parce que je t'aime et que j'ai envie de le faire.

Elle se blottit contre lui.

— C'est ce qui me plaît chez toi.

Quand ils entrèrent dans le restaurant, le silence se fit aussitôt parmi les dîneurs, tout comme la fois précédente. Le cœur de Flint se serra, et Madison releva le menton en un geste de défi.

Soudain, une personne se mit à applaudir, puis une autre… et une autre encore. Ils se dirigèrent vers une table libre tandis que les hommes se levaient et que les femmes criaient des paroles de soutien et d'encouragement.

Le cœur de Flint gonfla. Il retrouvait enfin le Bitterroot qu'il connaissait : une ville emplie de personnes au bon cœur, qui se soutenaient mutuellement, une communauté dont les membres étaient unis par un lien qui ne pouvait être brisé.

Madison continuait à marcher, le visage ruisselant de larmes de joie. Les applaudissements ne se turent que quand ils furent assis. Elle prit sa serviette, épongea ses larmes et commenta :

— Eh bien, je ne m'attendais pas à un tel accueil.

— Tu le mérites, répondit Flint. Tu as mis un monstre hors d'état de nuire, et tu l'as fait toute seule.

La serveuse, une jeune femme du nom de Jayme Lathrop, venait vers leur table. Quand elle fut à côté d'eux, son sourire vacilla.

— Madison, je voulais seulement te remercier pour ce que tu as fait.

Elle lui décochait un regard lourd de sens.

— Est-ce que c'est toi qui as laissé ce message ? demanda Madison à mi-voix.

Comme Jayme acquiesçait, Madison se leva d'un bond et la prit dans ses bras. Flint ne l'avait jamais autant aimée qu'en cet instant, alors qu'elle apportait tout son soutien, tout son réconfort à cette femme qui, tout comme elle, avait dû subir la cruauté et la perversion de Brad.

Elle chuchota quelques mots à l'oreille de Jayme avant de la relâcher et de se rasseoir.

— Et maintenant, dites-moi ce que je peux vous servir ce soir, fit Jayme.

Son sourire était revenu. Quand ils eurent passé leur commande et qu'elle se fut éloignée, Flint demanda :

— Qu'est-ce que tu lui as dit ?

— Je lui ai dit que, si jamais elle ressentait le besoin de parler à quelqu'un, elle n'hésite pas à me téléphoner. Je lui ai aussi rappelé qu'elle est belle et forte, qu'elle est une survivante et qu'elle a le droit de marcher la tête haute.

— Est-ce que tu sais à quel point je t'aime ? s'enquit-il.

— Si tu m'aimes moitié autant que je t'aime, ça me suffit.

Ses beaux yeux étincelaient de tendresse et d'amour.

Grâce à cette femme, il pouvait considérer l'avenir qui l'attendait avec optimisme. Elle avait l'intention de demander à son médecin de lui apprendre tout ce qu'il pourrait sur sa pathologie - une pathologie qu'il savait maintenant pouvoir maîtriser. Il pensait annoncer son départ du ranch à Cassie dès la semaine suivante.

Ensuite, quand il se serait décidé sur le métier qu'il voulait exercer, il pourrait continuer à subvenir aux besoins de sa famille. Grâce à Madison, le soleil baignait maintenant les recoins de son âme, qui étaient demeurés dans l'obscurité pendant si longtemps.

— Je t'aime tellement que je veux te demander ta main, même si je n'ai pas de bague avec moi, dit-il.

— C'est donc une demande en mariage officielle ? s'enquit-elle, taquine.

— C'en est une. Je veux t'épouser, Madison. Je veux

t'épouser dès que possible et te garder auprès de moi pour toujours. Je t'aime de tout mon cœur, de toute mon âme.

Elle le dévisagea pendant un si long moment que son cœur se serra. Avait-elle changé d'avis à son sujet ? Allait-elle refuser de l'épouser ?

— Tu es sérieux ? lâcha-t-elle enfin. Tu comptes me faire ta demande dans un restaurant, au milieu du vacarme, sans mettre un genou à terre, histoire de la rendre un peu plus officielle ?

Il se leva aussitôt et mit un genou à terre.

— Madison Taylor… Veux-tu m'épouser ?

— Oui, répondit-elle.

Elle se leva elle aussi et prit ses mains dans les siennes.

— Oui, Flint, oui. Je vais t'épouser.

Il se releva, l'enlaça et l'embrassa, sous les vivats et les félicitations des autres dîneurs. Quand le baiser se termina, elle leva les yeux vers lui.

— Tu es mon cow-boy pour toujours, Flint, et je t'aimerai jusqu'à la fin des temps.

Il l'embrassa de nouveau, le cœur plein de joie. Cette femme représentait son avenir, et l'amour qu'il éprouvait pour elle englobait le bébé qu'elle portait. Dorénavant, son chalet niché dans les bois serait vraiment un lieu enchanté, d'où l'amour ne disparaîtrait jamais.

Retrouvez prochainement,
dans votre collection

BLACK ROSE

Les mystères du désert, de Carol Ericson - N°652

PATROUILLEURS EN MISSION - 3/4

Au cours d'une patrouille nocturne dans le désert, Rob Valdez tombe sur une voiture en train de brûler. Intrigué, il s'approche et trouve, dissimulée dans les buissons, une femme blessée, murée dans un étrange mutisme. Pour ne pas l'apeurer davantage, il décide de l'accueillir chez lui et tente d'en savoir plus sur elle. Mais rien n'y fait, elle se tait, et Rob se demande quel sombre secret se cache derrière ce silence…

Pour secourir un enfant, de Nicole Helm

En découvrant Cecilia sur le pas de sa porte, un bébé dans les bras, Brady est désemparé. Mais aussitôt elle lui révèle que l'enfant est celui de sa meilleure amie. Celle-ci, souffrante, lui a demandé de le protéger contre son père, un dangereux chef de gang. Une mission que Cecilia veut partager avec Brady. Brady, son ami d'enfance qui, sans qu'elle le sache, est amoureux d'elle depuis toujours…

Ce souvenir entre nous, de Tara Taylor Quinn - N°653

Le visage fermé, Kerry écoute Rafe tandis qu'il lui explique les raisons de sa visite. Ainsi, la famille Colton est dans les ennuis… Et Rafe, qui a rompu autrefois avec elle, compte sur son influence de lieutenant de police pour disculper son frère, accusé d'un crime qu'il prétend ne pas avoir commis. Tentée de refuser, Kerry accepte finalement d'aider celui qu'au fond d'elle-même elle n'a jamais cessé d'aimer…

Un protecteur indésirable, de Debbie Herbert

La photo est en noir et blanc. Un petit rond rouge est dessiné sur son cœur. Paniquée, Beth se demande qui la menace ainsi, elle, l'héritière d'un juge richissime disparu récemment. Prête à appeler la police, elle hésite cependant. Car pour rien au monde elle ne veut être protégée par Sammy Armstrong, le jeune policier qui, alors qu'elle n'avait que dix-sept ans, l'a injustement inculpée lors d'une fête sauvage organisée par son frère…

Retrouvez prochainement,
dans votre collection

BLACK ROSE

Retour à Jacobstown, de Barb Han - N°654

Désemparée, Courtney fixe le test de grossesse. Aucun doute possible : elle est enceinte. Mais alors qu'elle pense garder pour elle le secret de sa grossesse, le temps de boucler son enquête en cours, elle rencontre Jordan. Jordan avec qui elle a passé une unique nuit d'amour, quinze jours plus tôt. Jordan qui, à n'en pas douter, est le père de son enfant à venir...

La terreur dans tes yeux, de Tyler Anne Snell

Qui est réellement Nina Drake, la jeune femme qui travaille depuis peu sur le ranch des Nash ? C'est la question que se pose Caleb qui, depuis que sa mère l'a embauchée, a bien du mal à refréner l'élan de désir qui le pousse vers la jolie intendante. Une attirance à laquelle se mêle bientôt un intense sentiment de protection lorsque Nina lui révèle, la peur dans le regard, qu'elle est victime d'un mystérieux harceleur...

La maison sans mémoire, d'Adrienne Giordano - N°655

Avec ses allures de flic solitaire, Brent Thompson n'a pas mis longtemps à faire chavirer le cœur de la détective Jenna Hayward. Pourtant, sous son apparente force, Brent cache une terrible blessure : lorsqu'il était enfant, sa mère a été assassinée et on n'a jamais trouvé son meurtrier. À la fois soucieuse d'aider Brent et intriguée par ce *cold case* non élucidé, Jenna décide de rouvrir l'enquête...

Un mystérieux sauveur, de Debra Webb

L'agent Stella Malone est sous le choc : en moins d'une heure, elle vient d'échapper à une embuscade et a perdu toute trace de sa patronne, enlevée par des criminels. Sans l'intervention inattendue d'un certain Dakota Garrett, elle serait morte... Mais qui est son mystérieux sauveur ?

Retrouvez prochainement,
dans votre collection

BLACK ROSE

Un jour, on se reverra, de Beverly Barton - N°656

« Un jour, je te tuerai. » Ces mots, prononcés cinq ans plus tôt par le criminel qu'elle a fait emprisonner à vie, Joanna n'a jamais pu les oublier. Aussi, quand elle apprend qu'il vient de s'évader, voit-elle ses pires craintes refaire surface. Bouleversée, elle décide de demander à son voisin, J.T. Blackwood, de la protéger. J.T., un policier qui, sans qu'elle puisse l'expliquer, l'attire irrésistiblement…

Une proie consentante, de Cynthia Eden

L'amour peut être un piège diabolique. Rachel qui était procureur au sein d'une cour martiale l'a compris le jour où elle a appris que Jack, son amant, était un tueur à gages payé pour l'éliminer… Aujourd'hui, c'est elle qui s'apprête à piéger Jack. Car elle vient de retrouver sa trace et qu'elle sait que, quoi qu'il advienne, Dylan, son chef, la protégera…